LA MORT AU TOURNANT

La MORT au TOURNANT

T.E. KINSEY

Traduit de l'anglais (Royaume-Uni)
par Karine Xaragai

City
Roman

Publié pour la première fois aux États-Unis par Thomas & Mercer,
une marque d'Amazon Publishing, sous le titre *Death around the Bend.*
Couverture : Thomas & Mercer

ISBN : 978-2-8246-1920-0
Code Hachette : 71 0638 7

Collection dirigée par Christian English & Frédéric Thibaud
Catalogues et manuscrits : city-editions.com

Dépôt légal : Septembre 2021

I

— Qu'en pensez-vous, Flo : la rouge ou la verte ?

Lady Hardcastle me présenta les deux écharpes de soie pour inspection.

— Pourquoi ne pas prendre les deux, madame ? suggérai-je en continuant d'empaqueter le reste de ses vêtements.

— Eh bien, oui, bien sûr. J'essayais simplement de ne pas nous encombrer de trop de choses. Après tout, nous ne partons que pour une semaine.

— Au point où nous en sommes, je ne pense pas qu'une écharpe de soie fasse beaucoup de différence, répliquai-je en désignant la malle déjà bourrée à craquer posée sur le parquet de la chambre en compagnie de son assortiment de sacs et de cartons.

Lady Hardcastle regarda autour d'elle.

— Je vois ce que vous voulez dire. Honnêtement, Flo, avons-nous vraiment besoin de tout cet attirail ?

— Cet « attirail », ainsi que vous le qualifiez avec irritation, représente le minimum requis pour une semaine à la campagne, et vous le savez fort bien.

Elle soupira.

— Je sais, je sais. Mais… franchement. Comment allons-nous faire pour caser tout cela dans la voiture à moteur ?

Ce fut à mon tour de soupirer.

— Je pensais que nous avions réglé la question, madame. Le Dr Fitzsimmons nous prête sa carriole et Newton nous conduira à la gare ferroviaire. Nous ne prenons pas la Rover.

Plusieurs semaines d'un été mouvementé s'étaient écoulées depuis que nous avions accepté l'invitation à passer une semaine dans le Rutland, à Codrington Hall, demeure de lord Riddlethorpe ; durant toute cette période, nous avions rebattu à n'en plus finir la question de prendre ou non notre nouvelle voiture à moteur.

D'un côté, le long trajet entre notre maison du Gloucestershire et Riddlethorpe renfermait toutes les possibilités d'une véritable distraction : découvrir au fil de la route les jolies villes et les charmants villages du cœur de l'Angleterre, les dernières moissons au champ, le bétail ruminant dans les verts pâturages… Nous nous faisions une idée éminemment romantique de l'Angleterre à l'été finissant, et ce périple nous permettrait d'en profiter dans toute sa gloire.

D'un autre côté, il semblait y avoir au moins cinquante kilos d'« attirail » à transporter, ainsi qu'une veuve et sa femme de chambre. Le mois d'août avait été merveilleusement doux et estival. Tout indiquait que ce beau temps allait se poursuivre jusqu'à la première semaine de septembre, mais avec le climat anglais, on ne peut jamais être sûr de rien. Je décidai donc de prendre à lady Hardcastle des affaires légères, mais aussi son imperméable, une paire de galoches et au moins deux tailleurs en tweed au cas où les matinées seraient un peu frisquettes dans le Rutland.

L'idée de passer des heures serrées comme des sardines dans une automobile exiguë nous emplissait toutes deux d'inconfort. Et encore fallait-il que nous parvenions à charger la malle, les cartons et les sacs ! Durant des jours, nous avions tergiversé avant de décider, du moins l'avais-je cru, que l'automobile était loin d'être pratique et le train un choix bien plus raisonnable.

— Ma foi, dit lady Hardcastle avec lenteur, sans cesser de jouer avec ses écharpes, je sais bien que nous avions dit que... néanmoins, il serait bien commode de disposer d'une voiture à moteur le temps de notre séjour... Vous savez, pour explorer la région et autres...

— Je suis sûre que lord Riddlethorpe acceptera de nous prêter l'une de ses nombreuses automobiles. Ses copains et lui se réjouiront sans doute de nous voir partir en goguette dans les villages des environs. Cela leur permettra de continuer tranquillement à faire ce que font les hommes quand les dames ne sont pas là.

L'invitation à nous rendre dans le Rutland nous avait été transmise de seconde main par Harry, le frère de lady Hardcastle. Il avait connu lord Riddlethorpe (Fishy pour ses amis – son nom de famille étant Codrington) durant leurs études à Cambridge. Harry avait écrit à sa sœur pour lui demander si elle (et moi) aimerait être « l'amie dont il pouvait se faire accompagner » à la petite réunion que lord Riddlethorpe organisait pour fêter le lancement de sa nouvelle entreprise de voitures de course. Pour l'occasion, l'on donnerait une soirée à laquelle assisteraient tous les dignitaires du coin et, pour quelques heureux élus, la semaine compterait plusieurs journées de course automobile sur le circuit que lord Riddlethorpe venait de se faire construire pour son usage personnel. Cette perspective semblait terriblement exaltante et lady Hardcastle avait accepté l'invitation sur-le-champ.

— Pensez-vous que lord Riddlethorpe vous laissera participer aux courses automobiles ? lui demandai-je en pliant les écharpes pour les emporter.

— Je l'espère sacrément ! Et je serais fort déçue s'il ne vous invitait pas vous aussi à tâter de la vitesse.

— Il s'agit donc d'un progressiste ? Qui ne trouvera pas ce loisir inconvenant pour une femme ?

— Si mes souvenirs sont bons, Fishy n'est pas le pire du lot. Certes, je ne pense pas qu'il signe des chèques à Mme Pankhurst et à ses suffragettes, en revanche je me souviens qu'il s'était querellé avec certains de ces insupportables lourdauds qui rendaient la vie impossible aux étudiantes de Girton. Je le crois plutôt ouvert envers les femmes, attitude assez rafraîchissante.

— Vous le connaissez donc depuis Cambridge ?

— Oh, nous ne faisions que nous saluer. Il était au King's College avec Harry, aussi nos chemins se croisaient-ils à l'occasion. C'est un garçon assez aimable. À l'époque, il me faisait penser à un chiot plein d'impatience. Amical, joyeux, prêt à tout pour plaire, vous voyez le genre. Et d'un enthousiasme sans bornes pour à peu près toutes les idées nouvelles qui circulaient alors. Cela dit, il a peut-être mûri entre-temps, n'oubliez pas que c'était il y a vingt ans.

— Reste donc à espérer qu'il voie toujours d'un bon œil le fait que les femmes se prêtent à des activités inconvenantes. J'avoue avoir acquis un certain goût pour la conduite depuis que nous avons la Rover. J'adorerais m'essayer à quelque chose de plus puissant.

— Moi aussi, Flo, moi aussi.

Lady Hardcastle resta un moment perdue dans ses pensées, puis elle contourna le lit et alla vers la porte avant de faire volte-face.

— Oh, mais vous savez quoi ? Il me semble que le domaine est également très joli. Y aura-t-il de la place dans les bagages pour mes aquarelles ?

Je poussai un soupir théâtral.

— Je l'espère, madame, et sinon nous pourrons toujours les mettre dans mon sac. Peu me chaut de partir sans vêtements propres. Je ne suis qu'une humble servante.

J'esquivai une chiquenaude en direction de mon oreille tandis que lady Hardcastle quittait la pièce.

Il me fallut encore une demi-heure pour empaqueter le reste de ses affaires. Je ne bouclai cependant aucun des sacs, ma longue expérience m'ayant appris qu'il y aurait encore à y fourrer un ou deux accessoires de dernière minute sans lesquels « Oh, je ne pourrais vraiment pas partir ! » avant que nous soyons enfin prêtes à prendre la route le lendemain matin.

Je descendis l'escalier. Miss Jones, la cuisinière, et Edna, la bonne, ayant déjà fini leur journée – et même entamé leur congé, vu que lady Hardcastle leur avait donné la semaine –, j'avais dans l'idée de mettre la bouilloire sur le feu afin de nous préparer une tasse de thé bien délassante. Ma progression fut stoppée par une sonnerie inconnue et insistante. Ce n'était pas la cloche de l'entrée et, à moins que lady Hardcastle n'ait recommencé à les bricoler, j'étais sûre que ce n'était pas non plus les sonnettes des autres pièces.

— Allez-vous répondre au téléphone, oui ou non ? cria lady Hardcastle depuis son bureau.

Le nouveau téléphone. Bien sûr. On nous l'avait enfin installé après des semaines d'attente et « d'interminables palabres tout à fait superflues », ainsi que lady Hardcastle s'en était agacée avec impatience. Je n'étais pas tout à fait convaincue de l'utilité d'une telle chose, mais je ne pouvais nier qu'il serait bien commode de ne plus avoir à se traîner jusqu'au bureau de poste pour envoyer un câble.

Je traversai le vestibule et décrochai l'écouteur de sa boîte en bois fixée au mur. J'étais encore un peu ignorante des usages qui régissaient l'emploi de cet appareil, mais nous étions convenues toutes les deux que si je m'adressais aux personnes qui appelaient de la même façon qu'aux visiteurs qui se présentaient à l'improviste, je ne pouvais guère commettre d'impair trop fâcheux.

— Allô, dis-je d'un ton haut et clair. Chipping Bevington 2-3.

— Allô ? fit une voix stridente de femme. Allô ? Est-ce vous, Emily ? Allô ?

Je reconnus notre interlocutrice, c'était lady Farley-Stroud, l'épouse du propriétaire terrien local.

— Non, lady Farley-Stroud, c'est moi, Armstrong.

— Armstrong ? C'est vous ?

— Oui, madame. Dois-je aller chercher lady Hardcastle ?

— Dites, cela vous ennuierait-il terriblement d'aller chercher lady Hardcastle ? J'aimerais lui dire un mot.

Je posai l'écouteur sur la table du vestibule et partis en quête de lady Hardcastle, mais elle sortait déjà de son bureau.

— Est-ce Gertie, au téléphone ? Je jurerais qu'elle devient un peu dure d'oreille. A-t-elle dit ce qu'elle voulait ?

Je fis non de la tête et la laissai s'en enquérir par elle-même.

Quand lady Hardcastle raccrocha le téléphone, le thé était infusé et je m'étais installée dans le salon d'été pour goûter ce que j'estimais être un repos bien mérité. Alors que ma patronne me rejoignait, je reposai le journal et haussai un sourcil interrogateur.

— Miss Jones a-t-elle prévu quelque chose pour le dîner ? me demanda-t-elle.

— Rien de particulier, madame. Elle a suggéré que nous finissions la tourte au jambon avec un peu de salade du jardin. Elle ne tenait pas à cuisiner pour se retrouver ensuite avec des restes, vu que nous partons pour une semaine.

— Voilà une fille pleine de bon sens. Dans ce cas, que diriez-vous d'aller dîner à La Grange ?

— Moi, madame ? Ou seulement vous ?

— Non, nous deux. Gertie a expressément requis votre présence.

— Doux Jésus ! Je m'élève dans la société.

— C'est ce qu'on dirait. Depuis cette affaire d'empoisonnement à la ferme, Gertie s'est prise d'affection pour vous. Ainsi que d'un certain respect.

— Voilà qui est très flatteur, répliquai-je avec un sourire. A-t-elle fourni quelque explication à cette invitation impromptue ?

— Il semblerait que sir Hector veuille nous soumettre un problème à résoudre. Quelque chose qui « se prête à vos talents exceptionnels, ma chère », du moins, c'est ce que m'a dit Gertie.

— Exceptionnels, hein ?

— Car exceptionnels sont nos talents.

— Hum, fis-je en lui servant une tasse de thé.

— Oh, voyons, Flo, c'est la vérité. Faux suicides, gens du cirque meurtriers, trompettistes matraqués, fermiers empoisonnés, pubs hantés, trophées disparus… Toutes ces affaires, nous les avons résolues. Qui par ici peut en dire autant ?

— Ma foi, formulé en ces termes…

— Précisément ! triompha-t-elle en trempant un sablé dans son thé. Et le prochain mystère que nous aurons à résoudre portera sur ce qui tracasse Hector au point qu'il a ressenti le besoin de faire appel à l'excentrique veuve du village ainsi qu'à sa femme de chambre.

Je pouffai dans ma tasse de thé.

— Le Cas du chien désobéissant ? suggérai-je. L'Affaire du bouton de manchette manquant ?

— Je suis bien d'accord. On a du mal à imaginer qu'il se passe quoi que ce soit de particulièrement palpitant dans le quotidien des Farley-Stroud. Je les adore, mais pour eux la vie semble vraiment être une chose qui n'arrive qu'aux autres.

— Bien qu'on ait découvert le cadavre d'un trompettiste dans leur bibliothèque, après la soirée de fiançailles de leur fille.

— Et que Gertie se soit trouvée au Hayrick lorsque le vieux Trucmuche a cassé sa pipe en tombant face la première dans sa tourte.

— La mort est donc aussi une chose qui arrive aux autres quand les Farley-Stroud sont dans les parages.

Lady Hardcastle leva soudain les yeux.

— Dites, j'espère que personne n'est mort.

— Si cela s'était produit, madame, je pense que lady Farley-Stroud serait venue droit ici. Non, ce sera plus probablement des gamins du coin qui auront chapardé des pommes, ou un service à poisson rangé au mauvais endroit.

— Vous avez sûrement raison, admit lady Hardcastle en reposant sa tasse. Il n'en reste pas moins qu'un dîner en bonne compagnie sera plus que le bienvenu, ainsi qu'une merveilleuse façon d'entamer nos petites vacances.

— Vos petites vacances, madame.

— Oh, sornettes et billevesées ! Ce séjour vous fera des vacances à vous aussi, vous le savez très bien.

— Partager une chambre dans la soupente, marmonnai-je. Manger à l'office…

— Oh, voyons… Vous pourrez toujours me coller aux basques et nous avons déjà envisagé que vous preniez part à l'une de ces courses automobiles. En outre, vous raffolez des potins de domestiques. Vous allez prendre du sacré bon temps et vous le savez très bien.

Je souris.

— Ma foi, présenté sous ce jour…

— Tout à fait. Et maintenant, nous avons deux ou trois heures devant nous avant de devoir nous habiller pour le dîner, je crois donc qu'un peu de piano s'impose.

— Vous avez bien raison, madame, acquiesçai-je gaiement. Amusez-vous !

— Non, ma chère, c'est à vous que je pense. Vous ne devez pas ménager vos efforts et vous exercer régulièrement si vous voulez maîtriser un jour cet instrument. De mon côté, je vais lire le journal.

Depuis plusieurs années, lady Hardcastle m'enseignait le piano de manière intermittente et lors de ses dernières tentatives, j'y avais mis un zèle tout particulier. Pour être tout à fait franche, je dois avouer que cela m'avait beaucoup plu et j'étais secrètement enchantée de mes progrès. Hélas, quelque chose dans l'idée de devoir « m'exercer » transformait l'entreprise en corvée. Je faisais montre d'une réticence puérile à me mettre à la tâche, je le crains.

— Mais j'ai encore les bagages à terminer, madame. Je n'ai même pas commencé à faire les miens.

— Sornettes et carabistouilles ! Vous aurez tout le temps de vous en occuper plus tard. Allez-y, jouez !

— Dacodac, madame.

Lady Hardcastle prit le journal et plissa les yeux.

— Dites, vous voulez bien être un chou et aller me chercher mon truc pour lire ? Je l'ai laissé sur mon bureau.

Elle avait récemment troqué ses lunettes de lecture pour un face-à-main à l'ancienne mode qu'elle semblait incapable de garder sur elle. La monture pivotait pour se replier dans le manche, formant un pendentif en argent assez curieux, lequel, selon l'intention de son concepteur, pouvait se porter autour du cou au bout d'une chaînette. Toutefois, pour quelque raison obscure, lady Hardcastle se refusait à cette commodité.

J'émis un murmure désapprobateur, poussai un soupir théâtral et partis en quête du binocle errant.

Le face-à-main récupéré, je me rendis docilement dans le petit salon et m'installai au piano. Je passai une heure agréable dans sa presque totalité puisque je ne menaçai qu'une seule fois de cogner l'instrument. Herr Mozart, en revanche, avait de la chance d'être déjà mort, sinon j'aurais pris le premier train à destination de Vienne pour lui tailler les oreilles en pointe.

Selon un système de roulement que nous respections à la lettre, c'était à mon tour de conduire, ce qui nous permit au moins d'arriver à La Grange telles une maîtresse et sa servante. Ma tenue, cependant, gâchait l'effet recherché. De fait, lady Hardcastle avait demandé à sa couturière préférée de Bristol de me créer une robe en guise de cadeau d'anniversaire, robe que j'avais décidé de porter pour le dîner. En pure soie vert foncé (« Cette teinte fera magnifiquement ressortir votre teint, mademoiselle »), elle se composait d'un corsage richement brodé qui couvrait mes épaules et s'évasait en manches amples, tandis que de la taille haute (« Les tailles hautes font fureur cette saison, mademoiselle ») partait le bas orné de perles et de sequins. Bref, cette robe était sans doute la chose la plus exquise qu'il m'ait jamais été donné de porter.

Du temps où nous œuvrions pour la Couronne, il m'était arrivé de m'habiller pour le dîner ; à cette période, en effet, j'avais souvent joué le rôle d'une dame de la bonne société pour pouvoir garder un œil sur lady Hardcastle. Ce soir, pourtant, je n'avais ni rôle à jouer ni titre fictif derrière lequel m'abriter. Je n'étais que Florence Armstrong, femme de chambre, vêtue d'une robe ravissante et, décidément, je me sentais très exposée.

Le manoir quelque peu délabré offrait un plaisant méli-mélo de styles architecturaux allant du Tudor au néogothique, avec çà et là une pincée de géorgien pour faire bonne mesure. Il correspondait en tout point à la délicieuse excentricité de ses propriétaires actuels, les Farley-Stroud.

Sur le moment, l'idée d'entrer à La Grange en qualité d'« invitée » me mettait fort mal à l'aise. Certes, je m'étais maintes fois rendue au manoir et il m'était même arrivé d'y pénétrer par la grande porte. J'avais déjà déjeuné avec lady Farley-Stroud et, au cours de ma vie, les circonstances m'avaient amenée à endosser bien des rôles, allant de la fille des rues à la fille de comte. Néanmoins, être invitée à dîner au manoir éveillait en moi un sentiment des plus singuliers. Était-ce parce que les Farley-Stroud m'avaient d'abord connue en tant que femme de chambre de lady Hardcastle, avant d'être conduits à me considérer sous un autre jour ? Mais non, ils étaient toujours si charmants et affables que cela ne pouvait être la raison de mon trouble.

Ce fut lorsque Jenkins, le majordome des Farley-Stroud, vint répondre à la porte et qu'il nous pria d'entrer avec un sourire et un hochement de tête que je compris ce qui me chiffonnait. Les domestiques. Les domestiques de la maison savaient, eux, que je n'étais « rien de plus » qu'une femme de chambre, et quoique je m'entendisse plutôt bien avec eux (même avec l'autoritaire Mme Brown, la cuisinière), je savais qu'il y en aurait toujours un ou deux (et tout particulièrement Dora, la bonne) pour juger que je cherchais à me hisser au-dessus de ma condition.

La soirée étant douce, nous n'avions pas pris de manteau et Jenkins nous conduisit directement à la confortable bibliothèque où sir Hector et lady Farley-Stroud sirotaient déjà leurs cocktails préprandiaux. Ils avaient passé les premières années de leur mariage aux Indes (même si je n'avais jamais bien compris dans quel secteur d'activité officiait sir Hector) et le gin tonic était resté leur boisson préférée à l'heure du coucher de soleil. Sir Hector, qui se servait un verre au moment où nous fîmes notre entrée, entreprit aussitôt d'en préparer deux autres.

— Bonsoir, mes chères, lança-t-il avec chaleur. C'est formidable à vous d'être venues, quoi !

— Tout le plaisir est pour nous, Hector très cher, répondit lady Hardcastle. Gertie, vous êtes ravissante. Est-ce là une nouvelle robe ?

Lady Farley-Stroud s'épanouit d'aise.

— Comme c'est aimable à vous de le remarquer, ma chère. Voilà une demi-heure que je m'évertue à ce qu'Hector s'en aperçoive.

— Vu, ma chère ! répliqua sir Hector en nous tendant nos verres. Simplement, je ne voulais pas commettre de gaffe – je me suis déjà fait prendre en pareille occasion. « Quelle robe ravissante, dis-je. Est-ce là une nouvelle acquisition ? » Ce qui me vaut un sermon en règle d'une bonne dizaine de minutes. Comme quoi il s'agit d'une vieille robe que vous traînez depuis des années, et que si je vous témoignais un tant soit peu d'intérêt, je vous en aurais acheté une neuve. À ce jeu-là, je ne peux jamais gagner, ma chère, je ne peux jamais gagner.

Lady Farley-Stroud émit un murmure désapprobateur sans toutefois se départir de son sourire radieux. Je ne crois pas avoir jamais vu un couple aussi attaché l'un à l'autre, bien que les Hardcastle eussent pu leur faire concurrence avant que sir Roderick ne soit assassiné en Chine.

Lady Hardcastle, attendrie comme moi par cette charmante scène conjugale, accepta son gin tonic avec un grand sourire.

— J'ai bien peur de ne pas avoir de citron vert, ma chère, poursuivit sir Hector, inconscient de l'effet qu'avait produit sur nous son petit échange avec sa femme. Mais je peux vous proposer une rondelle de citron si ça vous dit ?

— Non, mon très cher. C'est parfait ainsi.

Je bus une timide gorgée de mon cocktail, m'appliquant à demeurer aussi effacée que possible.

— Ne soyez donc pas si nerveuse, ma chère, me gronda lady Farley-Stroud avec gentillesse. Je vous ai déjà dit que si Emily vous traitait comme un membre de sa famille, nous devions en faire autant. D'ailleurs, nous vous avons invitée tout particulièrement.

Sir Hector me fit un clin d'œil.

— En plus, elle a un peu peur de vous, ma chère. Elle a raconté à tout le monde la fois où vous avez mis ce type au tapis, devant le Hayrick. « Je ne voudrais pas me la mettre à dos », qu'elle dit toujours.

Je me mis à rire.

— Oh, Hector ! Franchement ! protesta son épouse.

Je promenai un regard circulaire sur la bibliothèque, cherchant à comprendre pourquoi cette pièce semblait si confortable et si accueillante en dépit de son aspect un tantinet défraîchi et vieillot. Peut-être cette impression tenait-elle à cela, justement. Peut-être était-ce le côté amoureusement habité de cette pièce qui la rendait si douillette. Les fauteuils tendus de chintz avaient été à la mode, dans le temps, de même que le buffet en acajou, mais leur heure de gloire appartenait désormais au passé.

— Vous savez, la vie est bien plus passionnante depuis que vous vous êtes installées au village, toutes les deux, nous confia lady Farley-Stroud. Avant votre arrivée, les événements les plus passionnants se résumaient aux quelques frasques nocturnes qui se jouaient derrière le pavillon de cricket, je le crains. À la saison des amours…

Elle souligna ces derniers mots d'un clin d'œil appuyé.

— Du calme, ma vieille, tempéra sir Hector. Ne vous échauffez donc pas ainsi.

— Mais il devait y avoir moins de morts, certainement, objecta lady Hardcastle.

— Détrompez-vous, ma chère, répliqua sir Hector. Il y a toujours eu des tas de meurtres dans les environs. Ce serait quelque chose dans l'eau, quoi…

Je me souvins alors de ce que nous avait dit notre ami l'inspecteur Sunderland, de la PJ de Bristol. Nous nous étions installées dans la « capitale anglaise du meurtre », selon ses propres termes. Tandis que nous l'aidions à élucider un crime qui avait été commis dans cette même bibliothèque, il nous avait confié qu'il y avait « plus de meurtres par habitant dans cette partie du Gloucestershire que partout ailleurs dans le pays ». Ce serait donc un soulagement de partir pour le Rutland où personne ne risquait de mourir dans des circonstances suspectes et où nous pourrions nous consacrer pleinement à la sérieuse tâche de nous amuser.

— Mais tout cela n'est qu'anecdotique, Hector, mon cher, reprit lady Farley-Stroud, visiblement désireuse de nous éloigner du sujet des cadavres. Ce que je veux dire, c'est que la vie du village est bien plus animée depuis l'arrivée d'Emily. Et c'est merveilleux que votre maison soit habitée, ma chère. Lorsque nous avons appris que le type qui l'avait construite ne retournerait pas en Angleterre aussi vite qu'il l'avait espéré, nous avons craint qu'elle ne reste vide. Elle aurait pu être laissée à l'abandon ou se transformer en abri pour vagabonds. Terriblement irresponsable de la part de son propriétaire, qui que ce soit.

— Jasper Laxton, lui apprit lady Hardcastle. Il se trouve que nous avons eu de ses nouvelles pas plus tard qu'avant-hier. Il ne songe pas à rentrer des Indes à court terme, semble-t-il : ses affaires se sont soudain mises à prospérer et sa femme essaie de fonder une école. En fait, j'envisage sérieusement de lui faire une offre pour la maison.

Lady Farley-Stroud faillit taper dans ses mains.

— Oh, dites, mais ce serait merveilleux ! Oh ! je vous en prie, restez, Emily, ma chère ! N'est-ce pas qu'elle doit rester, Hector ?

Sir Hector s'était discrètement rapproché du plateau à cocktails quand il entendit qu'on prononçait son nom.

— Hein ? fit-il d'un air distrait. Qui devrait faire quoi ?

— Oh, Hector, soyez un peu attentif quand nous avons des invités ! s'impatienta sa femme. Et que je ne vous y reprenne pas, à vous servir du gin ! Vous avez déjà bien assez bu.

Sir Hector aurait pu subrepticement contourner l'injonction de sa femme, mais leur chamaillerie fut interrompue par l'arrivée de Jenkins qui annonça d'un ton solennel que le dîner était servi.

La salle à manger était confortablement défraîchie et désuète, en accord avec le reste de la demeure. La pièce était propre et plutôt bien rangée, mais le mobilier et la décoration avaient connu des jours meilleurs. Comme nous n'étions que quatre, nous avions tous pris place à un bout de la grande table rutilante de cire qui aurait pu accueillir au moins seize convives, voire vingt s'ils avaient tous été bons copains.

Quoi qu'on pût dire sur la personnalité de Mme Brown et sur la façon dont elle tenait sa cuisine et traitait ses subordonnées, c'était un véritable cordon-bleu. Pour ce soir, on lui avait manifestement donné l'ordre de ne pas regarder à la dépense : les mets, tous plus succulents les uns que les autres, que Jenkins apportait avec l'aide de Dewi, le valet de pied, auraient presque pu rivaliser avec ceux qu'il m'avait été donné de goûter dans les restaurants parisiens. Enfin, c'était peut-être un tantinet exagéré, mais Mme Brown traitait certainement la nourriture avec beaucoup plus de respect qu'elle ne traitait ses sous-fifres.

La conversation, alimentée par de généreuses rasades d'un vin très passable, était d'une convivialité frisant la franche gaieté. En outre, les Farley-Stroud s'ingéniaient à m'inclure dans leur propos afin que je me sente la bienvenue chez eux. Aussi, lorsque le gâteau (un extravagant édifice de meringue, de fruits à la liqueur et de crème fouettée) fut réduit à néant et que Jenkins nous laissa devant le fromage et le porto, je me sentais tout à fait à mon aise.

— Et maintenant, Hector, dit lady Hardcastle en se servant une généreuse part de Double Gloucester et un verre encore plus généreux de porto, quel est donc ce mystérieux mystère dont vous vouliez nous parler ce soir ? J'espère bien qu'il est complexe, cela nous permettra de vous remercier pour ce festin.

J'avais moi-même été vaguement étonnée par l'apparente extravagance du repas, sachant de source sûre que nos propriétaires terriens étaient loin d'être aussi riches que le reste du village le croyait. Voilà pourquoi je partageais le désir de lady Hardcastle de faire quelque chose pour les remercier de leur générosité à notre endroit.

Sir Hector gloussa.

— Ne vous inquiétez pas pour le repas, ma chère. Je ne fais que partager mes gains mal acquis.

Lady Hardcastle et moi regardâmes d'un air interrogateur lady Farley-Stroud, dans l'espoir qu'elle éclaire notre lanterne.

Celle-ci émit un murmure désapprobateur et leva les yeux au ciel.

— Hector a encore joué… Lui et son vieil ami Jimmy Amersham – il vit dans une charmante vieille maison près de Woodworthy – sont toujours prêts à parier sur tout ce qui peut faire la course : les chevaux, les pigeons voyageurs, les vélos, les voitures à moteur, les coureurs… Dans un moment de désespoir, ils ont même parié sur les fourmis qui traversaient la balustrade de la terrasse. La semaine dernière, ils ont assisté à un meeting hippique à Cheltenham et, pour une fois, Hector a réussi à en tirer profit. D'où ma nouvelle robe et les agapes de ce soir.

— Inutile de trop se cramponner à l'argent, pas vrai ? Autant le dépenser tant qu'on en a, quoi ! s'exclama sir Hector avec allégresse.

— C'est on ne peut plus vrai, approuva lady Hardcastle.

— Ce n'est pas comme si la descendance allait en faire meilleur usage une fois qu'on aura cassé notre pipe, hein ?

— Quoi qu'il en soit, insista ma patronne, tentant de remettre la conversation sur les rails, il nous faut absolument vous remercier d'une façon ou d'une autre pour votre générosité. Or au téléphone, vous avez bien fait mention d'un mystère.

— Tout à fait, ma chère, intervint lady Farley-Stroud. Mais n'oubliez pas que cela n'a rien à voir avec moi et que pour ma part, je considère toute cette affaire comme le comble de la sottise.

Nous nous tournâmes vers sir Hector.

Celui-ci semblait légèrement penaud, mais une fois qu'il eut mis de l'ordre dans ses idées, il se lança.

— Je me sens un peu idiot, maintenant que Gertie vous a présenté les choses ainsi. C'est Jimmy, voyez ? Gertie a raison, lui et moi, on adore parier. Et ça, depuis qu'on est gamins. Il pariait qu'il me battrait à la course jusqu'au chêne et moi, que je le battrais à la nage dans la rivière. En grandissant, nous nous sommes mis à parier sur tout : les chevaux, les sportifs… sur tout ! Mais ce que nous préférions, c'était quand on pouvait se faire la course. Hélas, le temps où nous pouvions courir et nager est depuis longtemps révolu et nous en sommes réduits à nous distraire comme nous le pouvons. Or, il y a quelques années, nous avons vu des jeunes gens faire la course dans de petits karts qu'ils fabriquaient eux-mêmes. Ils avaient monté des roues de récupération sur une vieille caisse en bois qu'ils orientaient au moyen d'une corde reliée aux roues avant. Ils transportaient leur kart au sommet d'une colline et le premier qui arrivait en bas avait gagné. Et ça nous a fait cogiter, voyez ?

Lady Hardcastle se mit à rire.

— Ne me dites pas que Jimmy et vous vous êtes lancés dans la construction de ces petits karts ! C'est absolument merveilleux !

— Vous avez tout compris. On les fabrique et on les fait courir. C'est même devenu un événement annuel. On invite quelques vieux copains et ça nous occupe tout le week-end.

— Mais ce mystère, alors ? le pressa lady Hardcastle qui s'obstinait à le faire venir au fait.

— J'y arrive, ma chère, j'y arrive. Ce vieux Jimmy, voyez, ne supporte pas d'être battu. Quand ça lui arrive, il se met à me détester. Moi, j'encaisse mes défaites, mais Jimmy entre dans une colère noire s'il ne gagne pas. À tel point que je me dis parfois qu'il ferait n'importe quoi pour ne pas perdre. Et de là, j'en suis venu à penser que, justement, c'était ce qu'il était peut-être en train de faire, voyez ? N'importe quoi pour ne pas perdre. Il y a deux ou trois ans, j'ai demandé à Bert de m'aider à développer certains points, d'apporter de petites améliorations au kart afin de le rendre plus aérodynamique, de lui permettre de mieux prendre les courbes et tout le toutim. C'est un bon mécano, notre Bert – il ne fait pas que conduire l'engin, il le connaît comme sa poche.

Bref, nous avions fait nos petits réglages et modifications et nous étions sûrs de leur mettre plusieurs kilomètres dans la vue quand, tenez-vous bien, voilà que Jimmy se pointe le jour dit avec les mêmes réglages et les mêmes modifications que nous ! L'an dernier, rebelote : nous avions voulu essayer quelques innovations très futées que Bert avait dénichées dans un magazine de courses automobiles, mais quand ce vieux Jimmy a avancé son kart sur la ligne de départ, il avait fait les mêmes innovations que nous, les mêmes essais que nous sur son satané engin ! Il n'y a qu'une seule explication à ça, pas vrai ? Ce maudit bonhomme nous espionne !

Si sir Hector semblait sincèrement contrarié par la terrible tournure des événements, je voyais bien que lady Hardcastle s'efforçait de ne pas éclater de rire. Lady Farley-Stroud, quant à elle, s'était abîmée dans la contemplation de son assiette à fromage vide afin de ne croiser le regard de personne. Je décidai donc de prendre la parole.

— En êtes-vous bien sûr, sir Hector ? Peut-être lit-il les mêmes périodiques que Bert ?

— J'y ai pensé, ma chère. Mais quelles sont les probabilités pour qu'il fasse exactement les mêmes modifications que nous ? Toutes sortes de trucs fantaisistes circulent dans le monde des courses automobiles… Or, il se trouve que, justement, il expérimente les mêmes que nous. Non, il nous espionne forcément.

— Se pourrait-il qu'il ait un informateur sous votre toit ? suggérai-je.

— J'y ai pensé aussi. Le jeune Dewi en serait tout à fait capable, je l'avoue, sauf qu'il ne saurait pas distinguer un marteau d'une clé à molette. Je vois mal comment il pourrait fournir des renseignements utiles à Jimmy.

— Vous observe-t-on ? hasardai-je. Y a-t-il une possibilité pour que quelqu'un épie votre travail ?

— Ça aussi, j'y ai pensé, ma chère, répondit-il d'un air abattu. Mais nous travaillons dans la cour… or, elle est entourée de murs, voyez ? Impossible pour quelqu'un de l'extérieur de jeter le plus petit coup d'œil.

— Le mystère, conclut lady Hardcastle, se résume donc à découvrir comment M. Jimmy Amersham parvient à savoir ce que vous faites sur votre kart dans le but de vous copier et, de ce fait, d'annuler votre avantage mécanique.

— En deux mots comme en cent, ma chère, en deux mots comme en cent !

— Savez-vous ce que je trouve toujours utile dans ces moments-là ? demanda lady Hardcastle.

— Non ? fit lady Farley-Stroud d'un air interrogateur. Dites donc.

— Une petite minute, intervint sir Hector. Je sais. Il s'agit de votre machinchouette, de votre espèce de tableau noir.

— Mon tableau du crime ? Non.

Sir Hector se tourna vers sa femme, en quête d'assistance.

— Ne me regardez pas avec ces yeux-là, mon cher, déclara lady Farley-Stroud. J'ignore absolument de quoi il s'agit.

— Allons, ma chère, reprit sir Hector. Nous donnons notre langue au chat. Il faut nous dire ce que c'est, maintenant.

— Du brandy, lâcha lady Hardcastle.

Les Farley-Stroud éclatèrent de rire.

— Dans ce cas, nous ferions mieux de passer au petit salon pour voir si nous pouvons vous en offrir une goutte ou deux.

Ce que nous fîmes.

Nous jouâmes plusieurs donnes de bridge et fûmes battues à plate couture par le vieux couple qui fit montre d'une extrême habileté au jeu et d'une certaine témérité dans les enchères. À cette occasion, les Farley-Stroud nous apprirent qu'ils faisaient équipe depuis plus de quarante ans et qu'ils connaissaient rarement la défaite.

Quand notre esprit fut trop embrouillé pour continuer à jouer aux cartes, nous passâmes dans la salle de bal où se trouvait leur magnifique piano quart-de-queue et lady Hardcastle nous régala de pièces de Chopin ainsi que d'un peu de Schubert. Pour finir, nous entonnâmes un répertoire de music-hall composé de chansons paillardes dont je découvris avec ravissement que lady Farley-Stroud connaissait non seulement les paroles, mais aussi les mimiques.

Nous partîmes à deux heures du matin et redescendîmes la colline à pied, ayant reçu l'assurance que Bert nous ramènerait la Rover à neuf heures le lendemain.

Au matin, nous expédiâmes toilette, petit déjeuner et bagages avec une célérité remarquable compte tenu de la nuit trop courte et du contrecoup dont nous nous ressentions après notre formidable soirée chez les Farley-Stroud.

Je regrettais que lady Hardcastle ait décidé de donner toute la semaine à Edna et Miss Jones. N'auraient-elles pu prendre leurs congés à partir de mardi ? m'agaçai-je en débarrassant la table du petit déjeuner et en faisant un dernier tour de rangement dans la maison.

Bert arriva au volant de la Rover à l'instant où l'horloge de l'entrée sonnait neuf heures. Il déclara que c'était une « bonne petite voiture » avant de poliment décliner mon offre de le ramener au manoir, au prétexte que marcher lui ferait du bien. Je le soupçonnais plutôt de vouloir en profiter pour pousser jusqu'au village et rentrer à La Grange sans trop de hâte, perspective tout aussi attrayante que l'exercice physique.

Peu de temps après, Newton arriva dans la carriole du Dr Fitzsimmons, prêt à nous conduire à la gare voisine de Chipping Bevington, le chemin de fer n'étant pas encore arrivé jusqu'à Littleton Cotterell. C'était un homme impassible et un mari soumis dont l'acrimonieuse épouse tenait la maison du Dr Fitzsimmons. J'avais rencontré Mme Newton durant notre première semaine au village et, dès l'abord, elle m'avait fait mauvaise impression. Toutefois, son naturel autoritaire avait pour conséquence pratique que Newton resta de marbre lorsque je lui appris que j'allais l'aider à charger nos bagages dans la carriole. Il s'abstint même de tout commentaire sur ma force physique, chose que je trouvai plus rafraîchissante et plus reposante que tous les « Attendez, mademoiselle, je vais le faire » du monde.

En un clin d'œil, tout fut chargé et nous nous mîmes en route à notre allure modérée, mais régulière, pour la gare de Chipping. Newton ne faisait aucun effort de conversation, mais nous avions l'esprit encore si embrumé de la veille que c'était un plaisir de profiter de ce long trajet dans un silence agréable. Le soleil était sorti, l'air était doux et je m'imprégnais des panoramas et des parfums de l'Angleterre dans toute la splendeur de l'été finissant. Les sièges en hauteur de la carriole nous permettaient de voir par-delà les haies qui nous occultaient le paysage lorsque nous roulions dans notre petite voiture à moteur, et je fus à même de commencer précocement mon étude de la campagne en observant tout à loisir certains troupeaux de laitières les plus remarquables du Sud-Ouest – à bonne distance, cependant. En effet, comme le sait toute personne de bon sens, les vaches sont des bêtes terrifiantes desquelles on ne devrait jamais s'approcher. Pour autant, il n'y avait aucun risque à les regarder de l'autre côté d'une robuste haie anglaise ; tandis que nous approchions de notre destination, j'aperçus même un ou deux cochons à la robe tachetée plutôt cocasse (des Old Spots du Gloucestershire, espérai-je en toute sincérité, quoiqu'à la vérité, je n'en susse rien) en train de fouiller le sol non loin de leurs petites cahutes en bois, dans un champ en bordure de la route.

À notre arrivée à la gare, le porteur, qui semblait nous avoir reconnues de nos précédents voyages, se précipita vers nous en poussant son chariot et attendit à peine que nous fussions à l'arrêt pour entreprendre gaiement de décharger nos bagages. Quand lady Hardcastle et moi fûmes descendues de la carriole et qu'elle eut fourré quelques pièces dans la main de Newton pour le dédommager de sa peine, le robuste petit porteur avait tout empilé sur son robuste petit chariot et se dirigeait déjà vers le robuste petit guichet.

Il attendit que nous arrivions à sa hauteur.

— Bien le bonjour, m'dame. Content de vous revoir. Z'avez qu'à aller toucher un mot au jeune Roberts, il vous donnera vos billets et vous amènera à vot'train.

— Merci, monsieur… ? l'interrogea lady Hardcastle.

— Roberts, m'dame, répondit-il en relevant du doigt sa casquette de cheminot. Le vieux Roberts, qu'on m'appelle. Le jeune Roberts qu'est là derrière son guichet, c'est mon aîné, voyez ? Le chemin de fer, on a ça dans le sang. Voilà près de soixante ans qu'il y a des Roberts à la gare de Chipping Bevington, ça a commencé avec mon grand-père, monsieur Roberts.

— Eh bien, commenta lady Hardcastle avec un sourire tout en s'approchant du guichet, quelle merveille que d'être accueillie avec tant de chaleur ! On a l'impression de visiter une vieille entreprise de famille.

Roberts s'épanouit de fierté. Son fils, lui, semblait vaguement embarrassé, mais il afficha un sourire de conspirateur lorsque lady Hardcastle lui adressa un clin d'œil.

— Deux allers-retours pour Riddlethorpe, s'il vous plaît, lui demanda-t-elle.

Le jeune homme tira des profondeurs de son comptoir un énorme volume aux pages écornées. Puis il passa quelques minutes à le feuilleter dans un sens et dans l'autre, tout en prenant des notes sur un bout de papier.

— J'pense pas avoir jamais vendu de billet pour Riddlethorpe, m'dame, nous avoua-t-il lorsqu'il eut fini ses calculs. Je ferais bien de le noter dans mon registre. J'aime bien garder la trace de tous les endroits où j'envoie les gens. C'est intéressant, je trouve, d'voir où c'est qu'ils vont.

Lady Hardcastle lui sourit avec chaleur.

— Le plus court itinéraire pour vous, poursuivit-il en consultant ses notes, ça s'rait d'aller à Bristol Temple Meads, puis de prendre l'express pour Birmingham New Street. De là, vous pourrez prendre une correspondance pour Leicester et puis changer pour la ligne secondaire à destination de Riddlethorpe. En plus, vous êtes arrivées pile à l'heure, comme qui dirait. Si vous prenez le prochain train, toutes vos correspondances vont s'enchaîner bien comme il faut.

À la vérité, nous savions déjà tout cela, ayant passé presque une heure le week-end dernier à potasser le *Guide Bradshaw* afin de trouver le meilleur itinéraire pour nous rendre à Codrington Hall. Mais le plaisir que le jeune guichetier éprouvait à nous avoir si bien renseignées était tellement visible qu'il eût été grossier de le lui gâcher.

Lady Hardcastle paya nos deux billets de première classe et le « vieux » Roberts nous conduisit jusqu'au « quai du bas », où nous prîmes place dans la salle d'attente, le temps qu'arrive le train pour Bristol. Par la fenêtre, lady Hardcastle regardait Roberts en train de rédiger avec soin nos noms et adresse sur les étiquettes qu'il allait attacher à nos bagages.

— Vous savez, Flo, ce voyage aurait été bien plus direct si nous avions envoyé nos carrioles en premier. Je sais bien que les cheminots sont des gens plutôt organisés, mais je m'inquiète fort que quelque chose se perde, entre tous ces changements de train. Si nous avions expédié nos bagages à l'avance, les employés auraient eu plus de temps pour les trouver et les remettre sur le bon chemin si jamais ils s'étaient égarés, vous ne pensez pas ?

Je ne répondis rien. J'avais fait valoir ce point plusieurs jours auparavant, mais mes inquiétudes avaient été balayées d'un revers de la main. Sur le moment, avec toutes les corvées qui m'attendaient, j'avais préféré ne pas insister. Qu'il s'avère à présent que j'avais raison et que lady Hardcastle se rangeât à mon avis n'était qu'une vaine victoire, aussi décidai-je à nouveau de ne pas insister.

Au lieu de quoi, j'affirmai :

— Oh, nous nous en sortirons très bien, madame. À peine aurons-nous remis notre livre dans notre poche que tous nos bagages nous attendront sur le quai à notre descente du train. Ces gars-là traitent chaque jour des expéditions bien plus compliquées que la nôtre. Et quand bien même quelque chose viendrait à s'égarer, tout a été correctement étiqueté. Nous n'aurions qu'à prier lord Riddlethorpe d'envoyer quelqu'un quérir nos bagages à la gare dès qu'ils seraient arrivés.

— Vous avez raison, bien sûr. Il n'empêche, j'aurais dû vous écouter lorsque vous m'avez suggéré de faire partir nos bagages à l'avance.

J'en étais toujours pantoise lorsque nous montâmes à bord du train qui venait d'entrer en gare.

2

Le voyage fut long. Cent ans plus tôt, il aurait été plus long encore, mais notre périple ne se déroulait pas il y a cent ans. Vu avec l'impatience et le manque de recul de la voyageuse moderne, il dura une éternité. Nos changements à Bristol Temple Meads (le château ferroviaire de style Tudor conçu par Brunel), à Birmingham New Street (avec son immense toiture) et à Leicester London Road (qui sentait presque encore le neuf) se déroulèrent sans la moindre anicroche. Nous passâmes de train en train avec une précision d'horloge que le monde entier dut nous envier. Nos bagages, eux aussi, parvinrent à nous suivre sans le moindre souci.

Le problème, car il se devait d'y en avoir un, fut que, comme je l'ai déjà dit, notre périple prit une éternité. Il y a des limites aux conversations qui s'offrent à deux voyageuses pour tuer le temps, une fois abordées l'éventuelle terreur des vaches à voir passer les trains (bien fait pour elles si c'est le cas – les horribles créatures !) et la possibilité que les locomotives soient un jour alimentées en électricité, à l'instar des tramways. Lady Hardcastle, qui suivait avec grand enthousiasme les évolutions du monde de la science et de la technologie, m'affirma que ce serait bientôt le cas. À ces mots, le gentleman qui partageait notre compartiment émit un reniflement de dérision, mais il eut la sagesse de se taire.

Nous lûmes le journal. Nous lûmes nos livres. Nous jouâmes à des jeux de mots. Nous inventâmes des biographies fantastiques aux gens que nous voyions plantés sur le quai des gares que nous traversions. Le beau jeune homme dans son criard blazer à rayures que nous aperçûmes quelque part à la sortie de Birmingham, par exemple, était un clerc de notaire prénommé Raymond, qui allait passer une audition à la ville pour jouer dans une comédie musicale. Sa bonne amie, une certaine Mildred, affublée d'un strabisme, d'une jambe de bois et d'un cœur d'or, lui avait préparé un casse-croûte pour midi et l'avait envoyé sur un tendre baiser à la poursuite de ses rêves. Le gentleman renifleur quitta le compartiment à cet instant et ne sut jamais ce qu'il advint de Raymond et Mildred.

Enfin, nous descendîmes avec soulagement à la gare de Riddlethorpe pour découvrir non seulement que nos bagages étaient tous présents et en bon état, mais que le chauffeur de lord Riddlethorpe nous attendait dans la Rolls-Royce de monsieur le comte. Ayant organisé notre expédition dans les moindres détails, nous avions pu télégraphier à Codrington Hall que nous serions très en avance sur l'heure prévue.

En dépit de la longueur du voyage, j'étais d'humeur joyeuse lorsque nous descendîmes du train pour aller récupérer nos bagages. Lady Hardcastle était elle aussi dans une forme exubérante et elle traversa la gare en froufroutant, charmant tout le monde sur son passage.

Codrington Hall était situé à quelques kilomètres de la petite ville de Riddlethorpe et le trajet nous donna tout le temps de faire connaissance avec Morgan, le jeune chauffeur de lord Riddlethorpe.

— Êtes-vous déjà venue en visite chez nous, madame ? s'enquit-il alors que nous roulions sur une route étonnamment plate.

Il y avait bien quelques légères bosses à l'horizon, mais rien qui pût être proprement qualifié de colline, et avec les fossés qui longeaient la route en lieu et place des haies, le ciel semblait bien plus vaste que d'habitude.

— Non, c'est la première fois que nous venons, répondit lady Hardcastle. Est-ce un endroit où l'on s'amuse ?

Le chauffeur se mit à rire.

— Plutôt, oui. Surtout si vous vous intéressez aux automobiles. Mais vous connaissez suffisamment monsieur le comte pour savoir ça.

— En fait, je ne l'ai rencontré que quelques fois et cela remonte à des années, à l'époque où nous étions ensemble à Cambridge. C'est un ami de mon frère, Harry Featherstonhaugh.

— Ah, je vois. Eh bien, M. Featherstonhaugh est arrivé hier soir et monsieur le comte et lui semblent en effet très bons amis. Aux dires de tous, il y avait beaucoup de gaieté dans la salle de billard.

— Tant mieux ! commenta ma patronne. Y a-t-il d'autres invités ?

— Pas encore, madame. Mais on en attend pas mal. À part vous, monsieur le comte en a invité deux de plus et lady Lavinia arrivera demain avec deux de ses amies.

— Lady Lavinia ? L'épouse de lord Riddlethorpe ? Sa fille ?

— Sa sœur, madame. Lord Riddlethorpe ne s'est jamais marié.

— Une sœur ? Dire que pendant toutes ces années j'ai ignoré qu'il avait une sœur. Ma foi, la maison sera donc pleine comme un œuf.

Morgan se remit à rire.

— Il y aura de l'animation, madame, mais si je puis me permettre, il faudrait bien plus d'invités que ça pour remplir la maison en entier.

Lady Hardcastle sourit.

— Depuis quand travaillez-vous là-bas ?

— Depuis un an environ. Monsieur le comte m'a vu en train de bricoler un moteur de voiture à la forge de mon père et il m'a proposé un emploi sur-le-champ. Papa est forgeron, voyez ? Il voulait que je prenne sa suite et pour sûr, j'ai beaucoup appris avec lui, mais je ne pense pas qu'il y ait beaucoup d'avenir dans ce métier. Moi, je pense que l'avenir, c'est les automobiles, mais mon père ne le voit pas de cet œil-là.

— Vous êtes donc plus qu'un chauffeur pour lord Riddlethorpe ?

— Tout juste, madame. Je suis son mécanicien. Je m'occupe de ses automobiles. Vous connaissez son écurie de course ?

— Pas dans le détail, non. Harry m'a expliqué que c'était le propos de la soirée, mais rien de plus. Il m'a également appris que monsieur le comte possédait son propre circuit automobile sur son domaine, ce qui me semble fort divertissant. Mais je confesse que je ne sais guère à quoi m'attendre.

— Vous avez cru que c'était un caprice de riche ?

Ma patronne sembla songeuse, comme surprise par la perspicacité du jeune homme.

— En fait, c'est cela, avoua-t-elle. Avez-vous lu le livre de Kenneth Grahame, *Le Vent dans les saules* ?

— J'crains bien que non, madame.

— Certes, c'est un livre pour enfants, mais il est réellement magnifique. L'un des personnages s'appelle Crapaud, baron Têtard. Mais peu importe.

— Pour sûr, j'essaierai de mettre la main dessus. Et vous, mademoiselle ? Qu'est-ce que vous attendez de votre semaine de vacances ?

— Moi ? dis-je. Oh, je n'en sais rien. Un intermède dans le dur labeur qui consiste à servir une maîtresse aussi exigeante, peut-être ?

— C'est une coriace, pas vrai ? me lança-t-il avec un clin d'œil.

— La pire qui soit. Mais comme elle le cache lorsque nous sommes en société, personne n'a idée du calvaire que j'endure.

Morgan éclata de rire tandis que lady Hardcastle soufflait en levant les yeux au ciel.

— Si jamais vous avez besoin de vous échapper, reprit-il, vous n'avez qu'à descendre à la remise à calèches. Vous serez sûre de m'y trouver et je serai ravi de vous faire une tasse de thé.

— Merci, dis-je. Mais ne serez-vous pas accaparé par la course ?

— Oh, ne vous en faites pas pour ça. J'ai toujours du temps pour les masses opprimées.

— Opprimées, tu parles ! rétorqua lady Hardcastle. Et puis je crains qu'Armstrong ne soit elle-même trop occupée à concourir pour prendre le thé dans votre garage. Nous serons d'ailleurs toutes les deux trop occupées.

— Vous allez prendre part à la course, madame ? s'enquit-il avec une surprise visible.

— Ma foi, je serais fort déçue si nous n'y participions pas. On ne fait pas tout ce chemin pour aller chez quelqu'un qui a son propre circuit sans l'essayer.

— Ben, ça alors… dit-il avec lenteur.

— Pour être franche avec vous, mon cher garçon, ce sera une première pour nous. Mais je viens de m'acheter une automobile et j'avoue m'être entichée de cette affaire à quatre roues.

— Une automobile à vous, hein ? répéta Morgan, visiblement ravi de pouvoir parler de sa passion. Et qu'est-ce que vous avez pris comme modèle ?

— Sur les conseils du chauffeur de mon amie, j'ai acheté une Rover 6.

— La Rover, hein ? Bonne petite auto, ça. Jolie petite deux places. Un peu moins puissante que ce que nous construisons au domaine, mais c'est déjà un bon début.

Lady Hardcastle sourit.

— Je suis ravie que vous approuviez mon choix.

— Et vous la conduisez vous-même ?

— Nous le faisons à tour de rôle. C'est si amusant que je ne peux en laisser l'exclusivité à Armstrong.

Le jeune Morgan me jeta un coup d'œil pour en avoir confirmation et j'opinai du chef en souriant.

— Ben ça… répéta-t-il. Ben ça, alors…

Il passa le restant du trajet à nous détailler avec enthousiasme toutes les choses que nous pourrions faire pour améliorer les performances de notre petite Rover et, à en juger par la lueur dans le regard de lady Hardcastle, je compris que dès notre retour à la maison, nous aurions notre propre atelier de mécanique tout équipé.

Le portail du gardien de Codrington Hall se trouvait à l'autre bout de Riddlethorpe par rapport à la gare et il semblait que nous allions l'atteindre sous peu.

En revanche, le trajet du portail jusqu'à la vaste étendue de gravier du manoir dura une éternité. Il nous sembla rouler des kilomètres le long d'une sinueuse allée boisée, passant devant des moutons, une ou deux biches poussées par la curiosité et enfin devant une vache de race Highland, à longues cornes et pelage laineux, qui paraissait regretter amèrement de ne pas se trouver en un lieu un peu moins plat et un peu plus écossais.

Au loin, on entrapercevait de temps à autre le toit et les cheminées du manoir, juste assez pour en être alléché, mais l'allée avait de toute évidence été dessinée de manière à le dissimuler le plus longtemps possible à la vue, afin de faire croître l'impatience chez le visiteur. Au détour de la dernière courbe, la maison nous fut enfin révélée dans toute sa splendeur, en tout point aussi impressionnante que l'avait voulue son architecte. Un plat servi à table n'est qu'un banal plat de nourriture si l'on peut le voir apporté jusqu'à soi par un valet de pied. Mais lorsqu'il est dissimulé par une magnifique cloche en argent que le valet de pied dépose devant vous avant de l'ôter d'un grand geste dans une bouffée de vapeur, même le plus banal des plats peut prendre des allures de chef-d'œuvre culinaire.

Non que Codrington Hall ait été banal de quelque façon que ce fût. Au début du XVIIIe siècle, le comte de Riddlethorpe avait de toute évidence quelques sous de côté, car il avait consacré une bonne partie de sa fortune à faire démolir son ancestral tas de ruines pour le remplacer par un énorme château, magnifique monument à la gloire de richesse et du prestige de sa famille. Même si nombre de gens le trouvaient démodé et lui préféraient les frivolités et autres chichis victoriens du néogothique, j'étais pour ma part toujours impressionnée par l'élégante symétrie de l'architecture géorgienne. Or, Codrington Hall était un exemple saisissant de la belle simplicité de cette période. Son seul ornement était un portique aux colonnes ostentatoires, lequel encadrait de grandes portes peintes en noir. Un échalas en salopette émergea de l'une d'elles, apparemment pour nous accueillir, accompagné par deux turbulents dalmatiens aux taches presque parfaitement identiques.

— Mais qui voilà ! lança-t-il d'une voix forte par-dessus les aboiements excités des chiens.

Lady Hardcastle agita la main en réponse, attendant que Morgan vienne au petit trot lui ouvrir la portière.

— Mais qui voilà ! répéta l'homme alors qu'elle descendait de l'automobile. Emily ! Quel plaisir de vous revoir, ma vieille !

— Bonjour, Edmond chéri, répondit-elle en l'embrassant sur la joue.

— Edmond… Vous savez bien qu'il n'y a que vous et la Mater pour m'appeler ainsi.

— Oui, mon très cher, mais je n'ai jamais pu me résoudre à vous appeler Fishy.

Lord Riddlethorpe lâcha un bref aboiement de rire, s'attirant l'attention des chiens qui renoncèrent à leur inspection des malles et valises que Morgan déchargeait de l'auto pour reprendre leur propre concert d'aboiements. Lord Riddlethorpe leur frictionna les oreilles avec tendresse et leur désigna la porte d'entrée.

— Filez, les filles, à la maison !

À ma grande surprise, les deux chiennes obéirent, bondissant vers le château, oreilles au vent, sans cesser de remuer frénétiquement la queue.

Lord Riddlethorpe prit lady Hardcastle par le bras et la guida vers la maison.

— Je suis tellement heureux que vous soyez là. Harry avait quelques réticences à vous demander de venir, je pense, mais je lui ai dit : « Sornettes, Fanners, amène la sœurette, qu'on puisse se remémorer le bon vieux temps. » Ce sera comme si nous étions tous de retour à Cambridge, quoi.

— Ma foi, je suis ravie qu'Harry ait pensé à moi. C'est tout à fait le genre de coupure qu'il nous fallait, n'est-ce pas, Armstrong ?

Lord Riddlethorpe pila net et se tourna vers moi.

— Ma parole, voilà donc la fameuse Mlle Armstrong. Enchanté de faire votre connaissance.

— Enchantée, monsieur le comte, répondis-je avec une certaine prudence, ne sachant trop si être « la fameuse Mlle Armstrong » était une bonne ou une mauvaise chose.

Lord Riddlethorpe me sourit largement.

— Ne paniquez pas, ma vieille ! Fanners m'a chanté vos louanges. Il est terriblement fier de sa petite sœur, mais il parle de vous en termes si élogieux qu'on pourrait croire que c'est notre Emily votre assistante et non l'inverse.

— Dieu me pardonne ! m'exclamai-je.

— Comme vous dites ! s'esclaffa-t-il. Pour tout péché, je suis Edmond Codrington, neuvième comte de Riddlethorpe. Mais vous pouvez m'appeler Fishy – tout le monde le fait, vous savez.

— Merci, monsieur le comte.

Il se remit à rire et repartit vers la maison avec ma patronne.

— Morgan va vous accompagner jusqu'à l'office, Mlle Armstrong. Nous veillerons à ce que l'on s'occupe bien de vous.

Sur ce, ils s'éloignèrent, nous laissant, Morgan et moi, plantés dans l'allée, entourés de bagages.

— Laquelle est la vôtre, Mlle Armstrong ? me demanda-t-il en désignant la pile de valises.

Je lui indiquai la mienne ; il l'empoigna et partit vers le côté droit de l'immense demeure.

— On va faire les présentations, m'expliqua-t-il, puis l'un des gars vous montera votre valise ; je crois qu'on vous a mise avec la femme de chambre de Mme Beddows, mais comme elle ne sera pas là avant demain, vous devriez avoir l'endroit pour vous toute seule, du moins ce soir.

— Mme Beddows ?

— Une des amies de lady Lavinia. Elle est un peu réservée, mais je suis sûr qu'elle vous plaira.

— Mme Beddows ?

Morgan se mit à rire.

— Non, sa femme de chambre. Mme Beddows est une peau de vache.

Ce fut à mon tour de rire. Morgan me conduisit d'un côté de la maison à une volée de marches en pierre qui descendait jusqu'à l'entrée de service. Il s'y engagea en me faisant signe de le suivre. « Labyrinthique » est un terme bien galvaudé. Maintenant que j'y pense, il ne l'est sans doute pas tant que cela, mais c'est sans conteste un mot qui a quelque peu perdu de sa puissance, à force d'être employé pour décrire tout itinéraire vaguement sinueux. Sauf que ce jour-là, il me parut tout indiqué pour décrire le système de passages sous Codrington Hall. Je renonçai vite à prendre des repères ou à me souvenir des différentes bifurcations, préférant me concentrer sur mon guide. Le temps que nous arrivions à l'office, Thésée aurait manqué de fil depuis belle lurette et cette pauvre Ariane serait morte vieille fille, rongée par le regret à l'idée que son amant se soit à jamais perdu, faute d'avoir emporté une plus grosse pelote de fil. Une bien plus grosse pelote de fil.

Enfin, nous atteignîmes le vaste office où le personnel se réunissait pour manger. Un valet de pied, assis à la longue table, un journal étalé devant lui, était en train de polir un grand plat en argent. Il leva les yeux à notre entrée.

— Comment va, Evan ? lui lança Morgan d'un ton jovial.

Le valet de pied se contenta d'un hochement de tête.

— Je te présente Mlle Armstrong, la femme de chambre de lady Hardcastle. Dis, tu veux bien nous rendre service et courir lui monter sa valise dans la chambre d'invités, à côté de celle de Rose et Lily ? Elle va la partager avec la femme de chambre de Mme Beddows sitôt qu'elles seront arrivées.

— J'ai l'argenterie à faire, répondit le dénommé Evan d'un ton maussade.

— Allez, ça ne te prendra que deux ou trois minutes…

— Pourquoi tu ne le fais pas toi-même ? s'enquit le valet de pied sur le même ton de ressentiment.

— Je dois aller garer l'auto, pas vrai ? Allez, espèce de tire-au-flanc ! Tu serais déjà revenu si tu n'étais pas resté là à m'expliquer à quel point tu es occupé.

— M. Spinney ne va pas être content s'il apprend que je me suis baladé dans la maison alors que je suis censé faire ça.

— M. Spinney sera ravi que tu aies aidé une invitée à se sentir à son aise chez monsieur le comte, répliqua Morgan.

— M. Spinney en sera assurément ravi, fit une voix profonde depuis la porte à notre droite. Levez vos fesses de là et faites ce qu'on vous demande, Evan Gudger. Sur-le-champ.

Un homme de haute stature, aux cheveux noirs et clairsemés, entra dans la pièce et me salua d'une inclinaison de la tête.

— Enchanté de faire votre connaissance, Mlle Armstrong. Je suis Spinney, le majordome de monsieur le comte. J'espère que vous avez fait bon voyage.

— Enchantée, M. Spinney. Oui, merci, c'était long, mais confortable.

— Tant mieux, tant mieux. Bienvenue à Codrington Hall. Une des bonnes va vous conduire jusqu'à la chambre de votre maîtresse pendant qu'Evan montera votre valise. Ensuite, nous vous installerons dans votre chambre. Le dîner est servi à huit heures et monsieur le comte préfère qu'on ne se change pas. C'est avec plaisir que nous vous accueillerons à notre table, sinon je vous ferai monter un plateau dans votre chambre, comme il vous plaira.

Je souris.

— Merci, M. Spinney. Je serai sûrement éreintée après ma journée de travail, aussi un plateau sera-t-il le bienvenu. Vous êtes très aimable.

— Pas du tout, répliqua le majordome avec chaleur. J'ai toujours le sentiment que les invités de monsieur le comte viennent ici pour se détendre, il est donc de notre devoir d'offrir également une récréation à leurs domestiques. Bien entendu, si vous souhaitez de la compagnie, nous formons un petit groupe bien amical, mais je sais que pour ma part, je savoure parfois avec joie quelques moments de solitude. Et à présent, jeunes gens, filez ! Allons installer nos invitées.

Je le remerciai d'un hochement de tête et, sortant de l'office, je suivis la bonne le long d'autres passages labyrinthiques jusqu'à l'escalier de service, et enfin jusqu'à la chambre de lady Hardcastle.

Lady Hardcastle, assise à un secrétaire près de la fenêtre, écrivait ce qui semblait être son journal et ne leva pas la tête tandis que je commençais à défaire ses bagages.

La chambre était meublée dans l'habituel salmigondis de styles que l'on trouve dans les maisons de campagne traditionnelles. L'aristocratie n'aime guère acheter de meubles ; elle en hérite une grande partie et n'achète qu'une par une les pièces qui semblent lui faire défaut. En conséquence de quoi le lit (une monumentale construction d'acajou sculpté) n'était pas assorti à la penderie (délicate, tarabiscotée et marquetée d'un motif floral) qui elle-même n'était pas assortie au secrétaire ni au fauteuil (Louis XVI avec de fins ornements dorés). La grande commode, elle, semblait plus récente et la table de toilette pouvait avoir été achetée cette année même. Toutefois, sur fond de vert, l'ensemble ne jurait aucunement. Je m'approchai du mur pour admirer ce magnifique papier peint.

— William Morris, lâcha lady Hardcastle qui avait remarqué mon manège.

— C'est bien ce que je pensais, répliquai-je négligemment.

— Pas de craques avec moi. Ce papier peint s'appelle « Pied d'alouette » et en toute franchise, je m'étonne de le voir ici. Quelqu'un dans la lignée des Codrington devait avoir des ambitions artistiques.

— Vous l'aviez déjà vu quelque part ?

— Un professeur de Cambridge en avait décoré son salon. Son épouse était elle-même une artiste plutôt douée. Elle était très fière de son papier peint William Morris, mais ce n'est pas le genre de chose qu'achète un comte.

— Ma foi, je suis ravie que quelqu'un l'ait fait, avouai-je. Car il est fort à mon goût.

— Au mien également. (Elle posa enfin son stylo à plume.) Alors, comment est-ce, en bas ?

— Immense et étonnamment silencieux, mais c'est peut-être parce que je n'ai pas encore visité les endroits où l'on s'affaire. Le majordome a l'air sympathique.

— Spinney, dit-elle d'un air absent en regardant par la fenêtre.

— Lui-même. Mais comment… ?

— Fishy – je suppose que je dois m'habituer à l'appeler ainsi puisque tout le monde le fait – Fishy m'a servi tout le clabaudage concernant le personnel.

— Le « clabaudage », madame ?

— Oui, le clabaudage, les cancans et les commérages, sans oublier les potins.

— C'est la première fois que j'entends ce mot-là, m'étonnai-je en pliant un châle dans un tiroir.

— Ah, vraiment ? Mon père l'employait à tout bout de champ.

— Ah, ceci explique peut-être cela.

— Passé de mode, vous trouvez ?

— Un tantinet, madame. Sur qui d'autre encore vous a-t-on servi du « clabaudage » ?

— Dieu du Ciel, Flo, j'étais déjà contente de moi d'avoir réussi à retenir le nom du majordome. Vous ne vous attendez tout de même pas à ce que je me souvienne aussi des autres ?

— Désolée, madame. J'oublie parfois que votre pauvre tête subit les ravages d'une sénilité insidieuse.

— Assurément, ma chère, assurément. Il y avait bien quelque chose à propos de la cuisinière qui est un véritable chou, paraît-il, mais ne me demandez pas son nom. Le jeune Morgan Coleman m'a fait très bonne impression avec ses talents de chauffeur et de mécanicien, mais cela, je l'avais déduit moi-même. Spinney a également fait mention de l'intendante... Mme... Mme... Mme McQuelquechose, je crois.

— Vous vous en êtes bien tirée, madame. Et vous avez retenu nombre de leurs patronymes, par-dessus le marché.

— Du vif-argent, ma chère, c'est tout moi. Le majordome a également précisé l'heure à laquelle on servait le dîner, mais j'ai complètement oublié.

— À huit heures, madame. Pas de tenue de soirée.

— Ah, fit-elle tristement.

— Vous n'aimez pas la cravate noire, madame ?

— Oh, je me moque de ce que l'on porte, je suis simplement consternée à l'idée qu'il faille attendre encore si longtemps... je meurs de faim.

— Voulez-vous que je demande à la cuisinière de vous préparer un petit sandwich vite fait ?

— Vous me tentez, mais cela me coupera l'appétit. Je devrai donc prendre mon mal en patience.

— Vous êtes un bon petit soldat, madame.

— Un peu, mon neveu ! s'exclama-t-elle en décidant finalement de m'aider à défaire les valises. Devrez-vous prendre votre repas à l'office ?

— On m'a proposé de me porter mon souper dans ma chambre.

— Vraiment ? Mince, alors ! En profiterez-vous ?

— Je pense que oui, madame. J'aime assez la perspective d'une soirée paisible entre un repas copieux et un livre édifiant.

— Quelle merveilleuse idée, approuva-t-elle tout en massacrant une robe qu'elle tentait de mettre sur un cintre.

Je la lui pris doucement des mains et lui indiquai d'aller reprendre sa place près de la fenêtre.

Une fois que tout fut rangé, il fut temps pour lady Hardcastle de se préparer pour le dîner. M'étant assurée qu'elle était tirée à quatre épingles, je me retirai et disparus une fois de plus dans le dédale d'escaliers et de corridors de service.

Après moins de dix minutes d'errance, je parvins à retrouver le chemin de l'office qui s'était entre-temps transformé en véritable ruche. M. Spinney, qui montrait à un valet de pied en second la meilleure façon d'ôter la tache qu'il s'était faite sur la manche de sa livrée, s'interrompit en me voyant circuler parmi les domestiques affairés. Il vint vers moi et s'enquit d'un ton affable :

— Tout est-il à la satisfaction de votre maîtresse ?

— Oui, merci.

— Magnifique. Y a-t-il autre chose que nous puissions faire pour elle ?

— Non, je pense que tout est en ordre. Un peu plus tard, vous pourriez envoyer quelqu'un pour ranger ses malles et ses valises dans votre local à bagages ?

— Bien sûr, bien sûr. Et vous ? Y a-t-il quelque chose que nous puissions faire pour vous ?

— Vous êtes très aimable. Mais êtes-vous tout à fait sûr de vouloir me faire monter mon souper dans ma chambre ? C'est une proposition des plus délicates, mais le reste du personnel ne risque-t-il pas de me trouver trop impolie ? Je ne voudrais pas qu'on pense que je me refuse à manger avec les domestiques, mais le luxe que représente une soirée tout à moi me semble trop beau pour être dédaigné.

— Pas du tout, pas du tout, m'affirma M. Spinney avec un sourire. C'est un petit groupe tout à fait accueillant, mais pendant le dîner, il peut y avoir un certain tapage et je comprends fort bien que vous ne teniez pas à vous y confronter après une longue journée de voyage. Je demanderai qu'on vous fasse porter un plateau dès que nous aurons fini de servir en haut. Vous a-t-on montré votre chambre ?

— Pas encore. Mais je suis certaine qu'elle ne doit pas être difficile à trouver. Je grimperai jusqu'à ce que je trouve une chambre qui contienne ma valise.

— C'est ce qu'il faut faire. Maintenant, si vous voulez bien m'excuser, je dois retourner à ce jeune Billy et à sa manche crasseuse.

Je le remerciai d'un sourire et repris l'escalier par lequel j'étais venue, mais en sens inverse. Cette fois, pourtant, je dépassai le premier étage et poursuivis vers ce que je présumais être le quartier des domestiques, tout en haut de la maison. Je finis par émerger dans un corridor à la décoration sobre et pourtant curieusement douillette, et continuai jusqu'à la seule porte ouverte, tout au bout, à ma gauche. Sans surprise, je découvris ma valise posée près d'une robuste tête de lit en fer, à côté de la fenêtre. Près de la porte se trouvait un autre lit. Tous deux étaient faits avec des draps propres et repassés, garnis d'épaisses couvertures.

Je défis ma valise et m'installai dans le fauteuil qui occupait un coin de la pièce, munie de mon exemplaire de *La Machine à explorer le temps* de H. G. Wells que je n'avais que trop tardé à relire.

3

Je dormis comme une comtesse. Enfin, comme une comtesse qui aurait connu des déboires et qui se serait mise à travailler en tant que femme de chambre. Toutefois, mon logement étant des plus luxueux à l'échelle d'une domestique, je n'avais pas lieu de maugréer ni de ronchonner – j'avais dormi bien plus confortablement que beaucoup de gens.

Je me préparai pour la journée, puis descendis l'escalier secret, histoire de voir si je pouvais dénicher une théière pour lady Hardcastle. Dans la plupart des maisons de campagne, la règle aurait voulu que je me rende à l'office pour attendre que ma maîtresse me sonne, mais lady Hardcastle dédaignait les étalages ostentatoires dus à son rang et préférait au réveil une bonne tasse de thé accompagnée d'un menu bavardage, le temps de rassembler ses esprits.

La cuisine, lorsque je parvins à la trouver, bourdonnait d'efficacité et de diligence. Je me présentai donc moi-même à la cuisinière.

— Bonjour, ma chère, répondit la joviale et dodue personne qui régnait sur les lieux. Je suis Mme Ruddle. Bienvenue à Codrington. Avez-vous bien dormi ?

— Très bien, merci, Mme Ruddle. Et merci pour le délicieux souper que vous m'avez fait monter hier soir. Je ne me souviens pas d'avoir jamais été si bien traitée. J'espère que personne n'a trouvé prétentieux le fait que je ne me sois pas jointe à vous.

La cuisinière se mit à rire.

— Pas du tout, ma chère. On sauterait tous sur l'occasion si elle se présentait, n'est-ce pas ? Tant que vous êtes bien à votre aise, ça ne nous dérange point du tout. C'est pas comme si vous ne deviez pas mettre la main à la pâte pendant vot' séjour ici, pas vrai ? C'est peut-être d'agréables petites vacances pour vot' maîtresse, mais vot' travail à vous, il s'arrête pas pour autant, hein ?

— Vous êtes très aimable. Et à propos de mon travail, je suppose qu'il n'y a pas encore d'eau en train de chauffer pour une théière ? J'aimerais monter un plateau à lady Hardcastle, si c'est possible.

— Bien sûr, ma chère, répondit-elle en se remettant à s'affairer. Je vais dire à Patience, la fille de cuisine, de vous préparer tout ça. Vot' maîtresse voudra-t-elle des toasts ? Je parie que des toasts beurrés ne seraient pas pour lui déplaire. Je dirai à Patience de lui en mettre une assiette sur le plateau. Et vous ? Vous devez avoir un p'tit creux. Allez donc vous servir à la table de l'office en attendant que Patience vous apporte le plateau.

Une fois assise à la table, je me servis, comme on m'y avait encouragée, d'œufs, de bacon et de toasts. J'allais m'enquérir de la délicieuse sauce tomate que je venais de goûter lorsqu'une femme d'une quarantaine d'années, toute de noir vêtue, entra d'un pas majestueux dans la pièce. La bonne que j'allais interroger se souvint tout à coup qu'elle avait à faire ailleurs de toute urgence et se volatilisa littéralement sous mes yeux. La femme s'adressa à moi.

— Bonjour, me salua-t-elle avec un accent snob tout à fait incongru. Vous devez être Mlle Armstrong. Je suis Muriel McLelland, l'intendante de lord Riddlethorpe.

— Ravie de faire votre connaissance. Florence Armstrong. Mais tout le monde m'appelle Flo.

— Enchantée, répliqua l'intendante en prenant place à côté de moi.

En toute objectivité, c'était une femme extrêmement séduisante, aux traits délicats, à la chevelure miel et aux yeux d'un bleu si foncé que sous une certaine lumière, ils auraient pu paraître noirs.

Il était également évident qu'une robe plus flatteuse que l'uniforme typique d'une intendante lui aurait fait une silhouette plus en accord avec la beauté de son visage. Comme seul ornement, elle portait une fine broche en perles minuscules.

— Vous avez quelques journées mouvementées devant vous, à ce qu'il paraît, dis-je. Entre la fête de ce soir et les invités toute la semaine.

— Oh, rien d'insurmontable, affirma-t-elle en se servant d'œufs et de bacon dans le plat qui venait d'être regarni. Je préfère de loin l'occupation à l'oisiveté. N'êtes-vous pas de cet avis ?

— Si fait. Et à ce propos, voilà Patience avec le plateau de lady Hardcastle. Je ferais mieux d'y aller, si vous voulez bien m'excuser.

— Bien sûr, dit-elle, alors que je me levais de table. Si vous souhaitez un peu de compagnie, je fais ma pause aux alentours de onze heures. Nous pourrions peut-être prendre une tasse de café ?

— Si je peux me libérer, ce serait avec grand plaisir. Cependant, je ne vous promets rien. Lady Hardcastle pourrait bien avoir d'autres projets pour moi.

— Je comprends très bien. Je prends mon café dans ma chambre – vous n'aurez qu'à demander à l'une des filles, elle vous indiquera la bonne direction.

Avec un sourire de remerciement, je pris le plateau des mains d'une Patience à la mine déjà épuisée et montai réveiller ma patronne.

— Bonjour, madame ! lançai-je en déposant le plateau sur le secrétaire pour aller ouvrir les rideaux.

Un marmonnement rauque s'éleva des couvertures.

— Je vous ai apporté du thé et des toasts, poursuivis-je avec entrain. Quand j'ai quitté la cuisine, on commençait à apporter les couverts du petit déjeuner dans la salle à manger.

Assourdi par les couches de drap et de couvertures, un autre gémissement lointain de qui s'apitoie vaguement sur son sort s'éleva.

— On a un peu trop forcé sur l'alcool au dîner, madame ? m'enquis-je avec un grand sourire.

Comme elle s'extirpait de sa grotte de draps et s'asseyait dans le lit, je vis qu'en effet, elle avait quelque peu abusé de la boisson.

— C'est la faute de mon imbécile de frère, croassa-t-elle.

— Bien sûr, madame, répliquai-je en lui versant une tasse de thé. C'est pas moi, c'est lui, le grand garçon qui s'est enfui. C'était toujours l'excuse que je donnais.

Elle se racla la gorge avec mépris, mais me sourit avec gratitude en saisissant la soucoupe et en portant la tasse à ses lèvres pour sa première gorgée revigorante de la journée.

— Vous avez déjà dîné avec Harry, insista-t-elle. Vous savez comment il est. « Reprends donc un verre… » ; « Allez, sœurette, on ne laisse pas un gars boire tout seul ! » ; puis : « Dis donc, Fishy, ce porto est supérieur. N'est-ce pas qu'il est supérieur, Em ? Tiens, laisse-moi t'en servir un autre verre. » Et encore : « S'il y a une chose que j'ai toujours aimée chez toi, Fishy, c'est ton excellent cognac. Mais où donc te le procures-tu ? Em ne dit jamais non à une petite goutte de brandy, pas vrai ? Je t'en ressers un verre ? » Lorsque j'ai réussi à tituber jusqu'à mon lit, nous avions descendu à nous trois la moitié de la cave de ce pauvre Fishy.

— Et il ne vous est jamais venu à l'idée de décliner poliment ?

— Sûrement pas, non, rétorqua-t-elle en reprenant lentement ses esprits. S'il y a bien une chose pour laquelle Fishy est connu, c'est l'excellence de sa cave. C'eût été un véritable crime de ne pas saisir l'occasion d'y goûter.

Je levai les yeux au ciel.

— Je suis ravie que vous vous soyez bien amusée, madame.

— Ça, on peut le dire. C'était bien agréable de revoir Harry, et Fishy s'est révélé d'une compagnie tout à fait épatante.

— Tant mieux ! La soirée s'annonce donc divertissante.

Lady Hardcastle mordit timidement dans son toast.

— Cela se pourrait bien, acquiesça-t-elle.

Du moins, c'est ce que je crus entendre. Comme elle avait la bouche pleine, ça aurait tout aussi bien pu être : « Sellez-moi ce bourrin », quoique ma première interprétation fût tout de même un peu plus logique que la seconde. Elle déglutit avant de reprendre :

— Vous êtes au centre de toutes les conversations, vous savez.

— Moi, madame ? me récriai-je avec consternation. Mais pourquoi ?

— Nos échanges ont principalement porté sur deux axes : les automobiles, les courses d'icelles, et les exploits héroïques d'une certaine Florence Armstrong.

J'ouvris de grands yeux.

— Non, mais franchement, poursuivit-elle. J'aurais cru que depuis le temps, Harry serait un peu revenu du sujet : voilà une éternité que mes exploits avec Roddy lui sont connus (vous savez combien les gars des Affaires étrangères aiment à cancaner), mais apparemment, rien ne peut rivaliser avec les quelques bagarres, lancers de couteaux et autres facéties d'une minuscule femme de chambre galloise. Il a conté vos hauts faits à Fishy qui en a été si impressionné qu'il est bien décidé à faire votre connaissance.

Sir Roderick avait fait partie du corps diplomatique dans les années 1880 et 1890 : une position idéale pour lady Hardcastle qui avait pu se livrer à un petit espionnage discret pour le compte du gouvernement de Sa Majesté britannique. Elle avait été recrutée avant d'avoir quitté Girton College et sa réputation était déjà bien établie dans les hautes sphères des Affaires étrangères lorsqu'elle m'avait embauchée comme femme de chambre et entraînée dans son univers de magouilles et de furetages. À sa place, je serais donc un peu vexée de voir ma contribution à la sécurité nationale éclipsée en faveur des gesticulations d'une novice telle que moi.

— Je ne lui ai rien dit, madame, je vous le jure. Vraiment, je suis affreusement désolée.

À mon grand soulagement, lady Hardcastle se mit à rire.

— Espèce de dinde ! C'est moi qui lui ai parlé de vous. Je suis tout bonnement ravie que quelqu'un d'autre que moi prenne enfin conscience de la minuscule merveille que vous êtes.

— Ouf !

— Vous êtes vraiment nunuche, parfois.

Je sortis les griffes.

— Je n'aime pas qu'on s'imagine que j'outrepasse ma condition, voilà tout.

— Personne ne pense une telle chose, affirma-t-elle. Mais attendez-vous à ce que monsieur le comte vous alpague à un moment ou à un autre et vous cuisine en long et en large.

— Je ne craquerai pas, madame. Vous pouvez compter sur moi.

— Bravo ! répliqua-t-elle en pouffant. Mais pourquoi ne pas savourer quelque temps la gloire et l'attention portées à votre petite personne ? Vous méritez bien un peu de reconnaissance avant de retourner à votre vie de corvées.

— Et d'épreuves, madame.

— Absolument. Laissez donc Fishy papoter avec sa nouvelle héroïne… Par la suite, vous pourrez toujours vous raconter que vous faites partie des masses opprimées.

— Je fais partie des masses opprimées, madame.

— Mais oui, ma chère Flo, mais oui. Et maintenant, préparez-moi pour le petit déjeuner, histoire que je voie ce que Fishy me réserve pour la journée.

Je laissai une lady Hardcastle vaguement présentable se frayer son chemin jusqu'à la salle à manger, l'ayant aidée à revêtir la première des nombreuses tenues qui allaient scander sa journée : une élégante robe d'intérieur en lin gris. Je lui avais également procuré deux aspirines fortifiantes. Entre-temps, je disparus dans le terrier des domestiques pour ramener le plateau du thé en cuisine où Patience me le prit des mains et l'escamota pour qu'il y soit lavé.

Evan, le valet de pied que j'avais rencontré à mon arrivée, lisait le journal à la table de l'office.

— Bonjour, Evan, lançai-je d'un ton jovial.

Il marmonna une sorte de salutation, mais ne leva pas les yeux.

— Tout est en ordre pour la soirée ? poursuivis-je, m'efforçant d'être sociable.

— Vous l'sauriez si vous aviez daigné souper avec nous hier soir, rétorqua-t-il en tournant bruyamment une page de son journal (ou plus probablement de celui de son maître).

— Ça, c'est certain.

De toute évidence, ce n'était pas la peine d'insister.

M. Spinney fit son entrée, chargé d'un plateau en argent.

— Que diable êtes-vous en train de faire, jeune homme ? aboya-t-il.

Evan leva enfin les yeux de son journal.

— Ben, je lis, répliqua-t-il avec insolence.

— Très drôle, riposta Spinney. Je vois bien que vous êtes en train de lire ! Et vous savez très bien que ma question était de pure rhétorique. Ce que je voudrais bien savoir, c'est pourquoi vous êtes en train de lire le journal de monsieur le comte au lieu de le lui repasser.

— Déjà fait, répondit le jeune valet de pied. Et j'ai trouvé ça dommage de point en profiter pour améliorer mes connaissances, savoir c'qui s'passe dans le monde.

— Eh bien, vous pouvez à nouveau le repasser.

— Pas la peine. L'encre a déjà séché. Ça serait une perte de temps.

— C'est à moi de décider du meilleur emploi de votre temps ! s'emporta le majordome. Et je vous dis, moi, que monsieur le comte recevra son journal quotidien avec une encre sèche, mais aussi avec des pages propres et bien repassées, qui n'auront pas été lues par un subalterne.

— J'peux pas dé-lire ce journal, M. Spinney, ironisa le valet de pied en se levant. Tous ces mots chics et ces dangereuses informations sont déjà là-dedans. (Il se tapota la tempe.) J'peux pas les en faire sortir.

Spinney soupira.

— Contentez-vous de repasser ce journal, jeune homme. Sur-le-champ !

Evan emporta le journal avec un grand sourire et sortit de la salle.

Spinney s'assit d'un air las et soupesa la grosse théière posée sur la table.

— J'ai l'impression qu'elle contient encore deux ou trois tasses si vous en voulez une, Mlle Armstrong.

Je pris place en face de lui.

— Merci. Lady Hardcastle vient de descendre pour le petit déjeuner, j'ai donc quelques minutes à moi.

Il versa deux tasses de thé et m'en servit une.

— Je suis navré que vous nous ayez vus sous un jour aussi peu flatteur, s'excusa-t-il. Je ne sais pas ce que nous allons faire de ce garçon.

— Le mettre à la porte ? suggérai-je.

M. Spinney se mit à rire.

— Voilà qui résoudrait tous mes problèmes. Mais pas les siens. C'est un garçon qui a des soucis.

— Ça, je veux bien le croire. Pourquoi diable le gardez-vous dans votre personnel ?

— Nous avons plus ou moins décidé de le prendre sous notre aile, répondit-il avec bonté. Son père est mort à la bataille de Spion Kop et un an après, sa mère s'est tuée à force de boisson. Elle travaillait ici comme domestique, mais nous n'avons rien pu faire pour la protéger d'elle-même. Nous nous sommes alors occupés de son fils, du mieux possible, mais il s'est mis à fréquenter une bande peu recommandable. Ces gars l'ont fait sortir du droit chemin. Il a même comparu devant le juge l'année dernière pour s'être battu en ville, mais monsieur le comte s'est porté garant de lui et, pour lui éviter la prison, il lui a proposé une place ici. Nous faisons de notre mieux pour le jeune Evan et en retour, il met notre patience à rude épreuve.

J'allais m'exprimer de manière bien moins tolérante et compréhensive lorsque le jeune homme revint.

— Le journal de monsieur le comte, M. Spinney, annonça-t-il avec une révérence moqueuse.

— Posez-le sur le plateau. Et allez vaquer à vos corvées.

— Tout de suite, M. Spinney. À vos ordres, chef ! répliqua-t-il en claquant les talons, et il ressortit en riant.

— L'ennui, reprit le majordome, c'est que nous n'avons que lui comme valet de pied en second, aussi ai-je dû lui attribuer la charge de valet de chambre pour les gentlemen invités.

— Mince… Je vois ce qu'il peut y avoir de préoccupant là-dedans.

— Préoccupant, le mot est faible, Mlle Armstrong. Très faible, même.

— Écoutez, je serai à l'étage pour m'occuper de lady Hardcastle. Je peux être vos yeux et vos oreilles, si vous voulez.

— C'est bien aimable à vous, mais vous avez suffisamment à faire comme cela. Evan est… euh… Il vous…

— Il m'a prise en grippe ? suggérai-je. Je le pensais bien.

— Comment ça ?

— Il ne me l'a pas envoyé dire.

Spinney prit un air gêné.

— Je vous prie d'accepter toutes mes excuses au nom de Codrington Hall. Nous nous targuons de notre hospitalité, même envers les domestiques en visite. Surtout envers les domestiques en visite.

— S'il vous plaît, M. Spinney, n'y pensez plus. Je me doutais que ma décision de dîner seule risquait de causer quelques frictions dans vos rangs. La faute en revient à moi seule.

— Ce n'est pas l'opinion du plus grand nombre, Mlle Armstrong. Et nous accueillerions tous avec plaisir l'occasion de faire de même, ainsi que je vous l'ai déjà dit. Evan n'a aucun droit de se montrer grossier envers une invitée.

— Par le passé, j'ai connu des gens dont la méchanceté excédait de loin l'impolitesse dont il a fait preuve à mon égard, affirmai-je. Laissez-moi donc m'en occuper, je le tiendrai à l'œil et veillerai à ce qu'il vous fasse honneur.

— Ma foi, c'est très gentil à vous, mademoiselle. Mais ce genre de tâche ne devrait pas incomber à une invitée.

— Sornettes ! Ce ne sera en rien un fardeau pour moi.

— J'avoue que cela m'aiderait. Je ne peux pas être partout, en particulier à l'étage. J'ai déjà Chanley qui veille sur lui…

— Chanley ?

— Le valet de chambre de monsieur le comte. Il va lui montrer les ficelles du métier, mais une paire d'yeux supplémentaires ne sera pas de trop. Nous nous demandions justement si cette nouvelle fonction pourrait le former aux responsabilités, mais vu son attitude de ce matin, je commence à avoir des regrets.

— Ne vous inquiétez pas, dis-je. Je me présenterai à M. Chanley et, à nous deux, nous verrons ce que nous pourrons faire.

— Je vous en prie, ne vous y sentez pas obligée, Mlle Armstrong, même si je reconnais que toute aide sera la bienvenue. (Il reposa sa tasse de thé à moitié pleine.) Après toute cette histoire, je ferais bien de monter le journal à la salle à manger.

Comme prévu, j'allais attendre lady Hardcastle dans sa chambre. Non contente de m'enseigner le piano, elle avait également commencé à m'inculquer les rudiments du dessin juste après Noël. Je pris donc une feuille de carnet ainsi qu'un crayon à papier sur son secrétaire et tentai d'esquisser la vue qu'on avait de la fenêtre. Je travaillai dur, m'efforçant de me souvenir de tout ce qui m'avait été enseigné, estimant avec application les ombres et les perspectives et, très vite, je produisis le gribouillage le plus décevant et le plus enfantin qu'on ait jamais vu. Je m'apprêtais à en faire une boule et à la jeter dans la corbeille quand lady Hardcastle entra dans la chambre.

— Ah, ma brave Flo ! s'exclama-t-elle en entrant. J'espère que vous n'avez pas attendu trop longtemps. (Elle traversa la pièce jusqu'au bureau.) Oh, vous dessiniez ? Voyons voir…

Je tentai de dissimuler mon esquisse, mais lady Hardcastle la tira de sous ma main et l'inspecta, les sourcils froncés.

— Le fait est, ma chère Flo… commença-t-elle après l'avoir contemplée quelques instants. Je sais bien qu'on est censé encourager ses élèves, souligner les aspects positifs de leur travail et les complimenter au moindre signe de progrès…

— Mais vous n'en voyez aucun ?

— Eh bien, pas tout à fait « aucun »…

— Mais très peu ?

— Avez-vous déjà songé à vous mettre à la photographie ? me demanda-t-elle avec un grand sourire.

— Vous êtes une méchante, madame, répliquai-je en lui arrachant mon esquisse des mains pour la jeter à la corbeille.

— C'est fort possible. (Elle regarda mon uniforme et mes bottines.) Avez-vous emporté de quoi vous nipper pour le dehors ?

— Oui, j'ai ce qu'il faut.

— Bravo ! Courez donc enfiler quelque chose de plus pratique. Fishy veut nous faire faire le tour du domaine. Attention, rien de trop chaud. Il paraît que la journée s'annonce splendide.

Nous bavardâmes encore un peu pendant que je lui sortais ses propres tenues d'extérieur, puis je filai me préparer pour notre tour du propriétaire.

Nous patientâmes, comme on nous l'avait indiqué, à l'arrière de la maison, sur la terrasse qui surplombait un jardin à la française bien entretenu. Bien qu'ayant depuis longtemps compris la vanité de ses efforts, lady Hardcastle tentait de m'enseigner les noms et habitudes des divers oiseaux qui se posaient sur le muret délimitant la terrasse. Son cours magistral, voué à l'échec mais bien intentionné, fut coupé court par l'arrivée de son frère, Harry.

— Comment va, sœurette ? lança-t-il quand, au détour de la terrasse, il nous aperçut en train de nous intéresser aux mœurs de la bergeronnette grise.

— Bonjour, mon cher… répondit lady Hardcastle d'un air distrait, sans cesser d'observer le petit oiseau noir et blanc. As-tu bien dormi ?

— Comme une souche, ma vieille. Cela dit, je me suis réveillé avec un léger mal de crâne.

— Moi de même, avoua-t-elle d'un air contrit. Par ta faute, évidemment.

— Évidemment. Je n'en attendais pas moins de ta part. Et le bonjour à vous, jeune Strong Arm ! Voilà des lustres que je ne vous ai vue. Comment allez-vous, à cette heure ?

— Assez bien, merci, M. Featherstonhuff, répondis-je avec un sourire. (Je le connaissais depuis plusieurs années et mettais un point d'honneur à écorcher son nom de famille.) Quoique l'hiver dernier ne remonte pas à des lustres.

— Comment, ça ne fait pas plus longtemps ? Bon, bon… Un jour, j'arriverai à vous faire dire « Fanshaw », vous savez, gloussa-t-il.

— Mais je vous en prie, monsieur, je serai ravie d'essayer. J'adore les défis.

— C'est un fait, c'est un fait. J'ai parlé de vous en long et large à Fishy, ainsi que de votre passion pour les défis, justement.

— Je m'en doute.

— Cela ne vous ennuie pas, n'est-ce pas ? Je ne voudrais pas vous mettre dans l'embarras, mais le fait est que vous menez une vie des plus palpitantes. Je me suis dit que Fishy pourrait prendre plaisir à se l'entendre conter.

— Ma vie à moi n'est donc pas assez palpitante pour vous ? s'indigna lady Hardcastle.

— Pas vraiment, sœurette. Toi, tu te contentes d'errer sans but avec tes airs de gourde snob. C'est Strong Arm qui assume tout le côté dangereux.

— On m'a tiré dessus, objecta ma patronne.

— Dans le grand salon de Trifouilly-les-Oies ou Dieu sait où tu as posé tes valises ces temps-ci. C'est loin d'être la même chose.

— C'était dans la salle à manger et j'ai failli mourir. Permets-moi de te dire que je suis en tout point aussi passionnante que Flo.

C'était la vérité, lady Hardcastle était passée à deux doigts de la mort et Harry et moi l'avions veillée avec anxiété, nous relayant à son chevet en attendant qu'elle se remette de sa blessure.

— D'accord, d'accord, capitula-t-il en levant les mains d'un geste apaisant. Ma petite sœur mène une vie aussi palpitante que sa femme de chambre. Je sais reconnaître mes défaites.

— Une de plus, hein, Fanners ? lança une voix joviale derrière nous.

Lord Riddlethorpe avait émergé sans bruit de l'une des grandes portes-fenêtres et s'était joint à nous pour admirer la vue.

— Comment va, Fishy ? fit Harry.

— Et vous donc ? répondit lord Riddlethorpe. Bonjour, Emily.

— Bonjour, Fishy.

— Et le bonjour à vous, mademoiselle Armstrong ! me salua lord Riddlethorpe.

— Bonjour, Votre Seigneurie, répondis-je avec un sourire et l'esquisse d'une révérence.

Il éclata de rire.

— Je finirai bien par vous convaincre de m'appeler Fishy d'ici la fin de la semaine, vous verrez si je n'en suis pas capable.

— Bonne chance, mon vieux, commenta Harry d'un air entendu.

Lord Riddlethorpe fronça les sourcils d'un air perplexe, mais poursuivit avec enthousiasme :

— Je suppose que vous vous demandez pourquoi je vous ai fait venir ici ce matin.

— Vous allez nous faire faire le tour du propriétaire, mon chou, répondit lady Hardcastle. Vous voulez nous en mettre plein la vue avec votre nouveau circuit de courses automobiles.

— Ah çà ! Serais-je donc un être d'une vanité si évidente ?

Lady Hardcastle soupira.

— Nous avons tout organisé hier soir, mon cher. Au dîner.

Lord Riddlethorpe fronça à nouveau les sourcils.

— Ma foi, vous avez raison, c'est ce qu'il me semble aussi. Quelle soirée, hein ? Je me suis déjà fait taper sur les doigts par Spinney pour la quantité de bouteilles que nous avons descendue. Pas étonnant que certains détails se soient perdus dans la brume !

Par réflexe, les deux autres portèrent leur main à la tête, tandis que je dissimulais un sourire suffisant (« Bien fait pour vous ! ») derrière ma main.

— Eh bien, allons, mes bons amis ! lança lord Riddlethorpe en traversant la terrasse d'un pas résolu, le doigt bizarrement pointé vers le ciel. Allons explorer le monde inédit et passionnant des courses automobiles !

Nous traversâmes le jardin à la française et coupâmes par le potager pour arriver à une porte cintrée prise dans le mur d'enceinte. De l'autre côté s'étendait une partie pavée qui, de toute évidence, avait jadis été une écurie. Une remise à calèches se dressait d'un côté. Ses grands battants étaient ouverts, révélant non pas des calèches, des carrioles ou des dog-carts, mais deux automobiles d'un vert brillant, à une seule place. Elles portaient un numéro peint de part et d'autre. L'auto numéro 3 était garée près du mur droit, tandis que la numéro 2 occupait la place du milieu, laissant un vide du côté gauche. Visiblement, l'ancienne remise à calèches avait été convertie en « écurie de course » et atelier de mécanique.

Une troisième machine à la carrosserie agressive et profilée occupait la cour. La numéro 1. Sous un volet du capot, Morgan en bricolait le moteur. Près de lui se tenait un autre homme. De taille moyenne, son corps mince était surmonté d'un visage bizarrement poupin, ce qui lui donnait l'air d'un petit garçon qui aurait revêtu la salopette de son père.

— Bonjour, Morgan ! lança lord Riddlethorpe avec entrain. Vous connaissez tous Morgan Coleman, n'est-ce pas ?

Nous opinâmes du chef et lui adressâmes nos salutations.

— Bonjour, monsieur le comte, répondit Morgan. Bonjour, lady Hardcastle, M. Featherstonhaugh, Mlle Armstrong.

— Et ce chérubin que voilà s'appelle Ellis Dawkins, conducteur hors pair ! C'est notre pilote titulaire pour la course de Codrington, mais aussi une crapule, un mufle et le gars le plus rapide sur quatre roues.

Nous murmurâmes nos salutations.

— Bonjour, répondit Dawkins. Personne ne m'avait dit que nous attendions une aussi belle compagnie.

Je haussai un sourcil en réponse à son sourire égrillard. Nullement déconcerté, il continua de nous lorgner avant de reporter son attention sur lord Riddlethorpe.

— Alors, qu'en pensez-vous ? fit ce dernier avec fierté.

— De l'automobile, mon cher ? s'enquit lady Hardcastle.

— Ou de Morgan et de Dawkins, si vous préférez, mais je songeais à l'auto, oui.

Dawkins se tourna vers moi et me décocha un clin d'œil. Si j'expédiais au tapis l'employé de confiance d'un comte d'un rapide crochet du droit, à quoi m'exposerais-je, en somme ?

— Ma foi, elle est de forme très allongée, n'est-ce pas ? constata lady Hardcastle. Plus grande en tout cas que notre petite Rover.

— Plus rapide aussi, fit remarquer lord Riddlethorpe en tapotant l'automobile, faisant tressaillir Morgan tandis que le capot en équilibre précaire menaçait de se refermer sur ses doigts.

— Je m'en doute. Est-elle difficile à conduire ?

Lord Riddlethorpe sourit.

— Pas plus que n'importe quelle autre voiture à moteur. Mais à conduire vite ? C'est une tout autre affaire. Fanners m'a dit que vous étiez vous-même bonne conductrice.

— Ma foi, je… commença lady Hardcastle, tâchant d'affecter un air modeste.

— Allons, on m'a dit que vous fonciez sur les chemins de campagne comme si vous participiez à la coupe Gordon-Bennett. Vous aussi, Mlle Armstrong.

— Pas moi, monsieur le comte. J'aime prendre mon temps et profiter du paysage.

Il se mit à rire.

— Quoi, ainsi, ce n'est que vous, Emily ?

— Je confesse être connue pour m'adonner à la vitesse quand l'envie m'en prend, oui, reconnut lady Hardcastle. Harry m'a d'ailleurs laissé entendre qu'il me serait possible de prendre part à une course, cette semaine.

Lord Riddlethorpe se remit à rire.

— Vraiment ? Par George, Fanners ! Tu disposes de mes autos avec une incroyable liberté, quoi !

— Je pensais que nous étions tous invités à prendre le volant, répliqua Harry, vaguement sur la défensive.

— Je te taquine, Fanners. Bien sûr que vous pourrez les conduire, ma chère Emily. Tout le monde le pourra. C'est tout le but de votre venue ici.

— Vous ne voyez pas d'inconvénient à ce que les dames conduisent ? s'enquit ma patronne.

— Mais il y a des tapées de filles dans le monde des courses automobiles, ma vieille. Nous sommes un sport véritablement égalitaire, un sport du xxe siècle.

— Égalitaire, à condition d'avoir assez de galette pour financer l'entretien d'un pur-sang à moteur, objecta lady Hardcastle.

— De trois pur-sang à moteur, rectifia lord Riddlethorpe en désignant l'ancienne remise à calèches.

— Mince, Fishy ! s'exclama Harry. Je ne savais pas que tu avais tant de ces sacrés engins. Mais quel besoin d'en avoir trois ? Tu ne peux en conduire qu'une à la fois, forcément.

— Eh bien, il y a moi et le jeune Ellis, ça en fait une pour chacun et une troisième pour les essais.

— Les essais ? répéta lady Hardcastle.

— Pour essayer de jouer dans la cour des grands. On a manqué notre coup au grand prix de France, l'année dernière, mais maintenant que nous avons notre propre circuit à Brooklands, ce sport va prendre son essor et j'ai bien l'intention de devenir champion.

— Bravo ! commenta lady Hardcastle. Et c'est pour cela que vous possédez votre propre circuit ?

— Juste un petit pour les essais, oui, mais il fait amplement l'affaire. On construit les autos, on les essaie et avant que vous ayez pu dire ouf, on les fait concourir face à des Mercedes, des Panhard, des Benz et tout le toutim !

— Ah, oui. J'avais entendu parler de cette nouvelle écurie, mais je n'en avais pas entièrement saisi toute la portée.

— Tout cela et bien plus encore ! s'enthousiasma-t-il en englobant la cour d'un grand geste. Et c'est ce soir qu'a lieu le lancement officiel. J'ai d'ailleurs invité quelques gars de la presse. J'espère l'emporter sur l'un de mes rivaux, pour voir si on ne pourrait pas joindre nos forces, histoire de nous mesurer aux Européens.

— Tout cela est bien plus excitant que ce qu'on m'avait laissé entendre, conclut lady Hardcastle. Harry, tu as vraiment tout d'un tocard, parfois. Étais-tu au courant de tout cela ?

— Plus ou moins, sœurette. Mais cela me passe un peu au-dessus de la tête. Tout ce que j'ai compris, c'est que Fishy rassemblait quelques amis pour faire les zouaves en automobile.

— Mais c'est qu'on va bien s'amuser avec les copains, demain ! affirma lord Riddlethorpe. Jake descend avec des copines à elle, mais nous allons tous nous amuser. Allons, je meurs d'envie de vous montrer ce que nous avons construit.

Il sortit de la cour en direction de ce qui avait été un parc magnifiquement paysagé et qui était devenu un circuit de courses automobiles magnifiquement paysagé. Il nous fallut presque deux heures pour en explorer les courbes et les lacets, la ligne droite et la montée abrupte menant au virage en épingle à cheveux. C'était sans doute le point le plus haut de ce comté anormalement plat, et quand je l'interrogeai à ce sujet, lord Riddlethorpe m'expliqua qu'à l'origine, le paysagiste avait récupéré la terre d'un lac d'ornement pour façonner une petite colline artificielle qu'à son tour il avait intégrée à ce circuit comme attraction supplémentaire.

Lorsque nous retournâmes à la petite guérite de la ligne de départ, la faim recommença à me tenailler. J'espérais que nous rentrerions vite afin que je puisse me faufiler en cuisine et voir ce que Mme Ruddle nous avait préparé pour le déjeuner. Mais à ma grande consternation, lord Riddlethorpe nous conduisit au centre du terrain que bordait le circuit de course automobile. J'avais bien entrevu des arbres et une haute rotonde de style palladien à l'intérieur du circuit, pendant que nous en faisions le tour, mais j'étais trop prise par l'enthousiasme de lord Riddlethorpe nous vantant les caractéristiques de la piste pour faire très attention aux jardins. Ce fut donc une agréable surprise lorsque, atteignant le sommet d'un petit talus herbeux, nous découvrîmes que le circuit avait été construit autour du lac. Sur notre rive se dressait la rotonde que j'avais vue de la colline et qui semblait être une sorte de maison d'été. Tandis que nous nous en approchions, je fus encore plus étonnée de voir qu'un pique-nique avait été disposé sur une table, à l'intérieur. Enfin, ma joie fut à son comble lorsqu'il s'avéra que j'étais invitée à manger avec les autres convives.

Le déjeuner se déroula de manière extrêmement agréable. Au début, la conversation ne tourna qu'autour de la nouvelle écurie et du projet de lord Riddlethorpe, à savoir dominer le monde de la course automobile d'ici cinq ans. Il semblait assez déterminé et les trois passionnantes autos qu'abritait son atelier attestaient à elles seules qu'il ne ménagerait pas ses efforts pour satisfaire son ambition. J'avais envie d'en apprendre davantage sur les moteurs, mais aussi de découvrir les tenants et les aboutissants de la gestion d'une écurie moderne. Toutefois, j'avais une conscience aiguë de ma position d'intruse dans cette bonne société ; je ne voulais pas trop attirer l'attention sur moi en posant des questions, de peur que lord Riddlethorpe se souvienne soudain que je n'étais qu'une femme de chambre et que, poliment mais fermement, il ne m'invite à regagner les cuisines pour me restaurer avec les autres domestiques.

Je parvins néanmoins à découvrir que lord Riddlethorpe s'intéressait aux courses automobiles depuis la première fois qu'il en avait vu une en 1903, lors de vacances en Irlande. Cette année-là, la coupe Gordon-Bennett se tenait dans le comté de Kildare, et le spectacle et le bruit avaient à ce point enflammé son imagination que, de retour en Angleterre, il s'était mis à tout lire sur les voitures à moteur, leur conception et leur fabrication. En l'espace de quatre ans, il avait construit, conduit (et fracassé) plusieurs automobiles avant de rencontrer son actuel associé en affaires, Montague Waterford. À eux deux, ils avaient conçu la Waterford-Codrington « Dioclès » (d'après un conducteur de chars de course de la Rome antique) et entrepris de trouver des ingénieurs, des carrossiers et autres artisans indispensables à la concrétisation de leurs projets. Les trois véhicules qui en avaient résulté, chacun comportant dans sa conception mécanique de subtiles différences qu'il me restait encore à saisir, formaient le socle de leur nouvelle écurie de course qu'ils allaient lancer ce soir de manière officielle.

À partir de là, la conversation s'orienta vers le passé. Lord Riddlethorpe et Harry se mirent à évoquer leurs années à Cambridge, se donnant mutuellement le fou rire en se remémorant toutes leurs farces d'étudiant ainsi que les pitreries douteuses commises par leurs amis, parmi lesquels se trouvait un ministre du gouvernement actuel.

Apparemment, lady Hardcastle était elle-même une petite terreur, à l'époque. Je savais qu'elle avait été une élève douée (elle avait étudié les sciences naturelles), une excellente musicienne et un membre actif de nombreux clubs politiques, mais j'ignorais qu'elle s'était également jointe à son frère pour se livrer à plusieurs canulars.

— Dites donc, Emily, vous souvenez-vous de l'histoire des moutons ? lui demanda lord Riddlethorpe entre deux bouchées d'œuf dur.

— Oh, oui, ma parole ! s'exclama Harry. Tu les avais peints aux couleurs de Girton et tu leur avais fait franchir le pont des Soupirs du St John's College.

— Moi, je les avais peints ? se récria lady Hardcastle. Nous les avions peints, mon très cher frère. En revanche, c'est moi qui ai failli me faire renvoyer, cela, je te l'accorde.

— Mais un membre des collèges vous a soutenue, pas vrai ? se souvint lord Riddlethorpe. Le vieux Dr MachinChose avec son œil de verre.

— Et Père a écrit une très gentille lettre pour ta défense, renchérit Harry.

— Tous deux m'ont été extrêmement utiles, rétorqua lady Hardcastle. Toi, en revanche, tu t'es bien gardé de te manifester.

— Eh bien, c'était l'université qui était en pétard et Girton n'en faisait pas partie. Du moins, pas à proprement parler. Sur le moment, il m'avait paru que les risques que tu sois renvoyée étaient infimes, alors que moi… Moi, eh bien…

— J'ai toujours pensé, intervint lord Riddlethorpe, cherchant de toute évidence à éviter une dispute familiale, que l'université ne détestait pas que ses étudiants commettent quelques bêtises. À mon avis, c'est uniquement pour sauver les apparences que, d'un air grave, ils brandissent régulièrement des menaces d'exclusion temporaire. C'est vrai, regardez Byron et son ours. Tout le monde l'aurait renvoyé ou jeté en prison, mais le Trinity College s'est borné à hausser les épaules, sourire et déclarer : « Ces étudiants, hein ? Qu'allons-nous faire de ces vauriens ? » Ça leur fait de bonnes histoires à raconter, quoi. Ça les distingue du lot.

— Vous devez avoir raison, acquiesça lady Hardcastle. Le fait est qu'après cette histoire, certains des garçons ont pris Girton un peu plus au sérieux.

— Des garçons ? feignit de s'indigner lord Riddlethorpe. C'était des hommes.

— De stupides petits garçons pour la plupart, rétorqua-t-elle.

Les deux amis éclatèrent de rire.

Alors que lord Riddlethorpe se lançait dans une évocation du comte de Je-ne-sais-où et d'Ailleurs qui à l'époque badinait avec une servante du célèbre pub de L'Aigle, Spinney s'approcha de la maison d'été et toussota poliment.

— Je vous prie de me pardonner, monsieur le comte, murmura-t-il, mais vous m'avez demandé de vous avertir quand vos invités commenceraient à arriver.

Lord Riddlethorpe bondit pratiquement de son siège.

— Formidable ! Venez, allons les accueillir, tous autant que nous sommes !

Et sur ce, il se mit en chemin, entraînant dans son sillage Harry, puis lady Hardcastle et enfin moi, tandis qu'un par un nous nous levions tant bien que mal de la table pour le suivre au-dehors et retraverser l'étendue d'herbe en direction de la maison. En passant devant Spinney, je lui adressai un sourire gêné auquel il répondit par un clin d'œil tout en me murmurant à l'oreille :

— Prenez donc du bon temps, ma chère. Ceux qui y voient du mal ne sont que des jaloux.

Je lui touchai le bras en guise de remerciement et me hâtai de rejoindre les autres.

À peine avions-nous tourné l'angle de la maison, Lady Hardcastle et moi, que nous vîmes lord Riddlethorpe en train d'étreindre une femme d'à peu près l'âge de ma patronne. Sa sœur, présumai-je. C'était une petite femme au sourire chaleureux et au rire prompt qui avait déjà manifesté par deux fois son hilarité avant que nous ne soyons arrivées à leur niveau. Elle avait les yeux les plus sombres qu'il m'ait été donné de voir, mais ils pétillaient d'une lueur qui laissait à penser que l'espièglerie et l'enthousiasme de son frère étaient de famille. Son long nez droit, lui, était sans conteste un trait des Riddlethorpe qui aurait pu déparer ou enlaidir une autre femme qu'elle. Mais, associé à ce visage animé de joie, il lui conférait un air d'élégante beauté.

De l'autre côté de la voiture à moteur se tenait une dame grande et mince qui, par contraste, semblait considérer qu'un sourire serait une amère trahison de son visage. Elle arborait une tenue élégante, coupée à la dernière mode, et affichait un air étudié de mépris et d'ennui. Dire que lord Riddlethorpe nous avait parlé d'amusante compagnie…

Une autre dame qui s'était déplacée sur la banquette arrière du véhicule se retrouva du côté opposé à la portière où le chauffeur attendait de l'aider à descendre. Par conséquent, elle s'extirpa seule de l'habitacle et vint se poster derrière la dame qui riait, attendant timidement d'être accueillie. C'était une femme replète, dotée de jolis traits, mais à l'expression effrayée, et bien qu'elle fût plus grande que la dame enjouée, et nettement plus forte que la dame hautaine, elle semblait d'une certaine manière plus petite que les deux. Alors que ses amies affichaient calme et confiance en soi, elle était beaucoup moins assurée, comme si la timidité de son maintien et de ses manières concourait à diminuer son apparence.

Lord Riddlethorpe salua chaudement les deux amies de sa sœur puis, se tournant vers lady Hardcastle, lui fit signe d'approcher.

— Emily, permettez-moi de vous présenter ma sœur, Jake, et ses amies Roz… (la dame hautaine opina du chef)… et Helen… (la dame timide sourit timidement). Lady Lavinia, Mme Rosamund Beddows et Mlle Helen Titmus, permettez-moi de vous présenter Emily, lady Hardcastle.

S'ensuivit une tournée de poignées de main et de salutations, comme si lady Hardcastle passait en revue un comité d'accueil. Lord Riddlethorpe, à l'évidence pressé d'en finir avec toutes ces mondanités, attendit que lady Hardcastle eût serré sa dernière main pour conclure :

— Et bien sûr, Harry, que vous connaissez toutes.

Harry agita la main et lança un joyeux « Ohé, tout le monde ! » avant que lord Riddlethorpe ne reparte à grandes enjambées vers la maison, suivi par ses invitées. Lady Hardcastle, d'un signe de la main doublé d'un grand sourire, me fit savoir que j'étais à nouveau livrée à moi-même. Je retournai donc vers la voiture à moteur avec l'intention d'indiquer au chauffeur le chemin de l'entrée de service. Je soupçonnais qu'il le connaissait déjà, mais tendre une main amicale à quelqu'un n'a jamais fait de mal à personne. C'est à cet instant que je remarquai la présence d'une autre passagère, sur le siège avant du véhicule.

— Bonjour, me salua-t-elle d'une voix douce. Je suis Betty. Betty Buffrey. La femme de chambre de Mme Beddows.

— La mince ? demandai-je, ce qu'elle confirma d'un hochement de tête. Enchantée de faire votre connaissance. Moi, c'est Florence Armstrong. Je suis au service de lady Hardcastle. Mais appelez-moi Flo.

— Dacodac, Flo.

— Les deux autres n'ont pas emmené leur femme de chambre ?

— Mlle Perrin, la femme de chambre de madame la comtesse, l'a devancée par le train. Elle devrait déjà être ici. Mlle Titmus, quant à elle, n'a pas de femme de chambre. Je suppose qu'elle se contente d'une cuisinière, d'une gouvernante et d'une bonne à tout faire.

— Ah. Je n'ai pas encore rencontré Mlle Perrin. Chaque chose en son temps, hein ?

— Elle est assez sympathique. Et lui, c'est Finlay Duggan, le chauffeur de Mme Beddows.

L'homme toucha sa casquette du doigt.

— Appelez-moi Fin, mademoiselle.

— Je suppose que vous connaissez tous les deux la maison ? dis-je.

— Oui, merci, répondit Betty. Nous sommes des visiteurs réguliers, n'est-ce pas, Fin ?

— Ah ça, pour sûr ! acquiesça-t-il en déchargeant les bagages du coffre.

À cet instant, nous vîmes Evan Gudger qui traversait l'allée avec une absence de hâte volontairement exagérée.

— Salut, Evan ! lança Fin. Remue-toi donc, eh, p'tit fainéant ! J'ai pas toute la journée, moi. Je dois retourner à Londres.

Je souris à Betty.

— On laisse les garçons continuer ? Je vais vous aider à monter vos sacs. On nous a mises dans la même chambre.

— Oh, fit-elle en souriant pour la première fois. Ce sera très agréable, j'en suis sûre.

— Allons-y, alors. Au passage, nous pourrons peut-être mendier une tasse de thé en cuisine.

4

En aidant Betty à s'installer dans notre chambre, j'appris qu'elle l'occupait seule lorsqu'elle était en visite à Codrington Hall ; toutefois, elle m'assura qu'il serait « parfaitement délicieux » d'avoir de la compagnie pour changer. Betty était sans nul doute sympathique et donnait toutes les impressions d'être le genre de personne bonne et généreuse qu'on aime à fréquenter. Je décidai donc que partager la chambre avec elle serait également « parfaitement délicieux ».

Je brûlais d'en savoir plus sur sa maîtresse, mais je ne voulais pas la mettre en position de déloyauté vis-à-vis d'elle : je m'étais déjà fait mon opinion sur Mme Beddows qui était certainement tout sauf une aimable personne. Au lieu de quoi, j'essayai donc d'en savoir plus sur la domesticité de notre hôte, mais Betty, conservant un air de discrétion professionnelle, se contenta de me dire qu'ils étaient « efficaces », « durs à la tâche » et « sympathiques… pour la plupart ». Intriguée, j'allais la presser de poursuivre lorsque j'aperçus la petite pendule sur le manteau de la cheminée : il était l'heure d'aller aider lady Hardcastle à s'habiller.

M'excusant de devoir partir à la hâte, je filai jusqu'à la chambre de lady Hardcastle. J'étais sûre de la trouver en train de trifouiller impatiemment ses cheveux de ses mains inexpertes, sans doute pour « essayer quelque chose de nouveau », initiative fort peu judicieuse. En effet, ses précédentes tentatives ayant donné lieu à des désastres de divers degrés de gravité, j'estimai sage d'être à ses côtés afin de déjouer toute ingérence de sa part dans mes fonctions.

Je frappai, entrai et découvris une fois de plus sa chambre vide. J'en profitai pour sortir ses vêtements de soirée et m'assurer que tout était prêt pour la fête. Sa robe bleue (sa préférée) m'apparut un peu froissée ; en outre, il y avait une légère marque sur la broderie qui en ourlait le bas. Je rédigeai donc un petit mot à ma patronne pour lui faire savoir où j'étais et emportai la robe pour voir ce que j'allais pouvoir faire.

L'office était le siège d'une activité frénétique et il me fallut quelques instants pour repérer Mme McLelland, l'intendante. Elle serait sans doute la mieux placée pour me dire où, ailleurs que dans la cuisine, je pourrais trouver une source de vapeur.

Je trouvai Mme McLelland occupée à rédiger une quelconque liste, mais elle leva les yeux à mon entrée et me salua poliment. Lorsque je lui demandai comment défroisser la robe, elle m'indiqua de la main le petit poêle dans l'angle de la pièce.

— Je vous en prie. J'ai là une bouilloire destinée à mon propre usage.

— Êtes-vous sûre que je ne vous encombrerai pas ? Vous devez avoir une montagne de choses à faire maintenant que les invités commencent à arriver.

À la mention des invités, une ombre passa sur son visage et j'y vis l'occasion de vérifier mes premières impressions sur Mme Beddows.

— Lady Lavinia amène-t-elle souvent des amies ?

— Oui, souvent, acquiesça Mme McLelland sans lever les yeux de sa liste.

— Toujours les mêmes ? Je veux dire, a-t-elle un cercle soudé d'amies proches ?

— Oui, toujours les mêmes. Mme Beddows et Mlle Titmus. Elles étaient à l'école ensemble.

En attendant que la bouilloire se mette à siffler, j'examinai la robe pour décider du meilleur endroit où commencer mon opération de défroissage.

— Ce doit être agréable, commentai-je.

— Agréable ? répéta l'intendante en levant les yeux. Ma foi, peut-être, quoique personnellement je ne les aurais pas choisies pour amies.

— Pourquoi ?

La bouilloire que j'avais remplie d'un infime volume d'eau s'était mise à siffler et j'entrepris de défroisser la robe en soie. Tout à ma tâche, je ne pouvais voir l'expression de Mme McLelland, néanmoins je perçus dans sa voix une intonation quelque peu étrange tandis qu'elle poursuivait :

— Je ne pense pas qu'il soit correct de discuter de la famille et de leur choix en matière d'amis, n'est-ce pas votre avis ?

J'acquiesçai poliment et nous reprîmes notre petit bavardage innocent pendant que je finissais de défroisser la robe. Je remerciai Mme McLelland et lui dis au revoir, la laissant à sa liste.

En retournant vers l'escalier, je tombai sur M. Spinney.

— Est-ce que tout est à la convenance de lady Hardcastle ? s'enquit-il.

— Oui, merci. Elle semble avoir tout ce dont elle a besoin et même au-delà.

Il s'épanouit de fierté.

— Je suis ravi de l'apprendre. Serez-vous des nôtres au souper ? Mais je vous en prie, ne vous y sentez pas obligée.

— Ça va être un peu mouvementé en bas, non ? Entre la soirée et tout le reste. Vous êtes sûr que vous ne prendriez pas offense du fait que je reste à nouveau dans ma chambre ?

— En aucun cas. Profitez de vos temps de loisir tant que vous le pouvez. Mlle Buffrey soupe en général toute seule lorsqu'elle le peut, elle aussi. Nous vous ferons monter un plateau, vous pourrez ainsi passer la soirée à bavarder toutes les deux.

— Si vous êtes sûr que ça ne dérangera pas, ce sera charmant.

— Êtes-vous portée sur le champagne ?

— Mais oui, M. Spinney, lui répondis-je avec un grand sourire. Je le suis.

Il me fit un clin d'œil.

— Je suis sûr que monsieur le comte ne remarquera pas qu'une bouteille se sera égarée en haut. Je verrai ce que je peux faire.

— Vous êtes très aimable, merci.

— Avec plaisir. Nous méritons tous une petite douceur de temps en temps. Et maintenant, si vous voulez bien m'excuser, je dois instruire l'un des nouveaux valets de pied des habitudes de Codrington Hall. Certes, nous ne sommes pas très différents des autres maisons, mais il est toujours bon de veiller à ce que les nouveaux arrivants se familiarisent avec les coutumes locales.

De quelles étranges coutumes la population du Rutland pouvait-elle ressentir le besoin d'aviser les nouveaux domestiques, voilà qui me laissa brièvement interdite, mais M. Spinney prit mon sourire amusé pour un signe d'assentiment et poursuivit son chemin.

Lorsque je regagnai la chambre de lady Hardcastle, je la trouvai assise à la coiffeuse.

— Ah, vous voilà, Flo ! s'exclama-t-elle en se tournant vers moi. Je me demandais où vous étiez passée.

— J'étais en bas, en train de défroisser votre robe. Je vous avais d'ailleurs laissé un mot.

— Ah bon ? (Elle regarda autour d'elle.) Ah, mais oui ! Bien vu de votre part !

J'accrochai la robe à un cintre sans faire de commentaires. Elle continua à s'examiner dans le miroir.

— Pas mal pour une femme de quarante et un ans, hein ?

— Pas mal du tout, madame. Et dans une pièce mal éclairée, vous passeriez facilement pour une femme de trente-neuf.

— Petite insolente ! Et ma tignasse, alors ? (Elle me désigna ses cheveux.) Vous croyez que je devrais tenter quelque chose de nouveau ?

— Je crois que vous devriez laisser vos cheveux tels qu'ils sont, madame.

— Et mes cheveux gris ?

— Ils vous donnent l'air…

— Vieux ?

— J'allais dire « distingué », madame, mais peut-être préférez-vous « vieux ». Que diriez-vous de « vénérable » ?

— Tout sauf « distingué ». C'est le genre de terme qu'on emploie pour rassurer les gens qui ne sont plus de première jeunesse.

Je passai dans le cabinet de toilette adjacent pour lui faire couler un bain.

— Mais avez-vous jamais été de première jeunesse, madame ?

— Je vois déjà les gros titres dans les journaux de demain, rétorqua-t-elle en se matérialisant dans l'embrasure de la porte. « Mystère à Codrington Hall : une femme de chambre meurt noyée dans son bain. »

J'esquivai une tape et la laissai profiter de la baignoire. Elle continua à bavarder à travers la porte entrouverte tout en se glissant dans l'eau agréablement chaude.

— Des potins de domestiques ? s'enquit-elle.

— Non, pas vraiment. Le valet de pied en second est un peu pénible et l'intendante plutôt… j'allais dire « froide », mais ce n'est pas tout à fait exact. Un peu à cheval sur les convenances, peut-être. Guindée. Très comme il faut. Rien qu'on puisse lui reprocher, mais je ne la trouve pas sympathique. En dehors de cela, la domesticité me semble très ordinaire.

— Les intendantes sont toujours des femmes étranges. Selon moi, c'est une condition nécessaire à leur fonction.

— C'est possible, madame. Et à l'étage, comment sont les gens ?

— Ils forment une petite bande peu commune, pour le coup. Vous avez rencontré Fishy, bien sûr. Ensuite, voyons… sa sœur me semble assez sympathique.

— Jake ?

— Oui, « Jake ». Quel drôle de nom à adopter de son plein gré !

— J'ai connu plus d'un Jake, en mon temps.

— Certes, mais c'étaient tous des gars, je vous l'affirme. C'est parce qu'elle s'appelle Lavinia.

— Je ne vous suis pas, madame, dis-je, perplexe.

— Évidemment, à l'école, elle a écopé du diminutif « Lav » et il n'a pas fallu longtemps pour que « Lav » devienne « Lavabo », puis « Jakes[1] » et enfin « Jake ». La pauvre femme a été baptisée d'après des WC.

Je pouffai.

— Et les autres ?

— Les plus soudées des copines d'école, semble-t-il. Rosamund Beddows est difficile à cerner. Je n'arrive pas à savoir si son sourire condescendant est le reflet de son âme ou si ce n'est qu'une affectation pour garder les gens

1. *Jakes* désigne familièrement les toilettes en anglais.

à distance. Bien qu'à la façon dont elle s'adresse à Helen Titmus, je soupçonne sa condescendance d'être réelle et Rosamund Beddows d'être une authentique teigne.

— Et Mlle Titmus ?

— « Titmouse[1] », comme l'appelle Roz. Charmante, mais quelque peu exploitée par ses deux amies plus glamour qu'elle, j'ai l'impression.

— Même par lady Lavinia ? m'étonnai-je. Il semble étrange que Mlle Titmus choisisse de fréquenter des personnes qui la rudoient.

— Pour être juste, non, pas Jake. Je la pense plus proche d'Helen et en contrepartie, elle doit endurer la compagnie de Roz. Apparemment, Titmouse et Beddows vont de pair.

— Mme Beddows a l'air d'aimer s'entourer de personnes dociles. Sa femme de chambre est terriblement réservée et effacée.

— Roz a amené sa femme de chambre ?

— Oui, madame. Elle et moi faisons chambre commune.

— Quand est-elle arrivée ?

— Elle est venue en voiture à moteur avec ces dames. Mais elle n'en est descendue que lorsque vous êtes tous entrés dans la maison.

— Ça, par exemple ! De toute évidence, mon fameux sens de l'observation est sur le déclin.

— C'est l'âge, madame, répliquai-je alors qu'elle émergeait de la salle de bains enveloppée dans un peignoir en soie. Vous avez dit vous-même que vous ne rajeunissiez pas.

Je n'obtins qu'un « pff » dédaigneux et entrepris avec son aide de la préparer pour les festivités du soir. Lorsqu'elle fut enfin coiffée, pomponnée et prête à affronter le monde,

---

1. *Titmouse* : « mésange » en anglais.

je m'éclipsai dans ma chambre et soupai en compagnie de Betty Buffrey.

Cela faisait un moment que je lisais *La Machine à explorer le temps*, allongée sur mon lit, savourant cette parenthèse de *farniente* si inhabituelle pour moi. En temps ordinaire, j'exècre l'inaction, mais il y a quelque chose dans le fait d'être loin de chez soi, qui semble pousser à l'indolence et la transformer en plaisir plutôt qu'en tourment. De fait, je goûtais tant ma solitude que je fus presque déçue de voir Betty entrer dans la pièce.

Alors que d'aucuns débarquent dans une chambre avec assurance (surtout une chambre qui leur a été temporairement attribuée) en s'annonçant d'un théâtral « Me voilà ! », Betty Buffrey entra sans faire de bruit, presque en s'excusant, comme une intruse. C'est vrai qu'elle n'avait pas l'habitude de partager sa chambre à Codrington Hall, mais j'étais quasiment sûre qu'elle serait entrée de la même façon quand bien même elle eût su que la chambre était vide.

— Bonsoir, Betty, dis-je d'un ton joyeux, essayant de la mettre à l'aise.

— Oh, bonjour, Mlle Armstrong. Je suis désolée de vous déranger. Je peux trouver un autre endroit où m'installer si vous le souhaitez.

— Ne dites donc pas de sottises et venez donc me rejoindre. S'il y a quelqu'un ici qui n'est pas à sa place, c'est moi. Après tout, cette chambre est la vôtre, d'habitude, et en toute franchise, je serais ravie d'avoir de la compagnie. J'ai longuement savouré ma solitude, mais l'attrait en diminue bien vite. Je suis plutôt contente d'avoir quelqu'un à qui parler.

— Oh, fit-elle, vaguement étonnée. Ma foi, si vous êtes sûre, alors j'en serais ravie. Descendrez-vous souper à l'office ?

Je voyais bien que l'idée ne l'enchantait guère.

— Non. Je crains d'avoir pris M. Spinney au mot lorsqu'il m'a gentiment proposé de nous monter un plateau à toutes les deux.

Betty se détendit.

— Dieu merci ! Bien sûr, je serais descendue avec vous, mais je préfère de beaucoup rester ici, loin du bruit et de l'agitation.

— Moi aussi, répondis-je.

C'était un demi-mensonge. En réalité, un peu de bruit et d'agitation ne sont pas pour me déplaire et j'ai même été connue pour rechercher une compagnie tapageuse, histoire d'égayer un peu l'atmosphère. Mais cette semaine, j'étais contente de goûter à la paix et au calme.

— Oh, ajoutai-je, et j'ai aussi accepté sa gentille proposition de nous monter une bouteille de champagne. Il a prétendu que lord Riddlethorpe ne remarquerait pas qu'il en manque une, mais d'après ce que j'ai vu de monsieur le comte, l'idée vient sans doute de lui.

— Doux Jésus, s'exclama Betty en pouffant comme une petite fille. Quelle merveille ! Je n'ai jamais bu de champagne.

— Vous n'avez jamais… ? répétai-je, incrédule.

— On ne m'en avait jamais proposé.

— Mme Beddows n'en boit pas ?

— Elle le descend comme si c'était une boisson vouée à disparaître dans un avenir proche. Mais il ne lui viendrait jamais à l'idée de m'en proposer une goutte.

— Eh bien, nous allons vite arranger cela. J'espère seulement que vous trouverez le champagne à la hauteur de vos attentes, vu que vous devez vous en faire tout un monde.

Betty s'assit sur son lit et commença à déboutonner ses bottines. Elle en était encore à lutter avec la seconde lorsqu'on frappa à la porte, aussi me levai-je pour aller répondre plutôt que de lancer à la personne d'entrer.

C'était Patience tenant un très grand plateau, lourdement chargé. Ne voyant pas comment le lui prendre des mains aisément, je me hâtai de m'effacer.

— Entrez, dis-je. Posez-le sur le lit de Mlle Buffrey, nous nous débrouillerons ensuite. Ça ira ?

— Oui, merci, mademoiselle, répondit Patience en avançant tant bien que mal jusqu'au lit tandis que Betty se levait vivement pour ne pas la gêner.

— C'est vraiment très gentil à vous de nous avoir apporté notre souper, commentai-je. Merci mille fois.

— Avec plaisir, mademoiselle, répondit gaiement la jeune fille de cuisine. Ça m'sort un peu de mes casseroles, pas vrai ?

— Oui, en effet. Voulez-vous rester un peu ? Manger un sandwich avec nous, peut-être ?

— Non, mademoiselle. Vaut mieux pas. Mme Ruddle est adorable et tout et tout, mais ça se fait point de se payer sa tête, hein ?

— Non, Patience. Sans doute pas.

— Patty, mademoiselle.

— Dacodac, Patty. Eh bien, merci encore pour le souper. Et remerciez également Mme Ruddle.

— Sans faute, mademoiselle, acquiesça-t-elle en sortant de la chambre le plus lentement possible.

Betty, enfin libérée de sa seconde bottine, venait de s'approcher de moi pour examiner le plateau et le décharger lorsqu'on frappa de nouveau à la porte.

— Entrez donc ! lançai-je. La fête ne fait que commencer.

La porte s'ouvrit et M. Spinney entra avec son propre plateau, chargé cette fois de deux coupes et de deux bouteilles de champagne luisantes de condensation.

— Voilà pour vous, mesdames, dit-il en posant le plateau sur le lit, à côté des plats. Un petit luxe pour vous deux.

— Dieu du Ciel, M. Spinney ! m'écriai-je. Deux bouteilles ?

Il me décocha un clin d'œil.

— Ma foi, inutile de lésiner, n'est-ce pas ?

— C'est rudement gentil à vous de nous avoir vous-même monté tout cela jusqu'ici, merci.

— Avec plaisir, mademoiselle. Voyez-vous, lors d'une soirée de grande effervescence, cela ajoute une note de mystère et de tension si je disparais pendant quelques instants. De cette façon, tout le monde reste sur le qui-vive. « Mais où est donc passé M. Spinney ? s'interrogent-ils tous. Mieux vaut s'assurer que tout soit parfait – le vieux bonhomme pourrait être n'importe où. Inutile qu'il nous pince en train de tirer au flanc. » La méthode fait des miracles.

Betty et moi nous esclaffâmes.

— Si vous voulez rester un peu, vous êtes le bienvenu, lui proposai-je. Joignez-vous donc à nous pour une gorgée ou deux de champagne.

— C'est très gentil à vous, mais je ferais mieux de retourner en bas. Mon astuce ne marche que si je réapparais à l'improviste, de temps en temps. Si je joue *L'Arlésienne* trop longtemps, ils baissent la garde.

— Vous avez bien raison, M. Spinney. J'espère que tout se passera sans anicroche, ce soir.

— Ça, c'est impossible, Mlle Armstrong. Mais c'est face aux inévitables désastres que l'on mesure sa force de caractère, c'est ce que je dis toujours.

— Dans ce cas, j'espère que vous n'aurez que de tout petits désastres.

— Merci. Passez une bonne soirée, mesdames.

Il s'en alla en refermant la porte derrière lui.

— Eh bien, dis-je en indiquant les deux plateaux. On dirait que le souper est servi. Qu'en pensez-vous : un pique-nique ?

— Un quoi ? s'enquit Betty en riant.

— Un pique-nique. Nous allons poser le plateau sur le tapis, puis nous nous assiérons par terre et nous mangerons comme si nous étions sur la berge d'une rivière, quelque part au soleil.

Elle se remit à rire.

— Mme Beddows et ses amies évoquent souvent les fêtes qu'elles faisaient à minuit du temps où elles étaient encore à école, mais voici qui me semble encore plus amusant.

Nous dégageâmes un espace sur le tapis au centre de la pièce et entreprîmes de disposer notre festin. Morgan m'avait prévenue que Betty était du genre taiseux, mais elle semblait assez contente de se confier quand elle était à bonne distance du reste du personnel.

— Ah oui, dis-je en disposant assiettes et couverts. J'avais entendu dire qu'elles étaient ensemble à l'école.

— Oui, dans l'une des premières écoles pour filles. Mme Beddows, Mlle Titmus et lady Lavinia…

— Jake…

— Jake, pouffa Betty. Quel nom affreux ! À mon avis, cela vient de Mme Beddows. Mais ces trois-là étaient « les meilleures copines du monde », selon leurs dires.

— Et elles le sont demeurées jusqu'à ce jour, dirait-on.

— Oui. Quoiqu'entre vous et moi, je n'aie jamais bien compris pourquoi. Elles ne semblent pas avoir grand-chose en commun à part le fait d'avoir toutes fréquenté la même école.

— Ce sont ces expériences-là qui soudent un groupe, expliquai-je, ravie de pouvoir faire étalage d'une apparente sagacité.

— Comme faire l'armée ?

— Ou de la prison. Car ces écoles doivent s'apparenter à une prison, d'après tout ce que j'en ai entendu dire. Avez-vous lu *Tom Brown's Schooldays*[1] ?

Elle fit non de la tête.

— Ma foi, cela ne m'étonne pas que les classes dirigeantes soient aussi singulières, c'est tout ce que je peux en dire.

Elle rit.

— Elles ont tout de même accès à de bonnes choses, se réjouit-elle en brandissant une des bouteilles de champagne. Comment ouvre-t-on ceci ?

Je lui pris la bouteille glacée des mains, en ôtai le papier d'aluminium et le muselet. À cet instant, Betty s'écarta en se protégeant le visage de la main.

— Qu'est-ce que vous faites ? m'étonnai-je.

— S'il y a une chose que je sais à propos du champagne, c'est que quand le bouchon saute, il vole dans toute la pièce.

— Seulement s'il est ouvert par un crétin.

Empoignant fermement le bouchon dans ma main droite et faisant tourner la bouteille de la gauche, je débouchai le champagne en douceur avec un petit « pop ».

— Dites donc ! s'émerveilla Betty. Ce n'est pas du tout comme ça que fait Mme Beddows.

— Sans doute parce que, commençai-je en remplissant les coupes à ras bord, Mme Beddows…

— Est une crétine ! acheva Betty allègrement.

Nous trinquâmes.

Durant une bonne heure, nous grignotâmes l'intégralité du succulent buffet que nous avait préparé Mme Ruddle, le tout en buvant du champagne et en refaisant le monde. Alors que nous approchions de la fin de la première bouteille,

---

1. *Tom Brown's Schooldays* : roman de Thomas Hughes, publié en 1857 et basé sur l'expérience de l'auteur dans un pensionnat fréquenté par l'élite de la société anglaise.

j'avais familiarisé Betty avec les arcanes du débouchage du champagne, si bien que ma compagne au départ timide et légèrement réservée était devenue de plus en plus volubile.

— N'avez-vous jamais souhaité tout envoyer promener et partir seule quelque part ? me demanda-t-elle, la bouche pleine de saumon fumé.

Je réfléchis.

— Savez-vous que je ne crois pas en avoir jamais eu l'idée ?

— Quoi, jamais ? se récria-t-elle, incrédule. Une femme comme vous se contenterait donc d'être servante jusqu'à la fin de ses jours ?

— Je ne suis pas tout à fait sûre de savoir ce qu'est une femme comme moi. Au fil des ans, j'ai vécu bien des choses avec lady Hardcastle et je pense pouvoir dire aujourd'hui que nous sommes plus qu'une maîtresse et sa servante : nous sommes amies. Et je suis plus qu'heureuse de m'occuper de mon amie.

Betty lâcha un soupir. Puis un hoquet.

— Ça doit être bien agréable, commenta-t-elle tristement. Je n'imagine pas être un jour l'amie de Mme Beddows. Ni en avoir l'envie, je dois dire.

— Il est vrai que cela fait toute la différence. Je ne peux pas dire que beaucoup de gens approuvent notre relation, mais j'aimerais bien rencontrer des personnes capables de mener la vie que nous menons en maintenant entre elles les barrières sociales « convenables ».

— La vie que vous menez ? Dans le Gloucestershire ou je ne sais où ? Auriez-vous des anecdotes à raconter ?

Et durant toute la soirée, je la régalai de nos aventures passées. À force de les répéter, j'en avais enjolivé le récit tout en éludant le délicat sujet de notre emploi d'agents de la Couronne. Néanmoins, je lui en fis profiter autant que la discrétion me le permettait. Je lui racontai comment j'avais pris le bateau jusqu'à Shanghai en tant que femme de chambre de lady Hardcastle, à l'époque où son mari était en poste là-bas, aux Affaires étrangères. Je lui narrai l'assassinat de sir Roderick et notre fuite vers le cœur de la Chine. Je jugeai (avec raison s'avéra-t-il) qu'elle serait impressionnée par la façon dont j'avais acquis la maîtrise des arts martiaux sous l'égide du moine qui nous avait aidées à atteindre la frontière birmane. Quand je lui eus enfin conté comment nous avions gagné Irrawaddy sur un rafiot, puis embarqué à bord d'un bateau à vapeur à destination de Calcutta, la timide femme de chambre en resta bouche bée d'admiration.

— Mince, alors ! s'exclama-t-elle lorsque nos aventures nous eurent enfin ramenées en Angleterre. Ma foi, pas étonnant que vous soyez proches, toutes les deux. Quelles femmes extraordinaires vous êtes ! Je ne me vois pas faire la moitié de ce que vous avez accompli… et Mme Beddows aurait très vite été abattue d'un coup de revolver pour son attitude infecte. Par moi, sans doute.

Nous partîmes d'un rire.

— Plus j'en apprends sur votre maîtresse, lui avouai-je, et moins elle me plaît.

— Oh, attendez un peu de l'avoir rencontrée, répliqua-t-elle en agitant sa coupe dans ma direction et renversant du champagne sur le tapis. Ensuite, vous me direz si vous ne l'auriez pas abattue, vous aussi.

— Oh, je suis une piètre tireuse. Lady Hardcastle, en revanche… Voilà une dame capable d'atteindre une goutte de sueur sur le front d'un gros homme à cent pas. Pour ma part, je préfère des méthodes plus… personnelles pour régler son compte à quelqu'un.

Betty sourit de toutes ses dents.

— Vous pourriez peut-être vous occuper de Mme Beddows à ma place…

Je m'esclaffai.

— Elle ne peut pas être si terrible que ça.

— Oh, vous n'en savez pas la moitié ! Attendez donc de voir.

J'orientai la conversation vers des sujets moins meurtriers et très vite, nous en vînmes à parler de notre enfance. Mais une fois de plus, Betty s'avoua déçue que son existence dans le Norfolk ait été loin de valoir la mienne, moi qui étais fille d'un lanceur de couteaux et d'une femme qu'il avait réussi à arracher aux Valleys. Nous nous retrouvâmes en terrain plus sûr et plus commun lorsque je lui appris que ma famille était retournée dans le sud du pays de Galles afin que ma mère puisse s'occuper de ma fragile grand-mère. Et lorsque je fus entrée dans le service en tant que bonne à Cardiff, nos vies furent enfin en parallèle. Même si ce fut bref.

Entre-temps, la seconde bouteille de champagne avait été vidée et il ne restait plus que des miettes sur le plateau. Nous nous retirâmes donc chacune dans notre lit, laissant le désordre au lendemain.

5

Lady Hardcastle et moi étions convenues que le lendemain de la fête serait consacré au repos et que ni elle ni moi ne nous embêterions à nous lever de bonne heure. Ce fut donc avec quelque déception qu'à sept heures du matin, j'entendis qu'on frappait doucement, mais avec insistance, à la porte de ma chambre.

— Qui est-ce ? lançai-je d'un ton que j'espérais amical mais qui, je le crains, trahissait l'irritation que j'éprouvais à me voir privée de ma grasse matinée.

La porte s'ouvrit sur Patty qui me jeta un regard timide.

— Pardon de vous déranger, mademoiselle, murmura-t-elle. C'est Mme Beddows : elle réclame Mlle Buffrey.

— Ce n'est pas votre faute, Patty. Betty ? Betty !

Betty marmonna quelque chose, mais ne sembla pas émerger du sommeil, alors que son lit était le plus près de la porte, entre Patty et moi.

— Betty ! insistai-je. Mme Beddows vous réclame.

— Dites à Mme Beddows d'aller se... murmura-t-elle.

— Betty, mon chou, vous devez vous réveiller, maintenant, et...

Dans un hoquet, Betty se dressa dans son lit.

— Oh, mon Dieu ! s'écria-t-elle, une expression de terreur peinte sur le visage. Je viens de faire un cauchemar épouvantable. J'ai rêvé que Mme Beddows essayait de me réveiller et que je lui disais d'aller se… Oh !

Elle remarqua Patty, plantée sur le seuil de la chambre.

— Désolée, mademoiselle, répéta cette dernière. C'est Mme Beddows. Elle a sonné, mais quand Lily est montée la voir, elle l'a envoyé promener et a tenu à ce qu'on vienne vous chercher.

Dans un état proche de la panique, Betty enfila une robe de chambre et se précipita hors de la chambrette, bousculant Patty au passage en marmonnant : « Désolée, faut que je me sauve. »

Je me laissai retomber sur l'oreiller.

— Puis-je vous apporter une tasse de thé, mademoiselle ? me proposa Patience.

— Non, ma chère, c'est parfait. Je vais descendre à l'office dans une minute. Je m'en ferai une moi-même avant de monter son plateau à lady Hardcastle.

— Ça m'embête pas, mademoiselle, franchement.

— Vous êtes très aimable. Mais ça ira. En revanche, peut-être pourriez-vous remporter l'un des plateaux en bas ? (Je lui désignai les dérisoires reliefs de notre pique-nique sur le tapis.) Je ne peux pas me charger des deux.

— Bien sûr, mademoiselle, acquiesça-t-elle, et elle entreprit d'empiler les assiettes vides. Je pense même que je peux tout caser sur un seul.

En un rien de temps, je me retrouvai seule dans la chambre. J'envisageai un instant de me rendormir, mais ce n'était plus guère la peine, aussi entrepris-je de me lever et de me préparer pour la journée.

Après un copieux petit déjeuner pris à l'office, je montai un plateau à lady Hardcastle. Je frappai et entrai sans attendre une réponse qui, de toute manière, ne serait sans doute pas venue. Mais à ma grande surprise, ma patronne était déjà assise dans le lit, en train d'écrire son journal.

— Bonjour, Flo. Comment s'est passée votre soirée ?

— Très agréablement, merci, madame, répondis-je en posant le plateau sur le secrétaire près de la fenêtre. Et la vôtre ? Vous êtes plus… verticale que ce à quoi je me serais attendue.

— Ce n'était pas cette sorte de nouba, hélas… soupira-t-elle. Des quantités d'amuse-gueules, un volume correct d'un champagne plutôt bon, cependant il m'a semblé plus souhaitable de garder l'esprit clair. Je ne voulais pas qu'une vieille chouette prise de boisson ternisse d'emblée l'entreprise de Fishy en se donnant en spectacle devant ces messieurs de la presse.

— Comme c'est attentionné de votre part, madame.

— Certes. Mais il se trouve que l'oncle Algy de Fishy a magistralement interprété le rôle du pochard de service, aussi n'aurais-je pas dû m'inquiéter.

— Savions-nous qu'il y avait un autre Codrington dans la maison ?

— C'est l'oncle maternel de Fishy, un Garrigan plutôt qu'un Codrington. Apparemment, il fait partie des meubles et Fishy a hérité de lui à la mort de ses parents. Un charmant vieux bonhomme et sans doute un joyeux drille en son temps : il s'est soûlé comme un cochon et a tenté d'organiser des jeux de société avant que Fishy ne l'éconduise.

— Le pauvre, m'apitoyai-je. À vous entendre, il aurait été le boute-en-train de la soirée.

— En toute autre occasion, peut-être, mais ce malheureux Fishy s'efforçant de jouer les grandes personnes, son oncle devait quitter les lieux. Et vous, qu'avez-vous fait de votre côté ?

Je lui servis son thé et lui tendis une assiette de toasts tout en lui racontant le pique-nique dans la chambre.

— Je ne peux pas dire que j'aie vu chez la belle Rosamund grand-chose qui puisse contredire le qualificatif de teigne employé par Mlle Buffrey pour la décrire, m'avoua lady Hardcastle entre deux bouchées. Dites, vous pourriez me rendre un immense service ? Je crois que j'ai laissé mes lunettes de lecture dans le grand hall.

— N'avez-vous jamais songé à les porter autour du cou, madame ?

— Je pourrais, sans doute, admit-elle d'un air distrait. Mais c'est beaucoup plus amusant de vous envoyer me les chercher. Vous émettez des sons si divertissants quand vous êtes énervée.

J'exprimai ma désapprobation et partis en quête de l'appareil d'optique égaré.

Faisant fi du protocole, je pris l'escalier principal, et au diable les conséquences ! En vérité, ce n'était pas tant un acte de rébellion qu'un aveu d'ignorance : n'ayant pas la plus petite idée de l'endroit où était le grand hall, je ne pensais pas avoir la moindre chance de le trouver en empruntant les passages secrets des domestiques. L'escalier était large et décrivait une douce courbe jusqu'au vaste hall d'entrée. J'eus l'impression que le comte et la comtesse l'avaient voulu ainsi pour mettre en scène des entrées et sorties pleines de prestige. Quel dommage qu'il n'y eût pas de comtesse avec laquelle lord Riddlethorpe pût le descendre majestueusement !

En dépit de mes premiers doutes, le grand hall se révéla fort simple à trouver : je n'eus qu'à suivre les tintements de bouteilles et de verres qu'on rangeait dans des caisses.

C'était vraiment un grand hall. Par bonheur, la chasse dans la région se limitait au renard, de sorte que les murs étaient exempts des habituels bois de cerf. En revanche, lord Riddlethorpe exposait sans vergogne ses propres trophées. Dans une charmante démonstration d'excentricité, il avait disposé des emblèmes d'automobile, une grille de radiateur et même une roue avec son pneu à l'endroit où ses ancêtres auraient accroché des bannières et des trophées de guerre ou de chasse. Je lançai un joyeux bonjour aux bonnes qui s'efforçaient de venir à bout du champ de bataille laissé par la soirée de la veille. Vu qu'elles avaient du pain sur la planche, je leur promis de ne pas rester dans leurs jambes et leur demandai si l'une d'elles n'avait pas aperçu un face-à-main égaré quelque part.

— Là-bas, mademoiselle, me renseigna une fillette dodue aux cheveux châtain clair qui arborait une traînée de suie sur le nez.

De la tête, elle me désigna une table près de l'une des immenses portes-fenêtres. Et de fait, les lunettes égarées étaient exactement là où elle me l'avait indiqué, posées sur une feuille de papier ministre. Je ramassai le face-à-main et le repliai dans son étui avant de le glisser dans ma poche. J'étais sur le point de repartir quand, rattrapée par la curiosité, je jetai un rapide coup d'œil à la feuille. C'était une liste, rédigée de l'élégante écriture de lady Hardcastle.

Course des dames :

1. Lady Hardcastle

2. Mme Beddows

3. Lady Lavinia

4. ~~Mlle Titmus~~ Mlle Armstrong

Course des messieurs :

1. Lord Riddlethorpe

2. M. Featherstonhaugh

3. M. Dawkins

4. Herr Kovacs

M. Waterford officiera en tant que starter et directeur de course.

Mlle Titmus sera la photographe officielle de la course.

Je remontai l'escalier quatre à quatre et, sans frapper, me ruai dans la chambre de lady Hardcastle.

— Doucement, ma chère, tempéra-t-elle. Ce n'est qu'une paire de lunettes de lecture. Inutile de vous hâter ainsi.

— Quoi ? Ah, le face-à-main ! Oui, tenez, madame, dis-je en lui passant ses lunettes de lecture en argent.

Elle prit son binocle, la déplia d'un coup sec et la tint devant ses yeux pour relire les notes qu'elle venait de consigner dans son journal. Au bout de quelques instants, elle l'abaissa avec lenteur et me regarda par-dessus les verres.

— Quelque chose ne va pas ? Vous me semblez toute confustroublifiée. Voire chamboulmotionnée. Que se passe-t-il donc ?

— J'ai vu une feuille de papier dans le grand hall, madame.

— Ce qui peut être un événement d'ordre à perturber l'état psychique, je vous l'accorde.

— Quoi ? Non, c'est qu'il y avait écrit dessus quelque chose de plutôt surprenant.

La lumière se fit lentement dans l'esprit de ma patronne.

— Ah… Les courses. Êtes-vous contente ?

Je glapis quasiment d'excitation.

— Vous l'avez fait ! Vous avez réussi à me glisser parmi les participantes ! Merci. Merci !

— Mais calmez-vous, voyons ! dit-elle en riant. C'était bien le moins que je puisse faire. Quoiqu'en vérité, ce soit Helen Titmus qu'il vous faut remercier. Roz Beddows l'a tourmentée sans répit pour qu'elle participe, arguant qu'on ne pourrait organiser de véritable course pour les dames si nous n'étions que trois concurrentes, mais j'ai bien vu que Mlle Titmus n'avait pas très envie de prendre le départ. Aussi, quand tout a été mis noir sur blanc, je l'ai prise à part et, incidemment, je lui ai glissé que vous ne détesteriez pas participer à la course. Son soulagement fut tel qu'elle m'a quasiment suppliée de vous convaincre de prendre sa place. J'ai promis que je verrais ce que je pourrais faire et que je modifierais la liste des participantes le cas échéant.

— Vous êtes la meilleure patronne dont pouvait rêver une pauvre servante galloise. Que veulent dire les numéros ?

— Ils correspondent aux automobiles. Nous avons tiré au sort. C'était épouvantablement compliqué, mais les garçons ont insisté pour que Fishy ne puisse pas choisir sa propre voiture : il les connaît toutes trop bien. Nous avons donc mis tous les numéros dans un saladier et nous avons tiré au sort pour savoir qui conduirait quoi.

— Donc, cela veut dire que j'ai la numéro 4 ?

— Je le crois, oui. C'est la voiture de course de l'ami de Fishy, Herr Kovacs. Celui-ci était d'ailleurs tout à fait ravi d'avoir tiré sa propre automobile. D'après ces messieurs, elle file comme un oiseau.

Je me contentai de sourire comme une idiote.

Il était prévu que nous nous retrouvions tous à midi sur la ligne de départ, mais lorsque nous nous y présentâmes avec un quart d'heure d'avance, nous découvrîmes que trois des voitures de course étaient déjà là. C'était celles que nous avions vues la veille dans la remise à calèches. Des machines vert foncé, à la ligne profilée. Élégantes et belles, mais étrangement agressives et effrayantes. Des déesses guerrières.

Nous vîmes Morgan remonter de l'écurie de course au volant de la quatrième voiture, un véhicule inconnu dont la sobre carrosserie brillait comme de l'argent brossé au soleil de midi.

Lord Riddlethorpe était en train d'inspecter le moteur de sa propre automobile, effectuant des réglages de dernière minute sur les diverses soupapes et autres manettes minuscules. Il leva les yeux à notre approche.

— Coucou, mesdames ! lança-t-il à sa façon joyeuse et enfantine. Dites donc, on dirait deux vraies pilotes de course, nippées comme vous l'êtes ! Fanners m'avait dit que vous conduisiez, mais je ne pensais pas que vous preniez la chose si au sérieux. Les autres filles vont avoir du mal à vous suivre.

Lady Hardcastle se mit à rire.

— Je doute que nous soyons à votre niveau, mon cher.

— Peut-être, ou peut-être pas ! Mais je parierais que vous allez donner du fil à retordre à ma sœur – c'est une conductrice épouvantable. Je n'ai jamais vu Roz derrière un volant, mais si elle conduit sa voiture comme elle mène sa barque, vous avez intérêt à faire attention : à mon avis, elle ne fait pas de quartier.

— Vous avez bien raison, mon cher. Vous entendez ça, Flo ? Faites attention à Mme Beddows.

— Je n'y manquerai pas, madame.

— Oh, vous n'avez aucune raison de vous en faire, Armstrong, gloussa lord Riddlethorpe. Fanners lui a raconté quelques anecdotes choisies à votre sujet et il se pourrait bien que Roz ait un peu peur de vous.

— De moi, monsieur le comte ?

— De vous, oui, répliqua-t-il avec un grand sourire. N'est-ce pas, Monty ?

M. Montague Waterford émergea d'une autre automobile derrière laquelle il s'était tapi pour s'adonner dans son coin à quelque bricolage mécanique. Un peu plus âgé que lord Riddlethorpe, il pouvait avoir dans les cinquante ans. Ses cheveux roux étaient déjà blanchis aux tempes et ses yeux étaient marqués de pattes-d'oie. Ces rides lui étaient-elles venues à force de plisser les yeux ou à force de sourire ? C'était difficile à dire.

— Quoi ? Roz ? s'exclama-t-il en s'essuyant les mains à un chiffon. Elle a eu l'air carrément terrifiée, oui, quand Harry lui a raconté comment vous aviez brisé le poignet de cette bonne femme d'un simple coup de pied. À moins qu'elle n'ait été horrifiée qu'une domestique en visite ait été autorisée à s'approcher autant de la maîtresse de maison ? Je n'arrive pas à me souvenir.

Il me fit un clin d'œil. Je commençai à soupçonner que ses pattes-d'oie étaient le résultat d'un excès de sourires malicieux.

Lady Hardcastle lâcha un « pff » dédaigneux, mais s'abstint de tout commentaire.

— « La maîtresse de maison » menaçait de tirer sur un policier, expliquai-je. Je l'en ai juste… plus ou moins… empêchée. N'importe qui aurait fait de même à ma place.

Les deux hommes éclatèrent de rire.

— Pas moi, déclara lord Riddlethorpe. Je me serais recroquevillé sous une table. C'est le meilleur endroit où se cacher lorsque les armes sont de sortie.

— Pour ma part, il me tarde surtout de vous voir conduire, me confia M. Waterford. Il y a bien quelques dames dans le monde des courses automobiles, mais elles sont loin d'être en nombre suffisant. J'attends avec impatience de voir comment vous allez toutes vous en sortir.

Je lui souris et le remerciai d'un hochement de tête. Il semblait sur le point de poursuivre lorsque quelque chose attira notre attention. Harry, accompagné par Ellis Dawkins et un homme que je ne connaissais pas, s'approchait de nous, traversant la pelouse d'un pas martial. Un peu plus loin derrière suivaient lady Lavinia et Mme Beddows dont la démarche était plus gracieuse, mais moins déterminée. Elles avaient laissé Mlle Titmus un peu à la traîne, celle-ci traficotant ce qui semblait être un petit appareil photographique très chic.

Ce n'était pas la vue des autres compétiteurs qui avait interrompu notre conversation, mais bien l'altercation qui semblait opposer deux d'entre eux.

— *Nein, nein, es ist nicht das Gleiche*, disait un homme sec et nerveux chaussé d'un pince-nez. Pas du tout la même chose.

Harry leva les yeux au ciel, tandis que les deux autres continuaient à se regarder d'un air mauvais.

Lord Riddlethorpe gloussa :

— Allons donc ! Viktor ! Du calme, mon vieux ! Jamais vu homme plus déterminé à provoquer une dispute, nous glissa-t-il *sotto voce*, à lady Hardcastle et à moi.

L'homme au pince-nez s'arrêta au beau milieu d'une riposte pour fusiller notre hôte du regard. Puis il leva la main vers lui en geste de capitulation et lui sourit d'un air de regret.

— Toutes mes excuses, Edmond. Je ne souhaitais pas envenimer les activités matinales, mais ce jeune idiot…

Le jeune idiot agita les mains en guise de SOS et lord Riddlethorpe s'esclaffa à nouveau.

— Approchez donc tous pour faire connaissance avec notre huitième concurrent, annonça-t-il. Vous pouvez réserver vos rivalités pour la piste, non ?

Les deux combattants s'approchèrent. Harry fermait la marche, le visage illuminé par un immense sourire, presque identique à celui de sa sœur.

— Alors, commença lord Riddlethorpe. Viktor, permettez-moi de vous présenter Florence Armstrong de… Au fait, Mlle Armstrong, d'où êtes-vous donc ?

— D'Aberdare, monsieur le comte. Dans le sud du pays de Galles.

— Non, c'est vrai ? Ça, par exemple ! Je vous présente donc Florence Armstrong d'Aberdare. Du diable si je sais où ça se trouve, mais c'est assurément un lieu enchanteur.

C'est la femme de chambre de lady Hardcastle, aventurière accomplie, doublée d'une fille bien. Mlle Armstrong, je vous présente Viktor Kovacs, de Vienne, coureur automobile, propriétaire de Die Kovacs Motorsport Mannschaft, mon rival le plus amer et excellent ami.

Herr Kovacs fit claquer ses talons et s'inclina légèrement vers moi.

— Enchanté de faire votre connaissance, Fräulein. En réalité, je suis de Budapest, mais je vis à Vienne depuis plusieurs années. C'est vous qui allez conduire ma voiture à moteur, oui ? Vous faites de la compétition automobile ?

— Pas jusqu'à aujourd'hui, monsieur. Mais j'ai très envie d'essayer.

Il sourit.

— Je pense que la course des dames va être très intéressante.

— Elle le sera, approuva lord Riddlethorpe. Et voilà Dawkins que vous connaissez déjà. Il est de… euh… de quelque part ou d'ailleurs. Bournemouth ou tout autre endroit aussi effrayant, n'est-ce pas ?

Nous le saluâmes tous d'un signe de tête. Dawkins me fit un clin d'œil. Je levai les yeux au ciel et me détournai de lui.

— À propos, moi, c'est Harry Featherstonhaugh, lança Harry, à l'arrière du groupe. Au cas où vous vous poseriez la question.

Entre-temps, ces dames nous avaient rejoints.

— Qu'est-ce que c'est, Fishy ? s'enquit lady Lavinia. Avons-nous manqué les présentations ?

— Flûte ! souffla lord Riddlethorpe. Hum… Lavinia, Roz, Helen… je vous présente Florence Armstrong.

— Un peu sommaire, mon cher, rétorqua lady Lavinia. Mais il faudra s'en contenter. Bonjour, Mlle Armstrong. (Elle me sourit.) Nous avons beaucoup entendu parler de vous.

— Et comment ! renchérit Helen Titmus à mi-voix en m'adressant un sourire et un signe de la main. C'est extra de faire enfin votre connaissance.

Les lèvres de Rosamund Beddows remontèrent brièvement aux commissures, dans ce qui se voulait un sourire approximatif, mais très vite elle retrouva son expression étudiée et dédaigneuse et détourna le regard.

— Eh bien, voilà qui est fait ! s'exclama lord Riddlethorpe. Êtes-vous tous prêts à vous amuser ? Que diriez-vous de commencer la course ?

Il y eut un concert d'acclamations.

— Parfait ! dit-il en tapant dans ses mains. Alors, qui a la carte des courses ?

Harry lui tendit la feuille de papier que j'avais vue dans le grand hall.

— Tiens, Fishy.

Lord Riddlethorpe prit le papier et y jeta un coup d'œil.

— Très bien, je suis dans la voiture numéro 1, déclara-t-il en partant vers le véhicule en question. Fanners, tu as la 2, Dawkins, la 3 et Viktor, vous conduirez votre propre machine argentée, la numéro 4. Trois tours de chauffe, puis nous oublierons la course à pied et nous nous placerons sur la ligne de départ, moteur tournant…

— Une petite minute, l'interrompit lady Lavinia en avançant pour lui prendre le papier des mains. Si tu regardes bien, tu verras que la course des dames doit avoir lieu avant celle des messieurs.

Elle lui indiqua le programme des courses et, de fait, la course des dames venait en premier.

— Ce n'était que pure politesse, Jake ! protesta-t-il d'un ton plaintif. C'est mon circuit, c'est moi qui dis qui commence.

Elle soupira.

— Tu es vraiment un gamin, Edmond Codrington. Nous allons la jouer à pile ou face. Qui a une pièce sur lui ?

Harry fourragea dans sa poche de pantalon et en tira un florin.

— Deux shillings, Fanners ? ironisa lord Riddlethorpe. J'ignorais que les gars des Affaires étrangères étaient aussi bien payés.

— On n'imagine pas tout l'argent qu'on peut se faire en accomplissant une honnête journée de labeur, riposta Harry.

— Allez-vous donc vous taire, tous les deux, et lancer cette satanée pièce ! s'impatienta lady Lavinia.

Avec un grand sourire, Harry se tut docilement et lança la pièce en l'air.

— Pile ! cria lady Lavinia alors que la pièce atteignait le sommet de sa courbe.

Elle retomba avec un tintement clair sur le macadam de la piste et nous nous penchâmes tous pour l'examiner.

— Et c'est face ! clama lord Riddlethorpe. Messieurs, à vos autos !

Il tira la langue à sa sœur qui souffla, offusquée, et se détourna de lui.

— Un instant, intervint Mlle Titmus de sa voix timide. Cela vous ennuierait-il terriblement si je prenais deux ou trois photographies ? Après tout, je suis la photographe de la course.

Elle brandit l'appareil qu'elle avait porté avec soin pendant tout ce temps.

Mme Beddows poussa un soupir.

— Oh, pour l'amour du Ciel, Titmouse ! Est-ce réellement indispensable ?

— Oui, ma chère, ça l'est, affirma lady Lavinia. Je trouve formidable l'idée de nous faire tirer le portrait avant que nous soyons tous piquetés de moucherons, couverts d'huile ou quoi qu'il puisse se produire dans ce genre de sport. Messieurs, mettez-vous en rang là-bas ! (Elle leur indiqua un endroit de la piste d'où il serait possible d'englober tous les hommes et les voitures à moteur dans le champ de l'objectif.) Qu'en dites-vous, ma chère Helen ?

— Magnifique, merci, Lavinia ! s'écria Mlle Titmus.

Les hommes se mirent consciencieusement en rang d'oignons et, à son tour, Mlle Titmus adopta la meilleure position pour les prendre tous en photographie.

— Attendez ! cria lord Riddlethorpe. Fanners a encore le sourire.

Harry, dont le regard semblait posé sur lady Lavinia, souriait bel et bien, mais il se ressaisit très vite en rougissant.

— Franchement, j'ignore pourquoi nous n'avons pas le droit de sourire sur les photographies, fit remarquer lady Hardcastle. Les générations futures vont penser que nous n'étions qu'un tas de sinistres bonnets de nuit.

— Oh, vas-y donc, Titmouse ! s'impatienta Mme Beddows. Nous n'avons pas toute la journée pour toi et ton stupide appareil photographique.

Mlle Titmus prit encore quelques secondes pour composer son cliché, puis elle actionna le déclencheur.

— Enfin ! soupira Mme Beddows en se dirigeant à grands pas vers les automobiles pour être à son tour photographiée. Allons, Jake, finissons-en !

Lady Lavinia nous guida, lady Hardcastle et moi, vers l'endroit désigné. L'espace d'un instant, il sembla que Mme Beddows allait objecter à ma présence, mais elle sut tenir sa langue.

— Allez, les filles ! lança lady Hardcastle d'un ton enjoué quand nous fûmes toutes en position. Et si nous rompions avec les conventions en montrant à la postérité que nous étions capables de bien nous amuser ? Que tout le monde fasse son plus beau sourire !

Lady Lavinia et moi esquissâmes consciencieusement un sourire, mais il en fallait plus pour impressionner lady Hardcastle.

— C'est sans espoir, soupira-t-elle. Harry ? Raconte-nous donc une de tes blagues !

— Quoi ? Eh bien… je… euh… C'est un type qui entre dans un pub… et… euh…

— Sans espoir, répéta-t-elle. Oh, je sais !

Elle nous rassembla tête contre tête et se mit à chuchoter. La décence m'interdisant de répéter ce qu'elle nous raconta, il me suffira de dire que lady Lavinia et moi nous esclaffâmes et que même Mme Beddows ricana de mauvaise grâce.

Nous retournâmes précipitamment à notre place, un franc sourire aux lèvres, et Mlle Titmus put enfin prendre sa photographie.

— Formidable ! s'écria lord Riddlethorpe. Et maintenant, place à la course ! Messieurs, à vos autos !

Il fallut quelques minutes à ces messieurs pour enfiler une salopette par-dessus leur tenue. S'ensuivit un moment d'agitation stérile, le temps qu'ils prennent tous place dans leur auto, tandis que Morgan faisait démarrer à la manivelle les moteurs alignés.

Mlle Titmus ne m'avait pas frappée comme étant le genre de femme prompte à s'enthousiasmer en aucune circonstance, mais alors que les conducteurs s'apprêtaient à s'élancer, elle fut prise d'une frénésie de mouvement. S'accroupissant ici, se penchant par là, allant même jusqu'à se tenir en équilibre sur une jambe, le tout dans le seul but d'obtenir une photographie de plus.

Alors qu'elle pointait son objectif sur lui, Harry fit vrombir son moteur. Le monstrueux rugissement qui s'échappa du capot vert le fit sursauter. À notre grande joie, ce fut à ce moment-là que l'obturateur de Mlle Titmus émit un petit clic. Harry agita la main, souriant d'un air penaud à l'objectif, tandis que Mlle Titmus passait à la voiture suivante.

Lord Riddlethorpe ne la remarqua même pas tant il était concentré sur les chiffres et les manettes de contrôle de son cockpit. Mlle Titmus le saisit dans un instant d'intense concentration, puis passa à l'autre concurrent.

Herr Kovacs ne s'aperçut pas non plus de sa présence, obnubilé qu'il était par le véhicule expérimental, de facture plus récente, garé à côté du sien. J'imaginais son air de nonchalance étudiée alors que cliquetait à nouveau l'obturateur et que Mlle Titmus passait au dernier concurrent.

Dès qu'Ellis Dawkins l'aperçut, il fixa l'objectif de l'appareil photographique et, malgré ses grosses lunettes de course, nous vîmes tous le clin d'œil insolent qu'il lui adressa.

Enfin, Mlle Titmus braqua son appareil sur M. Waterford et prit un cliché de lui alors qu'il s'apprêtait à abaisser le drapeau du départ.

Les moteurs rugirent. Les pneus hurlèrent sur le macadam. Ils étaient partis ! Quatre des plus puissantes machines de course du pays fonçaient vers la première courbe, Mlle Titmus parvenant à photographier une dernière fois les concurrents à travers la poussière et les fumées d'échappement avant qu'ils ne disparaissent à notre vue.

Ces derniers mois, je m'étais habituée à l'agréable et amical clac-clac du petit moteur de la Rover tandis qu'il nous propulsait le long des chemins. J'avais déjà entendu le grondement de voitures plus grosses que la nôtre et même celui des wagons à moteur, en ville, mais rien de tout cela ne m'avait préparée au rugissement de ces quatre monstres mécaniques. C'était comme si les véhicules à moteur que nous croisions dans les rues de nos villes et de nos villages n'étaient que la version domestiquée d'une bête féroce. D'une certaine manière, lord Riddlethorpe et ses amis avaient capturé des spécimens sauvages auxquels ils faisaient faire le tour de la piste. Dans mon imagination, ces automobiles étaient passées de déesses à tigrcsscs.

Même de l'endroit le plus éloigné du circuit, on percevait le rugissement des moteurs et je confesse avoir éprouvé un frisson d'excitation en entendant ce vacarme s'amplifier au fur et à mesure que les voitures se rapprochaient.

Soudain, elles furent sur nous. Lord Riddlethorpe était en tête, mais de justesse, talonné par l'automobile argentée de Herr Kovacs. Dawkins, l'autre pilote professionnel, n'était qu'à quelques mètres des premiers lorsque tous trois franchirent comme des flèches ce qui deviendrait sous peu la ligne d'arrivée.

Bien loin de l'allure de la course, mais arborant toujours un grand sourire d'allégresse, l'air idiot et gamin, Harry était bon dernier. Il agita la main en franchissant la ligne et nous cria quelque chose d'inintelligible. Mlle Titmus était parvenue à prendre deux autres photographies et j'espérais qu'au moins l'une d'elles serait réussie.

Très vite, Harry-en-Queue-de-Course disparut dans le virage, nous laissant, pantelantes, attendre le retour des monstres mécaniques. Le bruit, la vitesse... c'était grisant. Lady Hardcastle, à ma gauche, parlait photographie avec Mlle Titmus, tandis qu'un peu plus loin, à droite, lady Lavinia et Mme Beddows étaient plongées dans leur conversation. M. Waterford balayait distraitement l'herbe de son drapeau.

Entendant lady Hardcastle prononcer mon nom, je me tournai vers elle. J'allais lui demander de bien vouloir répéter sa question lorsque nous fûmes réduites au silence par un terrible hurlement de pneus, un fracas de tôle et enfin un bruit sourd. Le vacarme fut tel qu'on aurait pu croire que l'accident s'était produit tout près de nous, mais nous savions qu'il provenait des bois à environ quatre cents mètres de là, à l'endroit où le circuit sinuait entre les arbres. Nous entendîmes les autres moteurs ralentir et s'arrêter, puis, presque d'un même élan, nous nous mîmes tous à courir vers le lieu de l'accident.

Morgan Coleman, le chauffeur, fut le premier à arriver sur les lieux, suivi de près par M. Waterford. Il leva les bras pour tenter de nous empêcher d'approcher.

— Oh, ne soyez pas bête ! s'agaça lady Hardcastle en le bousculant. Ils ont besoin d'aide.

Je la suivis vers le véhicule accidenté, mais les trois autres dames restèrent en arrière, obéissant avec gratitude aux ordres de M. Waterford qui ne voulait pas qu'on regarde.

À notre grand soulagement, nous vîmes que la voiture était en assez bon état. La carrosserie était certes emboutie et son numéro 3 un peu éraflé, mais hormis cela, elle semblait à peine endommagée. Toutefois, notre soulagement fut de courte durée lorsque nous comprîmes, à l'angle anormal que faisait son corps brisé, que le pilote, Ellis Dawkins, était mort.

Harry fut le suivant à arriver sur les lieux, lord Riddlethorpe et Herr Kovacs déboulant quelques instants après de la direction opposée.

— Est-il… ? s'enquit lord Riddlethorpe en tentant de s'approcher.

— Je le crains, monsieur le comte, répondit Morgan en se relevant de l'endroit où il avait examiné le corps. On dirait qu'il a perdu le contrôle dans le virage et qu'il a dérapé sur le côté de la piste. J'dirais que sa tête a cogné quand l'auto a percuté l'arbre de plein fouet. Il est mort sur le coup, j'pense.

— Mais qu'est-ce qui lui a fait perdre le contrôle comme ça ? demanda Harry, son enthousiasme et son excitation envolés. L'homme était un professionnel.

— Il devait rouler à une sacrée vitesse à l'entrée du virage pour avoir décollé si loin de la piste, fit remarquer Morgan d'un ton pensif.

— Un défaut sur la voiture ? suggéra Herr Kovacs. C'était votre prototype, après tout, Edmond. Peut-être vos ingénieurs ont-ils commis des erreurs.

Mais lord Riddlethorpe était trop choqué pour prononcer un mot.

— Nous ne pouvons plus rien faire pour Dawkins, déclara lady Hardcastle d'un ton calme et professionnel. Harry, ramène ces dames à la maison et appelle la police. Il faut leur signaler le décès. Fishy, vous allez devoir vous mettre en rapport avec la famille de Dawkins.

— Je ne suis pas sûr qu'il en ait, répondit lord Riddlethorpe d'un air absent. Je me souviens qu'il m'a dit que ses parents étaient morts. Il a peut-être une sœur à Bournemouth, mais je ne vois pas comment nous pourrions la joindre.

— Herr Kovacs… commença lady Hardcastle.

— Viktor, je vous en prie, l'interrompit-il en inclinant légèrement le buste.

— Merci. Viktor, voulez-vous vous occuper de Fishy, s'il vous plaît ? Il est en état de choc, je pense.

— Bien sûr, dit-il et, avec ménagement, il éloigna son ami des lieux.

— Ça va aller, sœurette ? s'enquit Harry, hésitant un peu à leur emboîter le pas.

— Bien sûr que ça ira, gros bêta. Et maintenant va-t'en et sois viril : prends la situation en main. Tous vont avoir besoin d'un peu de réconfort.

— Tu as raison.

Et, tournant les talons, il ramena les autres invitées à la maison.

— On va d'voir donner un sacré coup d'œil à cette auto, soupira Morgan en faisant le tour du véhicule, l'examinant sous toutes les coutures. Je vois vraiment pas comment quelqu'un comme Dawkins a pu perdre le contrôle comme ça. M. Featherstonhaugh – sauf vot' respect, madame –, lui, j'le vois bien en faire trop à l'approche du virage et déraper, mais même lui n'aurait pas eu un accident pareil. C'est forcément quelque chose qui cloche dans l'moteur. Dawkins arrivait beaucoup trop vite.

— J'ignore quelle est la procédure pour les accidents d'automobile advenant sur une propriété privée, réfléchit lady Hardcastle, mais à mon avis, nous devrions tout laisser en l'état jusqu'à ce que la police et son chirurgien viennent jeter un coup d'œil à la scène. Mais ensuite, je pense que vous devriez effectivement ramener l'automobile à l'atelier et la soumettre à un examen complet. D'une manière ou d'une autre, lord Riddlethorpe voudra savoir ce qui s'est passé – il est très secoué.

— Vous avez raison, madame, acquiesça Morgan.

Et nous attendîmes sur place l'arrivée des autorités.

6

— … un tragique accident. Le médecin légiste aura le dernier mot, bien sûr, et nous devrons emmener le corps à la morgue de Leicester jusqu'à ce qu'il délivre le permis d'inhumer, mais je ne pense pas que nous ayons autre chose à faire ici.

La personne qui venait de s'exprimer était un inspecteur de police tout fripé, arrivé de Leicester pour prendre le relais de l'agent de police local lorsque le QG avait été informé du décès survenu chez le comte de Riddlethorpe. Ce policier, l'inspecter Foister, s'était présenté lui-même à lord Riddlethorpe d'un ton obséquieux qui s'était envolé sitôt qu'il s'était tourné vers les invités. Son obséquiosité avait augmenté d'un cran lorsqu'il s'était adressé à lady Lavinia (après tout, c'était la sœur du comte) et à lady Hardcastle (un titre est un titre, même si la dame n'est que veuve d'un chevalier), mais le reste d'entre nous fut traité avec un dédain cavalier qui commençait à me taper sur les nerfs lorsqu'il fut prêt à repartir.

De toute évidence, son opinion était faite : une bande d'idiots fortunés faisant les fous au volant de puissantes automobiles était le plus sûr raccourci vers la catastrophe. Dans son esprit, nous aurions mérité un sort bien pire et si lord Riddlethorpe n'avait pas été mêlé à l'affaire, l'inspecteur ne se serait pas gêné pour nous le faire savoir en ces termes. Cela n'aurait pas été bien terrible si le sergent Tarpley, l'agent du coin, n'avait pas pris le comportement de l'inspecteur comme l'autorisation de faire preuve de la même attitude dédaigneuse. Certes, il restait aussi poli et déférent envers lord Riddlethorpe qu'il l'était à son arrivée, mais il semblait à présent se sentir libre de traiter l'accident comme une énième sottise du « jeune » comte.

Le comte, justement, toujours en état de choc, n'avait pas dit grand-chose. Lorsqu'il fut clair que l'inspecteur avait tiré ses conclusions et qu'il s'apprêtait à repartir, lady Hardcastle prit le relais.

— Merci d'être venu, inspecteur, dit-elle en lui indiquant d'un geste la porte de la bibliothèque. Je suis sûre que s'il y a autre chose à faire, vous en ferez part à monsieur le comte ?

— Bien sûr, madame, affirma-t-il, vaguement froissé de se sentir ainsi congédié.

Lady Hardcastle lui fit traverser la pièce et ouvrit la porte sur le jeune valet de pied qui rôdait de l'autre côté.

— Evan va vous raccompagner, dit-elle et, se retournant vers le sergent Tarpley : Peut-être l'inspecteur pourra-t-il vous ramener à Riddlethorpe ?

— Pas la peine, m'dame, répliqua le sergent d'un air suffisant. J'suis venu à vélo.

— Bien sûr, sourit-elle. Vous avez tous deux été très généreux de nous accorder votre temps et votre réconfort professionnel.

Il n'y avait plus de doute dans l'esprit des deux policiers : on venait de leur donner congé. L'inspecteur croisa brièvement le regard de lord Riddlethorpe avant de proférer un lapidaire : « le bonjour à vous » et de s'en aller d'un pas martial à la suite d'Evan. Aurions-nous été d'un autre rang, nous aurions sûrement eu droit à un : « Écoutez-moi bien, vous ! » ou à un : « C'est moi qui décide de l'heure à laquelle je dois partir ! » Mais son snobisme avait eu raison de lui et provoquer une dispute dans la maison d'un comte aurait été de mauvais goût. Le sergent Tarpley trottina docilement dans son sillage et nous nous retrouvâmes livrés à nous-mêmes.

L'atmosphère était morose, on le comprend aisément, et une fois de plus ce fut lady Hardcastle qui prit les choses en main.

— Bien ! commença-t-elle vivement. Dans des moments tels que ceux-là, la traditionnelle réaction anglaise commande qu'on prenne une bonne tasse de thé. Armstrong, ma chère, veuillez faire un saut aux cuisines et voir ce que vous pouvez y dénicher. Morgan, je pense qu'il nous faut récupérer l'automobile accidentée et la ramener à la remise à calèches : si quelque chose ne tournait pas rond sur cette machine, cela tranquilliserait monsieur le comte de le savoir. Mobilisez tous les domestiques requis pour vous assister.

— Mais qui diable vous a chargée de tout régenter ? s'enquit froidement Mme Beddows. C'est Fishy qui devrait donner des ordres aux domestiques. Ou Jake. Sûrement pas vous.

— Lady Lavinia ? fit lady Hardcastle.

— Quoi ? répondit distraitement lady Lavinia. Ah, oui. Oui, ça ira très bien. Allez-y, Morgan.

Lady Hardcastle sourit, Mme Beddows la fusilla du regard et Morgan et moi battîmes précipitamment en retraite.

La nouvelle de la journée s'était déjà propagée jusqu'à l'office où nous fûmes quasiment assaillis dès notre entrée. D'un ton sévère, M. Spinney rappela les domestiques à l'ordre et le brouhaha retomba, mais à l'évidence, nous n'allions pas nous en tirer sans leur donner notre version de l'histoire.

De façon aussi succincte que possible et avec un minimum de sensationnalisme, nous décrivîmes tour à tour les événements qui avaient conduit jusqu'à l'accident. Une fois notre récit terminé, une chape de silence s'abattit sur la grande salle d'ordinaire si joyeuse. L'une des petites bonnes intervint :

— Ma maman dit toujours qu'il en sortira jamais rien d'bon, de ces voitures à moteur.

Des murmures d'approbation s'élevèrent.

— Des engins dangereux, affirma une autre. Monsieur le comte devrait avoir honte, d'avoir risqué la vie d'son ami comme ça.

— Ça suffit ! ordonna Mme McLelland d'un ton sans appel. Je ne veux plus entendre un seul mot là-dessus, merci beaucoup, mesdemoiselles. Et maintenant, retournez toutes à votre travail.

— Tout à fait, renchérit M. Spinney. Retournez tous au travail. Monsieur le comte a toujours des invités et nous devons plus que jamais nous montrer efficaces dans une ambiance de sérénité. C'est même essentiel.

Le personnel se dispersa en marmonnant et chacun reprit sa tâche.

Tandis que je préparais un plateau de thé qu'un des jeunes valets de pied allait monter, Morgan s'entretint à voix basse avec M. Spinney. Il sortit de l'office quelques instants plus tard, accompagné par le valet d'écurie et le cireur de chaussures. Je restai à l'écart pour ne pas gêner Mme Ruddle qui supervisait la préparation du thé et l'approvisionnement en cake, puis à mon tour, je laissai le personnel à son labeur et remontai avec le valet de pied.

Il déposa le plateau sur une table de la bibliothèque et je m'occupai de servir le thé. Je rejoignis lady Hardcastle qui s'était postée à l'écart des autres dames, près d'une des grandes fenêtres, et qui contemplait le domaine.

— Merci, me dit-elle en prenant la tasse que je lui tendais.

— Avec plaisir. Comment vont-ils ?

— Un peu bouleversés par les événements, j'ai l'impression, mais ils s'en remettront. C'est ce qu'on fait toujours, n'est-ce pas ?

— Je suppose, madame.

— Fishy et Monty accusent très mal le coup, bien entendu. Depuis que vous êtes partie, ils tiennent des conciliabules là-bas. Ils s'accablent de reproches, mais ce n'est guère étonnant, si ? Herr Kovacs a bien tenté d'intervenir mais il s'est fait rembarrer. Il a ensuite essayé de parler aux filles, mais elles l'ont également envoyé promener. Voilà pourquoi il est assis tout seul dans son coin.

Je regardai autour de moi pendant qu'elle parlait : lord Riddlethorpe et M. Waterford étaient assis dans des fauteuils de part et d'autre d'une table basse couverte de papiers. Penchés dessus, tête contre tête, ils gesticulaient avec animation. De leur côté, lady Lavinia, Mme Beddows et Mlle Titmus étaient installées, la mine sombre, autour d'une autre petite table, tandis qu'Harry tentait vaillamment d'entretenir la conversation. La tâche n'avait pas l'air simple, entre lady Lavinia qui s'agitait nerveusement, apparemment incapable de rester en place, et Mlle Titmus qui trafiquait son sempiternel appareil photographique. Mme Beddows, quant à elle, buvait son thé à petites gorgées d'un air d'incommensurable ennui. Enfin, Herr Kovacs était assis dans l'angle de la pièce opposé aux deux autres groupes. Il n'avait pas l'air contrarié outre mesure d'avoir été mis à l'écart. De fait, il semblait être agréablement absorbé dans un livre ancien.

— Morgan est-il allé chercher ses assistants ? me demanda lady Hardcastle.

— Oui, madame. Il a alpagué deux des plus jeunes garçons et ils sont partis ensemble récupérer l'auto.

— Parfait. J'aimerais que vous alliez flâner du côté des écuries, si cela ne vous ennuie pas. Morgan ne devrait pas mettre beaucoup de temps à ramener l'auto à l'atelier et j'aimerais bien savoir ce qu'il va découvrir.

— Vous soupçonnez quelque chose, madame ?

— Appelez cela la saine curiosité d'un esprit curieux.

— L'indiscrétion d'une vieille fouine qui fourre son long nez partout.

Lady Hardcastle esquissa une chiquenaude en direction de mon oreille et je filai avant que l'on nous accuse de manquer de tenue.

Je me faufilai sans bruit hors de la bibliothèque et retournai en bas où, grâce au bon vieux truc qui consiste à feindre d'être terriblement occupée, je parvins à traverser l'office et à passer par la porte de côté sans être interceptée. Dans le potager, Patience était en train de ramasser des herbes aromatiques pour Mme Ruddle. Nous échangeâmes de chaleureuses salutations, mais le vieux truc de « l'allure décidée » fit à nouveau miracle et elle ne me retint pas.

Quelques minutes après, j'arrivai dans la cour où Morgan et ses aides poussaient la voiture accidentée dans l'ancienne remise à calèches. Morgan congédia ensuite les deux garçons qui passèrent devant moi pour retourner à l'office, aussi lentement que faire se pouvait sans risquer une réprimande.

— Elle n'a pas l'air trop endommagée, fis-je remarquer pour avertir Morgan de ma présence.

Il fit volte-face, mais se détendit en voyant que ce n'était que moi.

— Non, concéda-t-il. Pas tant que ça. Elle a un poil trinqué, mais on pourra la décabosser. On aurait sûrement pu la conduire jusqu'ici, en vérité.

— Avez-vous besoin d'aide ?

— J'refuse jamais de l'aide quand on me la propose, répliqua-t-il en ôtant les attaches du capot. Et un peu de compagnie, ça changerait tout pour moi. La plupart des gens n'ont pas le temps de traîner dans les ateliers. Moi, ça m'est égal d'être tout seul, mais j'dis jamais non à un brin de causette. Vous pouvez me tenir ça une minute ?

Je lui tins le volet du capot qu'il venait de soulever pendant qu'il dépliait la béquille.

— Voilà, vous pouvez lâcher, maintenant, me dit-il.

Le capot resta relevé.

— Avez-vous une idée de ce que vous cherchez ? lui demandai-je en allant me placer à l'avant de l'auto pour me plonger dans cette mystérieuse mécanique.

— Quèqu'chose qu'aurait pu causer l'accident, vous voulez dire ?

— Oui, dis-je en continuant ma balade autour du véhicule.

— Ça pourrait être n'importe quoi. Le câble de l'accélérateur a pu se bloquer, les freins ont peut-être lâché…

— Cette sorte de chose arrive souvent ?

— Plus souvent qu'on voudrait. C'est des choses merveilleuses, les voitures à moteur, mais c'est aussi compliqué, et pas qu'un peu. Des centaines de pièces mobiles, tout en harmonie : il suffit qu'une p'tite enquiquineuse s'mette à chanter faux pour que tout parte en quenouille.

— Il faudrait vraiment que j'en apprenne plus sur le fonctionnement de ces machines si nous voulons profiter comme il se doit de notre petite Rover, lui avouai-je.

Morgan leva les yeux du moteur.

— C'est point du tout difficile à comprendre, franchement. Prenez les freins, par exemple. Vous appuyez sur cette pédale, là.

Il m'indiqua la pédale du frein.

— Cette partie-là, je connais, dis-je. Ensuite, le moteur s'arrête on ne sait trop comment. Par magie, sans doute.

Morgan se mit à rire.

— Y a pas de magie là-dedans, rien que de la mécanique ! Vous appuyez sur la pédale qui tire sur ce petit levier qui tire sur ces câbles qui tirent à leur tour sur ces leviers qui compriment ces deux mâchoires en métal recouvertes de garnitures aggripantes contre l'intérieur des tambours…

Sa voix se perdit.

— Qu'y a-t-il ? lui demandai-je en tentant de suivre son regard.

— Vous voyez le câble, ici ?

Il m'indiqua l'extrémité d'un câble à l'endroit d'où il émergeait de son logement, près du tambour de frein, du côté droit du véhicule.

— Il est censé être raccordé à ce levier, là.

Morgan tapota le raccord correspondant à la tige filetée d'où dépassait un court morceau de câble.

— Dawkins n'avait qu'un frein quand il s'est engagé dans ce virage : pas étonnant qu'il ait pas pu s'arrêter. À faible vitesse, il aurait rien remarqué, mais s'il conduisait à fond d'train, il aurait jamais pu avoir l'freinage qu'il attendait. Pis il serait parti de traviole en plus. Pas étonnant qu'il ait eu un accident, le pauvre bougre !

— Le câble s'est rompu ? suggérai-je.

— Non. Vous voyez comment les extrémités du câble sont écrasées ? Quelqu'un l'a sectionné.

Je restai avec Morgan pendant qu'il vérifiait le reste de l'automobile. Il ne trouva aucune autre défaillance mécanique et nous retournâmes à la maison en passant par le potager désormais désert. Après s'être lavé les mains à l'évier du jardinier, près de la porte, Morgan me fit signe de le suivre et nous montâmes à l'étage pour nous rendre à la bibliothèque.

Il frappa à la porte et entra. Tandis qu'il traversait la pièce d'un pas vif vers l'endroit où était assis lord Riddlethorpe, j'allai à la banquette de fenêtre où lady Hardcastle s'était confortablement installée avec un livre.

Me voyant approcher, elle le posa et je vis qu'elle relisait *La Femme en blanc*.

— Ohé, Flo ! Quelles nouvelles de l'atelier ?

— Pas bonnes, madame, répondis-je en m'asseyant à côté d'elle. Cela ressemble terriblement à du sabotage.

— Dieu du Ciel ! En êtes-vous bien certaine ?

— Morgan a soumis le moteur à une inspection complète et tout était parfaitement en ordre de marche, sauf que l'un des câbles de frein avait été sectionné.

— Ça, par exemple ! « L'un des… », vous dites ?

— Oui, madame, seulement d'un côté. L'autre a été laissé intact.

— Hum… Je suppose qu'il est en train d'en faire part à Fishy ?

— En effet, madame.

— Cela ne va pas lui remonter le moral, c'est certain. Ce pauvre Fishy ne cesse de se flageller, mais rejeter la faute sur quelqu'un d'autre ne le soulagera pas forcément.

Alors qu'elle me parlait, lord Riddlethorpe et M. Waterford se levèrent de leur fauteuil et sortirent de la pièce à la suite de Morgan, sans doute pour aller inspecter les dommages *de visu*. Harry, remarquant toutes ces allées et venues, s'excusa auprès des dames, abandonnant tout effort de sauver une conversation vouée à l'échec. Il vint vers sa sœur et moi.

— Des nouvelles ?

— Quelqu'un a saboté les freins de l'auto, déclara lady Hardcastle.

— Seigneur Dieu ! Quelqu'un a donc tué ce pauvre vieux Dawkins. Mais pourquoi ?

— Oui, pourquoi ? répéta lady Hardcastle. Et de manière fort habile, qui plus est.

Harry se tourna vers moi d'un air interrogateur.

— Qui que ce soit, il n'a mis qu'un seul frein hors d'usage, expliquai-je. D'après ce que m'a dit Morgan, cela n'aurait guère fait de différence pour quelqu'un roulant à vitesse normale – pour conduire l'automobile jusqu'à la piste, par exemple. Mais avec un pilote comme Ellis Dawkins au volant, qui a dû pousser le moteur à fond (c'est ce que pense Morgan), le fait de n'avoir que la moitié de ses capacités de freinage risquait fort de le mener à la catastrophe.

— Et c'est ce qui s'est passé, commenta Harry, pensif. Oui, c'est ce qui s'est passé.

— Morgan sait-il à quel moment le sabotage a eu lieu ? s'enquit lady Hardcastle.

— Cela aurait pu se produire n'importe quand entre l'après-midi d'hier – lorsqu'il a vérifié les trois automobiles en vue de la fête – et ce matin, quand il les a toutes conduites jusqu'à la ligne de départ. Durant ce laps de temps, elles sont restées dans la remise à calèches, mais la porte n'était pas fermée à clé et la maison était pleine d'invités jusqu'à une heure du matin.

— Donc, cela pourrait être n'importe qui, conclut-elle.

— N'importe qui s'y connaissant assez en mécanique pour savoir comment détraquer des freins, lui fit remarquer Harry.

— Certes, admit lady Hardcastle. Cela doit pas mal réduire le champ des possibilités.

— C'est ce qu'on pourrait croire, madame, objectai-je. Mais une fois qu'on a bien regardé de quoi se compose un moteur, on se rend compte que ce n'est pas si difficile que ça de savoir comment s'y prendre pour saboter unc pièce.

— Ma foi, j'en serais bien incapable, avoua Harry.

— Tu as déjà du mal à remplir un stylo à plume, mon chou, répliqua lady Hardcastle. (Elle lui tapota le bras d'un geste affectueux.) Mais à part toi, bon nombre de gens pourraient avoir appris à saboter des freins. Tels que je me les représente, les freins de voiture ressemblent fort à des freins de bicyclette, et ce serait alors à la portée de tout le monde. D'ailleurs, ne t'ai-je pas déjà fait ce coup-là sur ton vélo, Harry ?

— Si fait, sourit-il. J'ai fini dans la mare aux poissons.

— Je m'en souviens très bien. Donc, cela nous ramène à n'importe quel invité de la soirée et à n'importe quel habitant de la maison.

— À l'exception de M. Featherstonhuff, glissai-je.

— Oui, concéda-t-elle en lui tapotant à nouveau le bras. N'importe qui à l'exception d'Harry.

— Jamais je n'aurai cru que je serais un jour aussi content d'être un peu empoté sur les bords !

— Vous avez d'autres atouts, monsieur, le rassurai-je.

— Bien sûr que oui, mon cher, renchérit lady Hardcastle.

Il nous regarda d'un air d'expectative.

— Laisse-nous un moment, reprit ma patronne. Je suis sûre qu'à nous deux, nous allons trouver quelque chose.

Harry émit un marmonnement offusqué.

— Si c'est ainsi, je vais rejoindre les *vraies* dames, grommela-t-il en retournant vers son siège.

Lady Hardcastle se leva d'un petit bond de la banquette de fenêtre.

— Venez, servante. Il nous faut faire sérieusement travailler nos méninges et je préfère qu'on ne nous entende pas réfléchir.

Je sortis à sa suite de la bibliothèque et nous montâmes jusqu'à sa chambre.

— Mes yeux et mes oreilles, Flo, m'ordonna lady Hardcastle alors que je refermai la porte sur nous. Vous devez être mes yeux et mes oreilles.

— Bien sûr, madame. Vous me connaissez, je suis toujours partante pour ce genre de chose.

— Certes, certes. L'ennui, cependant… (Elle s'interrompit.) L'ennui, c'est que je vais devoir abuser un peu de votre temps. Je sais bien que ce séjour est censé être une agréable parenthèse et en toute autre circonstance je m'en serais voulue de vous demander de…

— Mais vous aimeriez que je fasse ami-ami avec les domestiques et peut-être même que je leur donne un coup de main ?

— En gros, oui. Cela vous ennuie-t-il horriblement ? Ce serait une véritable aubaine d'avoir une autre paire d'oreilles qui traîne à l'heure des repas, par exemple. Et puis l'office bruisse toujours de potins croustillants dans des grandes maisons telles que celle-ci.

— Cela ne m'ennuiera pas du tout, madame. À vrai dire, ces petites vacances commencent à me peser : une mission pimenterait agréablement mon séjour ici.

— Croyez-vous pouvoir vous en tirer sans trop éveiller les soupçons ?

— Des soupçons, les gens ne pourront qu'en avoir, madame. Votre réputation de fouineuse vous précède et, pour une raison qui m'échappe, je semble avoir été mise dans le même sac. Je doute qu'un membre de la maisonnée – famille, domestiques ou invités – ne s'attende pas à ce que vous montriez un tant soit peu de curiosité pour une affaire telle que celle-ci, mais… eh bien, le fait est que nous en revenons au motif qui vous a incitée dès le départ à me recruter pour évoluer dans votre univers interlope. Dans un premier temps, une onde de curiosité et de soupçons ne manquera pas de se propager, mais très vite je ferai partie des meubles.

— Ça, jamais, ma chère, mais il faut reconnaître que vous avez le chic pour vous fondre dans le décor. Comment comptez-vous aborder le problème ? Souhaitez-vous que j'en touche discrètement un mot à Fishy ?

— Je ne pense pas, madame. J'envisage plutôt de révéler une partie de la vérité à M. Spinney. À savoir que je m'ennuie plus qu'un peu dans cette grande maison et que je donnerais cher pour avoir quelque chose à faire. Cela suffira largement à sceller notre alliance. Le personnel se méfie toujours des étrangers, mais je n'ai jamais vu une brigade de domestiques refuser une paire de bras supplémentaire.

— Une « brigade », pouffa ma patronne. Est-ce vraiment le terme collectif pour désigner la domesticité ?

— Probablement pas, concédai-je. Mais on parle de *brigade de cuisine*[1]. Cela se rapporte sans doute au « personnel » ou à toute autre entité banale et opprimée.

— Une façon de se mettre en valeur ? suggéra-t-elle. Une coquetterie de domestiques ?

— C'est une « révolution » de domestiques qui surviendra un jour, annonçai-je sombrement.

— Je n'en doute pas une seconde. Mais entre-temps, cela ne vous dérange pas d'user de prétextes pour vous insinuer dans leurs rangs ? Et de vous assurer qu'on vous fera servir à la Grande Table ?

1. Tous les mots en italique sont en français dans le texte.

— Laissez-moi faire, madame. Quand on me le demande avec insistance, je suis imbattable pour user de prétextes afin de m'insinuer quelque part.

— Ce n'est que trop vrai. Alors, filez ! Usez de prétextes et insinuez-vous !

— Vous avez raison, madame, répliquai-je en me tournant vers la porte. Avez-vous besoin de quelque chose ?

— Je ne dirais pas non à une tasse de thé, s'il s'en présente une. Et peut-être à quelques tranches de cake ?

— Je vais voir ce que je peux faire.

En bas, la journée de travail était quasiment à l'arrêt : tout le monde s'était massé autour de ce pauvre Morgan pour le bombarder de questions. À mon entrée dans l'office, celui-ci m'implora du regard. Une des bonnes remarqua ses mimiques et se tourna vers moi en donnant un coup de coude à son amie.

En quelques secondes, je me retrouvai à mon tour assiégée par le caquètement des domestiques qui réclamaient non seulement des nouvelles de l'accident, mais aussi des indices sur ce que pensaient, disaient et faisaient monsieur le comte et ses invités.

Je ne suis pas fille à me laisser facilement intimider. Mais assaillie comme je l'étais par tant de questions et par tant de personnes à la fois (desquelles je cherchais à m'attirer les bonnes grâces et la confiance) je me retrouvai un peu dépassée. J'avais l'impression d'être au fond d'un puits, entourée comme je l'étais par une douzaine de domestiques tous plus grands que moi.

Je m'appliquai à les renseigner du mieux possible, et j'avais presque repris le contrôle de la situation, quand j'entendis avec soulagement résonner la voix forte et claire de M. Spinney.

— Mesdames et messieurs, ça suffit maintenant, merci. Retournez à votre travail ; nous recommencerons à harceler Mlle Armstrong un peu plus tard.

Des marmonnements et des soupirs s'élevèrent de l'assemblée des domestiques. Je haussai les épaules et souris d'un air de dire : « Qu'y pouvez-vous, hein ? Pff... Avec ses manières autoritaires, ce vieux M. Spinney nous a gâché notre plaisir. » Mais tout le monde se dispersa rapidement et docilement, en dépit d'une réticence visible.

Une fois la salle dégagée – même Morgan avait saisi l'occasion de s'échapper –, M. Spinney tourna les talons en me priant de le suivre. Il me précéda le long d'un petit couloir que je n'avais encore jamais emprunté et m'ouvrit la porte du fond qui se révéla donner sur ses appartements. Sa pièce bureau et salon était douillettement aménagée. Deux fauteuils rembourrés entouraient la petite cheminée tandis que l'angle était occupé par une modeste bibliothèque. Contre un mur se trouvait un robuste bureau en chêne sur lequel était posé un berceau à vin.

M. Spinney m'invita à m'asseoir dans l'un des fauteuils.

— Je vous prie d'accepter toutes mes excuses, dit-il en s'installant dans l'autre. Vous n'auriez jamais dû endurer une telle scène.

— Franchement, M. Spinney, ce n'était rien. Mais merci de vous en inquiéter.

— Merci. Je...

Il s'interrompit, l'air étrangement mal à l'aise, et pas seulement à cause de sa position sur le fauteuil.

— Y aurait-il autre chose qui vous préoccupe, M. Spinney ?

— Il s'agit d'un sujet assez délicat.

— Allons... Ça ne peut pas être si terrible que ça.

— C'est que je répugne à l'idée d'abuser de votre gentillesse.

— Y a-t-il quelque chose que je puisse faire ? Je serais plus que ravie de vous aider de quelque manière que ce soit.

— Vous êtes très aimable, Mlle Armstrong, mais à Codrington, nous avons des règles strictes en ce qui concerne le traitement de nos invités et de leurs domestiques. Nous nous efforçons de leur rendre à tous le séjour aussi confortable que possible, indépendamment de leur rang dans la société. Comme l'a dit le Seigneur : « Ne fais pas aux autres… » On ne sait jamais. Qui peut dire si l'on ne sera pas un jour l'invité de l'autre ? Le cas échéant, on sera bien content d'avoir été accueilli avec chaleur et bienveillance.

J'opinai en souriant.

— Et donc, voyez-vous, nous mettons un point d'honneur à ne jamais exiger quelque chose de déraisonnable des personnes à qui nous offrons l'hospitalité.

Soucieuse de lui épargner l'embarras de tourner autour du pot plus que de nécessaire, je lui demandai carrément :

— Qu'aimeriez-vous que je fasse ? Je suis à votre entière disposition.

— Dans l'intérêt de monsieur le comte, nous devons découvrir le responsable du tragique décès de ce pauvre M. Dawkins. Et dans l'intérêt de monsieur le comte, nous devons également éviter le scandale. Aussi, je me demandais…

— Si lady Hardcastle et moi-même serions disposées à user de nos talents de fouineuses pour tirer les choses au clair sans recourir aux pandores du coin. Après tout, nous sommes deux mouches du coche connues à l'échelle de la nation, désormais.

— Eh bien, je… euh… bredouilla-t-il.

— Veuillez me pardonner, M. Spinney, je ne devrais pas vous taquiner. Je serai ravie de vous venir en aide et je suis sûre que lady Hardcastle sera elle-même plus que disposée à le faire. Après tout, lord Riddlethorpe est l'un des plus vieux amis de son frère.

— En êtes-vous bien certaine ? s'enquit-il avec un soulagement évident. Vraiment, cela ne vous dérange pas ?

— Bien sûr que non, affirmai-je gentiment. Ce sera… (J'allais dire « amusant », mais je m'interrompis juste à temps : cela ne se fait pas de suggérer qu'une enquête sur un meurtre puisse être amusante.)… satisfaisant… d'amener le coupable à rendre des comptes.

— À rendre des comptes ? s'alarma légèrement le majordome. J'espérais que nous pourrions régler toute cette affaire sans en passer par les tribunaux. Nous devons à tout prix éviter un scandale.

— Je crains de ne pouvoir vous le promettre. Il peut nous arriver, à lady Hardcastle et moi, de prendre quelques libertés avec la loi, mais nous ne l'enfreignons jamais.

Cette dernière phrase était une sorte de pieux mensonge : nous avions enfreint les lois de nombreux pays lorsque nous étions encore agents de la Couronne, mais M. Spinney n'était pas obligé de le savoir.

— S'il nous est donné de résoudre l'affaire à la satisfaction de tout le monde, en évitant à la fois le scandale et la transgression des lois cardinales, alors nous le ferons.

— C'est tout ce que je suis en droit de vous demander.

Je souris.

— Parfait. Avez-vous quelque chose de particulier en tête ? Sur la façon dont nous pourrions enquêter sur l'affaire ?

— Eh bien… C'est là que nous en arrivons à une autre suggestion présomptueuse de ma part. Je me disais qu'en passant plus de temps en bas, vous pourriez user de prétextes afin de vous insinuer dans nos rangs. Cela vous donnerait l'occasion de traîner dans la maison et d'observer les invités.

Je fis de mon mieux pour ne pas éclater de rire.

— Quelle idée formidable ! Mais pourquoi dans vos rangs ? Auriez-vous déjà des suspects ?

— On préfère ne pas imaginer qu'un des domestiques de monsieur le comte ait pu se livrer à un acte aussi vil que celui d'assassiner M. Dawkins, répondit-il gravement. Mais… eh bien… en dépit de tous mes efforts, Evan Gudger ne semble en rien vouloir se corriger.

— Mais ce n'est qu'une tête de bourrique, répliquai-je, un gamin qui joue avec les limites du règlement.

— Je l'espère vraiment. Et puis il y a Morgan Coleman. C'est un jeune homme ambitieux…

— Vous ne pensez tout de même pas que l'ambition aurait pu le pousser au meurtre ?

— Encore une fois, j'espère de tout cœur que non. D'où l'importance que vous ayez toute latitude d'observer, d'enquêter et d'interroger. Car vous avez le pouvoir de blanchir ces gens de tout soupçon : il vous suffit d'attraper le vrai coupable.

— Vous défendez bien votre cause. Mais comment allons-nous expliquer mon soudain enthousiasme pour le travail ? J'ai passé les deux derniers jours à tous vous éviter de manière flagrante, afin de pouvoir paresser dans ma chambre !

Le majordome réfléchit.

— Peut-être pourrions-nous dire que… qu'à force d'indolence, vous avez été rattrapée par l'ennui et que vous accueilleriez avec joie une occupation honnête, histoire d'empêcher votre esprit de trop s'attarder sur cette tragédie ?

— M. Spinney, vous êtes un homme doué d'intelligence et de finesse. Je vous laisse le soin de présenter votre idée aux autres.

7

M. Spinney ayant exercé la magie de son commandement sur ses troupes, je m'étais insinuée dans les rangs du personnel sans tambour ni trompette. Je n'aurais pas juré qu'on me fît entièrement confiance, mais comme je l'avais dit à lady Hardcastle, personne ne refuse une paire de bras supplémentaires à l'office – je n'allais donc pas être congédiée dans un avenir proche. Et puis l'on me considérait comme une possible source de potins valables, ce qui, je pense, avait véritablement fait pencher la balance en ma faveur.

J'avais emporté mon meilleur uniforme au cas où et, l'heure du dîner venue, je me retrouvai tirée à quatre épingles et prête à entrer en scène. Après avoir aidé les valets de pied dans leurs préparatifs, je m'étais jointe à eux pour servir à table. Ce n'était absolument pas le rôle d'une femme de chambre, mais avec des invités dans la maison et Evan qui officiait comme valet de chambre auprès de M. Waterford et de Herr Kovacs, personne n'allait refuser mon aide.

En dépit des effroyables événements de l'après-midi, tous les invités s'étaient réunis dans la bibliothèque pour un cocktail préprandial. Lorsqu'ils passèrent dans la salle à manger, le silence retomba, respectueux mais non lugubre.

Lord Riddlethorpe était le plus taciturne de tous, cependant il était bien plus enjoué qu'il ne l'avait été dans l'après-midi.

Le plan de table longuement mûri par M. Spinney avait été complètement ignoré : à l'annonce du dîner, les invités s'étaient tout bonnement assis dans leur ordre d'arrivée. En conséquence de quoi, les dames s'étaient retrouvées toutes d'un côté et les messieurs tous de l'autre, au grand dam du majordome. Lady Hardcastle trônait à une extrémité de la table, avec à sa gauche Helen Titmus, lady Lavinia et Rosamund Beddows. Face à elles se trouvaient lord Riddlethorpe, Viktor Kovacs, Harry, Montague Waterford et un monsieur d'un certain âge qui devait être l'oncle Algy de lord Riddlethorpe.

La table était occupée sur toute sa longueur par un assortiment de hors-d'œuvre dans lesquels les convives se mirent à piocher sitôt assis. La vue du caviar et autres canapés délicats semblait leur avoir remonté le moral et des conversations commencèrent à s'élever d'un bout à l'autre de la table.

À l'arrivée de la gigantesque soupière, leur moral remonta encore d'un cran. Un conciliabule entre valets de pied m'apprit que M. Spinney, qui orchestrait l'envoi des plats depuis l'office, demeurait contrarié par cette histoire de plan de table. Dans la salle à manger, en revanche, l'ambiance était sinon joviale, du moins agréablement conviviale. Mme Ruddle s'était surpassée. Tout semblait délicieux à la vue comme à l'odorat et, d'après les réactions des convives, je compris que la soupe était aussi bonne qu'elle en avait l'air.

La soupière posée sur la table, nous, les serviteurs, prîmes position le long des murs, prêts à intervenir, mais discrètement invisibles. Je ne saurai jamais si ces gens oubliaient notre présence ou s'ils nous tenaient pour quantité négligeable. Toujours est-il que c'est ainsi que cela se passait dans toutes les grandes maisons, aux quatre coins du pays. Sitôt que nous avions déposé les plats sur la table et que nous avions reculé d'un pas, c'était comme si nous n'existions plus. Certains domestiques en éprouvaient du ressentiment (du moins en privé) mais pour ma part, je trouvais cela fascinant et parfois même extrêmement utile : quand elles pensaient qu'il n'y avait personne pour les entendre, les classes supérieures pouvaient se montrer merveilleusement indiscrètes.

Je suis sûre qu'un jour, quelque brillant scientifique en découvrira le principe, mais il est un fait qu'on arrive à isoler certaines conversations dans le brouhaha général. J'écoutais Mme Beddows se plaindre de la façon dont on l'avait traitée chez une couturière de Kensington, quand mon attention fut happée par une remarque pressante, adressée à mi-voix par Herr Kovacs à lord Riddlethorpe.

— Tout ce que j'en dis, mon ami, c'est que ma proposition tient toujours. À la lumière de… des récents événements, je serais tout disposé à discuter de…

Je ne pus saisir exactement ce dont Herr Kovacs était tout disposé à discuter, car sa voix assourdie fut soudain couverte par celle de lady Lavinia.

— Franchement, oncle Algy ! Vous êtes incorrigible !

Je tournai mon regard vers l'extrémité de la table : l'oncle Algy était en train de glousser comme un écolier polisson tout en buvant sa soupe à petites cuillerées. Mme Beddows, elle, riait de bon cœur – c'était la première fois depuis son arrivée que je la voyais exprimer une émotion autre que le dédain, le déplaisir ou la désapprobation – tandis que lady Hardcastle tentait de dissimuler son amusement derrière son verre de vin.

— Ça ne se dit pas à table, vous croyez ? lança le vieux monsieur, toujours pétillant.

— Pas même à la table d'un bordel, oncle Algy ! répliqua lady Lavinia, ce qui augmenta l'hilarité de Mme Beddows.

— Il se trouve que, dans le temps, j'ai fait un excellent dîner dans un bordel, confia l'oncle Algy à ces dames. Je me souviens qu'une des filles, une Espagnole je crois bien, était capable de…

— Algy ! le tança vertement lady Lavinia. Non !

Le vieux gentleman se remit à pouffer et prit une autre cuillerée de soupe.

— Ne t'en fais pas, ma chère. La jeune Rosamund ici présente sait très bien se défendre toute seule. Si par hasard je venais à l'offenser, je suis sûr qu'elle me rendrait la monnaie de ma pièce. Elle n'y a pas été de main morte avec ce Dawkins, pas vrai ?

— Mais qu'est-ce que vous racontez, mon oncle ? soupira lady Lavinia.

— Hier soir. Pendant la fête. Elle a bien failli coller une beigne à ce pauvre gars. C'est à ce moment-là que j'ai voulu qu'on joue au Sacré Frometon de Saint-Uguzon. Histoire d'égayer l'atmosphère, quoi. Et j'ai pas vu ce qui s'est passé après – le jeune Edmond m'a mis à la porte. Pas de rigolade pour l'oncle Algy. Non, pas de rigolade…

Sa voix se perdit avec nostalgie et il entreprit de terminer sa soupe.

— Vous ne m'aviez rien dit de tout cela, Roz, s'étonna lady Lavinia.

— L'affaire n'en valait pas la peine, répliqua froidement Mme Beddows. Cette tique poisseuse m'a dit quelque chose de vulgaire et je l'ai remise en place.

— De vulgaire, ma chère ?

— Disons de suggestif. De lubrique. Je lui ai rétorqué que j'étais une femme mariée et qu'il avait intérêt à surveiller ses manières, sinon…

— Sinon quoi, ma chère ? s'enquit lady Lavinia avec une inquiétude croissante.

— Il ne l'a jamais su. C'est à ce moment-là qu'oncle Algy a tenté d'organiser son divertissement impromptu.

— Mais Roz chérie, vous…

Mon attention fut brutalement détournée de la conversation par un coup de coude du jeune valet de pied posté à côté de moi : lord Riddlethorpe venait de signaler qu'il était temps de débarrasser la soupe et de préparer l'arrivée du poisson.

Puis nous préparâmes l'arrivée du sorbet.

Puis de la salade.

Puis de la tourte au gibier.

Puis des desserts.

Enfin, les tasses à café furent débarrassées et le décanteur à porto apparut sur la table, accompagné d'un énorme plateau de fromages. Lady Lavinia se leva et déclara :

— Bien ! Mesdames, il y a peu de traditions que j'approuve, car la plupart semblent avoir pour but de me gâcher mon plaisir. Pourtant, il en est une que d'après moi nous devrions conserver. Retirons-nous dans la bibliothèque et laissons les garçons à leur… En réalité, je n'ai jamais bien su à quoi il fallait les laisser, mais je suis convaincue que nous nous amuserons mieux sans eux. Alors ! Bibliothèque. Cognac. *Chocolats* belges. *Allons-y !*

À ces mots, les trois autres dames se levèrent et, abandonnant leur serviette sur la table, elles quittèrent la salle à manger. Je croisai le regard de lady Hardcastle qui, d'une légère inclinaison de la tête, me fit signe de la suivre.

J'arrivai quelques minutes après dans la bibliothèque, ayant fait le grand tour par la cuisine. En bas, j'avais préparé une cafetière toute chaude et chipé un assortiment des magnifiques *petits-fours* de Mme Ruddle, au cas où les chocolats belges se révéleraient insuffisants face à l'appétit de ces dames pour les douceurs.

Je déposai le plateau sur la table basse autour de laquelle elles s'étaient installées. Il y eut bien un moment d'agitation, le temps que je déplace les verres et le décanteur à brandy pour pouvoir leur servir le café, mais la conversation n'en fut pas interrompue pour autant, ces dames m'ignorant consciencieusement. Cela fait, je me retirai et divisai mon attention entre le contenu de la bibliothèque et le bavardage de la compagnie, attendant patiemment, invisible dans un coin sombre de la grande pièce.

Mlle Titmus n'avait pas dit trois mots de la soirée. Mais après avoir goûté sans retenue aux meilleurs crus de lord Riddlethorpe, elle avait gagné peu à peu en confiance et en volubilité, rassurée par le cercle plus intime de ses amies proches. Elle avait entrepris avec sérieux et passion de questionner lady Hardcastle sur sa vie passée en Chine, en Birmanie, aux Indes et dans tous les palais d'Europe. Lady Hardcastle, qui n'était pas du genre à cacher ses talents sous le boisseau lorsqu'elle jouissait d'une audience attentive, fut ravie de régaler ces dames d'histoires d'intrigues, d'espionnage et de magouilles, dont la moitié au moins étaient à peu près vraies.

Bouche bée, Mlle Titmus était suspendue à ses lèvres. Elle laissa même échapper un cri perçant à la fin d'un récit qui nous avait vu échapper à la police secrète d'une puissance européenne hostile, déguisées en matelot.

— Oh, mon Dieu ! s'exclama-t-elle en portant la main à la bouche. Ce n'est pas vrai ? Non, vous n'avez pas… Vous avez fait cela ? Non, ce n'est pas possible ! Doux Jésus !

Mme Beddows cessa de feuilleter un magazine pour lancer un regard cinglant à sa vieille amie.

— Enfin, Titmouse, calme-toi ! Tu vois bien qu'elle te taquine. Évidemment qu'elle n'a rien fait de la sorte. On ne fait pas ce genre de choses dans la réalité. Vraiment, ce que tu peux être nunuche, parfois !

Lady Lavinia posa la main sur le bras de Mme Beddows.

— Pas si vite, Roz. À ta place, je ne serais pas si prompte en jugement. Edmond connaît le frère d'Emily depuis des lustres et il a toujours laissé entendre que sa petite sœur n'était pas aussi transparente qu'on pourrait le croire.

Elle s'interrompit et balaya la pièce du regard.

— Tiens, Mlle Armstrong ! Que faites-vous tapie dans l'ombre ? Venez donc vous joindre à nous !

Renonçant à la bibliothèque fort éclectique de lord Riddlethorpe, j'allai me poster derrière le fauteuil de lady Hardcastle.

Lady Lavinia, de l'autre côté de la petite table, m'interpella :

— Votre maîtresse nous a déroulé tout un chapelet d'histoires à dormir debout. Quelle est votre version des événements ? Êtes-vous à même de corroborer l'une de ces aventures ?

— Bien sûr que oui, lâcha Mme Beddows avec dédain. C'est sa bonne. Elle préférera garder sa place plutôt que contredire sa vache à lait.

— Franchement, Roz ! s'exclama lady Lavinia avec une exaspération croissante. Faut-il vraiment que tu sois tout le temps aussi infecte ?

Comme c'était souvent le cas en public, je me retrouvais dans une position assez délicate. Bien que le récit de lady Hardcastle fût véridique en essence, la plupart des détails, eux, ne l'étaient pas. Mais pour rien au monde je n'aurais voulu donner à Mme Beddows la satisfaction de le souligner. Il était on ne peut plus vrai que nous avions abusé de l'hospitalité d'un gouvernement étranger en fourrant notre nez dans ses affaires. Toutefois, leur fameuse « police secrète » n'était qu'un ramassis de tocards indolents qui préféraient s'en mettre plein les poches plutôt que protéger leurs secrets d'État. En réalité, le danger était venu d'une bande de contrebandiers du coin qui estimaient que notre petit manège menaçait leur gagne-pain. Ils avaient alors résolu de supprimer ladite menace en nous faisant disparaître discrètement, mais de façon définitive. Et si nous nous étions enfuies en nous déguisant, ce n'était pas en matelot mais en policier, ce qui m'a toujours paru ajouter du piment à l'histoire. Néanmoins, lady Hardcastle refusait toujours obstinément de se rappeler ce détail, préférant enjoliver à chaque fois sa propre version des faits, de manière à faire pousser de hauts cris à ces dames. Au sein d'une compagnie moins agressive, je me serais amusée à rectifier ses nombreuses erreurs factuelles, mais vu les circonstances, je ne me sentais pas encline à ternir la gloire de ma patronne.

— Les événements se sont déroulés en grande partie comme lady Hardcastle vous les a exposés, dis-je. Elle aurait même plutôt minimisé le péril de notre situation et l'ingéniosité de notre fuite.

Et pan, dans les dents ! pensai-je. Voilà qui devrait suffire à faire passer le côté « tout ce qu'elle raconte est faux, néanmoins c'est vrai » sans débiter de mensonges et surtout, sans laisser à Mme Beddows l'occasion de rudoyer davantage Mlle Titmus.

— Ah ! triompha lady Lavinia. Je t'avais bien dit, Roz, de ne pas être si prompte à juger ! Dites, Mlle Armstrong, cela vous ennuierait terriblement de tirer un fauteuil et de vous joindre à nous ? Vous devez avoir une foule d'histoires à raconter, vous aussi.

— Oh, oui ! s'écria Mlle Titmus avec enthousiasme.

Mme Beddows ne dit rien et s'abîma dans l'examen minutieux d'une des coutures de son gant.

— Flo, on dirait que c'est à votre tour d'être sur la sellette ! plaisanta lady Hardcastle. Prenez donc un siège et installez-vous.

Elle déplaça son propre fauteuil pour me faire une place entre elle et Mlle Titmus.

— Formidable ! se réjouit lady Lavinia. Un brandy vous ferait-il plaisir ?

— Merci, madame, très volontiers.

Je pris un verre avant d'apporter un confortable fauteuil jusqu'au cercle des dames.

C'est alors que l'interrogatoire commença. Lady Hardcastle et moi fîmes face à un feu roulant de questions, ce qui, en temps normal, aurait été embarrassant. Mais lady Lavinia et Mlle Titmus y mettaient tant d'enthousiasme, tant d'allégresse, tant de « oh ! », de « ah ! » et de « juste Ciel ! » qu'il était impossible de ne pas se laisser entraîner. Presque impossible. Mme Beddows, elle, bien qu'attentive à ne pas se montrer impolie, semblait se donner beaucoup de mal pour garder son air lointain et blasé, nous signifiant par là même qu'elle était bien au-dessus de telles manigances.

Durant l'heure qui suivit, nous leur fîmes le récit (quelque peu modifié) des moments les plus marquants de notre passé d'agents de la Couronne, en commençant par le recrutement de lady Hardcastle alors qu'elle était encore étudiante à Cambridge. Nous déroulâmes ses exploits d'espionne du temps où elle suivait son mari, sir Roderick, toujours en poste à l'étranger : en effet, si les autorités locales tenaient à l'œil ce diplomate étranger, sa mondaine de femme était libre de fourrer son nez partout sans attirer l'attention. J'avais voyagé jusqu'à Shanghai en tant que femme de chambre, mais dès notre arrivée là-bas, j'avais été recrutée comme assistante. Nous contâmes à ces dames quelques-unes de nos aventures les plus palpitantes, les amenant peu à peu jusqu'à l'horrible meurtre de sir Roderick qui nous avait forcées à prendre la fuite. Nous poursuivîmes par des évocations de la Chine, de la Birmanie, des Indes, mais aussi des ruelles de Londres, de Paris, de Vienne et de Berlin.

Lorsque nous les ramenâmes au présent *via* nos dernières affaires de meurtres, de trophées disparus et de pubs hantés, Mlle Titmus était au bord de l'explosion. Je ne crois pas avoir jamais entendu quelqu'un s'exclamer autant de fois : « Mince, alors ! »

— Je ne m'étonne plus que vous ayez l'air de deux copines, conclut-elle lorsqu'elle eut repris son souffle. Quelle vie vous avez menée !

— Quelle vie, en effet… répéta Mme Beddows d'un ton sardonique.

Nullement découragée (à moins qu'elle n'ait pas entendu la remarque – quand elle avait bu un verre ou deux, c'était toujours difficile à dire), lady Hardcastle choisit de ramener la conversation sur les trois amies.

— Et voilà, maintenant vous savez tout de nous ! En revanche, nous en savons fort peu sur vous toutes. Par exemple, vous, Lavinia : j'ai honte de l'avouer, mais jusqu'à avant-hier j'ignorais tout de votre existence.

Lady Lavinia se mit à rire.

— Je n'en crois rien.

— Parole d'honneur ! affirma lady Hardcastle. Harry connaît Fishy depuis vingt ans ou plus – Seigneur ! moi-même je connais Fishy depuis vingt ans ou plus ! – mais ni l'un ni l'autre n'a jamais mentionné l'existence d'une sœur.

— Ah, les frères… ironisa lady Lavinia. Quels accessoires inutiles !

— Tout à fait, ma chère. Alors, dites-nous tout. Comment vous êtes-vous rencontrées, toutes les trois ?

— Nous étions à l'école ensemble, s'empressa de répondre Mlle Titmus. N'est-ce pas, les filles ?

— C'est cela, déclara lady Lavinia.

— Enfant, je rêvais d'avoir le droit d'aller à l'école, soupira lady Hardcastle. J'enviais tellement Harry quand il est parti ! Vous devez être parmi les premières filles à avoir profité d'une éducation en pensionnat.

— Des pionnières, renchérit lady Lavinia avec un petit rire. Voilà ce que nous étions. Mais à votre place, je ne nous envierais pas trop. Je crois comprendre que pour votre gouvernante et vous l'expérience n'a pas été trop... éprouvante.

— Je ne sais pas si la kyrielle de gouvernantes dont j'ai usé la patience serait d'accord avec vous, ma chère. Était-ce si horrible que cela ? Tom Brown en jupons[1] ?

— Tout cela et bien d'autres choses encore, confessa lady Lavinia. Mais nous en avons réchappé. On s'en est sorties ensemble, pas vrai, les filles ?

— Des liens se sont tissés, reconnut Mme Beddows d'une voix traînante.

— Eh bien ! moi, j'en suis rudement contente, que des liens se soient tissés entre nous, déclara Mlle Titmus. Je ne sais pas ce que j'aurais fait sans vous deux.

— Avez-vous connu les fêtes de minuit, les farces et les canulars ? s'enquit lady Hardcastle.

— Oui, ainsi que les raclées, les bains froids et les courses à pied dans la campagne, ironisa Mme Beddows.

— Oh, Roz, espèce de bougonneuse ! la gronda Mlle Titmus. Nous nous sommes bien amusées.

— Ah oui ? Je dois avoir oublié.

— Ne faites pas attention à Roz, dit lady Lavinia. Elle aime à se voir comme une sorte de reine des neiges, immunisée contre les plaisirs mesquins des simples mortels, mais en réalité, c'est un chou.

---

1. Thomas Hughes, *Tom Brown's Schooldays*, *op. cit.*, p. 96.

Mme Beddows lui décocha un sourire ironique.

— Oh ! Oh, Jake ! As-tu toujours cette photographie de nous ? demanda Mlle Titmus tout excitée.

— Je n'en sais rien. En tout cas, si elle est ici, ce sera sur le piano du petit salon.

— Cela t'ennuie si nous la montrons à Emily ?

— Si tu peux remettre la main dessus, nous endurerons la gêne occasionnée. Je suis sûre qu'Emily aime bien se gausser à l'occasion.

Mlle Titmus détala en quête de la photographie.

Les minutes qui suivirent ne furent pas à proprement parler embarrassantes, mais elles ne furent pas non plus les plus confortables de ma vie. Lady Lavinia tentait vaillamment d'entretenir un joyeux bavardage auquel lady Hardcastle se prêtait avec son charme naturel, mais Mme Beddows se bornait à plonger le regard dans son verre de brandy, sans dire un mot, comme si elle eût préféré toute autre compagnie à la nôtre.

Ce fut donc un soulagement d'entendre un petit claquement de talons résonner dans la pièce. Mlle Titmus revenait munie d'une photographie encadrée d'argent et surtout, elle n'était pas seule.

— C'est donc ici que vous vous cachiez, plaisanta lord Riddlethorpe en entrant à sa suite. Venez, les gars, elles sont là !

Harry, M. Waterford, Herr Kovacs et l'oncle Algy entrèrent d'un pas nonchalant dans la bibliothèque et entreprirent de déplacer des fauteuils pour se joindre à notre petit groupe.

— Allez, les filles ! nous pressa lord Riddlethorpe, remuez-vous ! Faites-nous donc de la place !

Nous écartâmes nos fauteuils pour faire plaisir à ces messieurs qui, s'étant munis de verres, se servirent du brandy tout en s'installant.

— Nous pensions que vous étiez toutes allées vous coucher, révéla lord Riddlethorpe. Nous vous attendions dans le petit salon.

— Espèce de tocard, répliqua sa sœur. Je t'avais pourtant dit que nous venions ici.

— Tu l'as dit comme si tu imaginais que je pouvais prêter attention à tous tes propos.

— Mais c'est davantage ton souci que le mien, non ? Car depuis tout à l'heure, nous faisons causette ici.

— Nous aussi. Mais dans le petit salon. Et nous aurions pu faire causette ensemble. Je te vois si peu, ces jours-ci.

— Pauvre Fishy, ironisa lady Lavinia. Mais tu aurais parlé d'affaires, d'autos ou de je ne sais quelles balivernes, alors que nous avions à discuter de choses bien plus essentielles.

Mme Beddows renifla avec tant de force qu'on eût cru qu'un cheval s'était égaré dans la bibliothèque.

— Je devine sans mal de quelles « choses essentielles » vous parliez, affirma Harry en regardant sa sœur. Je parierais qu'Emily vous a raconté ses aventures en long et en large.

Lady Hardcastle lui tira la langue.

— Un peu. Mais c'était il y a une éternité. Nous en étions venues à parler de l'école. Enfin, ces dames en parlaient. Je n'ai pas eu la chance d'aller en pension, moi, contrairement aux autres membres de ma famille.

— Je vous le répète, Emily, vous n'avez pas manqué grand-chose, déclara lady Lavinia. Montre-lui la photo, Helen. Laisse-la constater par elle-même ce qui lui a été épargné.

Mlle Titmus nous présenta la photographie encadrée comme si c'était un objet de vénération et Lady Hardcastle et moi tordîmes le cou pour mieux la voir. Une douzaine de filles en jupe sombre et chemisier blanc posaient autour d'un grand trophée. Celles de devant étaient assises en tailleur, une batte de cricket en travers des genoux.

Lady Hardcastle éclata de rire.

— Vous faisiez partie de l'équipe de cricket ?

— École de filles Evanshaw, Onze féminin, 1882, annonça Mlle Titmus avec fierté. Gagnantes du trophée Japheth-Fothersdyke.

— Japheth Fothersdyke, hein ? fit lady Hardcastle. Le célèbre… ?

— Le propriétaire d'une usine du coin, lâcha Mme Beddows. À l'évidence, nos parents s'accordaient à penser que Londres serait pour nous trop décadente, Genève trop exotique et Paris trop frivole… Aussi nous ont-ils envoyées étudier dans une forteresse en granit, perdue dans les landes du Yorkshire, région d'usines sombres et sataniques et de leurs propriétaires sombres et sataniques[1], tous morts depuis longtemps.

— Elle était en grès, ma chère, rectifia lady Lavinia. Et c'était un ancien manoir, pas une forteresse. Et Japheth Fothersdyke était un marguillier blond.

— Un endroit désolé, lugubre et carrément horrible, insista Mme Beddows.

— Quoi qu'il en soit, enchaîna lady Lavinia, M. et Mme Evanshaw attachaient une importance toute particulière aux vertus des activités en extérieur, parmi lesquelles se trouvait le cricket, sport dans lequel, par chance, nous excellions.

— Les plus beaux jours de ma vie… soupira Mlle Titmus avec nostalgie.

1. Allusion aux paroles de *Jerusalem*, célèbre hymne patriotique anglais.

— Cela en dit long sur le reste de ton existence, railla Mme Beddows.

Lady Hardcastle sortit son face-à-main et regarda la photographie de plus près.

— Voyons voir… Qu'en pensez-vous, Flo ? Qui est qui ?

Je me penchai pour étudier ces visages. À mes yeux, ces filles ressemblaient à une foule anonyme d'écolières de la haute, aux joues empourprées, et arborant encore les rondeurs de l'enfance à des endroits et des degrés divers. Vu qu'elles étaient toutes coiffées de la même façon, on avait du mal à distinguer l'une de l'autre, mais lady Hardcastle se montra comme toujours plus perspicace que moi.

Elle désigna du doigt une blondinette à l'arrière.

— Ça, c'est vous, Lavinia. Et Roz se trouve juste à côté. (Elle pointa à nouveau l'index sur la photographie.) Et… oh, voilà Helen ! triompha-t-elle en désignant une petite ronde à l'air timide.

— En plein dans le mille ! s'exclama Mlle Titmus avec un grand sourire. Vous êtes physionomiste.

— C'est ce qui fait d'elle une authentique portraitiste, fit remarquer Harry. Elle a une façon extraordinaire de percevoir le caractère d'un bonhomme. Vous devriez lui demander de vous faire votre portrait avant qu'elle ne s'en aille.

— Oh, vous seriez d'accord, Emily ? s'enthousiasma Mlle Titmus. Et moi, je vous prendrai toutes en photo. Ainsi, nous pourrons comparer les deux.

— Magnifique ! approuva lady Hardcastle. Faisons donc cela. Et qui est cette fille entre vous et Lavinia ? Elle m'a tout l'air d'une formidable sportive.

Nous nous penchâmes toutes sur la photographie. De fait, entre Mlle Titmus et lady Lavinia se tenait une brune aux yeux fort aguicheurs, plutôt jolie.

Un ange passa.

— C'est Katy Burkinshaw, finit par dire Mlle Titmus. Elle…

— Nous en reparlerons une autre fois, la coupa lady Lavinia.

Elle prit la photographie des mains de lady Hardcastle et la passa à M. Waterford.

— Qu'en pensez-vous, Monty ? N'étions-nous pas parfaitement parfaites ?

Il se mit à rire.

— Une équipe de choc ! Qu'en dites-vous, Viktor ? Pensez-vous que nous aurions pu les affronter, à l'époque ?

Herr Kovacs prit la photographie et l'examina avec soin.

— Je ne suis pas sûr d'avoir jamais été capable « d'affronter » qui que ce soit au cricket, mon vieux. Ce n'est pas un sport très prisé au sein du puissant Empire austro-hongrois. À dire vrai, je suis même un peu surpris de voir des filles jouer à ce jeu. Je croyais que c'était un sport réservé aux garçons et aux hommes ?

— Il n'a plus la cote auprès des dames, reconnut Mlle Titmus, mais dans les années 1880, il faisait fureur. Si seulement nous pouvions le remettre au goût du jour… Vous y jouiez, Emily ?

— Je crains bien que non, ma chère. Un peu de tennis, peut-être, et l'on m'a plus d'une fois entraînée dans une partie de croquet, mais seulement en société.

— Ah, fit Mlle Titmus d'un ton abattu. Et vous, Mlle Armstrong ?

— Pas mon genre. J'étais plus une joueuse de rugby.

— Seigneur ! se récria lord Riddlethorpe. De rugby ! Vraiment ?

— Vraiment, répondis-je avec un sourire. La plus rapide des ailiers de la région.

Lord Riddlethorpe éclata de rire.

— Ça, par exemple ! Mais vous êtes minuscule.

— Ne te laisse pas tromper par sa taille, intervint Harry. Véloce et redoutable, notre Flo. Je n'aimerais pas l'affronter sur un terrain.

— Ils avaient une équipe féminine de rugby à… comment, déjà ? … Aberdare ? s'enquit M. Waterford.

— Non, je jouais dans l'équipe des garçons jusqu'à ce qu'ils m'en bannissent.

Ces messieurs se mirent à rire.

— Vous jouiez trop bien pour eux, hein ? devina lord Riddlethorpe.

— Ils ont prétendu que le règlement interdisait aux filles d'y jouer, répondis-je. Mais je me suis consolée en me rangeant à votre interprétation.

Tous se remirent à rire.

Herr Kovacs continuait à scruter la photographie.

— Ne vous appropriez pas ce cliché, Viktor, protesta lord Riddlethorpe. Laissez donc les autres y jeter un coup d'œil !

Herr Kovacs obéit, non sans une certaine réticence. M. Waterford sourit en regardant tour à tour les jeunes filles sur la photographie et les dames assises devant lui, mais lorsque vint le tour d'Harry, celui-ci s'attarda plus longuement sur le visage de l'actuelle lady Lavinia, ne cédant qu'à contrecœur le cliché pour reprendre la conversation.

— Maintenant que nous sommes tous réunis, et que nous vous avons bien embarrassés en vous montrant les petites empotées que nous étions, dit lady Lavinia en rendant la photographie à Mlle Titmus, que diriez-vous d'un jeu ? Cette journée a été d'une telle tristesse que nous avons bien besoin de nous remonter le moral.

— C'est tout à fait ce que je disais, ma chère ! approuva l'oncle Algy. Alors, quelqu'un est partant pour un Sacré Frometon de Saint-Uguzon ?

— Non, oncle Algy ! répliqua Lavinia avec fermeté. Quelque chose de moins grivois, s'il vous plaît.

S'ensuivit un bref débat sur les jeux de salon les plus appropriés à la situation. À eux tous, ils en connaissaient un si grand nombre que ma présence dans la bibliothèque ne se justifiait plus. Qu'on m'ait invitée à me joindre à la conversation, c'était une chose. Mais j'aimais autant leur épargner l'embarras d'avoir à me faire une place dans l'un de leurs jeux. Je souhaitai à voix basse une bonne nuit à lady Hardcastle et m'éclipsai en toute discrétion.

8

Le lendemain matin, Betty et moi nous levâmes en même temps et traînâmes dans la chambre, nous gênant mutuellement et dans la bonne humeur pour nous habiller et faire notre toilette.

— Avez-vous vu le corps ? me demanda-t-elle en se brossant les cheveux. Celui du pauvre M. Dawkins, je veux dire.

— Pas de près, mentis-je.

— Vous avez dû voir des tas de cadavres dans votre vie, je parie ? Je veux dire, un corps proprement disposé dans un cercueil, c'est une chose, mais dehors, tout cassé et broyé de partout… C'est intolérable d'y penser.

Aussi intolérable que cela fût, elle semblait avoir longuement réfléchi à la question.

— J'en ai vu mon lot, concédai-je. Et ce n'est jamais très agréable.

Je préférais lui cacher qu'une bonne partie des cadavres que j'avais vus étaient morts de ma main ou de celle de lady Hardcastle.

— Moi, je n'ai jamais rien fait de bien palpitant, soupira Betty tristement. Et je ne pense pas que cela m'arrivera un jour, tant que je travaillerai pour Mme Beddows. Tout son plaisir consiste à se répandre en ragots et à se conduire comme une peau de vache envers son mari, ce qui ne me laisse pas beaucoup de marge de manœuvre. Alors que vous, vous avez voyagé aux quatre coins du monde…

— Si vous détestez à ce point votre travail, lui fis-je remarquer aussi gentiment que possible, pourquoi ne pas rendre votre tablier et chercher un autre emploi ?

— C'est ce que je devrais faire, n'est-ce pas ? Mais c'est toujours le premier pas qui coûte, pas vrai ? À ce propos, je devrais faire le premier pas en direction de la cuisine. Si jamais je ne lui apporte pas son thé quelques secondes avant son réveil, ça va barder. Vous auriez dû la voir hier matin…

Elle poussa un autre soupir et, brossant une dernière fois son uniforme pour en ôter un fil égaré, elle se mit en route pour sa journée.

Comme je n'étais pas en retard, je papotai encore un peu avec elle à la table des domestiques, la regardant engloutir à la hâte quelques bouchées de son petit déjeuner, le temps que Patty nous prépare les plateaux.

— Quand vous étiez petite, comment vous imaginiez-vous à l'âge adulte ? lui demandai-je en buvant mon thé tiède à petites gorgées.

— Riche.

— Et comment espériez-vous faire fortune ?

— Ah, mais je ne voulais pas devenir riche, rectifia-t-elle en piquant une saucisse du bout de sa fourchette. Je voulais être riche. Vous comprenez ?

— Pas vraiment, non.

— Gagner de l'argent ne m'intéressait pas : je voulais en avoir, c'est tout. Et cela, uniquement pour ne plus avoir à m'en soucier. L'argent en soi n'était pas le point essentiel, voyez-vous. Moi, ce que je voulais, c'était ne plus avoir à m'en soucier. Mon père et ma mère travaillaient toute la journée et pourtant nous avions du mal à joindre les deux bouts. Notez qu'ils ont toujours bien aimé ce qu'ils faisaient – maman était couturière et papa maçon – mais pour eux, travailler était une obligation. Ils n'avaient pas une minute à eux. Ils passaient leur temps à trimer pour les autres en échange de quelques pièces qui nous permettaient d'avoir un toit sur la tête et à manger dans notre assiette. Avec ça qu'ils devaient compter sou à sou pour ne pas se retrouver sans rien. Alors moi, je rêvais de pouvoir disposer de mon temps à ma guise et de ne jamais avoir à me demander d'où me viendrait mon prochain penny.

— N'est-ce pas notre souhait à tous ?

— Pour la plupart des gens, oui – sauf les très riches. Sinon, à moins d'avoir fait un héritage, les gens doivent passer leur temps à chercher comment gagner leur croûte. Leur but n'est pas d'avoir de l'argent, mais de s'en procurer. Vous voyez ce que je veux dire ?

— Plus ou moins. Et que feriez-vous de votre temps si vous ne le consacriez pas à un employeur ?

— Je n'en sais trop rien, en fait. Ça a toujours été mon souci. Non que je ne veuille pas travailler. Même comme domestique. Simplement… vous savez… parfois…

Elle piqua une autre saucisse d'un geste agressif.

— Parfois, oui, acquiesçai-je.

— Mais vous, vous avez une vie merveilleuse. Vous ne manquez pas d'occupations ; vous avez une maîtresse qui vous respecte. Vous voyagez, vous faites des choses. Il paraît même que vous avez bu du brandy avec les invités, hier soir.

Je ris.

— Les nouvelles vont vite ! Oui, ces dames m'ont invitée à m'asseoir avec elles pendant qu'elles idéalisaient mes exploits au côté de lady Hardcastle.

— Au moins avez-vous accompli des exploits qu'on peut idéaliser ! Moi, j'ignore si j'ai jamais accompli un seul exploit de ma vie. Si, une fois… je me suis laissé enfermer par mégarde dans une remise à outils. Mais le jardinier m'en a fait sortir au bout de dix minutes, dès qu'il s'est rendu compte de ce qu'il avait fait. Pas vraiment le genre d'aventure qui vous permet de prendre un brandy avec ces dames, n'est-ce pas ?

Je me remis à rire et me levai de table.

— Allez, mam'zelle J'ai-jamais-rien-fait-de-ma-vie ! Allons voir ce que fabrique Patty avec les plateaux, ensuite nous pourrons partir en quête d'autres exploits à accomplir.

— Vous, peut-être… répliqua Betty d'un air morose.

À mon immense surprise, lady Hardcastle était une fois de plus assise dans son lit lorsque j'entrai dans sa chambre avec le plateau du petit déjeuner dûment garni.

— Dieu du Ciel ! m'exclamai-je.

— Qu'y a-t-il ? me demanda-t-elle avec une certaine inquiétude, levant les yeux de son journal intime.

— Vous êtes réveillée, madame.

— Évidemment que je suis réveillée, bécasse ! Il est… Il est…

— Presque huit heures, achevai-je en posant le plateau sur le secrétaire.

— Oh, fit-elle, plus surprise qu'alarmée. Je comprends maintenant votre trouble. Cela ne me ressemble guère d'être réveillée avant huit heures. Je me demande ce qui m'arrive. L'air vivifiant de la campagne, peut-être ?

— Mais nous vivons à la campagne…

— Hum, vous marquez un point. Dans ce cas, je donne ma langue au chat, conclut-elle en rebouchant son stylo à plume et en refermant son journal. Oh, mais une petite minute ! Si vous vous attendiez à me trouver encore bien au chaud dans les bras accueillants de Morphée, comment se fait-il que vous soyez porteuse de ce copieux assortiment de spectacculentes victuailles ?

— Ah… Ça… Eh bien… C'est-à-dire que… attendez un peu, madame. « Spectacculentes » ? Non, mais franchement… Parfois, je désespère.

— Pas mal, hein ? Mais ne changez pas de sujet. Qu'est-ce qui vous amène ici avec la bouffe du petit déjeuner si je suis censée dormir ?

— Je voulais que vous soyez réveillée, car je pense que nous devrions conférer avant notre journée d'investigations. Si nous étions chez nous, nous nous assiérions toutes les deux à la table de la cuisine et nous établirions la stratégie à suivre. Mais comme je doute que les indigènes supportent de me voir assise à la table du petit déjeuner, j'apporte son contenu jusqu'à vous.

— Tout à fait, mieux vaut ne pas dérouter les indigènes, approuva-t-elle. Et comme de toute façon, nous allons parler d'eux, il est doublement important qu'ils ne soient pas à portée d'oreille. (Elle m'indiqua le plateau.) Je suppose qu'il y en a la moitié pour vous ?

— À l'origine, c'était le projet, madame, dis-je en déployant les pieds du plateau afin de le poser sur ses genoux. Mais je sais comme vous aimez vous empiffrer, vous, les rupins. C'est la grande mode, de nos jours. Du coup, je commence à me demander si j'ai apporté assez à manger.

— Hum, fit-elle en s'attaquant au petit déjeuner. Je suis sûre que nous allons nous en sortir.

Je m'assis donc sur son lit monstrueux et pris part à l'anéantissement de cette montagne de nourriture.

— Et donc, à quoi songez-vous, madame ? lui demandai-je au bout d'un moment. Qui verriez-vous en auteur du sabotage ?

Elle réfléchit quelques instants, puis reprit son journal.

— En l'absence de mon bien-aimé et néanmoins fort raillé tableau du crime, j'en ai été réduite à consigner les choses dans mon journal, telle une paysanne du Moyen Âge.

Elle ouvrit le livre et le feuilleta à la recherche de la page concernée. De mon côté, je tentai de ne pas lui faire remarquer qu'au Moyen Âge, bien peu de paysans auraient été en possession d'un journal intime relié de cuir dans lequel ils auraient pu consigner leurs songeries. J'en étais à ne pas lui rappeler qu'au Moyen Âge bien peu de paysans auraient su lire et écrire, quand elle retrouva les notes qu'elle cherchait.

— Ah, les voilà ! Je suis partie de l'hypothèse qu'il s'agissait de quelqu'un faisant partie de la maisonnée ou de ses invités. Si d'aventure aucun de ceux-là n'était impliqué dans le meurtre, il nous faudrait élargir notre champ d'investigation à tous les invités de la fête. En réalité, si nous devions en arriver là, seul un miracle pourrait nous révéler l'identité de l'assassin. Il y avait des dizaines de personnes à la soirée et quand nous y aurons ajouté les cochers, les chauffeurs et les taxis, cela en fera des dizaines de plus. Si ce n'est pas quelqu'un de la maison, c'est toute notre entreprise qui tombe à l'eau.

— Perdue corps et biens…

— Tout à fait. Aussi ai-je établi une liste de toutes les personnes présentes. Commençons par notre hôte, Fishy.

— Je ne vois pas quel serait son mobile, madame. Il ne serait pas logique que lord Riddlethorpe sabote l'une de ses voitures. Qu'aurait-il à y gagner ?

— C'est aussi mon avis. Donc, nous allons rayer Fishy de la liste pour le moment. Ensuite, nous avons Jake. Comme pour son frère, je ne vois pas quel mobile elle pourrait avoir.

— D'accord avec vous.

— Roz ? C'est une femme éminemment déplaisante, mais si elle devait éliminer quelqu'un, je la verrais plutôt concevoir toutes sortes de plans machiavéliques avant d'en arriver à quelque chose d'aussi grossier qu'un sabotage mécanique.

— C'est possible, madame, mais souvenez-vous de ce que nous a rapporté l'oncle Algy : M. Dawkins a dit à Mme Beddows quelque chose de « lubrique » et de « suggestif » durant la fête. Se sentant insultée, elle peut avoir décidé de lui rabattre définitivement le caquet en sabotant son auto.

— Très bien, nous ne l'écarterons donc pas de la liste des coupables possibles. Et Helen ?

— Titmouse ? dis-je dans un rire. Peu probable.

— Désolée, ma chère, mais si je ne peux pas rayer Roz, vous ne pouvez pas rayer Helen. Vous savez ce qu'on dit des timides. Et ce qui me frappe chez elle, c'est toute cette vie de rage et de ressentiment refoulés qui n'attendent que d'exploser.

— Cela, je vous l'accorde. À sa place, j'aurais fracassé le crâne de Mme Beddows depuis longtemps. Mais pourquoi s'en serait-elle prise à Dawkins ? Pourquoi aurait-elle saboté sa voiture ?

— Dawkins a peut-être repoussé ses avances, de même que Roz avait repoussé celles de Dawkins. « L'enfer ne contient pas plus de furie… » et tout le toutim. Après une journée à s'être fait rabaisser par sa vieille « amie », peut-être que, pour Helen, Dawkins a été la goutte d'eau qui est passée par le chas de l'aiguille du chameau.

— Peut-être, madame, concédai-je. Nous ne la rayerons donc pas. Suivant ?

— Maintenant, passons aux amis de Fishy. Harry ?

— Je pense que nous pouvons éliminer votre propre frère.

— Ou alors une blague qui aurait mal tourné ? Mon frère n'est pas un gars très pratique. Il aurait pu ne pas s'apercevoir des risques de sa petite farce.

— C'est possible, mais je dirais que son ignorance en mécanique rend d'autant plus improbable le fait qu'il ait su comment saboter les freins.

— Très bien. De toute façon, s'il s'était agi d'une mauvaise blague, je suis sûre qu'il aurait avoué, depuis le temps. Rayons donc Harry de la liste. Monty ?

— M. Waterford ? À nouveau, qu'aurait-il gagné à saboter l'une de ses voitures de course, mettant ainsi en danger la vie de son principal pilote ?

— Et si la numéro 3 était un prototype ? hasarda lady Hardcastle. Et si c'était l'une des inventions de Fishy ? Monty souhaitait peut-être ôter toute crédibilité à ce modèle afin de promouvoir un véhicule de sa propre conception.

— Possibilité intrigante, madame. M. Waterford demeure donc sur la liste.

— Ensuite, il y a Viktor Kovacs.

— Le Hongrois malfaisant.

— Mais oui ! Malgré tout, cela fait un peu cliché, non ? Il n'empêche, si certains lieux communs deviennent des clichés, ce n'est pas pour rien.

— Il a parlé à lord Riddlethorpe, hier soir, au dîner ; on aurait dit qu'il lui proposait de racheter son écurie de course.

— Vraiment ? Moi, j'étais à l'autre bout de la table, je n'entendais rien avec Jake qui tentait de maîtriser l'oncle Algy.

— Une bataille perdue d'avance, ça, commentai-je. Je n'ai pas entendu toute la conversation, mais Herr Kovacs a parlé de lui faire une proposition « à la lumière des récents événements », et qu'il serait prêt à discuter de telle chose ou d'une autre. Je crains que ce soit à ce moment-là que l'oncle Algy ait franchi la limite que lui avait fixée lady Lavinia et qu'il se soit fait réprimander. Je n'ai pas pu entendre la suite.

— Vous pensez donc que Viktor aurait pu saboter la voiture à moteur afin de déstabiliser son rival et de le rendre réceptif au rachat de son écurie ? D'autant que même si sa proposition avait été repoussée, il aurait éliminé son meilleur pilote.

— Le meilleur ? objectai-je. M. Dawkins n'était-il pas en troisième position lorsqu'ils sont tous passés devant nous ?

— Ma parole, mais vous avez raison ! Pourtant, tout le monde affirme que Dawkins était un excellent conducteur. Peut-être y avait-il autre chose qui clochait dans cette automobile ?

— Ou peut-être ne s'agissait-il pas du nouveau prototype ?

— Oh, Seigneur, je n'en sais rien ! s'écria lady Hardcastle avec une bonne dose d'exaspération dans la voix. Cliché ou pas, je ne pense pas qu'on puisse éliminer Viktor de notre liste.

— Je suppose que nous n'allons même pas envisager le cas de l'oncle Algy… ?

— Si le sabotage avait été conçu pour faire tomber un pantalon ou soulever une jupe, j'aurais fait de cette vieille fripouille mon principal suspect, pouffa-t-elle. Mais je pense qu'on peut automatiquement le mettre hors compétition.

Je m'esclaffai.

— Je suis d'accord. Quoique si je découvre qu'une des petites bonnes s'est fait peloter, je le placerai tout en haut de la liste des suspects. Donc, nous avons passé en revue toutes les personnes d'en haut ?

— Je crois, oui, répondit lady Hardcastle en posant son stylo à plume sur le plateau. Quant à celles d'en bas… Eh bien, je crains que ce ne soit davantage de votre ressort, Flo. C'est gênant à dire, mais je ne sais pas trop qui sont les concurrents en piste au sein de la domesticité de notre hôte.

— Je peux vous faire la liste des principaux serviteurs, si vous voulez bien les ajouter à la vôtre.

Elle reprit son stylo à plume.

— Allez-y, minuscule.

— Il y a M. Spinney, le majordome. Il est inhabituellement affable et facile à vivre pour un majordome.

— Un peu trop parfait, vous pensez ? Il aurait quelque chose à cacher ?

— Aucune idée, madame. Ensuite, il y a l'intendante, Mme McLelland. Elle, je ne parviens pas à la cerner. Polie et aimable, mais en même temps étrangement froide et distante. J'aimerais en savoir plus sur elle.

Ma patronne en prit bonne note.

— Dacodac.

— Il y a aussi la cuisinière, la délicieuse Mme Ruddle et sa fille de cuisine, Patience, qui préfère qu'on l'appelle Patty. Des femmes charmantes. Elles s'entendent si bien qu'à les voir ensemble on pourrait les croire mère et fille.

— Peut-être le sont-elles, suggéra lady Hardcastle.

— On ne sait jamais. Oh, et Morgan, le chauffeur ! Nous ne pouvons pas l'écarter.

— Ma foi, non, c'est impossible. Pourtant, c'est lui qui a mis à jour le sabotage. N'aurait-il pas au contraire cherché à en dissimuler le côté intentionnel ?

— Peut-être, madame. Mais il pourrait s'agir d'un habile cas de double bluff.

— Hum, fit-elle en continuant à prendre des notes. Nous le garderons dans un coin de notre esprit, mais j'ai des doutes.

— Très bien. Après, je n'ai pas rencontré beaucoup d'autres domestiques.

— Et votre copine Betty ?

— Ah oui, bien sûr. Mais elle a passé toute la nuit dans la chambre avec moi.

— Vous en êtes certaine ?

— Sûre et certaine, madame. J'avais présidé au champagne, voyez ? Je dormais donc sur mes deux oreilles. Si

Betty s'était levée dans la nuit, je ne m'en serais peut-être pas aperçue, mais il se trouve qu'elle avait soupé avec le même enthousiasme que moi. Je doute qu'elle ait été en état de se rendre jusqu'à la remise à calèches et encore moins de dénicher une pince coupante et de trouver précisément l'endroit où s'en servir.

— Cela me suffit, décréta lady Hardcastle. N'avaient-elles pas un chauffeur ?

— Si fait. Finlay. Mais il s'est contenté de déposer ces dames avant de s'en retourner à Londres, il n'était donc pas présent ce soir-là.

— À moins qu'il ne soit revenu en catimini au beau milieu de la nuit pour commettre son acte infâme. Il s'y connaît en mécanique.

— Hum… Argument faible et mal établi, madame. Finlay Duggan devra rester en dehors de la liste.

Nous réfléchîmes un moment.

— Quel était le nom de ce gars, ce drôle de coco selon vos termes ? me demanda enfin lady Hardcastle. Vous l'avez qualifié de « pénible » si mes souvenirs sont bons.

— Ah, Evan Gudger ! Valet de pied de cette paroisse, officiant actuellement comme valet de chambre pour les gentlemen en visite.

— C'est bien lui. Sur la liste ?

— Malicieux, rebelle, probablement un peu téméraire. Je le dirais digne de figurer sur notre liste, oui, madame.

— Dieu du Ciel ! s'exclama-t-elle en écrivant. Cela nous fait une sacrée liste, n'est-ce pas ?

— En effet. Et nous n'avons même pas passé en revue la moitié du personnel.

— Hum, fit-elle, rebouchant son stylo à plume pour s'en tapoter les dents. Ma foi, nous ne découvrirons rien de plus en restant assises ici à piocher dans les restes du petit déjeuner. Je pense qu'il est temps de m'habiller et d'aller fourrer notre nez dans toutes ces affaires.

— Dacodac, madame.

Et je me levai pour lui ôter le plateau des genoux.

Alors que nous traversions la bibliothèque pour aller dans le hall d'entrée, nous aperçûmes Mlle Titmus devant le grand secrétaire, près d'une des fenêtres. Elle était penchée sur quelque chose.

— Mais qui voilà ! lança lady Hardcastle. Helen !

Mlle Titmus se retourna, vaguement inquiète.

— Navrée, ma chère, s'excusa lady Hardcastle. Je n'avais pas l'intention de vous surprendre. Nous allons nous promener autour du domaine. Cela vous dit de vous joindre à nous ?

— Oh. Oh, oui. Merci. Ce serait extra. Laissez-moi juste…

Elle se retourna vers le secrétaire et je vis qu'elle trafiquait son appareil photographique quand nous l'avions interrompue. Elle le referma avec un claquement sec et nous rejoignit dans le couloir, munie de son instrument réassemblé.

— Cela ne vous dérange pas si je le prends ? nous demanda-t-elle en désignant son appareil.

— Pourquoi diable cela nous dérangerait-il ? s'étonna lady Hardcastle.

— À la vérité, je n'en sais trop rien, mais Roz s'en trouve toujours terriblement contrariée. Elle est toujours furieuse contre moi quand j'ai mon appareil sur moi.

— Eh bien, nous ne sommes pas Roz, Flo et moi, et pour ma part, je trouve que c'est un formidable petit objet. Je me souviens de l'époque où les appareils photographiques étaient de grosses boîtes en bois qui arrivaient à l'arrière d'une charrette et qui nécessitaient une équipe de six ou sept hommes pour les faire fonctionner.

Mlle Titmus pouffa.

— Oh, Emily ! vous avez le chic pour me faire rire.

— Ravie de vous l'entendre dire, ma vieille.

Et prenant Mlle Titmus par le bras, elle nous fit entrer toutes les trois dans le soleil de septembre.

Nous nous promenâmes autour du jardin à la française que nous avions vu de la terrasse, à l'arrière de la maison. En dépit d'une totale absence de compétences en jardinage, lady Hardcastle possédait sur les fleurs, herbes, arbustes, arbres, buissons, mousses, mauvaises herbes, lichens et champignons un savoir théorique qui me paraissait encyclopédique. Telle était sa passion pour la chose botanique qu'il lui arrivait d'interrompre les gens au beau milieu d'une phrase pour leur désigner une plante intéressante et leur décrire avec enthousiasme son origine, émaillant ses explications de nombreuses références aux noms latins de ses parentes florales. J'étais ravie de voir Mlle Titmus aussi perplexe que moi. De toute évidence, c'était elle aussi une citadine. Cependant, elle compensait son absence de connaissances scientifiques par un extraordinaire enthousiasme pour les formes et les couleurs. Toutes deux faisaient de très distrayantes compagnes au jardin, même pour quelqu'un comme moi qui pouvait à peine distinguer une passiflore d'un banc de parc.

Nous nous arrêtâmes un moment près d'un parterre de rosiers, le temps que Mlle Titmus s'accroupisse devant un spécimen de rose des plus impressionnants, cherchant apparemment à capturer sa beauté à l'aide de son appareil photographique.

— Je sais bien que la grande mode aujourd'hui, c'est de photographier les personnes, nous expliqua-t-elle, s'étirant afin de trouver une position plus propice, mais personnellement, j'aime beaucoup saisir des « choses » quand je le peux. Vous savez, des bâtiments, des voitures à moteur… des fleurs. (Elle se releva enfin.) Je regrette seulement que la photographie en couleur ne soit pas plus abordable pour les amateurs. Ces roses ne rendraient-elles pas mieux dans toute la splendeur de leur teinte ?

— Ce serait un régal pour les yeux, assurément, approuva lady Hardcastle. Est-ce nouveau, cet engouement pour la photographie ?

Mlle Titmus se tourna vers elle avec curiosité tandis que nous reprenions notre marche.

— Non, pas vraiment. Je crois que les premières photographies ont été prises dans les années 1820.

Lady Hardcastle se mit à rire.

— Veuillez m'excuser, ma chère. Ma question était terriblement mal formulée. Je voulais dire, est-ce nouveau pour vous ? Cela fait-il longtemps que vous vous intéressez à la photographie ?

— Oh, fit Mlle Titmus en riant. Deux ou trois ans. Mais la chose m'intéresse depuis… Eh bien, depuis l'école, en fait. J'avais été fascinée par la fameuse photographie qui représente notre équipe de cricket. J'avais du mal à croire que notre image avait pu être capturée par cette boîte – un instant figé à jamais. C'est plutôt magique, ne trouvez-vous pas ?

— Je le pense, oui, présenté ainsi, acquiesça lady Hardcastle. Vous savez, je fabrique moi-même des images animées, en dilettante.

— Vraiment ? Quelle merveille !

— Il vous faut venir nous voir. Je suis sûre que le studio vous plaira, même si notre petit village est un tantinet calme.

— Cela me plairait énormément. Développez-vous vous-même votre pellicule ? Je suis sur le point de transformer la chambre d'amis de mon appartement londonien en chambre noire, mais c'est toute une histoire. Jusqu'ici, j'abusais de la gentillesse d'un photographe professionnel qui s'en chargeait à ma place. C'est un vieil ami de mon frère.

— Je fais tout chez moi, déclara lady Hardcastle. J'ai ma propre chambre noire installée au fond du studio. Dites-moi que vous viendrez.

— J'en serai enchantée. Je songe parfois à devenir professionnelle, vous savez ? Dans l'art du portrait et autres choses de ce genre. À mon avis, cela pourrait être très rigolo.

— Et pourquoi ne le faites-vous pas ?

— Oh, ne dites pas de sottises. On n'a jamais vu une nunuche comme moi se lancer dans ce genre d'entreprise.

— Hum, fit lady Hardcastle en fronçant les sourcils.

D'après tout ce que j'avais entendu jusque-là, les deux dames étaient très proches en âge, mais sur le gravier fraîchement ratissé de l'allée, Mlle Titmus ressemblait vraiment à une jeune fille naïve à côté de ma patronne pleine d'expérience.

— Si telle est votre envie, ma chère, poursuivit-elle, vous devriez vous lancer. Je n'ai jamais laissé la peur de passer pour une nunuche m'empêcher d'entreprendre quoi que ce soit.

— Et c'est tant mieux ! m'exclamai-je. Sinon vous n'auriez rien fait du tout.

Elles éclatèrent de rire.

— Vous avez tout à fait raison, bien sûr, reconnut lady Hardcastle. Je me suis pris un nombre incalculable de gamelles, mais j'ai persévéré, sans me décourager. Écoutez, Helen, je vous commande par la présente de venir à Littleton Cotterell pour photographier la maison et les deux nunuches qui l'habitent. Oh, il vous faudra aussi tirer le portrait de notre voiture à moteur bien-aimée. Ensuite, vous passerez professionnelle et vous vous mettrez à votre compte.

Mlle Titmus se remit à rire.

— Nous verrons. Mais avant de me faire une telle proposition, vous devriez jeter un coup d'œil à quelques exemples de mon travail. Si cela se trouve, je suis complètement nulle, qu'en savez-vous ?

— Hum, je n'avais pas songé à cela, admit lady Hardcastle. Mais je ne pense pas que vous…

— Il se trouve que je voyage toujours avec un album de mes photographies préférées. Je le descendrai après le déjeuner.

L'acquiescement enthousiaste de lady Hardcastle fut interrompu par un grand bruissement non loin de là. Nous nous retournâmes et vîmes qu'une nuée de colombes avaient pris leur essor.

— Et il y a aussi un pigeonnier ! s'extasia lady Hardcastle. Comme c'est charmant !

— Des oiseaux merveilleux, commenta Mlle Titmus. J'ai déjà songé à en acquérir.

Lady Hardcastle fronça les sourcils.

— Vraiment ?

— Mais oui. Enfin, pas exactement des colombes. Plutôt des pigeons voyageurs.

— Ça, par exemple ! Leur feriez-vous faire la course ?

— Oh, non ! se récria Mlle Titmus en s'animant tout à coup. Mais dans un magazine de photographie, j'ai lu un article à propos d'un Allemand qui a conçu pour ses pigeons un petit harnais auquel il attache un minuscule appareil photographique. N'est-ce pas une idée parfaitement parfaite ? J'ai un exemplaire de ce magazine, à l'intérieur. Je vous le montrerai plus tard. Cela distinguerait mon studio de photographie des autres, non ?

Lady Hardcastle rit.

— Ce serait un péché de ne pas monter une affaire telle que celle-là. Dites ! de là-haut, vous pourriez photographier les maisons de campagne. Je suis sûre que certaines des familles les plus aventureuses du pays seraient prêtes à vous payer grassement pour avoir ce privilège.

Nous avions quitté le jardin à la française et nous nous promenions sur les bords d'une pelouse vallonnée, veillant à rester près de la haie taillée au cordeau qui formait le pourtour extérieur du jardin. À quelques pas de là, nous perçûmes des voix, puis un rire féminin. Nous arrivâmes enfin devant ce que l'on pouvait au mieux qualifier d'« alcôve », un renfoncement ménagé dans la haie, où trônait un beau banc en pierre de style palladien. Sur ce banc étaient assis lady Lavinia et Harry, en pleine conversation.

— Mais qui voilà ? Harry ! lança lady Hardcastle avec désinvolture. Et Jake est là, elle aussi. Comment allez-vous, tous les deux ?

— Plutôt bien, sœurette, je te remercie. On peut faire quelque chose pour vous ?

— Non, mon cher, merci.

— En ce cas, ne vous retardez pas pour nous.

— Dacodac, mon cher.

Nous reprîmes notre promenade, marchant en silence jusqu'à ce que nous fûmes hors de leur vue.

— Eh bien, il était temps ! soupira lady Hardcastle lorsqu'elle fut certaine qu'ils ne pouvaient plus nous entendre.

— Quoi donc ? s'enquit Mlle Titmus.

— Ces deux-là. Vous avez sûrement remarqué comment mon frère la regarde depuis ces deux derniers jours.

— Non ? fîmes-nous en chœur, Mlle Titmus et moi.

— Tss, fit lady Hardcastle, et nous poursuivîmes notre balade.

Nos pas finirent par nous mener jusqu'à l'écurie de course. Les portes de la remise à calèches étaient ouvertes, mais il n'y avait aucun signe de la présence de Morgan.

— Ohé ! lança lady Hardcastle. Il y a quelqu'un ?

Il n'y avait personne.

— Venez, mesdames. Allons jeter un coup d'œil à la scène du crime.

— Du crime ? s'alarma Mlle Titmus. Est-ce ici qu'il a été commis, d'après vous ?

— Je ne vois pas de meilleur endroit. Le criminel était sûr d'y trouver la voiture à moteur. Le lieu est à l'écart. On peut y travailler à l'abri des regards. C'est l'endroit idéal pour se livrer à un sabotage.

— Doux Jésus ! Pensez-vous vraiment que nous devrions être ici ? Ne serait-il pas préférable de laisser les choses telles qu'elles sont ? Ne ferions-nous pas mieux de laisser à la police le soin de fureter dans tous les coins ?

Lady Hardcastle éclata de rire.

— Fureter, c'est notre fonds de commerce, ma chère. Quant à la police, vous avez entendu ce qu'a dit cet horrible inspecteur de Leicester. Il a conclu à un tragique accident qui n'exigeait plus sa présence ici. (Elle nous précéda dans la remise à calèches.) Je pense au contraire qu'il est de notre devoir de fourrer notre nez là-dedans.

Nous nous tenions au milieu de la vaste remise à calèches. Les box des chevaux avaient été convertis en établis. Les trois voitures à moteur étaient alignées côte à côte, leur carrosserie lançant des reflets même dans la chiche lumière. La plus à droite était horriblement cabossée et éraflée à l'endroit où elle avait percuté l'arbre. Lady Hardcastle demeura figée quelques instants, regardant tout autour d'elle avec intensité.

— Flo, est-ce une porte que j'aperçois, là-bas, dans l'ombre ? s'enquit-elle en désignant du doigt le coin opposé de l'écurie. Vous voulez bien être un chou et aller y jeter un coup d'œil, je vous prie ?

Aurions-nous été seules, je l'aurais peut-être invitée à y aller elle-même si cela lui importait tant. Mais comme nous étions en société, je me dirigeai docilement vers le coin indiqué.

— C'est bien une porte, déclara Mlle Titmus à l'instant où je l'atteignais.

À nouveau, je me mordis la langue et actionnai la poignée. C'était fermé à clé.

— On dirait que la serrure a été huilée et qu'elle sert régulièrement, remarquai-je en retournant sans me presser au centre de la remise.

— Savez-vous sur quoi elle s'ouvre, Helen ? demanda lady Hardcastle.

— Sur l'extérieur ? Voyons… Sur le potager, je pense.

— Facile de s'y rendre depuis la maison, donc. Un familier des lieux aurait pu s'introduire par cette porte, cisailler le câble du frein et retourner ni vu ni connu à l'intérieur avant qu'on se soit aperçu de son absence.

— Qui connaît assez bien la propriété pour pouvoir faire cela ? m'enquis-je.

— Je dirais tout le monde à part nous, répliqua lady Hardcastle.

— La plupart des invités de la fête se sont perdus en cherchant les toilettes, fit remarquer Mlle Titmus. Mais tous les domestiques doivent savoir où se trouve cette porte. Ainsi que la famille. Et les amis de Fishy, bien sûr, ils font quasiment partie de la maison. Et je suppose que moi-même j'aurais très bien pu arriver jusqu'ici. Roz aussi.

— Et si nous procédions à votre petite technique, Flo ? Mettons-nous à la place du méchant, proposa lady Hardcastle en se dirigeant d'un pas volontaire vers la porte.

Mlle Titmus et moi la suivîmes. Néanmoins, je ne soufflai mot de mes précédentes allées et venues dans l'écurie. Je songeai sérieusement à me faire sanctifier.

— Et elle a été absolument formidable, ma chère Helen, racontait ma patronne à Mlle Titmus. Voyez-vous, nous cherchions à retrouver une émeraude qui avait été volée et c'est là que Flo a eu une idée épatante : elle s'est plantée dans la pièce et s'est mise dans la peau de l'auteur de cet acte odieux.

Nous revînmes devant la porte fermée à clé et nous mîmes à regarder autour de nous. Mlle Titmus semblait tout excitée, mais elle n'avait visiblement aucune idée de ce qu'on attendait d'elle. Lady Hardcastle, très concentrée comme à son habitude, examinait avec minutie l'établi qui longeait le mur.

Moi, pendant ce temps, je faisais ce qu'elle m'avait suggéré. J'étais l'ignoble saboteur. Je m'étais introduite dans l'écurie par la porte de côté. Il y faisait noir comme dans un pot. J'avais une bougie. Je l'allumai. *Bien deviné, Flo*, me dis-je : il y avait de la cire répandue sur l'établi. Je regardai tout autour. Les voitures à moteur étaient toutes alignées. Je voulais couper les freins de l'une d'entre elles. J'allai jusqu'au bout de la…

— Pourquoi le saboteur n'a-t-il pas détraqué l'automobile la plus proche ? m'interrogeai-je à voix haute. Il est passé devant deux autos parfaitement tripatouillables, mais il a choisi de sectionner les freins de la plus éloignée de la porte.

— Parce qu'il voulait trafiquer un véhicule en particulier ? suggéra lady Hardcastle.

— C'est ce qu'il semblerait, acquiesçai-je. Mais pourquoi ?

— Parce qu'il savait qui le conduirait ? hasarda timidement Mlle Titmus.

— Le programme des courses ! nous exclamâmes en chœur lady Hardcastle et moi.

— Dawkins devait être dans la numéro 3, dis-je.

— Et la numéro 3 était au bout de la rangée, acheva lady Hardcastle.

Je me remis dans la peau du saboteur et, une fois de plus, tentai de m'imaginer ses actions. Mon regard se posa sur les numéros peints de part et d'autre des voitures à moteur. J'avais trouvé ma cible. Savais-je exactement ce que j'allais faire ? Avais-je déjà décidé de saboter les freins ? Oui, sûrement. J'étais descendue ici munie de la clé et d'une bougie : il était improbable que mes projets s'arrêtent là.

J'avais donc besoin d'un outil. J'aurais pu en apporter un, mais j'allais dans un atelier. Il y avait une multitude d'outils, là-bas. Pourquoi prendre le risque de me faire pincer avec un objet incriminant sur moi alors que je pouvais tout simplement m'emparer de quelque chose sur l'établi ?

Il y avait sur le mur une rangée de crochets où étaient suspendus des clés à molette, des tournevis et un assortiment d'autres outils, tous bien entretenus. Un crochet était vide. C'était donc là que j'avais pris mon… mon quelque chose. Je m'imaginai allant jusqu'à la voiture à moteur et me mettant à quatre pattes. Dans cette position, je ne pouvais pas voir les câbles. À plat ventre. Le câble du frein. Sectionné. Je me relevai. J'avais oublié à quel endroit j'avais pris l'outil. Que faire ? Je le lâchai par terre et l'expédiai d'un coup de pied sous l'établi. Mieux valait un outil perdu qu'un outil déplacé.

Je me mis à quatre pattes pour de bon, cette fois. Je fouillai à tâtons sous l'établi. Au début, rien. Puis mes doigts effleurèrent quelque chose de métallique. Je parvins à l'attraper. Je me remis debout.

— Des pinces, madame ! triomphai-je en brandissant mon trésor du bout des doigts. Je parierais que c'est l'arme du crime.

— Ah ça, Flo, bien joué ! me complimenta lady Hardcastle.

— Oui, bravo ! renchérit Mlle Titmus, les yeux brillants.

— Le meurtrier devait être couvert de poussière, fis-je remarquer. Il a fallu qu'il se mette à plat ventre pour atteindre les freins.

— Donc, nous recherchons un homme crasseux sachant se servir d'une paire de pinces, résuma lady Hardcastle.

— Quelqu'un qui avait vu le programme des courses que vous avez rédigé pendant la fête, ajoutai-je.

— Et qui n'a pas eu peur d'assassiner pour parvenir à ses fins. Nous ferions mieux de rentrer à la maison.

9

Nous rentrâmes à la maison de bonne heure. Cela me laissait tout le temps d'habiller lady Hardcastle pour le déjeuner. Il était un peu tôt pour la robe d'intérieur blanche aux broderies délicates, mais ma patronne déclara qu'elle « n'allait pas s'embêter à se changer encore une fois pour un fichu thé, et qu'il faudrait qu'ils fassent avec ».

Je filai dans ma chambre revêtir mon uniforme d'intérieur afin de pouvoir aller prendre mes instructions à l'office. Mais à Codrington Hall, le déjeuner se passait sans cérémonie et j'appris que ma présence n'était pas requise. M. Spinney me suggéra de revenir un peu plus tard dans l'après-midi pour aider à servir le thé, mais entre-temps il me donna la permission de m'éclipser. Comme je devais encore effectuer quelques menues corvées pour lady Hardcastle, y compris un peu de reprisage, je montai dans sa chambre.

Assise à la fenêtre, réparant d'une main experte (puisque c'est moi qui le dis) une déchirure inexpliquée (et franchement inexplicable) sur l'une des robes du soir de lady Hardcastle, je laissai mon esprit vagabonder. Le dimanche, nous avions fait nos valises en vue d'une semaine de gaieté et de courses automobiles. Le jeudi, nous pataugions dans l'inattendu. Une fois de plus. Une voiture avait été sabotée et un homme était mort. Nous ignorions si c'était sa personne qui était visée ou s'il ne s'agissait que d'une tentative pour discréditer lord Riddlethorpe et sa nouvelle écurie de course. La moitié des personnes se trouvant dans la maison ce soir-là semblaient avoir un mobile, presque toutes avaient eu l'occasion d'agir et toutes celles qui savaient où trouver une paire de pinces dans une écurie obscure en avaient eu les moyens.

Une minuscule et égoïste partie de moi-même regrettait que nous ne puissions feindre d'ignorer que l'accident était dû à un acte de malveillance et en rester là. Ce serait merveilleux de pouvoir leur dire au revoir à tous et de partir au bord de la mer. Nous pourrions prendre de vraies vacances, manger des bigorneaux, marcher le long de la plage, dénicher un charmant café où boire un thé à la crème, inventer des histoires sur les gens du cru à l'allure étrange…

Lady Hardcastle interrompit ma rêverie en faisant irruption avec exubérance.

— Tiens, vous voilà, Flo ! s'exclama-t-elle, quelque peu surprise. Je ne m'attendais pas à vous trouver là. Je pensais que vous seriez en bas, en train d'interroger les classes inférieures.

— Ma présence n'étant pas requise pour servir le déjeuner, on m'a donné la permission de vaquer à mes tâches habituelles. J'ai reprisé la déchirure. (Je lui présentai la robe à bout de bras.) Comment diable avez-vous fait pour la mettre dans un état pareil ?

— Quelle déchirure ? s'étonna-t-elle en regardant la robe. Ahh… cette déchirure-là ! C'était lors de la fête de mardi. Je bavardais avec une dame de Leicester, l'épouse de… En fait, j'ignore de qui elle était l'épouse. Au demeurant, le comportement de l'époux en question était loin d'être exemplaire, ça, je m'en souviens. Quelques verres de vin lui ayant délié la langue, la dame s'est mise à se plaindre à bibi de la prodigalité et de la légèreté de mœurs de son mari. Cela doit venir de la tête que j'ai. Pensez-vous que j'aie cette sorte de tête ?

— Quelle sorte de tête, madame ?

— Celle qui fait que de parfaites inconnues m'ouvrent leur cœur, jetant précaution et discrétion par-dessus les moulins pour m'exposer les détails les plus atrocement gênants de leurs affaires privées.

— Oh, alors oui ! vous avez cette tête-là, madame. J'ai toujours pensé que c'était ce qui faisait de vous une si bonne espionne. Mais la robe, alors ? Avez-vous toutes deux lacéré vos vêtements en vous lamentant sur ce mariage malheureux ?

— Si seulement ça avait été aussi dramatique ! Nous étions dans la salle de billard pour je ne sais plus quelle raison. Je devais chercher Harry et cette dame cherchait sa tendre moitié. Ou sa détestable moitié, ainsi que je l'ai vite compris. Viktor Kovacs jouait à la table avec Monty Waterford et ils parlaient de… oh !

— Oh ? fis-je, m'étant résignée entre-temps à ne jamais connaître le destin de la robe.

— Ils parlaient de leurs écuries de course. Quelque chose au sujet des sommes que Monty et Fishy avaient investies conjointement dans leurs prototypes et comment toutes sortes de revers pourraient se révéler désastreux pour leur entreprise. Viktor a alors dit quelque chose, comme quoi il serait ravi de discuter d'une fusion s'ils le souhaitaient et Monty a répliqué qu'ils n'avaient encore jamais connu de revers avec leurs autos.

— D'accord. Kovacs serait donc sorti de la maison en pleine nuit et aurait fait le nécessaire pour que l'une de leurs voitures à moteur subisse justement un revers. Et si par la même occasion leur meilleur pilote était blessé dans l'accident – voire tué –, encore mieux.

— Cela semble tout à fait plausible, n'est-ce pas ? Sauf que nous n'avons pas l'ombre d'une preuve, je vous le rappelle.

— Alors trouvons-en, madame. Fouillons la chambre de Herr Kovacs, passons la maison et les jardins au peigne fin et épions nuit et jour ce démon au cœur noir jusqu'à ce qu'il se trahisse d'une manière ou d'une autre. Le temps où nous pratiquions l'espionnage n'est pas si loin que nous aurions oublié comment faire.

Lady Hardcastle se mit à rire.

— Très bien. De toute manière, nous ne pouvons rien faire de plus pour le moment. Après tout, que risquons-nous ? Au pire, nous aurons perdu notre temps si nous découvrons que Kovacs est innocent.

— Ma foi, énonçai-je lentement, le pire serait plutôt qu'il nous surprenne en flagrant délit de farfouillage et qu'il tente de nous défoncer le crâne avec une grosse clé à molette. Je pourrais sans doute le mettre au tapis à la loyale, mais s'il nous tombe dessus par-derrière…

— Vous avez raison, évidemment, quoique je doute qu'on en arrive là. Quel dommage que ce soit le jeune Machinchose qui lui serve de valet de chambre ! Si ce gamin avait été un serviteur plus docile, nous aurions pu le convaincre de surveiller Kovacs à notre place.

— Cela pourrait quand même valoir le coup de sonder Evan à ce propos, madame. Peut-être sera-t-il enclin à nous prêter main-forte s'il entrevoit là l'occasion de jouer un mauvais tour à quelqu'un. Et tant qu'à faire, il pourrait également surveiller M. Waterford – faire d'une pierre deux coups et tout le toutim.

— Écoutez, Flo, je m'en remets à vous. Peut-être devriez-vous maintenant descendre aux enfers de l'odieuse servitude pour voir ce que ce jeune homme a à dire pour sa défense ? Nous formulerons nos plans et nos stratagèmes pendant que nous nous préparerons pour le dîner.

— Je me rends de ce pas à l'office. Voulez-vous quelque chose, tant que je suis en bas ?

— Non merci, ma chère, je ne peux plus rien avaler.

— Une dernière chose…

— Oui ?

— La déchirure.

— Ah, oui, la déchirure… Je me suis accrochée au râtelier où l'on range les battes de billard.

— Les queues, madame.

— Vraiment ? Je me demande bien pourquoi.

Je trouvai l'office désert ; seule Mme McLelland était attablée devant une théière et le journal.

— Bonjour, Mme McLelland, la saluai-je en tirant une chaise. Voyez-vous un inconvénient à ce que je me joigne à vous ?

Elle baissa son journal et me considéra par-dessus la page à moitié repliée.

— Ah, Mlle Armstrong. Bonjour. Je vous en prie, faites comme chez vous. Il doit rester au moins une tasse dans la théière.

Je me retournai, pris une tasse et une soucoupe sur le buffet et m'assis en face d'elle. Tout en versant le thé, je m'enquis :

— Comment faites-vous tous pour tenir le coup après cette tragédie ?

— Tenir le coup ? répéta-t-elle en rangeant son journal.

— Oui. Une telle chose à de quoi vous secouer. Même les meilleurs d'entre nous peuvent éprouver une détresse intense après un événement aussi épouvantable. Je me demandais si certains membres du personnel montraient des signes de souffrance morale.

L'intendante souffla avec mépris.

— Eh bien, si c'est le cas, ils ont intérêt à se ressaisir, et vite. Pour ma part, je ne tolérerais pas de petites couardes souffreteuses au sein de mon personnel. Si l'une de mes filles devait s'apitoyer sur son sort chaque fois que quelque chose ne va pas comme elle veut, elle n'aurait qu'à le faire sur son temps de loisir et hors de ma vue. Nous avons tous vécu des tragédies, mais où en serions-nous si nous étions restés assis là à pleurnicher ? On se relève et on fait avec, voilà ce que je dis.

Le Ciel vienne en aide à la *domestique de Codrington Hall qui souffrirait d'un quelconque choc*, songeai-je. L'arrivée d'Evan Gudger m'empêcha de dire à l'intendante ce que je pensais de son attitude.

— Bonjour, Evan, lançai-je d'un ton enjoué.

— Hein ? grogna-t-il.

— Bonjour. Vous allez bien ?

— Pas mal, marmonna-t-il.

— À la bonne heure !

Mais il m'avait déjà tourné le dos pour disparaître dans l'un des nombreux passages souterrains.

— Ce jeune homme a bien besoin qu'on lui inculque les bonnes manières, s'indigna Mme McLelland. Je ne sais pas à quoi joue M. Spinney en tolérant ce genre de comportement discourtois. Un passage dans l'armée ferait le plus grand bien à ce garçon. Cela lui apprendrait la discipline.

— Si j'ai bien compris, il n'a pas eu une enfance facile, hasardai-je. Il a perdu ses parents.

À nouveau, l'intendante émit un reniflement de mépris.

— Cela arrive à tout le monde de perdre des membres de sa famille. On n'en devient pas un chenapan pour autant.

Visiblement, elle était dans un mauvais jour.

Je bus ma dernière gorgée de thé et me levai :

— Eh bien, je ferais mieux d'y retourner ! Savez-vous si M. Spinney est dans ses appartements ?

— Oui, je crois. Mais j'ai de quoi vous occuper si vous n'avez rien d'autre à faire.

— Je veillerai à venir vous trouver si jamais M. Spinney n'a pas besoin de moi, mentis-je.

Je fis mine de partir en direction des appartements du majordome, mais sitôt que je fus hors du champ de vision de Mme McLelland, je bifurquai vers le local à chaussures. J'étais sûre d'y trouver Evan ou à tout le moins quelqu'un qui saurait me renseigner. De fait, il n'y était pas, mais l'un des jeunes garçons m'indiqua la direction à prendre. Je découvris Evan en train de traînasser dans le potager.

— J'peux vous aider ? me demanda-t-il avec agressivité.

Je lui répondis de ma voix la plus chaleureuse :

— Eh bien, oui, je le crois.

Il me dévisagea d'un air interrogateur.

— C'est cette vieille sorcière qui vous a envoyée m'tailler les oreilles en pointe ?

Je ris.

— Non. Mais il est vrai que Mme McLelland n'est pas votre plus fervente admiratrice.

— Y'en a pas un qui le soye, ici. Y a toujours quelqu'un qui me tombe dessus pour quelque chose.

— Et il ne vous est jamais venu à l'idée que, de votre côté, vous vous opposiez à eux de façon un peu trop systématique ?

Ce fut à son tour de rire.

— Vous avez p't-être raison. Mais ils sont tous si… si…

— C'est l'impression que vous pouvez avoir, enchaînai-je avant qu'il ait pu trouver le terme insultant qu'il avait au bout de la langue. Mais vous pourriez au moins leur accorder le bénéfice du doute, de temps en temps. Peut-être vous apercevriez-vous que, sous leurs airs, ils ont vos intérêts à cœur.

— Pour ça, j'y crois pas trop. Tout ce qu'ils veulent, c'est que chacun sache où est-ce qu'est sa place et n'en bouge pas. Alors des fois, quand ça devient trop rasoir, j'suis ben obligé de faire quelque chose, voyez, histoire de les s'couer un peu.

— Je peux peut-être vous aider.

Il retrouva son air interrogateur.

— Ah ?

— J'ai une petite mission à vous confier, qui pourrait bien vous distraire…

Et j'entrepris de lui résumer notre plan de surveillance concernant Herr Kovacs.

Je laissai Evan à ses flâneries et retournai à l'office où Mme McLelland et son incompréhensible aigreur avaient cédé la place à trois personnes que je n'avais saluées qu'une fois. Si quelqu'un pouvait me renseigner sur ce qui se manigançait à la fois en haut et en bas, ce seraient ces trois-là. Nellie Perrin était la femme de chambre de lady Lavinia et Dan Chanley, le valet de chambre de lord Riddlethorpe. Arnold Simkin, quant à lui, était le valet de chambre de l'oncle Algy depuis l'époque où ils étaient tous deux jeunes hommes.

— Ah ! s'enthousiasma M. Simkin à mon approche. Voici donc la demoiselle en personne. Asseyez-vous, ma mignonne, et faites-nous part des dernières nouvelles. Mlle Perrin, voyez si vous ne pouvez pas tirer une autre tasse de cette théière.

Je haussai un sourcil interrogateur tout en m'asseyant sur la chaise qu'on m'indiquait.

— Alors, Mlle Armstrong, poursuivit M. Simkin avec affabilité, nous avons appris que vous et votre maîtresse enquêtiez sur l'accident. Comment se fait-il ?

C'était un petit homme soigné dont la moustache blanche comme neige était taillée au millimètre. La lueur égrillarde qui dansait dans son regard suggérait qu'il pourrait bien être aussi pénible que son maître.

— Tout dépend, répondis-je en prenant la tasse de thé que me tendait Mlle Perrin, de ce que vous avez entendu dire.

Il abattit sa main sur la table.

— Ah, je vous l'avais bien dit que cette femme-là était une futée ! Elle ne lâchera rien !

Je souris et haussai à nouveau un sourcil à l'adresse de Mlle Perrin.

— Ne faites pas attention à lui, ma chère. Il n'a jamais rien dit de la sorte.

— Mais je l'ai pensé, je l'ai pensé, insista M. Simkin. Je savais que c'était une futée.

Mlle Perrin soupira. Elle ne devait être mon aînée que de quelques années, mais quelque chose dans ses manières vaguement maternelles lui donnait l'air plus âgé.

— Le bruit court, m'expliqua-t-elle, que cet accident n'en était pas un. C'est un des valets de pied qui a entendu monsieur le comte dire à M. Waterford que Morgan lui avait dit que quelqu'un avait trafiqué la voiture à moteur.

Je souris à nouveau.

— Il n'y a rien de tel qu'un récit de première main. Mais dans ce cas précis, le bouche-à-oreille ne s'est pas trompé. J'étais avec Morgan dans l'écurie lorsqu'il a découvert que les freins avaient été trafiqués.

— Les freins, hein ? Quelqu'un aurait donc tué M. Dawkins intentionnellement, comme qui dirait ?

— C'est sans nul doute une possibilité.

M. Chanley sortit enfin de son silence.

— On ne trafique pas les freins d'un véhicule sans intention de nuire. Quelqu'un en voulait à M. Dawkins, ne vous y trompez pas. Monsieur le comte est bouleversé. Il en dort à peine.

— Ce qui nous ramène à ma première question, ma chère, persista M. Simkin. Enquêtez-vous sur cet accident, vous et votre maîtresse ?

Ma mission à l'office était d'observer les domestiques tout en maintenant l'illusion que j'étais une sorte de maniaque du travail, incapable de se prélasser tranquillement le temps d'un séjour loin de chez elle. Néanmoins, j'avais déjà décidé que ces trois-là seraient la clé qui me permettrait de découvrir ce qui se passait dans la maison. Autant, dans ce cas, les laisser entrer dans mon jeu.

— Vous avez bien entendu, M. Simkin. La police se satisfait de traiter l'affaire comme un simple accident : l'inspecteur m'a paru considérer la mort de M. Dawkins comme un châtiment divin qui se serait abattu sur de riches oisifs en punition de leur stupidité. Mais lorsqu'il est devenu clair qu'il y avait anguille sous roche, lady Hardcastle a estimé que nous pourrions rendre service à notre hôte en soulevant certaines pierres pour voir ce qui en détalait.

— Et c'est pour ça que vous vous êtes mise à travailler en bas ? devina Mlle Perrin. Parce que je me demandais.

— C'est M. Spinney qui en a eu l'idée. Il a pensé que cela pourrait nous être utile. En travaillant au sein du personnel, je serai libre d'aller et venir dans toute la maison sans que personne n'y trouve à redire.

— Spinney, ce vieil imbécile ? se récria Mlle Perrin. Vous auriez dû venir nous voir directement, on vous aurait dit tout ce qu'il y a à savoir. N'est-ce pas ?

— Oui, acquiesça M. Chanley. Car c'est assurément une sale affaire. Il faut la tirer au clair.

Je regardai autour de moi tandis qu'une fille de cuisine traversait la salle à toute vitesse, chargée d'un panier de légumes. Ce n'était pas un lieu très intime pour une conversation, mais je ne voyais pas où nous pourrions nous mettre sans provoquer encore plus de commérages et de spéculations.

— Que savez-vous de l'écurie de course automobile ? leur demandai-je. Est-ce une simple lubie de lord Riddlethorpe ?

— C'est ce que nous avons cru au début, n'est-ce pas, M. Simkin ? répondit M. Chanley. Depuis quinze ans que je suis à son service, je n'ai jamais eu un mot à dire contre monsieur le comte, mais c'est vrai qu'il a longtemps cherché sa voie. Tout ce qu'il voulait, c'était faire quelque chose. Alors au fil des ans, il a cédé à toutes les modes et à toutes les nouveautés. La peinture, la poésie, les courses hippiques, l'horticulture… il a tout essayé. Il m'a même entraîné en Égypte. Il se voyait bien archéologue. Il s'imaginait découvrant des tombeaux et des trésors enfouis.

— Et il en a découvert ?

— Il a attrapé la dengue dès notre arrivée au Caire. Après avoir passé deux semaines alité, il a décidé que l'archéologie n'était pas faite pour lui et que sa véritable vocation était de devenir potier. Nous avons donc acheté deux ou trois caisses de poteries locales, afin qu'il s'en inspire, puis nous avons repris le bateau pour l'Angleterre.

Je ne pus m'empêcher de rire.

— Une sorte de papillon, donc. Mais vous sembliez dire qu'il n'en allait pas de même pour les courses automobiles. Qu'est-ce qui a changé ?

— Son père est mort. Et il s'est brusquement retrouvé neuvième comte de Riddlethorpe. Il a mûri du jour au lendemain et s'est jeté dans les courses automobiles comme jamais. Jusque-là, ce n'était qu'une autre de ses tocades, mais à la mort de son père, c'est devenu une passion dévorante. Il a acheté des voitures à moteur, a tout appris de leur mécanique, puis il a entrepris de construire la sienne. Il s'est mis à fréquenter ce M. Waterford et, d'un passe-temps de gentleman, c'est devenu une véritable entreprise commerciale. Il a passé toute l'année dernière à construire son automobile ; ils ont même installé un circuit d'essais sur la propriété. Et là, patatras ! Tout s'effondre autour de lui.

— Vous avez dit « ce » M. Waterford. Vous ne l'aimez pas ?

— Celui-là, c'est un renard, si vous voulez mon opinion.

— Comment ça ?

— Je ne saurais vous le dire, car je n'arrive pas à mettre précisément le doigt dessus. C'est plus une impression, vous voyez ?

— Je vois, oui. (Je me retournai vers Mlle Perrin.) Et que pense lady Lavinia de tout cela ?

— Elle était aux anges lorsque monsieur le comte a enfin paru se poser. Ne vous méprenez pas, elle est complètement toquée de son frère, mais ce serait mentir de dire qu'elle ne s'inquiétait pas de le voir papillonner d'une activité à l'autre.

— A-t-elle dit quelque chose à propos de l'accident ?

— Elle est aussi bouleversée que les autres. Elle ne connaissait pas vraiment M. Dawkins, mais elle sait que n'importe lequel d'entre eux aurait pu y rester. N'importe lequel « d'entre vous » devrais-je dire, puisque vous participiez à la course, vous aussi.

— Hum, oui. Je suppose. Et « l'oncle Algy », M. Simkin ? A-t-il dit quoi que ce soit ?

M. Simkin gloussa.

— Sir Algernon est un homme simple, Mlle Armstrong. Tant qu'on lui procure des repas réguliers, un bordeaux correct et une compagnie jeune et amusante, il est ravi de laisser le monde vaquer à ses affaires sans prendre part à son agitation. Certes, il a été attristé par la mort de M. Dawkins avec lequel il s'était régalé à passer quelques soirées bien arrosées, mais un gentleman de son âge côtoie si souvent la mort qu'il ne s'appesantit pas dessus. Il a dit une chose, cependant : que ça devait arriver tôt ou tard. Sir Algernon reste sceptique quant à la sécurité des véhicules à moteur en général.

Au temps pour cette piste d'interrogatoire, donc.

— Mais, vous, qu'avez-vous découvert, Mlle Armstrong ? s'enquit Mlle Perrin. Où vous ont mené vos investigations ?

Je lui relatai ma conversation de ce matin avec lady Hardcastle, durant laquelle nous avions passé en revue toutes les personnes qui se trouvaient dans la maison la nuit du sabotage. Des murmures d'acquiescement s'élevèrent lorsque j'en arrivai au cas de Herr Kovacs.

— Moi, je ne lui ai jamais fait confiance, décréta Mlle Perrin. On ne peut pas faire confiance aux Allemands.

— En réalité, rectifiai-je, il est hongrois.

— Tout ça, c'est bonnet blanc et blanc bonnet, trancha-t-elle.

— Eh bien, j'ai demandé au jeune Evan Gudger de fouiner un peu pour moi. Il s'occupe à la fois de Herr Kovacs et de M. Waterford, je crois.

— Vous avez fait quoi ? faillit s'étouffer M. Chanley avec une gorgée de thé. Cette espèce de petit…

— Ce jeune homme est grossier, indiscipliné, ingrat, paresseux et voué à tomber dans la violence et la petite délinquance s'il ne corrige pas ses manières, concédai-je. Mais pour le travail que je lui ai confié, il devra enfreindre les règles et faire un pied de nez à l'autorité. Or, je le trouve fort qualifié dans ces deux domaines.

— Eh bien, je ne vous envie pas, déclara M. Chanley, mais le sourire malicieux de M. Simkin et la lueur qui brilla dans ses yeux délavés par l'âge me donnèrent à penser que lui, au moins, était d'accord avec moi.

Ayant consciencieusement joué mon rôle dans le service du thé de l'après-midi, et n'ayant rien entendu d'intéressant dans les nombreuses conversations auxquelles j'avais prêté l'oreille, j'étais retournée dans la chambre de lady Hardcastle. Pour être plus précise, je n'avais rien entendu qui soit en lien avec le mystère, mais rien non plus de quelque intérêt que ce soit. Il arrive que des groupes de personnes puissent parler pendant des heures sans échanger la moindre nouvelle, opinion ou information quelconque et ce fut le cas cet après-midi-là. Beaucoup de paroles furent prononcées, de nombreux rires fusèrent, mais très peu de pensées semblèrent traverser l'esprit des convives.

J'étendais sur le lit la robe de soirée de lady Hardcastle lorsque la lady en question revint dans sa chambre.

— Ah, ma brave Flo ! s'écria-t-elle en traversant la pièce pour aller s'asseoir au secrétaire.

— Bienvenue chez vous, madame. Vous êtes-vous bien amusée pendant le thé ?

— L'ambiance était fameusement enjouée, n'est-ce pas ? Mais je me sens comme une baleine après cette orgie de nourriture.

— Nous pouvons organiser une séance de gymnastique suédoise, si cela peut vous soulager. Je suis sûre que les autres invités accueilleraient avec plaisir l'occasion de faire un peu d'exercice. Je vous ai emporté les tenues qui conviennent.

— Je n'en doute pas. Mais non, je récupérerai plus vite mon maintien en restant tranquillement assise un moment.

— À votre guise, madame, mais ma proposition tient toujours.

— Vous êtes trop bonne. Quelles nouvelles d'en bas ?

— Je n'ai guère progressé, je le crains. J'ai bien tenté de faire causette avec Mme McLelland, mais elle n'était pas à prendre avec des pincettes, aujourd'hui. Je suis donc partie à la recherche d'Evan Gudger que j'ai recruté dans l'intérêt de la cause.

— Oh, bien joué, dites donc ! Pensez-vous qu'on puisse lui faire confiance ?

— Non.

— Compter sur lui d'une façon ou d'une autre ?

— Sans doute pas.

— Pouvons-nous trouver mieux ?

— Je n'en suis pas sûre, madame, mais nous pouvons toujours garder espoir. De toute façon, Evan ne peut pas causer beaucoup de dégâts. Et comme nous savons que ce n'est pas un modèle de droiture, nous aurons toujours un coup d'avance sur lui si jamais il en profitait pour jouer un vilain tour à quelqu'un.

— Je vous laisse entièrement la gestion de cet individu, Flo, vous saurez vous en débrouiller. Avez-vous réussi à parler à quelqu'un d'autre ?

— Je me suis également entretenue avec les domestiques personnels : la femme de chambre de lady Lavinia, ainsi qu'avec les valets de chambre de lord Riddlethorpe et de sir Algernon.

— Et qu'avaient-ils à dire pour leur défense ?

Je lui résumai notre conversation tout en lui cherchant une paire d'escarpins de soirée.

— Pas grand-chose, donc, conclut-elle.

— Guère, madame, en effet. Mais au moins, ils sont de notre côté, maintenant.

— À moins que l'un de leurs employeurs ne soit le coupable. Maintenant que vous leur avez dévoilé votre jeu, ils vont courir expliquer à leur maître ou à leur maîtresse le moyen d'éviter au mieux les soupçons.

— Je conçois votre point de vue, madame. Mais à les voir, aucun d'eux n'est vraiment en mesure de courir quelque part. Je pense même qu'une balade un tantinet rapide suffirait à épuiser le vieil Arnold Simkin.

Lady Hardcastle se mit à rire.

— Je crois que je l'ai entendu déambuler dans la maison, la respiration sifflante.

— Et donc voilà, madame. À moins que vous n'ayez découvert quelque indice, je crains que nous nous retrouvions le bec dans l'eau.

— Des indices, oui, réfléchit-elle à voix haute. Il serait temps que nous tombions sur les empreintes de pas du coupable – fort distinctives, bien sûr –, lesquelles seraient accompagnées de cendres de cigarette – d'une marque qui ne serait en vente que dans une boutique bien spécifique de Riddlethorpe, chose que nous serions seules à savoir.

— On pourrait aussi trouver une sorte de boue qui ne pourrait provenir que d'un endroit bien précis du village.

— Et aussi un fil arraché à un manteau uniquement porté par les soldats d'un régiment des Indes démobilisé depuis longtemps.

— Nous avons une paire de pinces, madame, lui rappelai-je.

— Mais c'est à peu près tout, n'est-ce pas ? Ah, bah ! peut-être sortira-t-il quelque chose de tous nos furetages, après tout.

— Peut-être, madame. Dois-je vous faire couler un bain ?

— Vous feriez cela ? Ce serait formidable. Vous servez au dîner, ce soir ?

— Non, M. Spinney a réorganisé le tableau de service et je m'occuperai du petit déjeuner de demain, à la place. Ce soir, je dînerai dans ma chambre avec Betty.

— Oh, ce sera agréable. Elle me plaît bien, cette fille.

— À moi aussi.

— Eh bien, si vous m'aidez à m'apprêter, vous pourrez tranquillement regagner votre mansarde.

— Merci, dis-je, et j'entrepris de lui faire couler un bain.

Quand lady Hardcastle fut prête à se rendre à la bibliothèque, j'étais moi-même plus que prête à souffler un peu. Ma patronne n'avait jamais été particulièrement exigeante et je chérissais sa compagnie, mais les quatre ou cinq changements de tenue requis au quotidien lors d'un séjour à la campagne perdaient de leur attrait au fil des jours. Mon ultime tâche de la journée fut de lui rappeler où elle avait laissé son face-à-main (pendu à une longue chaîne autour de son cou), puis je fus libre de grimper au petit trot l'escalier menant à la soupente et de me laisser choir sur le lit.

Je venais de prendre *La Machine à explorer le temps* lorsqu'on frappa un petit coup à la porte. Betty passa timidement son visage rond par l'entrebâillement.

— Betty, c'est votre chambre, vous n'avez pas à toquer pour y entrer.

— Je sais, ma chère, mais je n'ai jamais pu saisir les règles qui régissent le partage d'une chambre avec une inconnue.

— En ce cas, posons une bonne fois pour toutes que nous ne sommes plus des inconnues l'une pour l'autre afin que vous puissiez vous détendre et vous sentir libre d'aller et venir comme vous l'auriez fait en temps normal, sapristi !

— Dacodac. Descendrez-vous dîner à l'office ?

— Je devrais, sans doute, mais je ne suis pas sûre de pouvoir affronter tout le monde, ce soir. Je suis absolument claquée.

Betty poussa un soupir de soulagement.

— Je ne puis vous dire à quel point je suis contente de l'apprendre. Cela vous irait-il que je voie avec Mme Ruddle si on peut nous monter un petit souper ? Nous pourrions dîner de nouveau ici, loin de tout vacarme.

— Betty Buffrey, ma vieille copine, cela m'irait à merveille.

— Je reviens *illico*, me lança-t-elle avant de détaler.

Lorsqu'elle réapparut chargée d'une modeste collation, j'avais dégagé de l'espace sur le tapis et nous avais servi un verre d'eau.

— Et voilà ! dit-elle en posant le plateau par terre. Pas tout à fait à la hauteur de notre festin de l'autre soir, mais il y a deux ou trois tranches de tourte et un très bon jambon. J'ai également réussi à mettre la main sur du chutney.

De fait, elle avait réussi à dénicher pas mal de choses : du pain, un morceau de fromage et quelques tomates. Nous attaquâmes ce souper avec enthousiasme – pour ma part, je n'avais pas fait de vrai repas depuis le petit déjeuner.

— J'ai entendu dire que vous travailliez désormais avec les domestiques de la maison, articula Betty entre deux bouchées de tourte.

— Je ne sais pas mentir. En effet, je leur donne un coup de main.

— Oh, je vous en prie ! Dites-moi que vous êtes en mission secrète. Vous les espionnez, c'est ça ?

Je me mis à rire.

— Vous êtes une futée, jeune fille. Oui, ce n'est qu'un prétexte pour surveiller ce qui se passe en bas. Et cela me permet aussi de servir les repas en haut.

— Mince alors, qu'est-ce que c'est excitant ! Et qui espionnez-vous ? Je parie que c'est ce Kovacs. C'est un de ces espions austro-hongrois, pas vrai ? S'il est ici, c'est qu'il mijote un mauvais coup. Vous travaillez toujours pour le roi, n'est-ce pas ?

Je la considérai d'un air perplexe.

— Vous n'êtes donc pas au courant ? finis-je par lui demander.

— Au courant de quoi ?

— De l'accident de voiture.

— Si, nous en avons discuté l'autre jour. Vous m'avez même raconté que vous aviez vu le corps.

— Mais vous savez qu'il s'agit d'un sabotage ?

Elle se tourna vivement vers moi, les yeux écarquillés de surprise.

— Non ! Mais qui aurait fait une chose pareille ?

— C'est précisément ce que nous nous efforçons de découvrir.

— Mme Beddows est-elle au courant ?

— Que c'était un sabotage ? Je pensais que depuis le temps, tout le monde le savait.

— Pas moi. Et Mme Beddows ne m'en a pas touché mot.

— Mais parle-t-elle beaucoup avec vous ?

— À la vérité, non, elle ne me dit rien du tout. Rien d'important, en tout cas. Il m'arrive d'apprendre que le comte de Machinchose trousse lady Trucmuche, ou que la marquise de Dieu-sait-où a escroqué sir Personne de Connu de toute sa fortune… bref, rien de bien intéressant.

Je la mis au courant des derniers rebondissements de l'histoire. Elle m'écoutait, les yeux écarquillés, une tranche de tomate en équilibre sur sa fourchette qui s'était immobilisée à mi-chemin de sa bouche.

— Cette Mme Beddows ! conclut-elle lorsque j'eus terminé mon repas. Quand je pense qu'elle ne m'a rien dit de tout cela…

— Ce n'est pas vraiment le genre de potin qui l'intéresse. N'a-t-elle pas du tout fait allusion à l'accident ?

— Pas vraiment, non. En regagnant sa chambre, cet après-midi-là, elle était bien un peu bizarre. Mais quand je lui ai demandé si quelque chose n'allait pas, elle m'a simplement répondu : « Oh, c'est ce balourd de Dawkins qui a eu un accident de voiture, nous avons tous dû rentrer à la maison. » Je n'avais même pas compris qu'il était mort, le pauvre homme, il a fallu que je descende à l'office pour l'apprendre.

— Mme Beddows ne s'entendait pas bien avec Dawkins ?

— Lorsque je suis allée la voir le lendemain matin de la fête, elle était furieuse contre lui. « Ce parvenu, ce misérable chauffeur sorti du ruisseau ! », disait-elle. Sauf qu'elle a employé des termes un tantinet plus forts. « Il m'a carrément fait des avances. Des avances… à moi, Buffrey ! Entre toutes les… » Et elle a rouspété encore un peu. Des mots que je ne peux me résoudre à prononcer, pour la plupart.

— J'ignorais qu'elle en avait éprouvé autant de ressentiment, observai-je. J'avais entendu dire qu'il lui avait fait des avances, mais cela doit lui arriver tout le temps… une belle femme comme elle. Mariée ou non.

— Oh, que oui ! Même qu'elle adore ça. D'un autre côté, elle se donne beaucoup de mal pour ne s'entendre avec personne. C'est une affectation bien à elle. Personne ne peut être proche de la redoutable Rosamund Beddows. Elle reste dans sa tour d'ivoire et tout le monde se doit de trembler en sa présence.

— Dites donc, Betty… Cela ne vous ressemble pas de parler ainsi.

— En effet, souffla-t-elle à voix basse, surprise par sa propre audace. Même si parfois… parfois… (Elle s'interrompit.) Vous ne pensez tout de même pas que c'est elle, si ?

— Qui a saboté la voiture à moteur ? Tout est possible.

— Était-ce compliqué à faire ?

— Pas particulièrement. Toute personne ayant déjà fait de la bicyclette serait capable de saisir le fonctionnement des freins d'une voiture.

— Mais Mme Beddows sait faire de la bicyclette. Est-ce que l'entreprise aurait nécessité de se salir ?

— C'est presque certain. Le saboteur a dû se mettre à plat ventre pour atteindre le dessous de l'automobile.

— Alors, ce ne peut pas être Mme Beddows, affirma Betty d'un ton catégorique. Elle a la phobie de la saleté : elle prend deux bains par jour. Je ne la vois pas allant se traîner sur le sol d'une remise à calèches.

— N'importe, vous voudrez bien être un chou et prêter une attention toute particulière à ses vêtements ? Elle pourrait avoir surmonté sa peur de la saleté dans le seul but de donner une bonne leçon à Dawkins. Et quand bien même elle aurait brossé le plus gros de la poussière, tout ce qu'elle portait ce jour-là devrait encore en garder des traces.

Le demi-sourire de Betty n'était pas facile à déchiffrer. Exprimait-il l'anxiété ou la jubilation ? Était-elle horrifiée ou ravie à l'idée que sa maîtresse puisse être une meurtrière ?

10

— Ohé, Florence, marmonna lady Hardcastle d'une voix ensommeillée le lendemain matin.

— « Florence », madame ? m'étonnai-je en déposant le plateau du petit déjeuner. J'ai fait quelque chose de mal ?

— Quoi ? Oh, non. Votre mère aussi faisait ça ? Moi, elle m'appelait toujours « Emily Charlotte » quand je me conduisais mal. Et si j'avais été particulièrement infecte, elle ajoutait « Ariadne », mais en général, cela lui demandait trop d'efforts. Non, nous parlions de prénoms, hier soir au dîner, quand j'ai soudain été frappée par le pouvoir merveilleusement évocateur du vôtre. La Toscane en été, les musées, le Ponte Vecchio… Aussi me suis-je promis de l'employer plus souvent.

— Comme il vous plaira, madame. Mais je me dois de vous signaler que j'ai été baptisée Florence en l'honneur de la Dame à la canne.

— Je pense plutôt qu'il s'agissait de la Dame à la « lampe[1] ».

— En effet, ce serait bien plus rassurant pour les soldats blessés, la nuit. Mon prénom est-il venu dans la

1. « La dame à la lampe » : surnom donné à la célèbre infirmière britannique Florence Nightingale (1820-1910) à l'époque où elle parcourait les hôpitaux militaires de nuit en s'éclairant d'une lampe à pétrole.

conversation ou était-ce le fruit d'une de vos réflexions personnelles ?

— Votre nom revient souvent dans la conversation. Vous faites toujours impression partout où vous allez.

— J'espère que c'est une bonne chose.

— Toujours, ma chère. Mais à vrai dire, vous n'étiez pas l'objet principal de la conversation. Les garçons s'étaient fixés sur « la Belle Rosamund » qui, soi-disant, a été prénommée ainsi en référence à cette même dame.

— La maîtresse du roi Henry II ?

— Eh, bravo ! Fishy a dû envoyer l'un des valets de pied chercher un volume de l'encyclopédie à la bibliothèque pour régler ce point. Moi, j'affirmais que c'était la maîtresse d'Henry Ier. Harry, lui, soutenait mordicus que c'était celle de Richard III…

— Le Roi à la canne, pour le coup[1]…

— C'est cela. Il est bouché à l'émeri.

— Richard III ?

— Mais non, bécasse, mon frère ! Bref, vous et votre savoir m'auriez permis de gagner un billet de cinq. Nous avions parié.

— Un billet de cinq ? Je regrette de ne pas avoir été de service : les fous sont toujours prompts à se délester de leur argent.

— Nous devrions lancer un jeu de culture générale. Vous seriez l'atout dans ma manche.

— Tant que vous partagez vos gains avec moi, madame, je suis partante.

— Formidable ! C'est tellement moins hasardeux que les cartes. Nous présenterons ce jeu aux gens de la bonne société et nous raflerons la mise dans les salons.

1. Allusion à Richard III, le roi boiteux.

— Vous avez bien raison. Mais c'est amusant que vous parliez de Mme Beddows, madame. Son nom est également venu dans la conversation entre Betty et moi, hier soir.

— Ah ? Des potins ?

— Peut-être. Cela vous dérange si je vous pique une tranche de toast ? J'ai une faim de loup.

— Servez-vous ma chère. Je pensais que vous auriez apporté du rab pour que nous puissions partager.

— Merci. Mme Beddows, donc. D'après Betty, elle était furieuse contre Dawkins après ses avances « déplacées », le soir de la fête.

— Ah oui, vraiment ? Vous m'aviez bien dit que Roz aurait pu être agacée par le manège de ce type.

— En effet. Mais pas simplement agacée. Hors d'elle.

— Assez pour commettre une bêtise ?

— Peut-être, madame.

— Intéressant, commenta-t-elle en décapitant son œuf à la coque.

— Le seul élément en sa faveur, c'est qu'elle a la phobie de la saleté.

Lady Hardcastle éclata de rire.

— La phobie ? De la saleté ?

— C'est ce que prétend Betty. Mais ne serait-ce qu'une forte aversion, on l'imagine quand même très mal en train de se tortiller dans la poussière.

Lady Hardcastle riait toujours.

— À dire vrai, j'ai du mal à imaginer Roz se tortillant dans quelque circonstance que ce soit ! Se tortiller est une activité tellement gaie ! Or, Roz et la gaieté ne font pas bon ménage, me semble-t-il.

— Ce n'est pas l'image que Mme Beddows aime à donner d'elle-même, en tout cas. C'est aussi l'opinion de Betty et elle a bien cerné sa maîtresse.

— Attention, nous aurions tort de l'écarter de la liste des suspects en nous fondant uniquement sur son dégoût pour la crasse. J'ai réfléchi aux événements de cette nuit-là. Notre inspection des écuries d'hier matin a été tout à fait instructive, vous ne trouvez pas ? Nous savons – ou du moins nous sommes convaincues – que quelqu'un est sorti de la maison en pleine nuit, muni d'une clé et d'une bougie. L'individu s'est introduit dans la remise à calèches par la porte de côté, a pris une paire de pinces et a trafiqué la voiture numéro 3. Dans l'obscurité, il n'a pas réussi à retrouver le crochet où étaient suspendues les pinces, aussi les a-t-il expédiées d'un coup de pied sous l'établi. Enfin, il est reparti par le même chemin et il est rentré discrètement. Je dis « il », mais cela pourrait facilement être Roz comme n'importe qui d'autre.

— À quelle heure la fête s'est-elle terminée ?

— À deux heures du matin. Pile.

— Quelqu'un aurait-il pu se rendre à la remise à calèches avant deux heures ?

— Oui. Mais ça aurait été risqué : les automobiles étaient exposées pour les festivités. Toute personne en train d'en trafiquer une se serait fait repérer immédiatement. Et puis notre saboteur n'aurait pas eu besoin de passer par la porte de côté : les portes principales étaient grandes ouvertes. Et pas besoin non plus d'une bougie : l'endroit était éclairé comme la scène d'un théâtre.

— Donc cela s'est bien passé « en pleine nuit ». Si l'on part du principe qu'il restait encore des invités à deux heures du matin et que les domestiques en second ont commencé à s'activer vers quatre heures, notre saboteur avait moins de deux heures pour agir.

— En effet, acquiesça lady Hardcastle. L'ennui, c'est que je n'arrive pas à trouver un suspect mieux placé qu'un autre pour arpenter la propriété à trois heures du matin.

— Mais l'ignorance n'est pas entièrement dénuée de valeur, madame. C'est vous-même qui me l'avez appris.

— Vraiment ? Comme c'est pompeux de ma part !

— J'adhère à chacune de vos déclarations, madame, quelque pompeuse qu'elle puisse être, vous le savez bien. Mais quels sont les projets pour la journée ? Des exigences vestimentaires spécifiques ?

— Des nippes de sport, je pense. Apparemment, le soleil va revenir et l'on parle de faire un tennis. Et une fichue partie de croquet, il ne manquait plus que ça ! J'ai le croquet en horreur. C'est un jeu si mesquin et si malveillant…

— Je veillerai à ce que vous soyez apprêtée comme il se doit.

— Et vous ? Vous irez encore fouiner en bas ?

— En bas, en haut, sur la propriété et dans les jardins, madame. Nul recoin du domaine n'échappera à mon œil exercé.

— Bravo ! Un peu de marmelade, ça vous dit ?

Comme toujours, une théière massive trônait au milieu de la table de l'office. Telle une escorte empressée autour de leur maîtresse en porcelaine vernissée, on trouvait des tasses propres, un pichet de lait et un sucrier. L'endroit aurait dû être propice à la quiétude et au menu bavardage. Bien sûr, ce n'était pas le cas.

Il y avait bien quelques bavardages étouffés, mais la table bourdonnait d'activités. On y reprisait des vêtements, on y polissait l'argenterie et une jeune bonne faisait des petits paquets de bougies pour en garnir les chambres de la maison. Dans toute cette effervescence, il y avait deux oasis de tranquillité : d'un côté, M. Spinney qui lisait un journal dont il partageait de temps à autre quelques brèves avec Mme McLelland, et de l'autre Betty, assise à l'écart, le regard perdu dans le vide. Je me glissai à côté d'elle.

— Bonjour, Betty, *fach*. Vous vous êtes levée de bonne heure, ce matin.

Elle me sourit d'un air contrit.

— On m'a appelée. Mme Beddows avait besoin de se préparer.

— Ah bon ? Je pensais pourtant qu'ils jouaient au tennis, aujourd'hui. Cela nécessite beaucoup de préparation, ça ? Pour ma part, j'ai seulement sorti une robe de tennis et une paire de chaussures en toile.

— Ah, mais c'est parce que lady Hardcastle est une dame calme et rationnelle. Qu'elle a confiance en elle. Et qu'elle n'a pas un esprit de compétition maladif. Mme Beddows, c'est une autre histoire. J'ai dû la coiffer, la maquiller et lui masser les muscles. Et cela, c'était avant que nous fassions l'essai de six associations différentes de chapeaux et de rubans. Elle est même venue avec deux raquettes de tennis. Quel besoin d'en apporter deux, je vous le demande ?

Je ris. M. Spinney croisa mon regard, hésitant visiblement à tancer une domestique invitée en train de dénigrer sa maîtresse. Par malheur, le visage de Mme McLelland n'exprimait aucune indécision de ce genre – elle était manifestement très contrariée – et l'hilarité me reprit. M. Spinney replongea vivement le nez dans son journal, ayant décidé que la bataille était finie avant même d'avoir commencé.

— C'est commode, fis-je remarquer à Betty. La raquette de tennis de lady Hardcastle a été cassée lors de notre déménagement à Littleton Cotterell. Eh bien, elle ne l'a jamais remplacée. Ses amis là-bas ne sont guère férus de tennis.

— Oh, mais Mme Beddows ne lui prêterait jamais une de ses raquettes ! Elle est très maniaque en ce qui concerne son matériel.

— Elle semble être une joueuse acharnée. Est-elle douée ?

— Une véritable catastrophe. Elle est complètement nulle.

Les bonnes et les valets de pied, concentrés sur leur travail, feignaient de ne pas écouter notre conversation, mais leurs rires à peine étouffés les trahircnt. M. Spinney se racla la gorge et froissa son journal, tentant de reprendre le contrôle de la situation. Le volume des conversations retomba.

— Toujours aucun article sur M. Dawkins dans le journal, Mme McLelland, annonça le majordome. J'avoue que je trouve cela plutôt étrange. Un homme meurt dans de tragiques circonstances, dans l'une des maisons les plus importantes de ce pays, et personne ne s'en émeut. Extrêmement étrange.

— Préféreriez-vous qu'ils en fassent leurs choux gras ? Qu'ils provoquent un scandale ?

— Bien sûr que non, se hâta-t-il de répliquer. Loin de moi cette idée !

— Vous voyez bien. Soyez plutôt reconnaissant à la presse de ne pas avoir relayé l'information. C'est un tragique accident, rien de plus. Inutile d'en faire toute une histoire.

La petite bonne qui triait les bougies releva la tête.

— Sauf qu'on dit que ça s'rait point un accident, Mme McLelland.

— Qui ça, « on », ma fille ?

— Morgan, pour commencer. Il dit que les freins ont pas fonctionné. Paraît que quelqu'un les aurait trafiqués.

— Vous devriez avoir la sagesse de ne pas vous répandre en ragots, la réprimanda Mme McLelland. La police a déclaré que c'était un accident et cela devrait nous satisfaire.

— Mais…

— Cela suffit ! Remettez-vous au travail ! Vous devriez avoir monté ces bougies depuis des heures.

L'intendante reposa sa tasse de thé avec bruit et quitta la salle. Un silence gêné s'ensuivit. M. Spinney poussa un soupir.

Je reposai ma propre tasse avec bien plus de douceur.

— Eh bien, ma vieille Betty, nous ferions sans doute mieux de reprendre notre tâche, nous aussi. J'ai une course importante à faire, mais ensuite, j'aimerais bien regarder la partie de tennis. Aurez-vous le loisir de vous joindre à moi ?

— Je le pense. Retrouvons-nous près du court de tennis.

En fait de course, je voulais obtenir un rapport d'Evan Gudger, bien sûr. Un bon espion s'occupe de ses agents, exalte le sentiment de leur propre valeur. Les encourage. Je le trouvai, comme l'on pouvait s'y attendre, en train de lambiner dans le potager.

Je le saluai d'un ton enjoué :

— Bonjour, Evan !

Il marmonna quelque chose.

— Vous allez bien ?

Il marmonna de nouveau.

— Parfait. Avez-vous réussi à faire ce que je vous avais demandé ?

Il regarda la pointe de ses chaussures.

— En fait, articula-t-il au bout de quelques secondes, oui. J'ai fouillé comme il faut la chambre de Herr Kovacs. Et celle de M. Waterford, aussi. M'est avis qu'on devrait point l'exclure.

Et moi, m'était avis que ce n'était pas la première fois qu'Evan fourrageait dans leurs affaires. Néanmoins, trouvant plus sage de passer ce fait sous silence, je le félicitai :

— Bravo ! Avez-vous trouvé quelque chose ?

De la poche de poitrine de sa veste, il tira un papier tout froissé.

— J'ai recopié une lettre qu'était sur le secrétaire de Herr Kovacs.

Je lui pris le papier des mains. À certains endroits, l'écriture maladroite d'Evan n'était pas facile à déchiffrer, mais si les mots étaient fidèles à l'original, c'était une lettre dans laquelle M. Kovacs proposait de racheter l'écurie de course de lord Riddlethorpe.

— C'est très intéressant, Evan. Merci. Vous êtes bien sûr d'avoir recopié cette lettre avec exactitude ?

— Vous me prenez pour un idiot, comme les autres ? répliqua-t-il sèchement. Tout ça parce que j'sais point bien écrire.

— Je n'ai jamais rien insinué de la sorte. Mais comme je vais rapporter tout cela à ma maîtresse, je dois être sûre de ma source. Nous avons placé beaucoup de confiance en vous, Evan. Vérifier n'est pas un signe de défiance.

— Ouais, ben, ici tout le monde croit que j'suis bête. Mais c'est point vrai.

— Je n'ai que faire de ce que « tout le monde croit », Evan. Vous travaillez pour moi, maintenant, et je dois être sûre de mes informations, c'est tout.

— Pis je les ai entendus parler, aussi, lâcha-t-il au bout de quelques instants.

— Qui ?

— Kovacs et Waterford. J'boutonnais le col de chemise à M. Waterford quand Herr Kovacs est entré. « Ah, Monty ! qu'il a dit, genre copain-copain. Avez-vous eu le temps de réfléchir à ma proposition ? Avec les mauvais échos que va entraîner l'accident, vous savez que lord Riddlethorpe n'a plus une chance de s'en sortir. Je pourrais bien être celui qui va vous sauver de la ruine. » Et M. Waterford a répondu : « Nous venons à peine de lancer l'écurie, Viktor. Nous n'allons pas la vendre. » Quelque chose comme ça, quoi.

— Eh bien, Evan, bravo !

Je lui donnai quelques pièces piochées dans mon porte-monnaie.

— Continuez d'ouvrir les yeux et les oreilles, et je veillerai à ce que vous receviez davantage. Mais pour l'instant, j'ai besoin que vous fassiez une chose très importante pour moi.

— Oui ? fit-il, un tantinet plus enthousiaste que d'habitude. Quoi ?

— Indiquez-moi le chemin des courts de tennis.

— Ah, Flo ! vous voilà. Soyez un ange et passez-moi cette serviette. Je suis toute sens dessus dessous, comme on dit par chez nous.

— Vous avez l'air… (Je baissai la voix pour ne pas être entendue.) Pour être franche, vous êtes dans un état lamentable, madame, tout échevelée et en nage. Êtes-vous sûre que ça va ?

Lady Hardcastle s'esclaffa.

— Si je n'ai pas oublié comment se claque un bon coup droit, ma vieille carcasse ne bouge plus assez vite pour en recueillir le bénéfice : mon cœur et mes poumons rechignent à la besogne !

— Oh, pauvre vieille chose, minaudai-je en lui tendant la serviette. Imaginez le cauchemar que ce sera quand vous serez réellement vieille.

— C'est ma foi vrai, reconnut-elle en s'asseyant sur l'un des bancs en bordure du court, s'éventant avec sa serviette.

De l'autre côté de la pelouse, Mme Beddows s'entretenait avec animation avec Mlle Titmus.

— C'est Mme Beddows qui gagne, donc ? m'enquis-je.

— Qui, elle ? Fichtre non ! Je suis en train de lui mettre une raclée de première !

— Bravo ! En fait, cela pourrait expliquer son comportement détestable. Je ne vois pas comment Betty pourra éviter ses foudres lorsqu'elle va se pointer sur le court. La pauvre fille va sans doute devoir essuyer le courroux de sa maîtresse…

— En ce cas, il faudra que nous détournions l'attention de Roz. Nous la protégerons d'elle-même : cela ne se fait pas de rudoyer les domestiques. Pas en public, du moins.

— Si seulement les gens le savaient, madame !

— Certes. Reste-t-il un peu de sirop dans la carafe ?

Je lui en servis un verre.

Les messieurs jouaient un double sur le court adjacent, interrompus de temps à autre par les exubérantes dalmatiennes de lord Riddlethorpe. Apparemment, on les avait réquisitionnées comme ramasseuses de balles, mais elles avaient du mal à comprendre les limites de leur office. Non contentes de récupérer les balles qui sortaient du court, elles s'efforçaient aussi de happer les plus lentes avant la fin de l'échange.

Lady Lavinia suivait la partie avec une tendre indulgence qui n'était pas toujours dirigée vers les chiennes.

— Je pensais que les dames aussi joueraient en double, dis-je. Pourquoi lady Lavinia reste-t-elle sur le bord du court ?

— Ça aurait été bien plus amusant, n'est-ce pas ? approuva lady Hardcastle entre deux gorgées. Nous étions prêtes à commencer (je faisais équipe avec Helen) lorsqu'Harry a débarqué en pantalon de flanelle. Jake est devenue toute chose et elle est allée, les genoux flageolants, regarder jouer les garçons. De toute façon, Helen n'avait pas vraiment envie de jouer. Il ne restait donc plus que Roz et moi. Par chance, elle manquerait un éléphant avec un banjo, aussi mon honneur est-il sauf.

— La matinée n'est donc pas entièrement gâchée.

— Pas le moins du monde. Et votre matinée à vous ? Quelles nouvelles de notre agent ? S'est-il révélé digne de votre confiance ?

— Je pense vous avoir déjà dit que je n'avais aucune espèce de confiance en lui. Mais il apparaît que je me suis trompée. Evan Gudger a créé la surprise. Du moins le dirait-on. Bien entendu, il a peut-être tout inventé.

Je lui tendis la lettre froissée et lui racontai la brève conversation que j'avais eue avec lui dans le potager.

— À part deux ou trois fautes d'orthographe, cela ressemble fort à une lettre commerciale en bonne et due forme, estima lady Hardcastle. Pensez-vous qu'Evan soit capable de composer une telle lettre tout seul ?

— C'est un garçon plein d'amertume et de ressentiment, mais il est également intelligent et il déborde de confiance en lui. Malin, l'esprit vif… il ferait un bon petit délinquant – ou un bon espion. Mais à mon avis, il manque trop d'éducation et d'expérience pour avoir pu concevoir ce genre de supercherie. Il aurait pu se faire aider, bien sûr, mais du diable si je sais par qui !

— Eh bien, alors, prenons cette lettre pour argent comptant. Notez bien qu'en soi, elle n'a rien de criminel, ce n'est qu'une invitation à entamer des négociations. Et la conversation que vous a rapportée Evan ?

— Il se peut qu'il l'ait un peu enjolivée, quoique… Pourquoi se serait-il donné cette peine ? Même s'il a quelque peu embelli les répliques, je pense que dans les grandes lignes – Herr Kovacs veut racheter l'écurie, M. Waterford ne veut pas la lui vendre – tout est sans doute exact. Encore une fois, à moins qu'une autre main ne guide la sienne, je ne vois pas ce qu'Evan aurait eu à gagner en inventant toute cette conversation.

— L'argent que vous lui avez donné, insinua lady Hardcastle.

— Il l'aurait eu de toute façon. Certes, il aurait pu inventer n'importe quelle histoire, mais celle qu'il m'a livrée correspond en tout point à nos réflexions.

— Exact, exact. Et il n'avait aucune idée de la teneur de ces réflexions. Je dirais qu'entre tout, Herr Kovacs se retrouve en plein dans notre collimateur.

— Ça m'en a tout l'air. Je vais veiller à ce qu'Evan continue de l'avoir à l'œil.

— Merci. Bon, eh bien, nous avons fait notre petite pause ! Encore un set et je vais pouvoir aller m'effondrer dans quelque parterre de fleurs.

— Je pensais qu'il y avait croquet, ensuite.

— Ne m'en parlez pas ! Satané croquet ! (Elle se leva.) Prête, Roz ? Un set de plus devrait suffire, vous ne pensez pas ?

Mme Beddows fourra sa raquette de rechange dans les mains de Mlle Titmus et repartit d'un pas accablé vers le court.

Quelqu'un me tapota l'épaule. C'était Betty.

— J'ai manqué quelque chose ? s'enquit-elle.

— Je viens à peine d'arriver, mais je crois comprendre que Mme Beddows est en train de se prendre une bonne raclée, du coup la partie a peut-être de l'intérêt. D'un autre côté, lady Hardcastle prétend qu'elle-même a du mal à jouer. Alors, ce n'est peut-être pas un match très palpitant, finalement. Oh, regardez !

Surprise par un passing-shot de coup droit de lady Hardcastle, Mme Beddows resta clouée sur place, impuissante et perplexe. Mais la perplexité céda vite le pas à son air habituel de déplaisir. Elle croisa le regard de Betty et lui indiqua d'un signe de tête de venir se placer de l'autre côté du court, là où se trouvait Mlle Titmus. J'accompagnai Betty.

— Ça va être ma fête, me souffla-t-elle alors que nous contournions la ligne de fond de court. D'une manière ou d'une autre, ce sera ma faute.

Assise sur le banc, Mlle Titmus rangeait avec soin la raquette de rechange dans le presse-raquette. Sa propre raquette était appuyée contre le banc.

— Salut, vous deux ! nous lança-t-elle. Vous êtes venues voir s'affronter les puissants gladiateurs ?

— Quelque chose comme ça, madame, répondis-je. Quoiqu'apparemment nous ayons manqué le meilleur.

— C'était le meilleur et le pire de tous les matchs[1], cita-t-elle d'un air distrait alors que lady Hardcastle expédiait un lob parfaitement jugé au-dessus de la tête de Mme Beddows. La pauvre Roz n'avait aucune chance de l'emporter.

D'un pas raide, Mme Beddows retourna vers la ligne de fond de court pour servir.

— Pas de chance, Roz ! cria Mlle Titmus. Joli coup, Emily !

Le jeu fut bref : Mme Beddows perdit son service en beauté, quarante à rien, offrant le break à lady Hardcastle. Elle repartit vers son banc, le regard haineux.

— C'est cette raquette, maugréa-t-elle. Passe-moi l'autre.

Mlle Titmus obéit docilement. Mme Beddows poussa un reniflement de rage contenue tout en desserrant les vis de son presse-raquette. J'eus l'impression qu'elle s'attendait à ce que son amie s'en charge à sa place.

— Qu'est-ce que vous faites ici, Buffrey ? Je pensais que vous reprisiez ma robe.

— C'est fait, madame. Alors, je me suis dit que j'allais venir vous encourager.

Mme Beddows émit un autre reniflement. D'un signe péremptoire, elle indiqua le verre de sirop. Mlle Titmus, tout sourire, le lui tendit.

— Je ferais mieux d'y retourner, fulmina Mme Beddows. Tiens cette Hardcastle à l'œil, Titmouse. Je ne sais pas comment, mais je suis sûre qu'elle triche.

Elle me lança un regard noir.

---

1. Allusion au début du Conte des deux cités, de Charles Dickens : « C'était le meilleur et le pire de tous les temps… »

— Oh, Roz, ne sois pas sotte ! C'est une très bonne joueuse, voilà tout, la reprit Mlle Titmus.

Mme Beddows repartit rageusement de l'autre côté du court.

— Elle ne le pensait pas, affirma Mlle Titmus. Que votre maîtresse triche, je veux dire. On ne devrait pas dire du mal de ses amies, mais Mme Beddows n'a jamais été bonne perdante.

— Merci, madame. Mais, je vous en prie, ne vous inquiétez pas pour si peu. Je suis moi-même surprise et ravie que lady Hardcastle s'en sorte si bien. En revanche, je suis certaine qu'elle ne triche pas. Bien que le cas échéant, je suis également certaine que nous n'y verrions que du feu. Elle est très douée pour les entourloupes et les coups en douce quand elle s'y met.

Mlle Titmus éclata de rire.

— Je n'en crois rien !

— N'en soyez pas si sûre, madame. Un certain colonel prussien a perdu sa fortune, sa maîtresse et son influence politique en une seule nuit en raison de l'habileté aux cartes de lady Hardcastle. Tout cela pour le bien du roi et du pays, bien sûr.

— Du roi et du pays ?

— Grâce à cela, un incident diplomatique a pu être évité.

— Juste Ciel ! Et qu'est-il arrivé à ce colonel et à sa maîtresse ?

— Il a dû restituer le collier de diamants qu'il venait de lui offrir. Dettes de jeu, dettes d'honneur. Elle n'est pas restée longtemps après cela. Qui aurait cru que le bridge pouvait être un jeu aussi dangereux ?

Mlle Titmus rit de bon cœur.

— Je ne sais jamais si lady Hardcastle et vous me taquinez ou non. Oh, regardez ! Joli coup, Emily !

Le set fut bref. Mme Beddows revint vers nous d'un pas lourd et jeta pratiquement sa raquette à la tête de Betty.

— Je dois me changer pour le croquet. Dépêchez-vous, Buffrey !

Et sur ce, elle prit la direction de la maison d'un air décidé. Betty rassembla les deux raquettes de tennis et courut après elle.

Lady Hardcastle nous rejoignit.

— La pauvre fille, soupira Mlle Titmus, Roz l'épuise. Je suis sûre que c'est sans mauvaise intention, notez. Elle semble avoir beaucoup de soucis en ce moment. Elle a souvent l'esprit ailleurs, vous voyez. Je pense… (Elle regarda autour d'elle pour vérifier que personne ne pouvait l'entendre.)… que les liaisons de son mari deviennent de plus en plus… flagrantes. J'ai bien tenté de lui parler, vous savez, de la réconforter, mais sans succès, apparemment.

— J'irai la trouver dans sa tanière, un de ces soirs, proposa lady Hardcastle.

— J'ai déjà essayé, mais elle n'est jamais dans sa chambre. Vous vous souvenez de la fête ? Oh, que cela semble loin, à présent, après tout ce qui s'est passé ! Roz était complètement ailleurs. J'ai bien tenté de lui parler, ce soir-là, mais je n'ai pas pu la trouver.

— Elle n'était pas dans sa chambre ? s'enquit lady Hardcastle. À quel moment était-ce ?

— Oh, je ne sais pas. Ce devait être aux alentours de trois heures du matin. Elle était sans doute allée se promener dans les jardins, la pauvre. Mais j'aimerais vraiment qu'elle arrête de passer son ressentiment sur Buffrey. Je ne sais pas comment elle arrive à le supporter.

— Qui, Betty ? J'avais l'intention de dévier un peu les tirs de Roz sur moi, mais apparemment je suis arrivée trop tard. Bah, tant pis ! Dites, vous devriez peut-être lui proposer une place, Helen ! Lui faire miroiter une vie plus tranquille. Vous auriez sûrement l'usage d'une femme de chambre ?

— Peut-être, oui… Ce serait amusant d'avoir une alliée face à ma gouvernante.

Lady Hardcastle passa un bras autour des épaules de Mlle Titmus et nous nous mîmes en marche toutes les trois.

— Vous vous entendriez à la perfection, toutes les deux, affirma-t-elle. Mais où sont-elles parties ? Je croyais que le terrain de croquet était de ce côté.

— Mais il est de ce côté. Roz est allée se changer.

Lady Hardcastle s'esclaffa si fort qu'elle s'attira des regards curieux de la part des messieurs. Eux aussi rangeaient leurs affaires, prêts pour l'événement du jour : la grande partie de croquet.

— Je suggère qu'on joue en double doubles, dit lord Riddlethorpe pendant que les invités se rassemblaient sur la pelouse.

— Franchement, Fishy, s'agaça lady Lavinia. Tu dis vraiment n'importe quoi. Qu'est-ce que c'est encore que des double doubles ?

— On joue en double, mais chaque partenaire compte en fait deux personnes. Un jeu à quatre, tu vois ? Chaque équipe a une boule et décide de qui joue le coup. Attention, toute boule déplacée par un joueur devra être jouée de l'endroit où il l'a laissée. C'est un aléa supplémentaire.

— Les filles contre les garçons ? Ou on tire au sort ? suggéra M. Waterford.

— Vous pouvez tirer au sort si cela vous chante, mon cher, annonça lady Lavinia. Mais moi, je joue avec Harry.

S'ensuivit tout un tas de discussions, négociations et tractations avant que toutes les parties tombent enfin d'accord. Je ne suivis rien de tout cela, préférant m'asseoir avec Betty sur un banc de pierre près de la pelouse.

— Le croquet m'a toujours semblé une activité dépourvue du moindre intérêt. Je n'ai jamais vu quelqu'un capable d'y jouer avec un tant soit peu de talent. Et je n'ai jamais vu non plus une partie où quelqu'un se soucie réellement du score final. J'ai l'impression que c'est surtout l'occasion de faire les pitres à l'extérieur tout en proférant des inepties. Bien évidemment, il n'y a rien de mal à faire des pitreries ni à proférer des inepties : simplement, pourquoi s'y prêter sur un terrain de croquet ? C'est un lieu si fade et impersonnel ! Pourquoi ne pas jouer à cache-cache dans les bois ? Ou à colin-maillard près du lac ? Il y en a un ou deux dans l'assemblée que j'aurais volontiers vu finir à l'eau…

Lady Hardcastle n'aimait pas davantage ce jeu, mais comme elle faisait équipe avec Mlle Titmus, au moins serait-elle en aimable compagnie.

Betty et moi suivions d'un œil les opérations, au cas où l'on nous demanderait plus tard de commenter le match ou de témoigner notre sympathie à la perdante. La partie était aussi insipide et médiocre que prévu, même si la présence des dalmatiennes lui conférait une agréable touche de danger et d'imprévisibilité. La Croquet Association se laisserait-elle convaincre d'ajouter « grands chiens polissons » à sa liste d'équipement autorisé ? La question pouvait se poser. Mais pour l'essentiel, nous nous concentrions sur les conversations que nous pouvions saisir lorsque les joueurs passaient devant notre banc.

— … mais bien sûr, sans ses lunettes, il ignorait sur quel quai il était, ce qui fait qu'il s'est retrouvé à Norwich, son paquet de tripes entre les mains.

— Oh, Emily, vous dites des sottises ! protesta Mlle Titmus.

— À ce jour, personne ne sait ce que sont devenues les bottes toutes neuves de l'attaché de Pologne.

J'adressai un petit salut à lady Hardcastle lorsqu'elle passa devant nous avec Mlle Titmus.

Herr Kovacs et Mme Beddows furent les suivants à défiler devant notre banc. Ils ne disaient rien. De fait, ils ne s'étaient pas adressé la parole depuis le début de la partie. Leur visage était un masque d'impassibilité traduisant soit une intense concentration, soit une totale distraction. Je les regardai un moment et la piètre qualité de leur jeu me confirma que c'était la seconde explication la bonne. Ils avaient tous les deux la tête ailleurs.

Lady Lavinia et Harry étaient bien plus bavards, mais aussi peu intéressés qu'eux par la partie.

— Depuis l'école, je crois, était en train de dire lady Lavinia. Elle a toujours été la meneuse de la bande. À mon avis, cela la contrarie que nous ne soyons plus sous sa coupe.

— Et son mari ? demanda Harry. Elle ne parle jamais de lui.

— Non, jamais. Leur couple n'a rien d'une union débordant d'amour et de romantisme.

— Ce qui explique qu'elle soit venue sans lui ?

— Tout à fait. Elle le laisse rarement l'accompagner. C'est même devenu une plaisanterie entre nous : nous prétendons toujours qu'elle le laisse enchaîné dans les caves lorsqu'elle se rend quelque part. Quelquefois, je me demande s'il n'y a pas un peu de vrai là-dedans.

Harry éclata de rire.

M. et Mme Beddows ne semblaient pas correspondre à l'idée qu'on se fait d'un ménage heureux, pensai-je. Si les déclarations de Mlle Titmus étaient exactes, ils n'étaient qu'à une petite indiscrétion d'un gros scandale. À moins que Mlle Titmus ait mal interprété les choses et que Mme Beddows redoute simplement de ne pas avoir laissé assez à manger à son mari enchaîné dans la cave.

Je pouffai à cette idée. Betty me regarda d'un air interrogateur, mais je fus incapable de lui expliquer la raison de mon hilarité avant que lord Riddlethorpe et M. Waterford ne soient passés devant nous. Eux non plus n'étaient pas très intéressés par le jeu, en revanche, ils étaient en pleine discussion.

— … eh bien, je ne vais certainement pas la lui vendre, s'échauffait lord Riddlethorpe. À peine avons-nous lancé notre entreprise qu'il nous tourne déjà autour. Je suis sûr que cela part d'une bonne intention. Du moins, je l'espère. Mais ce que je veux dire, c'est que… franchement…

— Garde ça à l'esprit, Fishy, c'est tout, répliqua M. Waterford. Jusqu'ici, les journaux ne se sont guère intéressés à l'événement, mais si l'un d'eux décide d'en faire ses gros titres, nous coulons. Je ne sais pas si une nouvelle écurie pourrait résister à ce genre de scandale.

— Mais à quel genre de scandale, exactement ?

— Un aristocrate dilettante joue à avoir une écurie de course automobile : un jeune pilote se tue sur son circuit après une fête. La presse pourrait en faire ses choux gras, s'il lui en prend l'envie. Et ce n'est qu'une question de temps avant que les journalistes de Fleet Street ne s'emparent de l'affaire.

— Est-ce ainsi que tu me vois, Monty ? Comme un aristocrate dilettante qui fait mumuse avec son circuit ?

— Mais non, Fishy, bien sûr que non.

— Alors, soutiens-moi. Nous refuserons de traiter avec Kovacs et de subir ses transactions cyniques. Nous lui montrerons qui sont les meilleurs sur le circuit. Cela lui clouera le bec une bonne fois pour toutes.

II

La partie de croquet fut abandonnée lorsqu'elle sombra dans le chaos le plus complet. Depuis qu'elle avait commencé, elle n'avait jamais été bien loin de la débandade, mais quand lord Riddlethorpe et lady Lavinia commencèrent à se chamailler sur la régularité d'un coup ahurissant, lady Hardcastle suggéra avec calme qu'on arrête là pour aujourd'hui. Mme Beddows et Herr Kovacs se proclamèrent vainqueurs et personne n'eut la force ni l'envie de discuter.

Les invités prirent le déjeuner sur la terrasse et leur humeur s'améliora sitôt que la compétition ne fut plus à l'ordre du jour. Betty et moi restâmes pour aider à servir une fois que les domestiques eurent tout apporté dehors.

— Le problème avec toi, Jake, déclara lord Riddlethorpe, c'est que tu as trop l'esprit de compétition.

— Ça, c'est ton problème, mon cher frère, riposta lady Lavinia. Tu n'as jamais supporté que j'aie l'esprit de compétition. Tu n'as jamais supporté de te faire battre par ta petite sœur.

Les invités éclatèrent de rire.

— Mais pas cette fois, ma petite chérie, rétorqua-t-il. Ce sont Roz et Viktor qui ont gagné, aujourd'hui.

— Sornettes ! Nous avons laissé Roz prétendre qu'elle avait gagné parce qu'elle est encore plus insupportable que toi quand elle perd.

L'hilarité reprit autour de la table. Mme Beddows fusilla lady Lavinia du regard :

— Nous avons gagné à la loyale et dans les règles. N'est-ce pas, Viktor ?

— *Ja*, à la loyale *und* dans les règles, confirma Herr Kovacs, provoquant de nouveaux rires parmi les invités.

— On ne peut être plus loyal, acquiesça lord Riddlethorpe.

— Ni plus réglo ! enchaîna M. Waterford.

L'hilarité fut générale. Les choses, apparemment, étaient revenues à la normale.

— Vous deviez être une équipe de championnes, toutes les trois, à l'école, observa M. Waterford.

— Toutes les quatre, pour sûr ! renchérit Herr Kovacs.

— Toutes les quatre ?

— N'a-t-on pas fait mention d'une quatrième fille, l'autre soir ? Celle qui était à côté de Lavinia sur la photographie.

— C'est une autre histoire, s'empressa de répondre lady Lavinia.

Lord Riddlethorpe orienta la conversation sur un autre sujet.

— Tant que nous sommes tous réunis, je me demande si je pourrais abuser un peu de votre compréhension. C'est en rapport avec euh…

— La grosse bête à la table du dîner ? suggéra M. Waterford.

— Helen a une forte ossature, c'est tout, ironisa Mme Beddows en désignant Mlle Titmus.

Lord Riddlethorpe l'ignora.

— L'inspecteur Foister m'a téléphoné ce matin. Il y a eu quelques… Voyons, comment a-t-il dit ?… Ah, oui, c'est ça, un certain « retard administratif » dans l'affaire concernant ce pauvre Ellis Dawkins. L'enquête ne pourra se tenir avant la fin de la semaine prochaine et bien sûr, nous serons tous cités à comparaître comme témoins. Aussi, je me réjouis de vous garder ici, si cela ne vous ennuie pas. En fait, cela m'aiderait beaucoup si vous pouviez rester : j'aimerais régler les choses aussi vite que possible.

Des murmures d'assentiment s'élevèrent.

— Nous devons accorder nos versions, suggéra Herr Kovacs.

— Nos versions ? s'étonna lord Riddlethorpe. Mais il n'est pas question de versions, Viktor. Nous dirons simplement la vérité.

— Si vous n'y prenez garde, l'histoire fera scandale. Vous connaissez les journalistes… Comment dites-vous, déjà ?… Déformer ? Oui, déformer, je crois. Vous savez combien les journalistes aiment à déformer les affaires impliquant l'aristocratie. Vous avez beau jouir en société de la déférence due à votre rang, vous n'avez pas toujours droit au respect de la presse. Ils vont en faire toute une montagne.

— Nous n'avons rien à cacher. Puisque la police traite l'affaire comme un accident, elle ne posera pas de questions sur la voiture, affirma lord Riddlethorpe. Pour Foister, Dawkins a perdu le contrôle du véhicule dans un virage et il est allé percuter un arbre.

— Mais ce n'était pas un accident, n'est-ce pas, Fishy ? murmura Mlle Titmus d'un ton anxieux. Morgan a dit que le câble de frein avait été sectionné. Emily enquête même là-dessus pour ton compte, tout le monde le sait dans la maison. Nous allons tous avoir de gros problèmes.

— Elle a raison, insista M. Waterford. Si nous disons la vérité, nous allons devoir faire mention du sabotage et alors, nous ne pourrons éviter le scandale. Car quelqu'un a bel et bien saboté cette automobile.

— Personne ne va mentir, déclara gravement lord Riddlethorpe. Si on nous pose des questions sur l'accident, nous leur dirons ce que nous savons et advienne que pourra.

Le regard de Herr Kovacs s'étrécit, mais il se tut.

Après cet échange, la compagnie se dispersa rapidement. Tout le monde regagna sa chambre pour se changer, sauf lord Riddlethorpe qui s'attarda sur la terrasse. Il prit à part lady Hardcastle qui me fit signe de les rejoindre.

Lord Riddlethorpe avait commencé à lui parler lorsque j'arrivai à leur hauteur.

— … comment vous vous en sortiez. Vous savez, dans vos « investigations ».

— Pour être franche, nous en sommes encore à tâter le terrain, mon cher Fishy. Il est encore tôt.

— Tôt ? répéta lord Riddlethorpe, s'efforçant visiblement de réprimer son impatience.

— Il n'y a que quarante-huit heures que s'est produit l'accident, mon cher. Mais une image commence à se former, vous êtes d'accord avec moi, Armstrong ?

— Certainement, madame.

— Je vous prie de m'excuser, dit lord Riddlethorpe. Je ne voulais pas reporter ma frustration sur vous. Quel genre d'image commence à se former ?

Lady Hardcastle lui résuma nos suppositions sur la suite d'événements qui avait mené au sabotage. Lord Riddlethorpe écoutait, lèvres pincées.

— Donc, conclut-il lorsqu'elle eut fini son exposé, le chronométrage des opérations n'exclut pratiquement personne.

— Pas vraiment, non. Mais Armstrong a découvert certains renseignements qui pourraient au moins incriminer un individu. Voire deux.

Lord Riddlethorpe me regarda d'un air d'attente.

— Connaissez-vous bien Herr Kovacs, monsieur le comte ?

— Je le fréquente depuis quelques années, maintenant. C'est un gars plutôt correct. Vous ne le suspectez pas, tout de même ?

Sans mentionner l'implication d'Evan, je lui expliquai que nous avions vu la copie d'un brouillon dans lequel Herr Kovacs proposait de racheter l'écurie de course. Je lui rapportai également la conversation qui avait eu lieu entre Herr Kovacs et M. Waterford, comme si c'était moi qui l'avais entendue à table.

Lord Riddlethorpe réfléchit un moment.

— Ce sont les affaires, finit-il par lâcher, c'est de bonne guerre. Kovacs sait que nos autos sont ce qui se fait de mieux actuellement. Il a vu là l'occasion de les acquérir à très bas prix, c'est tout. C'est une démarche de bon sens. À sa place, je ferais de même.

Ses propos semblaient assez sincères, mais quelque chose dans ses manières suggérait que lui aussi nourrissait certains soupçons à l'endroit de Herr Kovacs.

Mme Ruddle, la cuisinière, et Patty, sa fille de cuisine, étaient déjà lancées à fond dans les préparatifs du dîner lorsque je ramenai les dernières assiettes de la terrasse.

— … mais si vous versez le beurre fondu en filet, elle ne se brisera pas, était en train d'expliquer Mme Ruddle.

Je déposai le plateau près de l'évier.

— Bonjour, Mlle Armstrong.

— Bonjour, Patty. Comment les choses se passent-elles dans la pièce la plus importante de la maison ?

La jeune fille de cuisine laissa échapper un rire de ravissement.

— Ça fait toujours plaisir de voir que d'autres domestiques nous apprécient, ma chère, avoua Mme Ruddle.

— Tout le monde apprécie toujours la cuisinière, Mme Ruddle. Et lorsqu'elle est aussi accomplie que vous… Eh bien…

Mme Ruddle s'épanouit sous mes yeux.

— Vous travaillez ici depuis longtemps ? lui demandai-je.

— Ça va faire quarante ans, annonça-t-elle avec fierté. J'étais plus p'tite que la jeune Patty quand j'ai commencé ici. Je savais point faire la différence entre une béarnaise et de la poitrine de bœuf.

— Vous connaissez donc monsieur le comte depuis sa naissance ?

— Même qu'on pourrait dire que j'en ai fait l'homme qu'il est aujourd'hui. Je l'ai engraissé, comme qui dirait. Pour sûr, on l'a envoyé en pension, alors j'ai pas pu m'occuper de lui comme j'aurais aimé. De lui et de lady Lavinia. J'ai jamais compris ça, moi. Y avait rien de plus joyeux au monde que d'avoir ces p'tits bouts dans la maison et pourtant, ils les ont envoyés en pension dès qu'ils ont pu.

— Lady Hardcastle aurait tout donné pour aller à l'école, lui appris-je. Elle raconte toujours qu'elle était terriblement jalouse de son frère.

— Pour les p'tits, c'est toute une aventure, j'suppose, reconnut-elle de mauvaise grâce. Mais à moi, ça m'paraît pas bien. S'il y avait eu un monsieur Ruddle, j'aurais ben aimé qu'on ait un foyer que nos enfants auraient pas eu envie de quitter, comme qui dirait.

— Et il n'y a jamais eu de candidat à ce titre ?

Elle se mit à rire.

— De monsieur Ruddle ? Qui est-ce qui irait s'intéresser à une mémère comme moi, allez !

Patty cessa de débiter ses légumes.

— Tout ça, c'est des bêtises, Madame R, même qu'ils auraient ben de la chance de vous avoir.

— Ah, voyez ? fit Mme Ruddle. J'ai là une p'tite qu'a ben besoin qu'on s'occupe d'elle, par le fait. J'ai pas si mal mené ma barque, mais puisqu'on parle d'aller à l'école, je regrette ben de pas avoir eu un peu d'éducation. C'est M. Selvester qui m'a appris à lire et à écrire – c'était le majordome quand j'suis arrivée ici comme fille de cuisine. Il nous a tout appris, à nous, les jeunes. Y disait que ça nous serait « d'un grand secours ». Notez bien que c'était un tyran. Un méchant bonhomme, vraiment méchant. J'pense même qu'il nous a appris à lire rien que pour qu'on sache à quel verset d'la Bible on désobéissait. N'empêche qu'il nous a rendu service. Je serais point là où j'suis si je savais point lire une recette. Et vous, ma chère ? Vous avez de l'éducation ?

Je laissai passer quelques secondes. D'habitude, je racontais volontiers ma vie, mais j'avais espéré en apprendre un peu plus sur lady Lavinia et ses amies. Toutefois, comme j'avais apparemment loupé le coche, je décidai de faire contre mauvaise fortune bon cœur. Peut-être pourrais-je ramener la conversation sur madame la comtesse un peu plus tard.

— Un peu. J'ai grandi dans un cirque…

— Pas possible ! se récria Patty. Aïe !

Le couteau lui avait glissé des mains et elle s'était un peu coupée.

— Passe ton doigt sous le robinet, ma p'tite. Vite ! ordonna Mme Ruddle.

— Mais c'est la vérité, repris-je. Un jour, un cirque est arrivé à Merthyr Tydfil. Ma mère et ses amies ont grimpé tout en haut de la colline pour le voir. Mamgu n'a pas eu le temps de dire ouf – Mamgu, c'est comme ça qu'on appelait ma grand-mère – que les amies de ma mère sont venues lui annoncer qu'elle s'était enfuie avec le lanceur de couteaux. Ils se sont mariés et je suis la dernière de leurs sept enfants. À vingt minutes près, notez bien.

— Et vous avez vécu dans un cirque ? m'interrogea Patty.

Elle continuait de saigner, mais sa blessure ne semblait plus l'intéresser.

— Mais oui. Nous voyagions partout dans le pays. C'est le dompteur de lions qui m'a appris à lire. Chaque fois que nous arrivions dans une ville assez grande pour abriter une bibliothèque, j'y passais la journée. Peu m'importaient les titres du moment que j'avais le nez dans les livres.

Mme Ruddle éclata de rire.

— Vous fuyiez un cirque pour aller lire des livres ! Alors ça, on aura tout vu !

— Bah, Mme R. ! protesta Patty. Je trouve ça merveilleux, moi. Vous avez appris des tours ? J'adore le cirque.

— Mon père m'a appris le lancer de couteaux. Je sais aussi faire quelques culbutes. Et si jamais un lion échappé d'un cirque s'égare sur le domaine, je sais exactement ce qu'il faut faire.

— Oh, juste Ciel ! s'exclama Patty. Et qu'est-ce qu'il faut faire ?

— Prendre ses jambes à son cou.

— Oh, la petite bécasse ! s'esclaffa Mme Ruddle.

Betty arriva à ce moment précis.

— Qu'est-ce qui vous fait rire ? s'enquit-elle innocemment, déclenchant à nouveau l'hilarité de la cuisinière et de son aide.

— Je leur racontais certains de mes secrets d'enfant de la balle, expliquai-je.

— Ah, quand vous viviez dans un cirque ? Mais ça, ce n'est rien ! Pourquoi vous ne leur parlez pas de vos années d'espionnage ?

— D'espionnage ? répéta Mme Ruddle. C'est des histoires à dormir debout que vous nous racontez là, Mlle Armstrong ?

— Non. L'une découle de l'autre. Mamgu étant tombée malade, ma mère est revenue vivre à Aberdare avec ses trois plus jeunes enfants. Mon père et mes quatre grands frères sont restés avec le cirque, mais Dai – il a pile deux ans de plus que moi –, ma jumelle Gwenith et moi sommes retournés vivre dans la vallée. Je devais avoir douze ans, à l'époque. Durant un an, nous sommes allés à l'école du coin tout en essayant de nous faire à la vie d'un village de mineurs. Dai a fini par travailler au fond du puits, comme son grand-père avant lui, Gwenith a pris le relais de Mamgu à l'épicerie et moi… moi, j'ai à nouveau quitté la maison.

— Pour devenir espionne, conclut Mme Ruddle d'un air soupçonneux.

— Non, pour être fille de cuisine à Cardiff.

— Et c'est là-bas que vous avez rencontré lady Hardcastle ? me demanda Patty.

— Non, j'ai fait sa connaissance à Londres. Je suis entrée dans une maison de Londres après avoir passé deux ans chez les Williams. Et c'est deux ans après que l'amie de ma nouvelle maîtresse, lady Hardcastle, m'a proposé de devenir sa femme de chambre.

— C'est merveilleux… s'extasia Patty.

— À dix-sept ans ? releva Mme Ruddle, sceptique. Alors là, j'sais que vous nous racontez des craques. Femme de chambre à dix-sept ans, ça n'a jamais existé, ça, jamais. L'écoute pas, Patty.

— Non, intervint Betty. Cette partie-là est vraie. Mme Beddows elle-même m'en a parlé. Bien sûr, elle n'est pas au courant pour le cirque, mais lady Hardcastle lui a parlé de sa rencontre avec Mlle Armstrong. Elle lui a raconté comment elle et sir Roderick avaient embarqué Mlle Armstrong sur un bateau pour Shanghai. Que sir Roderick avait été assassiné et qu'elles avaient dû s'enfuir pour avoir la vie sauve.

— Alors, ça… s'ébaubit Mme Ruddle. J'vous demande ben pardon, Mlle Armstrong. Pour sûr que j'ai jamais rien entendu d'semblable. Eh ben, ça… eh ben, ça…

Patty et elle se remirent à débiter des légumes et à remuer des casseroles, chacune apparemment trop abasourdie pour ajouter un mot.

Betty, elle aussi, restait plantée là, perdue dans ses pensées.

— Vous vouliez me demander quelque chose, *fach* ? Ou étiez-vous descendue voir Mme Ruddle ?

— Quoi ? fit Betty d'un air absent. Oh, non, rien de particulier. J'étais simplement venue pour… pour…

— Pour vous éloigner un peu de Mme Beddows ? suggérai-je.

Elle poussa un soupir.

— Vous n'imaginez pas ce que c'est. Je vous jure que c'est la femme la plus… la plus…

— Ça n'a pas changé, ma chère, lui apprit Mme Ruddle. Elle a toujours été la méchante de leur p'tite bande. Lady Lavinia invitait ses p'tites amies au château, pendant les vacances. Des gentilles filles que c'était, vraiment. Toujours à manigancer des bêtises, mais rien d'vilain, en général. Si jamais il y avait quelque méchanceté par en dessous, c'était à cause de la p'tite Rosamund Birchett, comme elle s'appelait en ce temps-là, c'était elle la meneuse. Et elle pouvait être vraiment mauvaise, celle-là.

— Quel genre de choses faisait-elle ? m'enquis-je.

— Oh, c'est dur de se souvenir d'un truc en particulier… Pour sûr, y avait toujours quelque chose en train. Elles adoraient se faire des farces et des blagues entre elles, même que des fois elles en faisaient aussi aux plus jeunes des domestiques. Des tours sans malice, la plupart du temps. Mais si jamais les choses tournaient au vinaigre, c'était toujours du fait de la p'tite Mlle Birchett. On dit aussi comme quoi qu'il se serait passé quelque chose à leur école, un jour.

— Mme Ruddle, vous me surprenez désagréablement !

Mme McLelland, l'intendante, était apparue, telle la manifestation d'une âme sans repos.

— Vous devriez montrer l'exemple à Patience. Jamais je ne vous aurais crue du genre à médire de nos invitées. Ce n'est pas ainsi que cela se passe à Codrington.

Mme Ruddle n'avait pas l'air ravie de se faire sermonner devant sa fille de cuisine, mais, à sa décharge, elle sut tenir sa langue.

— Quant à vous, Mlle Buffrey, j'aurais cru que vous défendriez votre maîtresse au lieu de vous joindre à ces commérages.

Betty vira au cramoisi.

Je compris qu'il fallait que je vienne à sa rescousse, d'une manière ou d'une autre. Ignorant Mme McLelland, je m'enquis innocemment :

— Êtes-vous attendue sous peu par votre maîtresse, Betty ?

— Quoi ? Non, elle fait sa correspondance. Bien sûr, il faut que je l'habille pour le thé. Et puis pour le dîner. Mais j'ai à peu près une heure devant moi.

— En ce cas, venez, *fach* ! Allons voir de quelles bêtises nous sommes capables, vous et moi !

Finalement, Betty et moi ne fîmes aucune bêtise. Elle rechignait à me donner des détails sur sa dernière prise de bec avec son employeuse, mais de toute évidence, l'affaire l'avait laissée dans un grand état d'agitation et d'anxiété. Nous flânâmes un bref moment dans le potager, en vain ; la conversation ne venait toujours pas. Je la fis asseoir avec moi sur l'un des murets, pensant qu'un silence amical parviendrait à l'apaiser, mais elle était incapable de rester en place. Pour finir, elle s'excusa pour son humeur et retourna à son travail.

Et, moi j'allais devoir retourner au mien, impossible d'y couper.

— Ah ! vous voilà, Flo, se réjouit lady Hardcastle alors que j'entrais dans sa chambre. J'allais vous sonner.

— Un problème ?

— Non, ma chère, rares sont les vrais problèmes. Je songeais simplement à prendre un bain.

— Je vous en fais couler un tout de suite.

— Vous êtes très gentille, mais ce n'est pas pour cela que j'allais vous sonner. Il est clair que je vais avoir besoin de vous pour remettre de l'ordre dans ma coiffure, mais en réalité, je voulais vous parler de Kovacs. Il figure désormais parmi les tout premiers de ma liste.

— Cela ne m'étonne pas, dis-je en passant dans le cabinet de toilette pour lui faire couler un bain. Sans oublier Mme Beddows.

— Roz ? Ma foi, je…

On frappa à la porte.

— Entrez ! lança lady Hardcastle.

Je restai agenouillée près de la baignoire. Les robinets étaient déjà ouverts, mais j'entendais quand même ce qui se passait dans la pièce voisine.

— Hello, Emily, dit lady Lavinia. J'espère que je ne vous dérange pas, surtout… Oh, vous allez prendre un bain ! Alors, je reviendrai.

— Sornettes, ma chère Jake ! Entrez donc. Armstrong s'occupe de tout.

— Elle est ici ? J'aimerais mieux que nous soyons seules.

— Comme il vous plaira, bien sûr. Si vous le souhaitez, je peux l'envoyer voir ailleurs si j'y suis. Mais si vous préférez revenir plus tard, je n'en aurai que pour un moment : je serai propre et récurée en un clin d'œil. À dire vrai, pourtant, je doute qu'Armstrong puisse nous entendre par-dessus le fracas de l'eau.

— D'accord. C'est… Écoutez, je ne suis pas très douée pour ce genre de choses. Mon naturel ne me porte pas au badinage prolongé et…

Elle laissa passer quelques secondes avant de bredouiller :

— Pensez-vous qu'Harry puisse aimer une fille comme moi ?

— Oh, Jake ! ne soyez pas sotte. Bien sûr que oui. Vous n'avez pas vu comment il vous regarde ?

— Eh bien, j'espérais… mais pour autant que je sache, ce pourrait être un mufle. Il regarde peut-être toutes les femmes célibataires de cet air-là.

— Non, ma chère, Harry est épris de vous. Il est vrai que lui et moi ne nous fréquentons pas aussi souvent que nous le devrions, mais je ne l'ai encore jamais vu se conduire de la sorte. Il a passé la semaine à organiser des rencontres « fortuites » entre vous deux. À table, il boit vos paroles. Et vous devez avoir remarqué à quel point il faisait de l'épate sur le court. Il ne se donne jamais autant de mal au tennis. C'était uniquement en votre honneur.

— Oh, mais dites ! C'est formidable ! Et vous, cela ne vous dérange pas ?

— Me déranger, moi ? Pourquoi diable cela me dérangerait-il ?

— Ma foi, c'est votre grand frère. J'ai pensé qu'il valait mieux m'assurer de votre approbation. Je suis moi-même terriblement protectrice envers Fishy. Je suis sûre que j'exigerais un compte-rendu exhaustif sur toute gourgandine qui lui ferait les yeux doux.

— Ma foi, dit comme cela, rit lady Hardcastle, je suppose que je devrais m'en inquiéter davantage. Êtes-vous une gourgandine ? Et quelles sont vos intentions envers mon frère ?

— Entièrement déshonorables, ma très chère, surtout maintenant que vous m'avez confirmé que je pouvais lui en faire part sans craindre l'embarras.

— Je dirais qu'en termes de paris fraternels, vous entrez dans la catégorie des « grands favoris », ma chère. Et, même si je ne suis pas certaine que ce privilège me revienne, vous avez ma bénédiction.

La baignoire se remplissait à un niveau inquiétant, mais je craignais de mettre un terme à la conversation en fermant les robinets. Je plongeai donc la main dans l'eau pour retirer la bonde. Elle était coincée. Une bonde de baignoire ne devrait jamais être coincée. Je tirai rageusement sur la chaînette, en vain. Je me relevai alors pour améliorer ma prise sur la bonde récalcitrante.

Ensuite, je ne sais pas trop ce qui s'est passé. J'ai reconstitué l'histoire à partir de ce qu'on m'en a rapporté, mais je n'en garde que des souvenirs flous. Le carrelage était mouillé. Mes semelles étaient lisses. Prenant appui sur le bord de la baignoire, je me suis penchée pour attraper la chaînette de la bonde. À nouveau, j'ai tiré dessus d'un coup sec, de toutes mes forces. J'ai glissé sur le carrelage, mes pieds se sont dérobés et je suis partie en avant, la tête la première.

Quand je revins à moi, j'étais étendue sur le carrelage inondé du cabinet de toilette. J'étais trempée jusqu'aux os. Ma tête palpitait de douleur. Je ne voulais pas ouvrir les yeux. Je sentis des mains sur mon visage.

— Flo, ma chère ? disait lady Hardcastle. Vous m'entendez ?

Je tentai d'opiner de la tête.

— Non, ne bougez pas ! Essayez de rester tranquille.

— Je vais faire venir le docteur, déclara lady Lavinia.

Sa voix me parvint de très loin.

— Merci, ma chère, mais je ne pense pas que ce soit nécessaire. C'est une vilaine bosse, mais elle a connu pire. N'est-ce pas, Flo ?

Même sans son injonction de ne pas hocher la tête, les élancements de ma dernière tentative m'auraient dissuadée de recommencer. Au lieu de quoi je levai la main en signe affirmatif et lady Hardcastle me pressa les doigts pour me rassurer.

— Si vous pouviez m'aider à lui ôter ses vêtements mouillés et à la coucher dans mon lit, proposa lady Hardcastle, je pourrais veiller sur elle, histoire de m'assurer qu'elle n'a pas de séquelles durables.

— Bien sûr, bien sûr, répondit lady Lavinia.

Il fallut presque une demi-heure à ces dames douées d'un esprit des plus vifs et dotées de l'éducation la plus raffinée de tout l'empire pour me débarrasser de mes vêtements mouillés et me mettre dans un lit chaud et sec. Quand tout fut terminé, j'étais frigorifiée et nous étions toutes les trois épuisées.

Apparemment, j'ai souri et déclaré :

— Ne laissez pas ce canard toucher à mes livres.

— Je vous en prie, laissez-moi appeler le Dr Edling, insista lady Lavinia lorsque je fus enfin bordée. Cela ne nous gêne pas du tout. Le docteur est un charmant vieux bonhomme. Il sera ici en un rien de temps. Cela nous rassurerait tous, je pense.

— Je le pense aussi, reconnut lady Hardcastle. Merci.

— Je reviens *illico*.

— Ce n'est pas la peine de vous presser, ma chère. Allez plutôt prendre le thé avec vos invités. Transmettez-leur mes excuses.

— Bien sûr. Merci, Emily. Je vais dire à la cuisinière de vous faire monter quelque chose à toutes les deux.

Armstrong a besoin d'un thé chaud et bien sucré, à tout le moins. Et peut-être de quelques sandwiches. Et du cake.

— Un peu de brandy ne serait peut-être pas du luxe, suggéra lady Hardcastle.

— Certainement. Je veillerai à ce qu'on vous en apporte aussi.

— Du thé, ce sera très bien, madame la comtesse, marmonnai-je d'une voix pâteuse.

— Le brandy n'est pas pour vous, Flo, rétorqua ma patronne, c'est pour moi. Vous m'avez causé un choc terrible. Restez tranquille et ne vous mêlez de rien.

Lady Lavinia riait encore en remontant le couloir jusqu'à l'escalier.

Le médecin ne fit qu'entrer et sortir. À son arrivée, je me sentais bien mieux, néanmoins je me soumis à ses palpations, son stéthoscope et ses murmures réprobateurs. J'eus beau protester de ma santé de fer, il insista pour que je me repose. Lady Hardcastle décida sur-le-champ que je devais rester dans son lit.

Je restais donc couchée là, alternant somnolence et agitation. Quelque temps après, j'entendis Betty entrer dans la chambre pour aider lady Hardcastle à s'habiller pour le dîner. Elle prétendit que c'était l'idée de Mme Beddows, mais je croyais davantage à une initiative de Betty. Cette dernière était non seulement la plus gentille et la plus attentionnée des deux, mais aussi celle qui profiterait le plus de quelques minutes d'éloignement.

Alors qu'elles allaient toutes deux quitter la chambre, lady Hardcastle m'apprit que lady Lavinia lui avait fait préparer une autre chambre afin qu'elle n'ait pas besoin de me déranger avant le lendemain matin.

Betty revint me voir un peu plus tard avec du thé, du cake et mon exemplaire de *La Machine à explorer le temps.*

Nous papotâmes jusqu'à ce qu'il fût l'heure pour elle de regagner la chambre de Mme Beddows pour préparer son coucher.

Après son départ, j'essayai de lire un moment, mais, à ma grande irritation, je me rendis compte que tout le monde avait raison et que j'avais réellement besoin de repos. Betty ayant déjà éteint la lumière, je n'avais plus qu'à souffler ma bougie et à me pelotonner sous les draps.

Je sombrai rapidement dans un sommeil rempli de rêves dans lesquels des Morlocks[1] se battaient contre une armée de canards bibliothécaires et où personne ne savait jouer au croquet.

Un claquement résonna. Je m'éveillai instantanément. Il me fallut un moment pour comprendre que c'était le bruit d'une porte se refermant quelque part sur une chambre. J'entendis craquer une lame du parquet tandis que quelqu'un passait à pas de loup dans le couloir.

Je voulus me lever pour aller voir, mais ma douleur à la tête m'en dissuada. C'était stupide. Il y avait toutes sortes de raisons pour se balader dans les couloirs d'une maison de campagne au beau milieu de la nuit : peu d'entre elles étaient malveillantes, mais certaines étaient franchement coquines. Je n'avais aucune idée de l'heure qu'il était, mais tout était noir. Estimant que la discrétion était le meilleur aspect de la bravoure, je m'assoupis à nouveau.

Je rêvai que l'incident se produisait encore à deux reprises.

À mon réveil, le soleil entrait à flots à travers les rideaux et on frappa doucement à la porte.

— Entrez ! croassai-je d'un ton impérieux.

La porte s'ouvrit, laissant passage à Betty chargée d'un plateau de petit déjeuner.

---

1. Morlocks : créatures fantastiques de *La Machine à explorer le temps* de H. G. Wells.

— Attention à vous et à vos grands airs, plaisanta-t-elle. Une nuit dans le quartier des aristos et du jour au lendemain, vous vous prenez pour la Reine de mai.

— Je suis née pour le luxe, répliquai-je en me dressant sur mon séant.

— Vous avez un bel œuf sur la caboche, observa-t-elle en posant le plateau. L'histoire dit que votre maîtresse vous a frappée sur la cafetière en voulant enseigner son revers à lady Lavinia.

Je me mis à rire.

— Comme toujours, l'histoire est plus belle que la vérité. Mais merci de m'avoir rapporté cette version. C'est un plaisir rare.

— De rien.

— Vous ne devriez pas vous occuper de Mme Beddows ?

— Normalement, oui. Mais elle m'a envoyé paître, ce matin. Elle voulait faire la grasse matinée.

Elle s'assit au bord du lit.

— Ma foi, dis-je, il est vrai qu'elle a passé une journée mouvementée avec la raclée qu'elle a prise au tennis.

— Bah, elle a à peine transpiré. Je pense plutôt que ce sont ses manœuvres nocturnes qui l'ont fatiguée.

Betty piqua un toast dans mon assiette.

— Mme Beddows ? me récriai-je. Sûrement pas. Avec qui ?

— J'en ai déjà trop dit, marmonna-t-elle, la bouche pleine de toast. Je ne devrais pas cancaner.

— Betty Buffrey, vous êtes une vilaine taquine.

Lady Hardcastle débarqua dans la chambre.

— Bonjour, ô grande blessée ! Oh, et le bonjour à vous, Mlle Buffrey. Non, ne vous levez pas, je vous en prie. Je suis juste venue chercher quelques bricoles. Savez-vous où sont mes… tout ce qu'il me faut, en fait ? J'ai besoin de suggestions pour ma tenue du matin.

Écartant Betty du lit, je voulus me lever. Je trébuchai parce que je m'étais pris les pieds dans la volumineuse chemise de nuit que je portais.

— Que diable… ? demandai-je.

— C'est l'une des miennes, m'expliqua lady Hardcastle. Nous avons pensé qu'il fallait vous mettre quelque chose sur le dos au cas où vous auriez besoin de vous lever dans la nuit. J'avoue que je me suis toujours sentie au pire « sculpturale » dans cette chemise de nuit, mais à la voir sur vous, je dois plutôt avoir l'air d'une géante empotée. On dirait une tente.

— Sornettes, madame ! répliquai-je en me dépêtrant des plis et replis de coton. Elle a seulement besoin d'être un peu reprise à la… oui, enfin, un peu partout. Mais c'était une aimable attention.

— Vous avez des choses à faire, s'excusa Betty. Je ferais mieux d'y aller. Je suis navrée de vous avoir dérangée, madame.

— Sornettes, ma chère. Merci de vous être occupée d'Armstrong à ma place.

Betty esquissa une révérence et sortit de la chambre.

J'étais parfaitement remise, hormis un léger mal de tête qui cognait un peu quand je me penchais, et je pus donc sans trop de peine aider lady Hardcastle à se préparer.

— Que sont devenus mes vêtements ? lui demandai-je en mettant la touche finale à sa coiffure. Je me souviens vaguement qu'ils étaient trempés.

Lady Hardcastle regarda autour d'elle.

— Là-bas, sur la chaise ?

Je regardai dans cette direction. En effet, mes vêtements étaient pliés sur le dossier de la chaise, propres, secs et bien repassés.

— Mais comment diable ?

— Oui, admit-elle. Ce phénomène m'a toujours laissée perplexe. Quand j'étais petite, je croyais que c'était l'œuvre de petits lutins.

Je haussai les sourcils et le regrettai aussitôt : un élancement me vrilla le front.

— Il est plus probable que ce soit l'œuvre des blanchisseuses, répliquai-je.

— Plus que probable, approuva-t-elle. Serez-vous en état de m'accompagner, aujourd'hui ? Il n'y a rien de prévu au programme et la journée pourrait bien être d'un ennui mortel sans vous.

— Avec tous vos amis pour vous distraire, madame ? J'en doute fort.

— J'aimerais bien vous taquiner en vous donnant raison, mais à la vérité, il n'y a presque personne dans les parages. Fishy est parti quelque part avec Monty. Jake et Helen pouffent toutes les deux comme des écolières tandis qu'Harry les regarde tel un chiot éperdu d'amour. Viktor et Roz n'ont pas encore fait surface. Je suis toute seule.

— Herr Kovacs et Mme Beddows ne sont pas encore levés ? Ah, c'est vrai, Betty m'a dit que Mme Beddows faisait la grasse matinée. Elle a même suggéré que sa maîtresse devait être épuisée après ses « manœuvres nocturnes ».

— Avec Viktor ? Oh, mais dites ! Ça serait vraiment trop drôle.

— Et un tantinet improbable.

— Pourquoi ? Oh, ils sont tout bonnement faits l'un pour l'autre. Ils se ressemblent comme deux gouttes d'eau.

La menace d'un désagrément renouvelé au niveau de ma bosse me dissuada de hausser les sourcils d'un air désapprobateur. À la place, je me contentai d'un « hum ».

Lady Hardcastle se mit à rire.

— Allez, espèce de cossarde ! Habillez-vous et nous irons prendre l'air.

— Je suppose que vous avez entendu Jake me parler d'Harry, me demanda lady Hardcastle à l'abord d'un tournant.

Nous nous promenions sur le domaine.

— C'est ce qui a causé ma chute tragique, madame. J'essayais d'ôter la bonde avant que la baignoire ne déborde.

— Pourquoi ne pas avoir fermé les robinets ?

— Vous lui aviez dit qu'elle pouvait parler sans crainte, car le fracas de l'eau couvrirait votre conversation. Si l'eau s'était arrêtée, lady Lavinia aurait fait de même.

Ma patronne éclata de rire.

— Au lieu de quoi, vous l'avez arrêtée de façon plutôt efficace, à votre manière unique et brutale.

— Et j'ai une bosse qui le prouve. Mais qu'en pensez-vous ?

— De votre bosse ? Elle vous sied à ravir.

— Non, madame, de lady Lavinia d'Harry.

— Ah, bien sûr. Désolée. Je trouve cela formidable. Ce pauvre Harry a connu deux ou trois histoires d'amour de triste mémoire, du temps de ses vingt ans, puis par dépit il s'est jeté dans le travail. Il est monté en grade aux Affaires étrangères, mais il est seul. Et Jake est un amour. Il faut vraiment être un chou pour demander la permission à la sœur du gars qu'on aime.

— Permission que vous lui avez gracieusement accordée.

— Ce n'était pas tout à fait à moi de la lui donner, vieille chose, mais oui. Après que nous vous avons laissée dans les bras de Morphée, je lui ai dit qu'il s'agissait d'une affaire entre eux et je lui ai souhaité bonne chance de tout cœur.

— Donc, vous n'allez pas taquiner votre frère à ce propos ?

— Dieu du Ciel, Flo, pour qui me prenez-vous ? Je compte le taquiner sans pitié. Quelle sorte de sœur serais-je si je ne l'asticotais pas ?

Au détour d'un tournant à angle droit, nous tombâmes sur lady Lavinia, assise sur l'un de ses bancs en pierre préférés en compagnie de Mlle Titmus. En face de nous, Harry approchait à une allure de plusieurs nœuds. Lady Hardcastle pressa le pas pour atteindre ces dames avant lui.

— Ohé, vous deux ! lança-t-elle d'un ton jovial. Quelle journée splendide !

— C'est ce que nous étions en train de dire, acquiesça Mlle Titmus. Comment allez-vous, Armstrong ? Lady Lavinia me contait justement votre mésaventure.

— J'ai connu pire, madame.

— Juste Ciel ! Vraiment ? Votre bosse m'a déjà l'air suffisamment grave. Réellement, vous avez connu pire ?

Lady Hardcastle intervint :

— Ne la lancez pas sur le sujet, ma chère Helen, ou elle vous tiendra la jambe toute la journée avec ses récits pleins de dangers, d'exploits et de désastres. De mon côté, je resterai aux prises avec un terrible sentiment de culpabilité, car la plupart de ses plaies et blessures lui ont été infligées alors qu'elle me protégeait de ma sotte témérité.

Entre-temps, Harry était arrivé à notre niveau et dansait d'un pied sur l'autre, visiblement impatient de nous interrompre, mais n'osant guère le faire.

— Oh, arrête de tergiverser, mon cher Harry ! le secoua lady Hardcastle. Soit tu te joins à nous, soit tu vas voir ailleurs si j'y suis.

— Bonjour, mesdames, nous salua-t-il en venant grossir notre petit groupe. Bonjour, Strong Arm.

— Bonjour, M. Feather-Stone-Huff, répliquai-je avec une révérence.

— C'est une sacrée bosse que vous avez là, constata-t-il en examinant mon front douloureux. Le bruit court que c'est notre Emily qui vous aurait estourbie d'un coup de bibelot. Comme qui dirait qu'elle aurait fini par se lasser de votre infernal culot.

— Ça devait arriver tôt ou tard, monsieur. Cela dit, d'habitude, votre sœur ne laisse pas de marques.

— Oh, Flo ! vous êtes une vraie teigne, se récria lady Hardcastle. Ne faites pas attention, mesdames. Harry, je t'en veux de l'encourager.

Je souris effrontément pendant que ces dames éclataient de rire.

— Et maintenant, Helen, dit ma patronne, je me demande si je pourrais vous toucher un mot en privé. Loin des esgourdes battantes de mon frère.

— Oh, mais bien sûr ! Jake, Harry, si vous voulez bien m'excuser... Il semble que ma présence soit requise ailleurs.

Mlle Titmus se leva et nous nous éloignâmes toutes les trois d'un pas nonchalant, laissant Harry et lady Lavinia livrés à eux-mêmes.

— Juste Ciel, Emily ! s'alarma Mlle Titmus. Que se passe-t-il donc ? Ai-je fait quelque chose de mal ?

— Mais non, petite dinde. Je voulais simplement laisser nos tourtereaux en tête à tête. Harry est un amour de garçon et un petit génie aux Affaires étrangères, mais dans le domaine du cœur, il est aussi nul et hésitant qu'un... qu'une... aidez-moi, Flo ! Aussi nul et hésitant qu'un... ?

— Vous êtes en roue libre, madame. Si vous comptez vous embarquer dans l'une de vos comparaisons téméraires sans savoir où vous allez, vous ne pouvez vous en prendre qu'à vous-même.

— Pff... Vous voyez comment elle me traite, ma chère Helen ? Je pense que vous êtes bien plus tranquille sans femme de chambre. Elles ne vous apportent que des ennuis.

— Je ne pourrais être plus en désaccord avec vous, répliqua Mlle Titmus. Dès mon retour à Londres, je vais mettre une annonce pour trouver une dame de compagnie.

— Bravo ! Néanmoins, je préfère vous prévenir : Flo est une perle rare, mais également unique. Vous n'en trouverez pas de semblable, même dans les agences les plus raffinées de Londres.

— J'en ai bien l'impression, soupira Mlle Titmus. Mais pour changer de sujet : comment se passent vos investigations ?

— Pas trop bien, je le crains. Nous soupçonnons fortement Herr Kovacs d'avoir quelque chose à voir dans le sabotage, mais ce n'est qu'une supposition : nous n'avons aucune preuve. Je commence à croire qu'il se mêle aussi une pointe de xénophobie à l'affaire. Nous n'avons que trop souvent eu maille à partir avec ces braves gens de l'Empire austro-hongrois et j'ai bien peur de les avoir pris en grippe en tant que nation.

— Pour ma part, je n'ai jamais fait confiance aux Belges, déclara Helen d'un air distrait. Pas tout à fait français, pas tout à fait hollandais… Notez bien qu'ils font de délicieux chocolats.

— Au moins seront-ils de notre côté si les choses tournent au vilain. Eux et les Français.

— Les choses vont-elles tourner au vilain, croyez-vous ?

— J'ai l'impression que ce n'est qu'une question de temps. L'Empire germanique semble chercher la bagarre.

— Je me sens vraiment nunuche, quelquefois, soupira tristement Mlle Titmus. Je ne fais aucun effort pour me tenir au courant des affaires internationales.

— En toute franchise, je ne peux pas dire que je sois moi-même à la pointe de l'information, confessa lady Hardcastle. C'est tout simplement une habitude de ma vie passée. Il y a plus de choses sur la Terre et dans le Ciel que n'en rêvent les politiciens et les diplomates avec toutes leurs théories. À tout prendre, je préfère me tenir au courant des évolutions de la science et de l'art cinématographique. C'est beaucoup plus pertinent, si vous voulez mon avis.

— Même cela, je ne le fais pas, se lamenta Mlle Titmus. Enfin, je suppose qu'au moins je suis au fait de ce qui se passe dans le domaine de la photographie.

— La spécialisation, c'est la modernité, ma chère. L'expertise. C'est la clé… Mais dites… comment sommes-nous arrivées ici ?

Notre flânerie nous avait menées dans le jardin potager. Je fis signe à Patty qui, une fois de plus, ramassait avec soin des herbes aromatiques pour Mme Ruddle.

— Coupons par les écuries pour rejoindre le devant de la maison, suggéra lady Hardcastle. Je n'ai pas encore bien vu ce côté-là de la propriété.

Nous obéîmes, passant par la porte cintrée à l'angle du jardin ceint de murs. Morgan Coleman, le mécanicien, était déjà là. Il ôtait le cadenas des hauts battants de la remise à calèches.

— Bonjour, Morgan, le salua lady Hardcastle avec bonne humeur. On sort les pur-sang pour un petit tour de piste ?

Il rit avec indulgence.

— Quelque chose comme ça, m'dame. Monsieur le comte a pensé à quelques p'tits réglages à faire sur le carburateur de l'auto numéro 2. J'ai pensé que j'allais m'y mettre avant que ça devienne urgent, voyez ?

— Bien vu ! Il a de la chance de vous compter parmi ses employés.

— Merci, m'dame, grogna-t-il en poussant l'un des énormes battants.

Il allait faire de même avec l'autre lorsque quelque chose accrocha son regard.

— Que diable… ?

Il entra prudemment dans la remise à calèches.

Intriguées, nous nous arrêtâmes pour voir ce qui se passait.

— Lady Hardcastle ! cria-t-il. Vous pouvez venir, s'il vous plaît ?

Ma patronne et moi échangêames un regard perplexe, mais elle obéit à Morgan sur-le-champ. Mlle Titmus esquissa le geste de la suivre, mais quelque chose dans l'intonation de Morgan suggérait que ce n'était peut-être pas un spectacle pour elle. Je lui posai la main sur le bras.

— Je crois que nous devrions attendre ici, madame. Au cas où.

— Au cas où quoi ? Ah, je vois. Très bien.

Lady Hardcastle émergea quelques instants plus tard.

— Helen, je veux que vous retourniez chercher Fishy à la maison. Dites-lui que j'ai besoin de lui à la remise à calèches. Précisez-lui bien que c'est urgent.

— Mais qu'est-ce que… ?

— Allons, ma chère. Vite !

Mlle Titmus parut décontenancée, mais le ton de lady Hardcastle ne souffrait aucune protestation. Elle partit donc s'acquitter de la mission qui lui avait été assignée.

— Venez avec moi, Flo, m'ordonna lady Hardcastle dès que Mlle Titmus fut partie. Nous voilà confrontés à un fait nouveau des plus déplaisants.

Je la suivis à l'intérieur de la remise à calèches. Morgan était accroupi dans le coin opposé à l'une des voitures à moteur. Il examinait quelque chose par terre. Tandis que nous nous approchions, je pus distinguer l'objet de son examen. Sur le sol gisait le corps de Viktor Kovacs, une flaque de sang noir figée autour de ce qui restait de son crâne.

12

Très vite, les pas de deux personnes résonnèrent dans la cour. Lord Riddlethorpe ouvrit à la volée le battant de la remise à calèches qui alla cogner contre le mur. Il était accompagné par M. Waterford.

— Qu'est-ce que c'est que ce chambard, Emily ? Tout ce qu'Helen a pu nous dire, c'était que c'était urgent, mais elle…

Il aperçut le cadavre. Poussa un juron.

M. Waterford se précipita vers le corps, mais lord Riddlethorpe le retint.

— Mieux vaut ne toucher à rien.

— Il a raison, acquiesça lady Hardcastle. Nous devrions tout laisser en l'état pour la police.

Morgan indiqua une lourde clé à molette sur le sol.

— On dirait qu'on s'est servi de ça pour lui défoncer l'crâne, monsieur le comte.

— Ça, nous l'avions compris tout seuls, rétorqua sèchement M. Waterford.

— Du calme, Monty, le reprit lord Riddlethorpe. Nous sommes tous un peu choqués, mais il est inutile de s'énerver.

M. Waterford se tourna vers lady Hardcastle.

— Si vous étiez la formidable détective que vous prétendez être, Viktor ne serait pas étendu là en ce moment.

— Ça suffit, Monty ! le tança lord Riddlethorpe. Emily… Monty et moi allons retourner à la maison. Je dois appeler l'inspecteur Foister. Je vous prie de rester ici et de repérer sur ce qu'il y a à voir avant qu'il n'arrive sur les lieux. Morgan… ne laissez entrer personne d'autre.

Tous deux opinèrent du chef et lord Riddlethorpe entraîna son ami au-dehors.

— Qu'en pensez-vous, madame ? demandai-je à ma patronne tandis que nous observions la scène.

— Je suis sûre que le chirurgien de la police saura clairement de quoi il retourne, mais de toute évidence, nous savons que Kovacs a été tué entre minuit et cette dernière demi-heure. Nous sommes tous allés ensemble dans la bibliothèque après dîner et il est parti se coucher à minuit. S'il s'était fait attaquer il y a moins d'une demi-heure, nous aurions vu son agresseur. Les plus petites gouttes de sang sont en grande partie sèches, je dirais donc que le crime a eu lieu il y a plusieurs heures.

— Il a été frappé par-devant, notai-je. Il a donc vu son agresseur.

— Ce qui suggérerait qu'il le connaissait.

— Il ou elle.

— Ou elle, convint lady Hardcastle. Une fois encore, le chirurgien saura nous dire à quel angle le coup a été porté et il pourra nous donner une estimation plus précise de la taille de l'assaillant. On dirait qu'un seul coup a été porté au front si l'on considère la blessure, mais aussi les fines gouttelettes sur le sol. Vous voyez ? Quand le meurtrier a jeté la clé à molette par terre après avoir frappé Herr Kovacs, elle a laissé ces gouttelettes de sang derrière elle. Mais c'est clair. Un seul coup. Et de ce côté-ci de la remise, dirais-je.

— Donc, Herr Kovacs est venu dans la remise à calèches. Pourquoi ? Pour retrouver quelqu'un ? Ou était-il là pour saboter un autre véhicule ?

— Les deux sont possibles.

— Il a rencontré quelqu'un, imaginai-je. Et il se tenait face à lui quand l'autre l'a frappé. Étaient-ils en train de se parler ? De se disputer ? Quelqu'un a-t-il tenté de l'arrêter ? Cette personne le soupçonnait-elle de vouloir saboter une autre automobile et l'a-t-elle prise en flagrant délit ?

— Il n'y a aucun signe de lutte, me fit remarquer lady Hardcastle. Rien n'a été renversé, rien n'a été endommagé. Cela va davantage dans le sens d'un rendez-vous. S'il avait été surpris en flagrant délit de sabotage, il aurait très probablement tenté de s'enfuir.

— Ou de s'en tirer au culot. Affronter son accusateur et le convaincre de son innocence.

— Hum… Possible. Morgan, la porte du fond est-elle fermée à clé ?

Morgan alla voir tout en évitant soigneusement tout ce qu'il pensait pouvoir être un indice.

— Fermée ! cria-t-il lorsqu'il eut atteint la porte.

— Intéressant, réfléchit lady Hardcastle. Et les portes principales étaient également fermées à clé quand vous êtes arrivé.

— Oui, m'dame. Vous m'avez vu les ouvrir.

— Donc, l'agresseur est parti en refermant à clé derrière lui. À partir de là, quelle serait la suite d'événements la plus probable ?

— Ce fait ne privilégie pas une hypothèse plus qu'une autre, objectai-je. Si Herr Kovacs est venu ici muni d'une clé pour pénétrer dans la remise à calèches, il a très bien pu être suivi. Son meurtrier serait alors entré par la porte du fond, restée ouverte, l'aurait affronté, tué, lui aurait pris la clé et serait reparti comme il était venu. D'un autre côté, s'ils s'étaient donné rendez-vous ici, c'est le meurtrier qui aurait eu la clé, qui serait entré le premier, qui aurait attendu Herr Kovacs et qui aurait refermé derrière lui.

— Exact. Mais le meurtrier avait une lourde clé à molette à la main. Les outils sont tous accrochés au mur du fond. Si quelqu'un avait suivi Viktor jusqu'ici pour voir ce qu'il fabriquait, tous deux seraient entrés par la porte du fond. Le meurtrier aurait alors pris la clé à molette sur le mur, puis il aurait fait le tour jusqu'à l'avant de la remise à calèches pour approcher Viktor par ce côté. N'aurait-il pas saisi son arme et affronté Viktor immédiatement ? Pourquoi faire tout le tour ? Pourquoi mettre Viktor entre lui et sa seule sortie possible ?

— Dans ce cas, le meurtrier était déjà là. C'était une rencontre orchestrée à l'avance.

Je regardai le corps avec plus d'attention.

— Si Herr Kovacs avait la clé, il l'aurait mise dans sa poche, n'est-ce pas ? Et pour la récupérer, le meurtrier aurait dû le fouiller. Or regardez, sa veste est parfaitement comme qu'elle doit être. Il n'a pas été fouillé après être tombé à la renverse.

— Bien raisonné, reconnut lady Hardcastle. Nous devrions vraiment laisser tout cela à la police, vous savez. Mais j'avoue que ce second meurtre pique ma curiosité. Et puis, tant que nous ne gênons pas ces messieurs, nous ne pouvons rien faire de mal. Morgan, cela ne vous ennuie pas de rester tout seul ici ? Je veux faire un tour dans la maison.

— À vot' guise, m'dame. J'attendrai ici l'arrivée de l'inspecteur.

— Brave Morgan ! Allons, Armstrong, nous devons nous livrer à un rapide furetage avant la venue de cet horrible Foister.

Lorsque nous entrâmes par la grande porte, lord Riddlethorpe faisait les cent pas dans le hall d'entrée. Il nous ignora tandis que nous nous hâtions vers l'escalier, mais M. Waterford jeta un regard noir à lady Hardcastle.

Sur le palier, nous tournâmes à gauche, vers la chambre de lady Hardcastle, mais nous poursuivîmes jusqu'à la chambre d'à côté. Lady Hardcastle ouvrit la porte.

— C'était la chambre de Viktor. Fouillons rapidement ses affaires avant que quelqu'un d'autre ne se rende compte qu'il devrait faire de même.

— Je ne savais pas que c'était sa chambre, dis-je. Je pense alors l'avoir entendu en sortir.

— Ah ?

— Oui. J'ignore quelle heure il était, mais j'ai entendu une porte se fermer dans la nuit. Cela m'a réveillée.

— Cela se tient. Il a certainement quitté sa chambre en pleine nuit.

— Notez bien qu'il n'est pas aisé de distinguer précisément de quelle porte il s'agit en se fiant uniquement au bruit.

— Oh, avec un peu d'entraînement, c'est assez facile, affirma lady Hardcastle. Toutes les portes ont leurs grincements et craquements particuliers. On devient vite expert à deviner qui rôde la nuit dans les couloirs.

— Je crains de n'avoir entendu qu'un petit claquement quand la porte s'est refermée. Pas de grincements ni de craquements distinctifs à mon oreille. J'ai entendu ce même bruit à deux reprises, plus tard dans la nuit, mais il se peut que j'aie rêvé.

— Viktor sort de sa chambre, puis une autre personne sort de sa propre chambre et y revient, réfléchit-elle à haute voix. Tiens, tiens, tiens…

Tout en parlant, elle faisait le tour de la pièce à la recherche d'un indice. Mais tout semblait en ordre, aussi n'y avait-il pas grand-chose à découvrir.

— Il faut reconnaître cette qualité à Evan, commentai-je. À l'évidence, il prend son rôle de valet de chambre très au sérieux. La pièce est impeccable. Regardez comme tout a été rangé avec soin.

— Ce garçon ira loin, c'est certain. Et nous devons vraiment aller lui parler.

Le secrétaire encombré près de la fenêtre était le seul endroit digne d'intérêt.

— Qu'est-ce que cela fait ici ? s'interrogea lady Hardcastle en ramassant la photographie de l'équipe de cricket de l'école des filles. L'autre soir, Viktor semblait fasciné par cette photo et voilà qu'on la retrouve dans sa chambre.

Elle continua à fourrager dans les papiers. Herr Kovacs semblait avoir emporté du travail à faire, et visiblement, il avait ordonné à Evan qu'on ne touche à rien sur son bureau. « Encombré » était le premier qualificatif qui m'était venu à l'esprit, mais il semblait fort peu adéquat pour décrire le chaos qui régnait sur le petit secrétaire.

— Tiens, dit lady Hardcastle. Je pense que l'hypothèse d'un rendez-vous se confirme. Regardez cela.

Elle me désigna une feuille de papier dépliée sur le bureau.

Sans y toucher, je l'inspectai avec soin. C'était du papier à lettres de Codrington Hall. La feuille provenait du bloc de correspondance que l'on plaçait dans chaque chambre à l'usage des invités. La pliure était un peu froissée sur un côté, comme si l'on avait glissé le mot sous une porte et qu'il s'était accroché à quelque chose. Je tournai la tête vers le seuil de la chambre : une des lames du parquet relevait un peu plus fièrement la tête que ses camarades.

Le papier portait un court message, rédigé d'une écriture ronde et nette :

Il faut que nous parlions. Retrouvez-moi dans la remise à calèches à deux heures. La porte du fond ne sera pas fermée à clé. Venez seul. R. B.

— Mince alors, soufflai-je. Vous ne pensez pas que…

— La seule R. B. qui me vienne à l'esprit, c'est Rosamund Beddows.

— Cela peut se vérifier facilement, déclarai-je. Lady Lavinia et Mlle Titmus sauront immédiatement si c'est l'écriture de Mme Beddows. Nous pourrions peut-être découvrir ce que cela veut dire avant que la police ne voie le message et n'en tire des conclusions hâtives ?

— C'est tentant, n'est-ce pas… Mais non. Nous ne pouvons pas intervenir dans l'enquête. Nous devrons nous conformer à ce qu'a dit Fishy et « advienne que pourra ».

J'entendis un bruit de pas dans le couloir. Posant la main sur le bras de lady Hardcastle, je mis un doigt sur mes lèvres et allai vers la porte sur la pointe des pieds. Je l'entrebâillai et glissai un œil dans le couloir. Je vis Mme Beddows qui repartait.

Lady Hardcastle me questionna d'un haussement de sourcils.

— Mme Beddows, madame, m'empressai-je de lui signaler. Elle descend.

— Juste Ciel, elle est en retard.

— Betty m'a dit qu'elle était fatiguée et qu'elle voulait faire la grasse matinée.

— C'est ce qu'elle a fait, c'est ce qu'elle a fait… Une nuit blanche, semble-t-il. (Elle se leva pour réfléchir quelques instants en silence.) Mais nous ferions mieux de ne pas en tirer de conclusions trop hâtives nous non plus. Et nous aurions tout intérêt à nous éclipser de cette chambre avant qu'on nous surprenne ici.

Nous nous faufilâmes hors de la pièce. Une fois en sécurité dans le couloir et loin de la porte de Herr Kovacs, nous repartîmes d'un pas nonchalant vers l'escalier – rien n'indique autant « ces deux-là mijotent quelque chose » que deux femmes qui rôdent dans un couloir.

La porte menant à l'escalier de service s'ouvrit en face de nous. Mme McLelland en émergea, suivie par l'une des bonnes.

L'intendante donnait à la fille des ordres stricts.

— … mais personne – absolument personne – ne doit entrer dans la chambre de Herr Kovacs avant que l'inspecteur Foister et ses hommes ne l'aient examinée. Entendez-vous ?

La fille hocha timidement la tête.

— Et faites encore plus attention à…

Elle s'interrompit en nous voyant avancer. Lady Hardcastle passa devant elle, la tête haute, l'air impérieux, et les deux domestiques s'inclinèrent en silence.

Nous étions à mi-escalier quand la voix de Mme McLelland nous parvint à nouveau, de loin. Distraite, je ne vis pas Mme Beddows qui remontait les marches quatre à quatre vers nous, tête baissée. Elle faillit me renverser.

— Je vous prie de m'excuser, articula-t-elle, le souffle court. Ah, c'est vous. Bonjour, Emily.

— Bonjour, Roz, ma chère. Vous êtes poursuivie par quelqu'un ?

— Quoi ? Ah, je vois. Non, je dois seulement aller chercher quelque chose dans ma chambre.

— Nous ne vous retiendrons pas, ma chère. Vous verrons-nous au déjeuner ?

— M'étonnerait qu'on ait droit à un déjeuner ! lança Mme Beddows par-dessus son épaule. Vous n'êtes pas au courant ? Un autre des stupides amis de Fishy a été retrouvé mort. La police sera bientôt là et du diable si on nous sert quelque chose à manger !

Elle disparut avant que lady Hardcastle ait pu répliquer.

L'inspecteur Foister était bien moins hautain et méprisant lorsqu'il se trouvait face à un véritable meurtre à résoudre. Il arriva dans l'heure qui suivit le coup de téléphone de lord Riddlethorpe et se mit au travail sur-le-champ. Durant son examen complet de la remise à calèches, il laissa des petites feuilles arrachées à son carnet, sur lesquelles figuraient des instructions à l'adresse du sergent Tarpley lorsque celui-ci arriverait : « Relevez empreintes », « Esquissez disposition taches de sang », etc. (Je trouvai les notes quand j'allai fouiner dans la remise après que l'inspecteur fut retourné au château.)

Ayant catalogué avec application jusqu'aux détails les plus infimes de la scène de crime, Foister retourna donc dans la maison où lord Riddlethorpe lui donna l'usage d'une petite pièce informelle, à l'arrière du rez-de-chaussée. L'inspecteur se mit à appeler un par un les invités et les membres du personnel, les interrogeant chacun jusqu'à dix minutes.

J'attendais dans la chambre de lady Hardcastle quand elle revint de son entrevue avec l'inspecteur qu'elle jugea tout revigoré par rapport à l'autre fois.

— Dites, fit-elle en entrant en coup de vent. Il est bien plus impressionnant quand il a quelque chose à se mettre sous la dent.

— En effet, il semble nettement plus intéressé cette fois, acquiesçai-je, et je lui parlais des notes que je venais de voir dans la remise à calèches.

— Je ne suis pas sûre qu'il soit tout à fait du niveau de notre cher inspecteur Sunderland, mais il peut vraiment lui faire concurrence.

— Avez-vous été interrogée de façon appropriée ?

— J'avoue qu'on m'a déjà interrogée de façon plus agressive. Souvenez-vous du gars de Bucarest, par exemple, avec sa matraque en caoutchouc et ses seaux d'eau glacée, il était plus enthousiaste que Foister. En revanche, j'ai rarement été interrogée de façon aussi exhaustive et intelligente.

— J'ai hâte qu'arrive mon tour.

— Je suis ravie de vous l'entendre dire, ma chère, car c'est à vous, maintenant. L'inspecteur m'a demandé de vous envoyer en bas.

— Je descends tout de suite. Suis-je présentable ?

— Vous vous êtes tachée en farfouillant dans la remise à calèches. Mais pour un interrogatoire de police, cela ira.

Je descendis.

L'inspecteur était assis dans un fauteuil confortable. En face de lui se trouvait une chaise de la salle à manger. Il m'invita à prendre place. La pièce en soi était inhabituellement petite pour cette grandiose maison. Peut-être avait-elle servi de bureau, autrefois, mais aujourd'hui, elle ressemblait à un salon délaissé. Le fauteuil et la table étaient les seuls meubles qu'elle contenait. Une photographie de famille trônait près d'une lampe ornementée. Les murs étaient lambrissés de chêne, confirmant encore plus l'idée d'un « ancien bureau ». Une fenêtre à guillotine donnait sur les jardins à la française, à l'arrière de la maison.

— Mlle Armstrong, c'est ça ? me demanda l'inspecteur alors que je m'asseyais.

Je me sentis raide et empruntée sur cette chaise à dossier droit face à l'inspecteur avachi dans son confortable fauteuil avec son carnet.

— Oui, inspecteur, c'est bien cela.

— Et vous êtes au service de lady Hardcastle.

— C'est exact, oui.

Il nota quelque chose.

— Depuis quand ?

— Depuis quand je suis à son service ? Voyons… Elle m'a proposé une place de femme de chambre en 94, ce qui fait… quinze ans.

— Vous ne deviez pas être bien vieille, observa-t-il en consignant la date dans son carnet. Quel âge pouviez-vous avoir… quatorze, quinze ans ? Personne n'engage une femme de chambre de quinze ans.

— J'avais dix-sept ans.

— C'est encore trop jeune, notez bien. Je ne me serais pas attendu à un tel choix de la part de quelqu'un du rang de lady Hardcastle.

— C'est en pariant sur les choix de lady Hardcastle que bien des gens ont subi de lourdes pertes.

Foister ne releva même pas les yeux de son carnet

— Vous êtes arrivée lundi, je crois.

— C'est exact.

— On vous a logé dans le quartier des domestiques avec Mlle Buffrey ?

— Oui.

— Et pourtant, la nuit dernière, vous avez dormi dans la chambre de lady Hardcastle.

— En effet. Je me suis cogné la tête en glissant alors que je lui faisais couler un bain. Plutôt que de me déplacer, ma maîtresse a préféré me laisser rester dans sa chambre. Lady Lavinia a pris des dispositions pour qu'on lui en prépare une autre.

— Je comprends. Ce qui signifie que vous étiez dans le même couloir que Herr Kovacs. Avez-vous vu ou entendu quelque chose, la nuit dernière ?

— J'ai été réveillée par le bruit d'une porte qui se fermait. Il me semble avoir entendu des pas dans le couloir.

— Et à quelle heure cela se serait-il passé ?

— Je n'en ai aucune idée, je le crains. Je n'ai pas de montre et dans le noir, je ne distinguais pas la pendule.

— Mais il faisait encore noir.

— Noir comme dans un four.

— Donc, c'était sûrement avant cinq heures, conclut-il en écrivant quelque chose. Peut-être même avant quatre heures s'il faisait vraiment nuit noire. Pourriez-vous me dire de quelle porte il s'agissait ?

— Ce n'est que lorsque j'ai vraiment émergé du sommeil que j'ai compris que c'était une porte.

— Et les pas ? Ceux d'un homme, diriez-vous ?

— Impossible de l'affirmer, inspecteur. J'ai entendu le craquement d'une lame de parquet mal fixée – je ne peux rien dire de plus.

— Et vous vous êtes rendormie ? Vous ne vous êtes pas levée pour aller voir ce qu'étaient ces bruits étranges ?

— Je me sentais encore un peu groggy, je le crains, et je ne m'en serais pas sentie capable, quand bien même j'aurais estimé que cela en valait la peine.

— Parce que cela n'en valait pas la peine à vos yeux ? s'étonna-t-il. J'avais cru comprendre que vous et votre maîtresse jouiez aux détectives amateurs.

— En quinze ans de service, inspecteur, j'ai appris quelques petites choses sur la vie de ceux qui nous sont « socialement supérieurs ». Les allées et venues en pleine nuit n'ont rien d'extraordinaire. La règle tacite veut que du moment que la personne a regagné sa chambre avant le point du jour, l'on prétende qu'il ne s'est rien passé de fâcheux. Passer la tête par la porte et surprendre une personne en train de se glisser dans la chambre d'une autre serait le comble de l'impolitesse.

— Je vois, dit-il d'un ton désapprobateur. Mais si ça avait été quelque chose de cette nature, vous auriez entendu une autre porte s'ouvrir dès que le fornicateur aurait atteint sa destination.

Il avait raison, bien sûr. Je savais déjà qu'il y avait de fortes chances pour que ce soit Herr Kovacs que j'avais entendu partir à pas de loup vers son rendez-vous fatal, cette nuit-là. Mais l'observation de l'inspecteur me renforçait encore dans cette certitude, car si quelqu'un était sorti de sa chambre pour se livrer à ce que Betty qualifiait de « manœuvres nocturnes », j'aurais probablement entendu le claquement de la porte de destination. À moins que…

— Il se peut que sa destination ait été située dans une autre partie de la maison, fis-je remarquer. Peut-être ne se rendait-il pas dans la chambre d'un invité.

L'inspecteur revint en arrière dans ses notes.

— Ce serait alors M. Featherstonhaugh qui aurait rendu visite à lady Lavinia dans l'aile de la maison habitée par la famille, conclut-il d'un ton atteignant un niveau de réprobation puritaine que je n'avais encore jamais entendu en dehors de la chapelle d'Aberdare.

— Je ne puis l'exclure, inspecteur. Mais je connais M. Featherstonhaugh depuis des années et franchement, je doute que ç'ait été lui. Je crois ses intentions plus romantiques que lubriques.

L'inspecteur grogna.

— En toute franchise, je pense que vous avez raison.

— Ce qui signifie que j'ai sans doute entendu Herr Kovacs allant au-devant de sa triste fin.

— J'en ai bien peur, en effet.

— À moins que je vous mente. Je n'ai peut-être rien entendu du tout. C'est peut-être moi qui ai attiré Herr Kovacs dans la remise à calèches et qui lui ai asséné un coup mortel.

— C'est vrai, mademoiselle, vous auriez pu agir ainsi, acquiesça-t-il en souriant pour la première fois. Cependant, vous impliquer vous-même dans la découverte du corps aurait été une stratégie risquée. Et votre propre commotion à la tête est bien réelle – plusieurs personnes l'ont confirmée. Je ne pense pas que vous étiez en état de sortir du lit, et encore moins de manier une lourde clé à molette. Mais pourquoi avez-vous dit « attiré » ? N'est-il pas plus probable qu'il ait été surpris en train de trafiquer l'une des voitures à moteur de lord Riddlethorpe ?

N'avait-il pas fouillé la chambre de Herr Kovacs ? N'avait-il pas vu le mot ? Je décidai de ne rien dire là-dessus.

— Bien sûr, vous avez raison, inspecteur. Ce n'était que l'idée romantique d'une servante.

Il hocha la tête et prit quelques notes sur son carnet.

— Avez-vous entendu autre chose par la suite ? Avez-vous été réveillée par autre chose ?

— Rien de précis. Il me semble avoir entendu une porte encore deux fois, mais c'était dans un demi-sommeil et j'ai peut-être rêvé.

— Je vois. Et c'est vous qui avez découvert le corps, ce matin ?

— Pas tout à fait, inspecteur. J'étais avec lady Hardcastle et Mlle Titmus. Nous sommes passées devant la remise à calèches au moment où Morgan était en train de l'ouvrir. C'est lui qui a découvert le corps.

— C'est vrai, c'est vrai. Que s'est-il passé ensuite ?

Je lui relatai les événements de manière aussi concise que possible pendant qu'il continuait à prendre des notes. Enfin, il releva les yeux.

— Merci pour votre aide, Mlle Armstrong. Je pense que j'ai là suffisamment d'éléments pour continuer mon enquête. Auriez-vous la bonté de m'envoyer Mlle Betty Buffrey ?

— Bien sûr, dis-je, et je me levai pour partir.

De retour dans la chambre de lady Hardcastle, je lui racontai mon bref entretien avec l'inspecteur.

— Il ne se perd pas en bavardages, n'est-ce pas ? conclut lady Hardcastle quand j'eus fini. Je pensais que nous en aurions pour des heures pendant qu'il s'intéresserait à chaque aspect de la vie au manoir.

— J'étais ressortie avant d'avoir pu me sentir mal assise sur cette chaise de salle à manger.

— C'est une bonne idée, ça : faire asseoir le suspect sur une chaise inconfortable. Cela le met en position d'infériorité pendant que l'inspecteur se prélasse dans son fauteuil. D'après vous, a-t-il quelque idée de ce qui se passe ici ?

— Absolument aucune. À moins qu'il ne fasse tout bonnement son cachottier. Après tout, il n'avait aucune raison de me faire part du résultat de ses délibérations.

— Oui, vous avez raison. L'inspecteur Sutherland, lui, nous aurait mises dans la confidence, notez bien. Vous a-t-il questionnée sur l'accident de voiture ?

— Pas tant que cela. Il a suggéré que Herr Kovacs avait été frappé à la tête pendant qu'il trafiquait les voitures à moteur, c'est tout.

— Ah, oui… fit-elle d'un air songeur. Et il n'a fait aucune mention du message. Pensez-vous qu'il l'ait seulement vu ?

— S'il avait trouvé ce mot, il ne m'aurait pas reprise sur le fait que Kovacs ait pu être « attiré » dans la remise à calèches. En même temps, comment aurait-il pu manquer de le voir ?

— Il n'a pas pu le manquer. Pas un policier qui sème des notes sur toute la scène du crime à l'intention de ses hommes. (Elle demeura un moment perdue dans ses pensées.) Vous allez faire le guet, d'accord ? Je vais retourner dans la chambre de Viktor.

Je la suivis dans le couloir et cherchai gauchement à me donner une contenance pendant que lady Hardcastle se glissait dans la chambre qui n'avait toujours pas été fermée à clé. Elle en émergea très peu de temps après et me fit signe de retourner à sa propre chambre.

— Aucune trace du message, m'apprit-elle dès que la porte fut refermée sur nous.

— Donc soit l'inspecteur l'a en sa possession et a choisi de ne pas en parler…

— … soit le message avait déjà disparu lorsqu'il a fouillé la chambre de Kovacs, acheva-t-elle.

Elle s'assit au secrétaire et m'indiqua le fauteuil.

— Si seulement nous l'avions piqué nous-mêmes ! regrettai-je. Avec cet échantillon d'écriture, nous aurions pu faire des étincelles. Ou autre chose.

— Ou autre chose, répéta-t-elle dans un rire. L'absence de ce papier est pourtant une indication en soi, vous ne pensez pas ? Moi, je dirais qu'il a très probablement été envoyé par le meurtrier.

— Plutôt que par… ?

— Oh, ça, je n'en sais rien, répliqua-t-elle d'un ton léger. Ça aurait pu être une sorte de leurre placé là par les Parques pour nous orienter vers une fausse piste.

— Les Parques aiment faire ce genre de chose, vous croyez ? N'ont-elles pas des affaires plus importantes à traiter ?

— Capricieuses et rebelles sont les Parques. On ne sait jamais sur quoi elles vont diriger leur attention maligne.

— Vous avez bien raison, madame. Mais cela ne nous aide pas beaucoup. N'importe qui pourrait avoir pris ce mot.

— N'importe qui ?

— Oui. Nous-mêmes sommes entrées et sorties de la chambre à notre aise, sans que personne s'en aperçoive. Nous avons peut-être un peu plus d'expérience dans le domaine du déplacement furtif que les autres occupants de la maison, mais notre dernière opération ne fait en rien honneur à nos talents. N'importe qui ayant pu s'introduire dans la chambre de Herr Kovacs aurait pu chiper le mot, ni vu ni connu.

— Je vous le concède. Mais tout le monde avait-il une occasion valable d'y entrer ?

— Evan Gudger était censé entrer et sortir de cette chambre toute la journée puisqu'il faisait office de valet. Et nous avons aussi croisé une bonne dans le couloir.

— En même temps que Mme McLelland qui lui ordonnait sévèrement de ne pas entrer dans la chambre. Et puis, bien, sûr, il y avait…

— Mme Beddows ? suggérai-je.

— Roz Beddows, oui… R. B.

Tandis que nous parlions, lady Hardcastle n'avait pas cessé de faire des petits dessins sur la page de son journal. À présent, elle regardait pensivement le plafond en se tapotant machinalement les dents avec son stylo à plume.

— Et si cela n'était pas les initiales de quelqu'un ? hasardai-je. En fait, cela pourrait tout vouloir dire… Une instruction en code, peut-être. Ou une signature familière entre amis.

— « Rule Britannia[1] », peut-être ?

— Ou « Rebelles Bananes ». Ou « Revêches Babouins ». Ou « Rugueuses Betteraves » ? Les possibilités ne sont pas infinies, mais elles sont considérables. Donc, ce ne sont pas forcément les initiales de quelqu'un.

— Non, admit-elle, mais signer de son nom ou de ses initiales reste encore la façon la plus ordinaire de conclure une lettre. Quelqu'un d'assez proche de Kovacs pour signer d'un code connu de lui seul serait-il susceptible d'avoir frappé son ami à mort ?

— J'imagine que non. Ce que j'ai vu de Mme Beddows ces derniers jours ne me l'a pas rendue sympathique et ce n'est pas ce que m'en a dit Betty qui me fera revenir sur mon

1. *Rule Britannia* : célèbre hymne patriotique anglais.

opinion. Néanmoins, j'ai du mal à croire qu'elle soit femme à fracasser le crâne d'un homme avec une grosse clé.

— D'un point de vue technique, je pense qu'il s'agit d'une clé à molette. Ajustable, vous voyez ? Mais je suis d'accord avec vous. Roz n'est guère crédible dans le rôle de la meurtrière.

— Alors, quelqu'un qui se serait servi de ses initiales par ruse ? En dépit de tous ses défauts, Mme Beddows est une dame extrêmement séduisante. Une proposition de rendez-vous serait à même de tenter n'importe quel homme.

— Or votre copine Betty vous a dit que sa maîtresse était en manœuvres. Peut-être Viktor était-il l'heureux élu. Ils étaient comme cul et chemise durant la partie de croquet.

— Et si le meurtrier était au courant de leur liaison, quel meilleur moyen d'attirer Herr Kovacs à sa perte ?

— Tout est possible, admit lady Hardcastle. Cela dit, je ne sais pas si j'aurais été très émoustillée par un rendez-vous secret dans une remise à calèches pleine de poussière et de taches d'huile.

— Cela n'aurait pas rebuté Herr Kovacs. Il adorait l'huile de moteur et la mécanique. Ça aurait été sa conception du paradis romantique.

Lady Hardcastle posa son stylo à plume et se leva.

— La question est : qui diable avait un mobile pour l'attirer là-bas et lui faire son affaire ?

On frappa à la porte.

— Oui ? lança lady Hardcastle.

La porte s'ouvrit et Mlle Titmus passa la tête par l'entrebâillement.

— Ah, Emily ! vous êtes là. Est-ce que cela vous ennuierait beaucoup si j'entrais ?

— Pas du tout, ma chère. Prenez un… oh, il n'y a pas d'autre siège. Cela dénote une certaine négligence de la part de notre hôte.

Je me levai.

— Je vous en prie, mademoiselle, prenez le fauteuil. Il est étonnamment confortable.

— Oh, Armstrong ! je ne voudrais pas vous mettre à la porte si vous êtes occupées toutes les deux.

— Sornettes ! répliqua lady Hardcastle. Flo peut toujours s'asseoir sur le lit.

— En fait, madame, je songeais à faire un petit tour en cuisine pour voir si l'on prépare quelque chose pour votre déjeuner. Entre cet inspecteur qui inspecte et les autres qui se perdent en racontars, le déjeuner semble avoir été négligé.

— Voilà pourquoi vous avez besoin d'une femme de chambre, Helen. Je suis sûre que sans elle, je mourrais de faim.

— Je vous l'ai déjà dit, madame.

— Souvent, même. Alors, filez, ma chère. Pour être franche, je n'ai pas une faim de loup. Voyez si vous pouvez me dénicher des sandwichs ou toute autre petite collation. Voulez-vous vous joindre à moi, Helen ? Nous devrions profiter de ce temps magnifique pour aller pique-niquer sur la pelouse.

Je partis en quête de nourriture.

L'office était, comme je l'avais suggéré, en proie au brouhaha. Sous le bavardage qui accompagnait l'agitation normale du quotidien bruissaient des conciliabules passionnés. Deux morts en une semaine, et le second qui ne pouvait être qu'un meurtre délibéré ! Le personnel se perdait en conjectures.

À mon entrée, deux bonnes regardèrent autour d'elles d'un air coupable, puis reprirent bien vite leurs chuchoteries en voyant que ce n'était qu'une domestique invitée.

Dans la cuisine, Mme Ruddle surveillait la confection des sandwichs.

— Bonjour, Mme Ruddle. Bonjour, Patty. Serait-ce des sandwichs pour en haut, par hasard ?

— Pour sûr, ma chère. Monsieur le comte a dit comme quoi qu'il avait pas faim. Mais j'y ai répondu : « Il vous faut manger, monsieur le comte. » Pas vrai que j'y ai dit, Patty ?

— Si fait, Mme R.

— Alors, lady Lavinia a dit qu'on d'vait monter un plateau de sandwichs dans la salle à manger et que tout l'monde se servirait soi-même. Mais j'y ai répondu : « Ça remplace pas un vrai repas, madame la comtesse. » Pas vrai que j'y ai dit, Patty ?

— Si fait, Mme R., acquiesça Patty avec un petit sourire.

— Mais j'suppose qu'il faudra que ça fasse, soupira Mme Ruddle avec résignation. Si c'est ce qu'ils veulent, c'est ce qu'ils auront.

— Ces sandwichs m'ont l'air succulents, Mme Ruddle. Me trouveriez-vous terriblement culottée si je vous en prélevais quelques-uns au profit de lady Hardcastle et Mlle Titmus ? Elles aimeraient pique-niquer sur la pelouse.

— Si vous pouvez les leur apporter vous-même, ma chère, vous pouvez prendre tout ce qu'il vous faut. J'dirai à Patty de vous faire un plateau. On est à court de valets de pied avec Evan qu'est toujours en vadrouille on ne sait où. Du coup, moins on a à servir à la salle à manger, mieux c'est.

— Vous êtes une perle, Mme Ruddle. Merci.

— Ben, ça, je sais pas. Comme j'y ai dit l'autre jour…

— Si fait, Mme R., si fait, murmura Patty sans lever les yeux de sa tâche.

Betty apparut dans l'encadrement de la porte.

— Ah, fit-elle timidement. Bonjour tout le monde. Je me demandais…

— Salut, Betty, dis-je. Vous êtes venue quémander un déjeuner pour Mme Beddows ?

— Eh bien oui, c'est ça. Comment... ?

— Nous en sommes toutes là. J'essaie d'obtenir quelque chose pour lady Hardcastle et Mlle Titmus. Elles pique-niquent sur la pelouse. Vous devriez dire à Mme Beddows de se joindre à elles : cela vous épargnerait de traîner en cuisine. Un seul déjeuner et on le porte à nous deux.

— Je ne pense pas que ça lui dise, bredouilla-t-elle nerveusement. Elle est... euh... Elle est indisposée.

— Dacodac ! Pouvons-nous donc tout laisser à votre charge, Patty ? Nous reviendrons dans quelques moments pour récupérer notre festin de façon que nous ne restions pas dans vos... pattes. Allons, Betty, laissons ces braves dames à leur travail.

Sans attendre de réponse, je pris Betty par le coude et la fis sortir de la cuisine. À l'office, tout le monde s'affairait, mais cela m'arrangeait : il y avait assez de remue-ménage pour couvrir une conversation intime. J'indiquai à Betty l'extrémité de la longue table et nous servis une tasse de thé grâce à la sempiternelle théière.

— Que se passe-t-il, *fach* ? m'enquis-je. Vous n'êtes pas vous-même, où est passée votre insouciance ? Est-ce ce meurtre qui vous perturbe ? Il y a de quoi, c'est naturel, mais l'inspecteur Foister va tirer au clair toute cette affaire. Nous ne courons aucun danger.

— En êtes-vous sûre ? Vous ne travaillez pas pour une meurtrière, vous.

J'en restai sans voix. Je la considérai quelques instants, bouche bée, l'air stupide. À bout d'une longue pause, je me ressaisis suffisamment pour articuler :

— Mme Beddows ?

Guère brillant pour une détective amateur.

Betty opina du chef.

— Qu'est-ce qui vous fait dire cela ? lui demandai-je lorsque j'eus repris mes esprits.

— C'est elle qui a tué M. Kovacs, murmura-t-elle. J'en suis sûre.

— Pourquoi en êtes-vous si sûre ?

— Elle n'a pas passé la nuit dans sa chambre et ce matin, elle est dans un état épouvantable. Ça ne peut être qu'elle.

— C'est ce que vous avez dit à l'inspecteur ?

— Non, je…

— Vous n'en êtes donc pas si sûre que cela, finalement.

— Mais qui cela pourrait-il être à part elle ? C'est elle qui lui a réglé son compte ; c'est forcément elle.

— Vous m'aviez dit qu'elle était « en manœuvres » avant cela. Peut-être s'est-elle attardée trop longtemps, par mégarde. Pour tout vous avouer, je pensais qu'elle avait peut-être une aventure avec Herr Kovacs, mais je me suis sûrement trompée.

Ce fut au tour de Betty de rester interdite.

— Avec M. Kovacs ? se récria-t-elle, presque en riant. Mais c'est avec M. Waterford qu'elle a une liaison. Depuis des mois. Je croyais que tout le monde le savait.

— Pas moi. Ni lady Hardcastle. Nous sommes nouvelles dans le décor, ne l'oubliez pas. Et son mari, il est au courant ?

— Il ferme les yeux au nom de la bienséance. Et puis cela lui permet de mener ses propres liaisons de son côté. C'est un « mariage de convenance », je crois qu'on appelle ça comme ça. Elle veut son rang à lui, il veut son argent à elle. Tant que ni l'un ni l'autre ne causent de scandale, ils poursuivent leur petit train-train. Leur maison est généralement plongée dans la tristesse, mais comme elle et moi n'y sommes pas souvent, ce n'est pas trop grave.

— Quelle horreur ! Mais comment savez-vous qu'elle n'était pas avec M. Waterford la nuit dernière ? N'est-ce pas avec lui qu'elle a passé toutes ses nuits ?

— Peut-être. Oh, mon Dieu ! Et s'ils avaient fait le coup ensemble ?

— Mais je ne comprends toujours pas ce qui vous fait penser qu'elle ait quoi que ce soit à voir avec le meurtre de Herr Kovacs.

— Y avait-il beaucoup de sang ? me demanda-t-elle.

Je ne voulais pas entrer dans les détails trop macabres. Certaines personnes s'imaginent qu'elles vont être fascinées par la violence, mais dès qu'on aborde le côté sanglant de la réalité, elles deviennent étonnamment chochottes.

— Pas mal, répondis-je d'un ton aussi neutre que possible.

— Donc le meurtrier a sans doute eu du sang sur ses vêtements ?

— Je dirais que c'était inévitable.

— Mme Beddows est très maniaque au sujet de sa garde-robe. Tout doit être impeccable. À chaque occasion correspond une tenue. Elle a des tenues d'intérieur, des tenues d'extérieur, des tenues de sport, des tenues de soirée, des tenues de déjeuner…

— Elles sont toutes comme ça.

— Je sais. Mme Beddows aime tout particulièrement un tailleur en tweed qu'elle s'est acheté cette saison.

— Je l'ai vue le porter. Elle est très chic dedans.

— Il a disparu.

13

Betty m'aida à porter le pique-nique impromptu sur la pelouse avant de disparaître pour s'occuper de restaurer sa maîtresse.

— Vous êtes une merveille sur pattes, Flo, déclara lady Hardcastle alors que je servais ces dames en sandwichs et en vin.

— C'est la vérité, affirma Mlle Titmus.

— Merci. On essaie de faire de son mieux. Vous faudra-t-il autre chose, madame ?

— Non, je pense que vous avez satisfait le moindre de nos besoins et anticipé le moindre de nos désirs.

— Merci. Dans ce cas, je vais vous laisser à vos bavardages.

— Restez manger avec nous, espèce de dinde ! protesta lady Hardcastle.

— Oui, renchérit Mlle Titmus. Je vous en prie, ne partez pas à cause de moi. Je sais que vous passez beaucoup de temps avec votre maîtresse. Je ne voudrais surtout pas que vous changiez vos habitudes à cause de moi. Vous êtes en visite dans une magnifique maison de campagne, vous devriez vous amuser. Toutes les deux.

— Vous êtes bien aimable, mademoiselle.

Je m'assis sur le plaid et pris un sandwich.

— Helen et moi parlions encore photographie, je le crains, me confia lady Hardcastle. Saviez-vous qu'ils ont une chambre noire, ici ? C'était l'une des Folies de Fishy, du coup personne ne s'en sert plus, sauf Helen quand elle est là.

— Je l'ignorais. Je n'ai pas eu beaucoup de prétextes pour flâner dans la maison.

— Vos vieux talents de fouine sont sur le déclin, répliqua lady Hardcastle. Mais grâce à cette chambre noire, nous pourrons voir les photographies d'Helen avant notre départ.

— C'est merveilleux !

— Je comptais les développer aujourd'hui, nous confia Mlle Titmus. Mais après cette horrible tragédie, cela m'a paru déplacé. De faire des choses normales, vous comprenez ?

— Je vois ce que vous voulez dire, répondit gentiment lady Hardcastle.

— C'est tellement affreux, bouleversant ! Qui a pu faire une telle chose ?

— Je suis sûre que la police attrapera le coupable.

— Ce doit être quelqu'un de la ville, affirma Mlle Titmus. Forcément. Sinon, ce serait un habitant de la maison et pour le coup ce serait vraiment, vraiment trop horrible. Trop horrible pour être traduit en mots.

— Je ne pense pas que nous courions un quelconque danger, ma chère. Tout semble être en lien avec les voitures à moteur de Fishy. Or nous n'avons rien à voir avec les voitures à moteur de Fishy.

— J'imagine que non. Vous n'avez pas eu la possibilité de participer à la course, toutes les deux, n'est-ce pas ? Ni Roz ni Jake. Espérons que cela signifie que les filles ne risquent rien. Oh, mais…

— Mais quoi, ma chère ?

Mlle Titmus regarda autour d'elle d'un air presque furtif.

— Cette chose dont je vous parlais l'autre fois…Vous savez… Roz…

— Oh, fit lentement lady Hardcastle tandis que la lumière se faisait dans son esprit. Ma foi, oui, je suppose que cela peut se…

Je souris.

— En temps ordinaire, je ne serais pas aussi indiscrète, mais je pense pouvoir réduire le nombre de phrases inachevées entre vous en vous révélant tout de suite que je suis au courant pour Mme Beddows et M. Waterford.

Elles éclatèrent de rire.

— Nous aimons à croire que les domestiques ne savent jamais rien de ce qui se passe, professa Mlle Titmus. Mais nous ne faisons que nous mentir à nous-mêmes.

— Vous auriez pu me le dire plus tôt, me reprocha lady Hardcastle. Depuis combien de temps êtes-vous au courant ?

— Je l'ai appris lorsque je suis descendue chercher le pique-nique.

— Eh bien, voilà qui facilite la discussion, déclara Mlle Titmus. Ce que je voulais dire à ma façon détournée, c'est que Roz a bien un lien avec les satanées voitures à moteur de Fishy, à cause d'elle et de Monty.

Lady Hardcastle et moi échangeâmes un regard, mais ni elle ni moi ne fîmes de commentaire. Pour autant qu'on sût, nous étions les seules hormis le meurtrier à être au courant du message incriminant qui se trouvait dans la chambre de Herr Kovacs.

Et à ce propos…

— Vous souvenez-vous de la photographie d'école que vous nous avez montrée, Mlle Titmus ? lui demandai-je.

— Notre équipe de cricket ?

— Oui, c'est cela. Auriez-vous une idée de la raison qui a poussé Herr Kovacs à la prendre ?

La perplexité se peignit sur son visage.

— Non, je ne vois pas du tout. Mais comment savez-vous qu'il l'a prise ?

— Nous avons un peu fureté dans sa chambre avant l'arrivée des argousins, confessa lady Hardcastle. Elle était sur son secrétaire.

— Juste Ciel ! s'exclama Mlle Titmus. Comme c'est étrange. Mais c'est vrai qu'il avait eu l'air de beaucoup s'y intéresser, n'est-ce pas ? C'est peut-être le cricket. Les Allemands ne comprennent rien au cricket.

— Les Autrichiens, la corrigea lady Hardcastle.

— Les Hongrois, rectifiai-je.

— C'est cela, approuva lady Hardcastle. C'est sans doute pour cette raison, en effet. Le cricket. Un jeu passionnant. Roddy y jouait, vous savez.

— Roddy ? s'enquit Mlle Titmus.

— Oh, pardonnez-moi, ma chère. Roderick. Mon défunt mari.

— Ah, oui. Jake m'en avait pourtant parlé. Quand l'avez-vous perdu ?

— Il y a dix ans. À Shanghai.

— Une maladie ?

— Si seulement ça avait été aussi prosaïque, ma chère. Non, Roddy a été abattu par un agent allemand. Ils le prenaient pour espion, voyez-vous ? Sauf qu'il n'en était pas un. C'était moi, l'espionne.

— Et comment savez-vous qu'il s'agissait d'un espion allemand ? s'enquit Mlle Titmus, visiblement captivée.

— Oh, nous l'avons attrapé, Flo et moi.

— Vous l'avez attrapé ? Eh bien, dites donc… Qu'est-il advenu de lui ?

— Je l'ai abattu.

— Doux Jésus !

— Comme vous dites. Je suis sûre que lui non plus n'aurait rien compris au cricket.

La conversation prit un tour de plus en plus gai à proportion que le niveau de vin descendait dans les bouteilles. Quand les sandwichs eurent disparu et que les bouteilles furent vides, Mlle Titmus ne s'inquiétait plus tellement de l'imminence de son assassinat. Son seul souci était de se souvenir des paroles d'une chanson vulgaire apprise à l'école.

J'indiquai à lady Hardcastle où se trouvait sa chambre et elle la ramena dans ses appartements pendant que j'attendais dans la chambre de ma patronne.

— Je lui ai ôté ses bottines et je l'ai mise au lit, m'avertit lady Hardcastle à son retour. Rappelez-moi de la réveiller à temps pour le dîner.

— Vous avez eu bien raison, madame. Mais commençons par le commencement : comment vous y êtes-vous prise pour déchirer ça ?

Je brandis sa robe de tennis. Je passais en revue ses tenues pour m'assurer qu'elle en avait bien une de propre pour le dîner lorsque j'avais aperçu la robe abîmée.

— Dieu seul le sait. Elle était intacte et l'instant d'après, déchirée de haut en bas. Je n'ai pas vu quand ni comment cela s'était produit.

Je poussai un soupir, puis je m'assis sur le fauteuil et entrepris de repriser la déchirure.

— Mlle Titmus va bien ?

— Oui, elle était un peu perturbée, voilà tout. Nous avons agi pour son bien.

— En la rendant paf et en la laissant chanter des chansons ordurières ?

— Exactement. Et elle n'a pas vraiment chanté de chanson ordurière – elle ne s'est jamais souvenue du passage ordurier.

— Sans doute, oui. Vous a-t-elle dit quelque chose d'utile avant que j'arrive ?

— Helen ? Elle ne sait rien de rien, la chère petite. Et vous, avez-vous glané quelques précieuses informations, à l'office ?

— Pas vraiment. Betty m'a dit que Mme Beddows était revenue dans sa chambre trop tard pour qu'on ne remarque pas son absence. Puis elle m'a donné quelques détails sur son mariage.

— Pas très heureux, aux dires de tous.

— Honnêtement, pouvez-vous imaginer Mme Beddows heureuse avec quelqu'un ? Mais non, je suis injuste : je n'ai pas la moindre idée de ce qui pourrait la rendre heureuse. Néanmoins, je ne l'imagine pas s'abaissant à montrer qu'elle est heureuse. Cela va à l'encontre de sa religion.

— Pour être tout à fait franche, je n'imagine pas non plus qu'un homme puisse trouver le bonheur auprès d'elle. Roz n'est pas la plus chaleureuse des femmes.

— Bref, cela ne m'a pas du tout étonnée que son mari et elle ne s'entendent pas. En revanche, j'ai été abasourdie d'apprendre que quelqu'un d'autre la trouvait attirante.

— Des goûts et des couleurs, il ne faut point discuter. Quoiqu'elle soit plutôt séduisante à sa façon glaciale. Et pour autant que nous en sachions, c'est peut-être une tigresse au boudoir.

— Une mante religieuse, plutôt. N'est-ce pas celle qui dévore son compagnon ? Je la vois bien se débarrassant de ses amants.

Lady Hardcastle se mit à rire mais s'abstint de tout commentaire. Elle s'assit au secrétaire et ouvrit son journal intime.

— Nous devons nous élever au-dessus des commérages de la bonne société et nous efforcer de comprendre ce qui se passe véritablement dans cette satanée maison. Nous n'avons cessé d'aller à la dérive tel un couple de… de…

— Je vous ai déjà dit de ne pas vous lancer dans des comparaisons imprudentes en croisant les doigts pour retomber sur vos pieds. Mais vous avez raison. Si nous voulons mériter notre titre de « mouches du coche ascendant fouines », il faut nous organiser un peu mieux.

— Pour être franche, je préfère « détectives amateurs », ma chère. Mais il est vrai que nous avons besoin d'un plan. Que savons-nous ?

Je me mis à énumérer les faits en comptant sur mes doigts :

— Nous savons qu'Ellis Dawkins s'est tué dans un accident de voiture mercredi. Nous savons que la voiture avait été sabotée. Nous savons qu'elle a été sabotée dans la remise à calèches. Et nous savons que le méfait a été commis au petit matin de mercredi, après la fête.

Lady Hardcastle se mit à dresser une liste dans son journal. Je poursuivis :

— Nous savons que Herr Kovacs s'est fait défoncer le crâne dans la remise à calèches samedi, peu après deux heures du matin.

— Voilà donc nos deux mystères, résuma-t-elle. Nous allons partir du principe qu'ils sont liés l'un à l'autre.

— Cela me paraît correct, madame.

— Nous ne savons pas avec certitude si le sabotage avait pour but de tuer quelqu'un, mais si c'est le cas, nous savons que Dawkins en était la cible.

— Car les coureurs et leurs autos avaient été tirés au sort lors de la fête, et le programme des courses avait été laissé dans le grand hall, au su et au vu de tous, précisai-je.

— Exactement. Et nous savons que Viktor a été attiré dans la remise à calèches par un message signé « R. B. ».

— Message dont la police ne sait rien puisqu'il a été chipé avant l'arrivée de l'inspecteur Foister.

— Hum, fit lady Hardcastle sans cesser d'écrire. Nous savons que Viktor voulait racheter l'écurie de course et que sa proposition n'intéressait pas Fishy.

— Nous savons que M. Waterford n'était pas intéressé non plus – Evan le lui a entendu dire.

— Oui, oui, c'est vrai, n'est-ce pas ? Et maintenant, nous savons que Roz a une aventure sentimentale avec Monty Waterford. Voilà qui ne joue pas en faveur de Monty, comme dirait l'inspecteur Sunderland. Et que pensez-vous de cette théorie ? Viktor, refusant de renoncer à ses intentions de rachat, devenait de plus en plus pénible. Monty a voulu en discuter sérieusement avec lui. Assez sérieusement pour qu'il y ait eu du rififi entre eux. Monty ne pouvant pas lui parler dans la maison, il devait le pousser à venir seul quelque part. Aussi a-t-il demandé à Roz d'écrire un mot à Viktor afin de l'attirer dans la remise à calèches en pleine nuit.

— Et M. Waterford avait prévu que la rencontre serait violente, poursuivis-je. Il savait que Herr Kovacs était un homme prêt à tout, qui avait déjà saboté l'une des voitures à moteur.

— Ce n'est pas mal, mais pas terriblement convaincant, soupira lady Hardcastle d'un air abattu.

— Non, en effet. Nous n'avons toujours aucune preuve que c'est bien Herr Kovacs qui a saboté la numéro 3. Nous n'avons aucune preuve tangible que M. Waterford ou Mme Beddows ont fait autre chose que ce à quoi l'on pouvait s'attendre d'eux… Oh, oh…

— Quoi ? Quoi ? fit ma patronne en souriant.

— J'ai oublié de vous dire. Le tailleur en tweed de Mme Beddows a disparu.

— Navrée, ma chère, mais je ne vous suis plus.

— Betty m'a questionnée sur le corps et le sang. Puis elle m'a appris que Mme Beddows avait un tailleur en tweed auquel elle tient tout particulièrement. Jupe et veste ont disparu.

— Et Betty a tout de suite imaginé le pire. Les vêtements sont quelque part dans une poubelle, attendant d'être brûlés car ils sont couverts du sang de Viktor.

— C'est ce qu'elle semblait craindre, opinai-je.

— Ce serait bien commode s'il n'y avait pas encore trop de zones d'ombre dans notre histoire. Il nous faut davantage de faits. Davantage d'observations. Ce serait d'un culot monstrueux de ma part, mais cela vaudrait le coup de téléphoner à l'inspecteur Sunderland pour lui demander de faire faire quelques recherches à l'un de ses sous-fifres. Je veux en savoir un peu plus sur cette affaire de course automobile. Et beaucoup plus sur Viktor Kovacs.

— Et sur l'école, s'il vous plaît, madame.

— L'école ?

— L'école qu'ont fréquentée lady Lavinia et les autres.

— Je ne vois pas ce que l'école vient faire là-dedans, ma chère, mais je suis sûre qu'ils sauront vous dénicher quelque chose dessus.

— Merci, madame.

— Et nous devons toutes les deux toucher un mot à votre agent, le jeune Evan Gudger.

— Certes. Je vais voir si je peux organiser une rencontre en toute discrétion. Entre-temps, que diriez-vous d'une tasse de thé ?

— J'en meurs d'envie. Qu'est-ce que m'a sorti Gertie, l'autre jour ? « Je pourrais boire de la boue filtrée par une chaussette de fermier. »

— Une dame haute en couleur. Mais il y a un service à thé en porcelaine pour les invités, ici. Je reviens *illico*.

J'étais dans le couloir de la chambre, prête à franchir la porte menant à l'escalier de service, lorsque j'entendis de l'agitation en bas. Je refermai la porte et retournai vers l'escalier principal.

— … vos mains de moi, espèce de gros lourdaud ! Mon mari connaît le chef de la police. Vous n'avez pas fini d'en entendre parler !

C'était la voix de Mme Beddows.

Le ton de M. Beddows était plus conciliant.

— Calme-toi, Roz chérie. Nous allons régler tout cela en un rien de temps. Tu verras.

Je descendis quelques marches pour avoir une meilleure vue du hall d'entrée. J'arrivai juste à temps pour voir le sergent Tarpley faire franchir la porte d'entrée à Mme Beddows et à M. Waterford, tous deux menottés. L'inspecteur Foister allait leur emboîter le pas lorsqu'il fut interpellé par lord Riddlethorpe.

— Dites donc, inspecteur !

— Oui, monsieur le comte ?

— Que signifie cela ? Où emmenez-vous mes invités ?

— M. Waterford et Mme Beddows sont en état d'arrestation pour le meurtre de M. Viktor Kovacs, monsieur le comte. Ils vont être détenus au poste de police de Riddlethorpe jusqu'à ce qu'une automobile soit disponible pour les transporter à Leicester où je pourrai les interroger dans les règles. S'ils sont inculpés, ils comparaîtront devant le juge d'instance lundi.

— Vraiment, inspecteur, j'estime que c'est de l'abus de pouvoir ! Vous n'avez aucun motif pour les placer en détention.

— Mon pouvoir a été clairement défini par la loi du Parlement, monsieur le comte. Et mon devoir en la matière est clair : j'ai des motifs de soupçonner ces deux personnes d'être impliquées dans un crime passible de la peine de mort et pour cela, je suis tenu de les mettre en état d'arrestation.

Il se tourna d'un air de défi vers la grande porte.

— Mais enfin… bredouilla lord Riddlethorpe, mais l'inspecteur était déjà sorti et la porte se referma sur lui.

— Zut ! s'exclama-t-il en retournant d'un pas rageur dans le hall.

Le thé devrait attendre : il fallait que je mette lady Hardcastle au courant des derniers rebondissements. Je repartis vers sa chambre.

— Oh, mon Dieu, s'exclama-t-elle lorsque j'eus terminé mon rapport. Mais c'est impossible ! Je sais bien que nous en étions arrivées à la même conclusion il y a quelques instants à peine, mais c'était pour l'écarter presque aussitôt. Il faut que je parle à Fishy.

— Voulez-vous que je vous aide à vous changer ?

— Quoi ? Ah, oui. Non, laissez tomber. Sans Roz pour nous regarder de haut, nous nous sentirons tous libres de garder la même tenue jusqu'au dîner.

— Vous avez bien raison, madame. Dois-je venir avec vous ?

— En temps normal, je vous aurais dit oui, mais il vaut mieux que nous scindions nos efforts pour un maximum d'efficacité. J'aimerais que vous tiriez Evan Gudger de son terrier. Il doit savoir quelque chose.

— Je vous retrouve ici à cinq heures, madame.

Débusquer Evan ne fut pas une mince affaire. Je commençai par le chercher à l'office, mais seulement parce que j'espérais y trouver quelqu'un susceptible d'être au courant de ses faits et gestes. Je ne m'attendais pas vraiment à ce qu'il soit là.

Mme McLelland était assise à la table, serrant une tasse de thé entre ses mains.

— Bonjour, Mme McLelland, la saluai-je avec entrain.

Elle leva les yeux. L'espace d'un instant, on eût dit qu'elle ne savait plus où elle était et j'eus l'impression de l'avoir fait remonter de très loin.

— Oh… Bonjour, Mlle Armstrong. Savez-vous la nouvelle ?

— À propos de Mme Beddows et de M. Waterford ?

— Oui. Qu'une telle chose puisse se produire sous le toit de monsieur le comte ! Et que les coupables soient ses soi-disant amis !

— Nous ne pouvons pas être certaines que ce sont eux.

Elle fronça les sourcils.

— Quoi ? Ah, je vois… « Innocent jusqu'à preuve du contraire… », etc. Mais nous savons vous et moi que la police ne prendrait pas le risque d'un tel scandale sans être sûre de son affaire. Mme Beddows sera pendue. Et c'est une bonne chose. Quelle mauvaise et méchante femme que celle-là !

J'aurais pu lui demander ce qu'elle avait fait de son principe « ne pas médire des invités », mais je m'abstins : je n'étais pas d'humeur à me disputer. D'autant que je ne partageais pas sa foi en la police : ce n'était pas des gens à prendre un scandale en considération, mais cela, je préférais n'en rien dire. Et malgré mon peu d'intérêt pour Mme Beddows, je ne partageais pas non plus le désir de Mme McLelland de la voir pendue. De tout temps il s'était trouvé des policiers qui avaient commis des erreurs par excès de hâte et cet inspecteur-là avait des intentions cachées. J'avais vu une lueur danser dans ses yeux lorsqu'il avait parlé de ce que les « fornicateurs » avaient fabriqué cette nuit-là. Il désapprouvait fortement Mme Beddows et M. Waterford.

— Je sais que je peux compter sur une personne de votre expérience pour contenir les bavardages à l'office, énonça Mme McLelland, redevenant elle-même. Cela ne se fait pas de laisser les plus jeunes outrepasser les limites de leur condition.

— Bien entendu.

— Ce bon à rien d'Evan Gudger est le plus à même de nous causer des problèmes. Vous semblez avoir de bons rapports avec lui ; peut-être pourriez-vous le remettre dans le droit chemin. Spinney ne lui dira jamais rien.

— Je pourrais même lui en toucher un mot tout de suite, si vous me dites où il est, proposai-je, feignant de ne pas être descendue ici tout exprès.

L'intendante fronça les sourcils.

— C'est de la mauvaise graine, ce garçon. Il disparaît pendant des heures et Spinney ne bouge pas le petit doigt. Ils croient sans doute que nous ignorons où se terre ce petit vaurien quand il n'est pas en train de traîner dans le jardin potager ou de faire le pitre devant les plus jeunes dans le local à chaussures. Mais moi, je le sais : il se cache dans le cellier.

— Vous avez raison, ce serait peut-être bien de lui dire deux mots, à ce garçon. C'est tout à fait le genre à colporter des ragots rien que par malice.

— Je pense bien ! Si la clé du cellier n'est pas accrochée au tableau, c'est qu'il l'aura dans la poche arrière de son pantalon. Poche qui sera assise sur un tonneau, dans un coin au fond de la cave, en train de lire un roman à quatre sous à la lumière de la bougie.

Je la laissai retourner à ses méditations. Elle n'avait toujours pas reposé sa tasse sur la soucoupe.

Il n'y avait pas trace de la clé du cellier sur l'énorme panneau fixé à côté des appartements de M. Spinney. C'était une bonne nouvelle : j'avais à présent une petite idée de l'endroit où pouvait se trouver Evan. C'était aussi une mauvaise nouvelle : je n'avais pas la plus petite idée de l'endroit où se trouvaient les caves.

J'arpentais le labyrinthe de couloirs pendant plusieurs minutes avant de revenir à l'office pour demander mon chemin à Mme McLelland. Mais elle n'était plus là et je préférais ne pas solliciter quelqu'un d'autre. N'ayant rien à faire au cellier, j'aurais dû concocter quelque histoire pour expliquer mon subit intérêt pour ce lieu. J'essayai diverses portes et tombai sur un garde-manger, puis sur une espèce de corridor et enfin sur deux blanchisseuses en train de plier une pile de draps en bavardant.

Au bout du compte, je trouvai la porte qui m'intéressait : c'était celle qui portait un écriteau en bois gravé de l'inscription : CAVE À VINS.

J'actionnai la poignée, mais la porte était fermée à clé. Je marmonnai un juron en gallois. Si seulement j'avais à ma disposition un moyen discret de forcer la serrure… C'est alors que je me souvins. Au mois de mars, pour mon anniversaire, lady Hardcastle m'avait offert la robe que je portais au dîner chez les Farley-Stroud. Mais elle m'avait aussi fait un cadeau très personnel, une broche ornementée en argent. Je la portais tout le temps, cependant j'avais complètement oublié le petit secret qu'elle renfermait : dissimulée à l'intérieur se trouvait une paire de rossignols. J'appuyai sur le côté de la broche et les minuscules instruments du parfait cambrioleur tombèrent dans ma paume.

La serrure toute simple céda en quelques secondes.

J'ouvris la porte aussi doucement que possible et me faufilai dans le cellier. Il n'y avait guère de lumière pour guider mes pas, à l'exception de la faible lueur qui filtrait sous la porte. Mais ce n'était pas la première fois que j'explorais une cave plongée dans le noir. Mes yeux s'accoutumèrent rapidement à l'obscurité et en tâtonnant autour des porte-bouteilles, je parvins à m'orienter sans trop de difficultés. Au fur et à mesure que je m'enfonçais dans la cave, je distinguai une autre source de lumière à ma droite. La flamme vacillante d'une bougie.

— Evan ? appelai-je à voix basse.

Je ne voulais pas le surprendre et devoir parer un coup de poing – je n'avais aucune envie de me battre. Certes, j'aurais eu le dessus sur lui, mais nous étions entourés par un très grand nombre de bouteilles de vin hors de prix.

J'entendis le bruissement des pages d'un livre qu'on referme.

— Mlle Armstrong ? C'est vous ?

— C'est moi. Je me suis dit que j'allais descendre faire un brin de causette avec vous.

Je contournai le dernier porte-bouteilles et, comme l'avait prédit Mme McLelland, je découvris Evan perché sur un tonnelet, dans un coin du cellier. Il s'était aménagé un agréable petit nid, un tonneau lui servant de table pour sa bougie et ses livres. Il s'était même pris une tasse de thé.

— Vous irez pas m'cafarder, hein ? me demanda-t-il d'un ton menaçant en posant son livre sur sa table de fortune.

— Je ne dirai rien. Mais à mon avis, il est déjà trop tard. C'est Mme McLelland qui m'a dit où vous trouver.

— Cette vieille bique qui s'mêle de tout ! J'aurais dû m'douter qu'elle irait fourrer son bec dans mes affaires !

Je n'étais pas du tout sûre que les biques aient un bec, mais je ne voulais pas le braquer. Je l'interrogeai :

— Il y a longtemps que vous êtes là ?

— Depuis le déjeuner qu'a pas eu lieu, répliqua-t-il en s'étirant de façon extravagante. Une agréable petite récréation.

— Vous avez parlé à l'inspecteur ?

— Oui. Mais vous faites pas de bile, j'dis jamais rien aux cognes, moi. On a trouvé un accord, moi et les roussins du coin. Ils m'aiment pas et je les aime pas. Comme ça, c'est simple.

— Vous avez bien raison. Donc, vous n'êtes pas au courant de ce qui s'est passé ?

— Non. Quelqu'un d'autre s'est fait régler son compte ?

Je ris.

— Non, rien de ce genre. Mais presque aussi intéressant. L'inspecteur Foister a arrêté Mme Beddows et M. Waterford. Il les soupçonne du meurtre de Herr Kovacs.

Evan me dévisagea, bouche bée.

— Lui ? finit-il par articuler. Ben, ça alors ! j'en reviens pas. Mais pourquoi il aurait fait ça ?

Je lui résumai les arguments que lady Hardcastle et moi avions échafaudés contre eux.

— Tout ça, c'est que des âneries ! s'emporta-t-il. Elle était dans la chambre de M. Waterford, la nuit dernière. Je leur suis tombé dessus en entrant ce matin, pile au moment où elle sortait du lit. Même qu'il m'a filé un souverain pour que j'me taise.

— Vous devriez sans doute le lui rendre, ironisai-je.

— Ah ah, très drôle. À mon avis, il trouverait ça donné si je devais lui éviter la corde.

— Ça, c'est certain. Mais vous ne pouvez pas affirmer qu'ils sont restés dans la chambre toute la nuit, n'est-ce pas ? Ils auraient pu aller jusqu'à la remise à calèches et revenir à temps pour que vous les surpreniez au lit. D'ailleurs, vous ne les avez peut-être pas « surpris ». Cela faisait peut-être partie de leur plan. Peut-être étiez-vous leur alibi.

Il fronça les sourcils.

— J'vais vous dire, Mlle Armstrong, j'écoutais rien en classe. En vrai, j'ai surtout fait l'école buissonnière. C'est parce que le vieux Spinney m'a bassiné avec ça que j'me suis mis à lire. J'suis point savant comme vous ou lady H., moi. Mais j'suis point stupide non plus. Et si quelqu'un dans cette maison s'y connaît en alibis, c'est moi. Ils faisaient rien d'mal, tous les deux. Enfin, à moins que vous trouviez que… enfin, vous voyez… que c'était mal ce qu'ils faisaient.

Il rougit et se détourna légèrement.

J'avais encore une carte à jouer.

— Mlle Buffrey dit que le tailleur en tweed de sa maîtresse a disparu. Elle est convaincue qu'il est caché quelque part, couvert du sang de Herr Kovacs.

Evan éclata de rire.

— Elle a pas tout à fait tort ! Il est bien caché quèque part et il est bien couvert de quèque chose, mais c'est de la boue, pas du sang. C'était l'autre jour – jeudi, j'dirais –, ils étaient sortis ensemble dans l'après-midi. Quand j'suis allé voir s'il avait besoin que je l'aide à s'habiller pour l'dîner, il m'a donné des vêtements. « Dix shillings pour toi si tu peux les faire nettoyer ni vu ni connu », qu'il m'a dit. C'était une jupe et une veste en tweed. Tout crottés qu'ils étaient.

— Vous êtes très fort pour garder les confidences que vous fait M. Waterford, raillai-je. Mais cela réfute les soupçons de Mlle Buffrey.

— Comme j'ai déjà dit, c'était pas eux.

— Non. Nous ne le pensions pas non plus, lady Hardcastle et moi. Et Herr Kovacs ? Avez-vous trouvé quelque chose digne d'intérêt de son côté ?

— C'était un drôle d'oiseau, çui-là. Plus drôle que drôle ! Quand j'entrais dans sa chambre, je l'entendais baragouiner dans sa barbe. Complètement maboul.

— Pour sa défense, il marmonnait probablement en hongrois ou en allemand. Êtes-vous retourné dans sa chambre depuis son décès ?

— Non, déclara-t-il sans ambages. Pour quoi faire ? Un type qu'est mort a plus besoin de valet de chambre.

Je souris.

— Non, j'imagine que non. Une dernière chose : n'avez-vous jamais remarqué une photographie qu'il aurait eue en sa possession ?

Evan monta aussitôt sur ses grands chevaux.

— C'est point moi qui l'ai barbotée ! C'est lui qui m'a demandé d'aller la récupérer.

— La photo de l'équipe de cricket de l'école ?

— Oui, celle-là. Il m'a demandé d'aller la lui chercher dans la bibliothèque. J'sais point pourquoi il la voulait. Je peux pas dire, puisque je l'ai même jamais vu la regarder.

— Intéressant… Il nous faudrait y jeter un coup d'œil nous-mêmes.

— J'peux vous la retrouver, si vous voulez. Ça m'embête pas.

— C'est bon. Je pense que nous pourrons nous en sortir toutes seules. Vous restez là ?

— Quoi, maintenant ? Non, vaudrait mieux que j'me pointe en faisant comme si que je travaillais.

— Dans ce cas, je vais vous laisser ranger. Et merci pour tous vos efforts, Evan. Vous m'avez été d'une grande aide.

Il était presque cinq heures et quart lorsque lady Hardcastle regagna sa chambre.

— Doux Jésus ! s'écria-t-elle en faisant irruption. Pardon d'avoir été si longue.

— Ce n'est rien, madame. Ce n'est pas comme si j'avais un rendez-vous urgent.

— Non, mais quand une dame vous dit qu'elle vous retrouvera à cinq heures, elle se doit d'être là à cinq heures.

Je ris.

— Vous n'avez jamais été à l'heure de votre vie.

— Pas pour les choses frivoles, comme les soirées ou les dîners, mais ai-je jamais été en retard à l'époque où nous travaillions ensemble ?

— Pour le coup, vous avez raison. Je vous présente mes excuses. Comment vous en êtes-vous tirée ?

— Pas très bien. Fishy est dans tous ses états, comme vous pouvez l'imaginer, mais il ne semble rien savoir d'utile : Kovacs était un chic type ; Monty est un chic type. Il s'est donné beaucoup de mal pour trouver quelque chose de gentil à dire de Roz, mais il ne la croit pas capable de commettre un meurtre.

— Tout le monde a du mal à trouver quelque chose de gentil à dire d'elle.

— Assurément. J'en sais un peu plus sur les raisons qui ont poussé l'inspecteur Foister à les arrêter tous les deux, cependant. Il semble qu'interrogé sur la course, l'autre jour, Kovacs lui aurait dit avoir vu Monty en train de bricoler la voiture à moteur de Dawkins juste avant le départ. Voici donc comment l'inspecteur voit la chaîne des événements : Monty a saboté la voiture à moteur, Kovacs l'a vu faire, Kovacs l'a fait chanter pour qu'il lui vende son entreprise, Monty et sa maîtresse adultère ont tué Kovacs.

— Cela se tient. M. Waterford bricolait bien une voiture à moteur quand nous sommes arrivées et Herr Kovacs n'était pas loin derrière nous. Mais M. Waterford n'avait pas de mobile pour le sabotage. Pourquoi aurait-il saboté l'une de ses propres autos ?

— Je suis sûre que l'inspecteur trouvera une explication à cela. Quelles nouvelles de votre homme, le dénommé Evan ?

— Aucune. Il m'a fallu plus de temps pour le débusquer que pour découvrir que lui non plus ne savait pas grand-chose. En revanche, il sait où est passé le tailleur en tweed de Mme Beddows : elle l'a fait nettoyer en toute discrétion. Apparemment, la jupe comme la veste étaient couvertes de boue suite à quelques frasques *al fresco*. Il m'a aussi appris que c'était lui qui était allé chercher la photographie de l'équipe de cricket dans la bibliothèque, sur ordre de Herr Kovacs lui-même, bien qu'il ignore pourquoi ce dernier tenait tant à l'avoir en sa possession.

— Ah oui ? Vraiment ? En parlant de photographie, je suis passée voir Helen en revenant. Quand elle s'est mise à rabâcher que tout cela était affreux, je me suis dit qu'il fallait que je lui trouve quelque chose à faire pour se changer les idées. Je lui ai donc suggéré de développer ses photographies. Cela l'occupera.

— Cela vous occupe bien, vous.

— D'où ma suggestion. Et l'inspecteur Sunderland vous fait ses amitiés.

— Vous lui avez parlé à lui aussi ? Je ne m'étonne plus de votre retard.

— Oui, Fishy m'a laissé me servir de son téléphone. L'inspecteur m'appellera ou m'enverra un câble dès qu'il en saura plus sur Kovacs et sur le monde des courses automobiles.

— Et sur l'école ?

— Et sur l'école. Je n'ai pas oublié.

— Merci, madame.

— Et maintenant, je pense qu'il est temps de prendre un bain avant les cocktails. Fishy est bien décidé à choyer les invités qu'il lui reste, aussi nous a-t-il tous convoqués dans la bibliothèque pour un remontant préprandial. Ou deux. J'ai fait promettre à Helen de descendre. Et il y aura aussi Harry, bien sûr, même si ce n'est que pour soupirer auprès de Jake. Pensez-vous que vous pourrez persuader Spinney de vous laisser servir au dîner, ce soir ? Ce serait agréable de vous avoir là.

— Je verrai ce que je peux faire, madame. Voulez-vous que je vous fasse couler un bain ?

— Êtes-vous sûre d'être en état, ma chère ? s'enquit-elle alors que je me levais. Les baignoires, c'est traître…

— Je me débrouillerai.

14

Je n'étais pas réellement nécessaire au service, ce soir-là, néanmoins M. Spinney accepta ma requête. La dernière fois que j'étais entrée dans la salle à manger, c'était mercredi, juste après l'accident fatal ; l'ambiance était alors à la morosité. Je m'attendais à trouver le même climat d'abattement général mais, à ma grande surprise, tout le monde était de bonne humeur, à l'exception de lord Riddlethorpe.

Libérée des piques continuelles de Mme Beddows, Mlle Titmus était sortie de sa coquille. Lady Lavinia et elle divertissaient lady Hardcastle avec les récits de leurs années d'école, époque où nombre de leurs exploits flirtaient dangereusement avec la criminalité. Pendant ce temps, l'oncle Algy faisait de son mieux pour distraire lord Riddlethorpe, Harry lui servant de faire-valoir. Pour finir, même monsieur le comte succomba à la gaieté qui régnait à table et il se mit à rire avec les autres lorsque l'oncle Algy les régala de son (apparemment célèbre) imitation du roi tentant d'expliquer les règles du cricket à son neveu l'empereur Guillaume II.

Tout comme la fois précédente, les dames se retirèrent dans la bibliothèque à la fin du dîner et à nouveau, je fus invitée à les y accompagner. Je servis le brandy, mais cette fois on me pria sans délai de me joindre à leur petit cercle.

Les évocations du passé s'étant taries d'elles-mêmes, la conversation s'était orientée vers les événements de ces dernières vingt-quatre heures. Lady Lavinia et Mlle Titmus brûlaient de savoir si nous avions des informations dont elles n'auraient pas eu connaissance. Il se trouva que non.

— Mais vous devez sûrement avoir échafaudé quelques brillantes théories, affirma lady Lavinia. Je ne connais personne d'aussi doué que vous deux.

Lady Hardcastle éclata de rire.

— C'est donc que vous ne fréquentez pas les meilleurs cercles, ma chère. Nous n'avons pas le niveau d'intelligence que vous nous prêtez.

— Parlez pour vous, madame, protestai-je.

— En fait, Flo a raison. Vous ne trouverez pas plus douée que cette petite. Malgré cela, nous avons pour le moment plus de questions que de réponses.

— Mais au moins, vous avez des questions ! s'enthousiasma lady Lavinia. Nous, nous n'en avons même pas, n'est-ce pas, Hels ?

— Non, Jake, reconnut Mlle Titmus. Enfin, j'en ai bien quelques-unes, mais je me sens si sotte de ne savoir y répondre…

— Et quelles sont donc ces questions, Emily ? s'enquit lady Lavinia. Que se demande votre brillante petite cervelle ?

— Voyons… (Lady Hardcastle but une gorgée de son brandy tout en réfléchissant à sa réponse.) Qui a vraiment saboté la voiture à moteur de Dawkins ? Ce pourrait être Monty, mais pourquoi aurait-il agi sur la piste, au vu et au su de tout le monde ? Il aurait été bien plus facile de sectionner le câble dans la remise à calèches, à la faveur de l'obscurité – nous avons même retrouvé une paire de pinces sous l'établi. Pourquoi Roz et Monty auraient-ils tué Viktor ? S'il les faisait chanter, quelqu'un d'aussi ingénieux que Roz aurait sûrement réussi à exhumer quelque vilain secret sur lui, en guise de représailles. Leurs manigances auraient alors abouti à une impasse. Or, les ragots, c'est la spécialité de Roz. S'il existait un championnat du monde du colportage de ragots, elle pourrait représenter l'Angleterre.

— En dehors de toutes ces considérations, je ne parviens pas à les imaginer dans le rôle des méchants, avoua lady Lavinia.

— Je ne suis pas sûre que cela suffise à convaincre un jury, estima lady Hardcastle, mais je vois ce que vous voulez dire.

— Et vous, Armstrong ? m'interrogea Mlle Titmus. Quelles sont les questions que vous vous posez ?

— Je crains que lady Hardcastle trouve ma question plutôt sotte et qu'elle ne fasse que brouiller les pistes.

Lady Lavinia se tourna vers Mlle Titmus.

— Qu'est-ce que disait toujours Mlle Blenkinsop, en cours d'histoire, Hels ? Il n'y a pas de questions stupides, seulement des réponses stupides. Que vous demandez-vous, Armstrong ?

— Je me demande pourquoi Herr Kovacs était obsédé par votre vieille photographie de classe. Qu'y a-t-il de si fascinant dans une équipe de cricket ?

— Viktor était quoi ? fit lady Lavinia.

— Il avait la photographie de votre équipe dans sa chambre.

— C'est vrai qu'il avait passé une éternité à l'examiner mercredi soir, après le dîner, n'est-ce pas, Jake ? rappela Mlle Titmus. J'ai même trouvé cela un peu déplacé, pour être franche. Je tenais à ce que tout le monde puisse la regarder.

— Eh bien, ajoutons donc cette question à notre liste qui ne cesse de s'allonger, décida lady Hardcastle. Savez-vous quelque chose au sujet de la rivalité qui existait entre Fishy et Viktor, Jake ?

— Je croyais que ce n'était que des querelles de cour d'école, confessa lady Lavinia. Vous savez comment sont les gars. Edmond est ainsi, lui aussi, mais chez lui cela va encore plus loin. C'est un petit garçon trop zélé, revêtu du costume de son père, et qui feint d'être une grande personne. Leur « rivalité » ressemblait plus à une dispute entre gamins qu'à un jeu de massacre.

Lady Hardcastle sourit.

— Vous voyez ? Toujours des questions, jamais de réponses.

Lorsque les messieurs nous rejoignirent, la conversation avait dérivé vers le dernier projet d'images animées de lady Hardcastle. Quand lord Riddlethorpe apprit de quoi nous parlions, il se mit à la bombarder de questions techniques de plus en plus pointues. Le fonctionnement détaillé de la dernière caméra en date nous fut épargné par l'oncle Algy qui insista lourdement pour jouer au Vignoble magique de Jean-Pierre.

Il était une heure du matin lorsque nous allâmes nous coucher.

Le dimanche se passa comme se passent les dimanches, dans un brouillard monotone d'indolence et d'inaction. Après avoir conduit sous une pluie battante toute la maisonnée à l'église dans la matinée, lord Riddlethorpe se retira dans ses appartements. Lady Lavinia disparut elle aussi, mais où, mystère. Mlle Titmus s'enferma toute la journée dans la chambre noire et lady Hardcastle en profita pour lui emprunter son appareil photographique et prendre elle-même quelques clichés.

Quant à moi, je passai une bonne partie du dimanche dans la chambre que je partageais avec Betty, alternant lecture et bavardage. Betty était en proie à un dilemme : devait-elle faire montre de noblesse et rester fidèle à sa désagréable (et supposée criminelle) maîtresse ou devait-elle penser à son propre intérêt et se couper du scandale ? À l'heure du coucher, nous n'avions toujours pas atteint de conclusion. Bien que n'ayant rien fait de la journée, j'étais épuisée lorsque nous nous souhaitâmes bonne nuit et que nous mouchâmes nos bougies.

Le lundi fut plus lumineux et l'atmosphère de la maison s'en trouva plus joyeuse. Le petit déjeuner fut servi dans la salle à manger et tout le monde réussit à y assister presque en même temps. Je me tenais dans un coin de la pièce, comme si j'étais chargée du service, mais personne n'était dupe, il était clair que je traînais dans les parages. Pourtant personne ne semblait y voir d'objection.

Lord Riddlethorpe et lady Lavinia annoncèrent qu'ils avaient à faire à Leicester et qu'ils seraient absents toute la journée. Harry proposa d'accompagner lady Lavinia : « Si cela ne vous dérangeait pas… C'est-à-dire que, je ne voudrais pas… »

Son bredouillis provoqua l'hilarité de sa sœur qui écopa d'un regard noir. Lorsque lady Lavinia lui tapota la main avec affection et l'assura qu'elle serait enchantée d'avoir sa compagnie, l'embarras d'Harry décupla : on aurait pu faire cuire des crumpets sur ses joues embrasées.

Mlle Titmus avait quelques bricoles à faire dans la chambre noire, laissant lady Hardcastle quelque peu désœuvrée.

— Ne vous inquiétez pas, promit Mlle Titmus. Je n'en ai que pour une heure ou deux. Ensuite, nous pourrons aller déjeuner et organiser des jeux pour cet après-midi. Jouez-vous au golf ?

— Non, confessa lady Hardcastle. C'est quelque chose qui ne m'a jamais été donné d'essayer.

— Je vous apprendrai. C'est rudement facile. Avez-vous des clubs à prêter à Emily, Jake ?

Lady Lavinia s'arracha à sa contemplation des yeux d'Harry.

— Je dirai à Perrin de les retrouver pour vous, ma chère. Mais ils ne sont pas en très bon état, notez.

— Aucune importance ! s'écria Mlle Titmus avec enthousiasme. Nous nous débrouillerons autour du circuit. Cela ne vous ennuie pas, Fishy ?

— Quoi ? Oh, non. Les chiennes viendront vous aider. Elles adorent aller chercher les balles de golf.

— C'est entendu, alors. Je vous retrouve à midi pour un déjeuner et une partie de golf, Emily. Venez avec des bottines confortables et les chiennes.

Elle lâcha sa serviette sur la table et sortit de la pièce d'un pas énergique. L'absence de Mme Beddows lui faisait visiblement du bien.

Sa maîtresse sous les verrous, Betty se retrouvait elle-même désœuvrée, aussi la persuadai-je de se joindre à lady Hardcastle et moi pour un tour du domaine, après le petit déjeuner. Notre intention première était de nous dégourdir les jambes et de nous ouvrir l'appétit avant le déjeuner, mais pour cela nous aurions dû un peu presser l'allure. Néanmoins, nous marchâmes durant des kilomètres.

Le domaine était vaste et nous n'en avions exploré que la moitié lorsque lady Hardcastle consulta sa montre et annonça que nous devrions rebrousser chemin pour le déjeuner.

Il était presque midi et demi quand nous arrivâmes sur la terrasse. Mlle Titmus, assise à la table, lisait un magazine. Deux sacs de golf étaient appuyés contre le muret.

— Je suis désolée pour notre retard, s'excusa lady Hardcastle. Je ne m'étais pas rendu compte de l'étendue du domaine de Fishy. Il doit couvrir la moitié du Rutland.

Mlle Titmus éclata de rire.

— Nc vous en faites pas, j'ai trouvé de quoi m'occuper. (Elle agita le magazine.) Comme je ne me sentais pas de faire un gros repas, j'ai commandé des sandwichs en cuisine. J'espère que cela ne vous dérange pas. J'ai demandé à Mme R. de me confectionner un sandwich jambon et pickles – j'en raffole – mais je l'ai priée d'en préparer tout un assortiment pour vous, les filles, au cas où.

— C'est parfait, déclara lady Hardcastle en s'asseyant. Je n'aime pas particulièrement les pickles, du coup je ne risque pas de vous prendre vos sandwichs. Dites, cela ne vous ennuie pas si Buffrey se joint à nous, n'est-ce pas, ma chère ? Elle nous a tenu compagnie toute la matinée.

— Pas du tout. Buffrey et moi nous connaissons depuis toujours, n'est-ce pas ? Je suis sûre que Roz ferait une crise d'apoplexie à la seule idée que vous puissiez déjeuner avec nous. Mais elle n'est pas là, n'est-ce pas ? (Cette idée semblait combler Mlle Titmus d'allégresse.) Prenez-vous donc une chaise et attaquez-vous au repas ! Je crois que Mme R. a été plus que généreuse, comme d'habitude. Il y en a largement assez pour tout le monde.

Lady Hardcastle remarqua les deux dalmatiennes de lord Riddlethorpe, couchées de part et d'autre de la chaise de Mlle Titmus.

— Vous êtes un chou, Helen. Vous avez même pensé à aller chercher les chiennes. C'était moi qui étais censée le faire.

— Ce sont plutôt elles qui m'ont trouvée, plaisanta Mlle Titmus en tapotant la tête des dalmatiennes.

N'est-ce pas, les filles ? Connaissez-vous Astérope et Électre, Emily ?

— Je ne peux pas dire que nous ayons été présentées dans les règles. Enchantée de faire votre connaissance, les filles.

— Elles sont sœurs. C'était une portée de sept – toutes des femelles –, du coup, ils les ont baptisées d'après les Pléiades. Fishy a gardé ces deux-là. Leur mère est morte l'année dernière. Fishy en a eu le cœur brisé, le pauvre chou.

Tout en parlant, elle avait pris son assiette et s'était renversée contre le dossier de sa chaise, prête à déguster son sandwich. Les chiennes se levèrent d'un coup et se mirent à saliver d'envie. Mlle Titmus se tourna vers celle de droite pour lui tapoter la tête. Celle de gauche en profita pour lui voler son sandwich.

— Oh, Électre ! Vilaine ! s'écria Mlle Titmus. C'était mon déjeuner spécialement préparé pour moi.

Ajoutant l'insulte au méfait, la chienne avala un morceau de sandwich et recracha le reste. Elle se mit à aboyer.

— Bien fait pour toi ! pouffa Mlle Titmus. Tu n'aimes pas les pickles, hein ? Ça t'apprendra à voler les sandwichs des autres.

Elle se pencha pour ramasser ce qui restait de son déjeuner.

— Tant pis pour mon sandwich ! Heureusement que Mme R. en a préparé beaucoup.

— Goûtez donc celui à la tomate et au fromage, ma chère, suggéra lady Hardcastle. Je ne sais pas si cela tient à la terre… ou au soleil. Je n'ai jamais mangé de tomates aussi douces.

Nous attaquâmes la pile de sandwichs. Il y avait du vin, comme d'habitude, et l'ambiance devint vite conviviale. Betty était bien un peu empruntée au début, mais quand nous eûmes mangé nos sandwichs jusqu'à la dernière miette, elle et Mlle Titmus s'entendaient comme larrons en foire.

L'estomac plein et l'humeur au beau fixe, nous rassemblâmes les clubs de golf, appelâmes les chiennes et nous mîmes en route vers le milieu du circuit.

Juste à l'intérieur du circuit automobile s'étendait un petit carré d'herbe grasse et régulière. Nous y déposâmes les deux sacs de golf. Les dalmatiennes bondissaient autour de nous, tout excitées.

Lady Hardcastle laissa Mlle Titmus lui montrer comment tenir le club et frapper la balle, puis elle s'essaya elle-même à quelques swings maladroits. Mlle Titmus corrigea sa position et guida à nouveau ses gestes pour lui faire atteindre le swing parfait.

— Laissez-moi essayer avec une balle, ma chère, suggéra lady Hardcastle au bout de plusieurs essais. Voyons si j'ai pris le coup.

Mlle Titmus tira du sac un petit carré de caoutchouc et une balle de golf tout éraflée. Elle plaça avec soin la balle sur le tube fixé au centre du carré et se recula.

— Allez-y, Emily ! Un beau swing bien puissant, et rappelez-vous de ne pas laisser retomber le bras après avoir frappé la balle. Il faut « accompagner le mouvement », comme on dit.

— Vous avez raison, ma chère.

Si lady Hardcastle avait été un homme, on l'aurait traitée de goujat ou de malotru. Hélas, il n'existait pas de termes équivalents au féminin. Sa prétendue inexpérience des parcours de golf, proclamée d'un ton si innocent – « Ce n'est pas quelque chose qu'il m'a été donné d'essayer » – n'était qu'un mensonge éhonté. Elle y jouait régulièrement depuis au moins vingt ans et si Harry n'avait pas été aussi distrait par lady Lavinia, il aurait rétabli la vérité au petit déjeuner.

Elle se mit en position, amorça son swing et frappa la balle bien au centre du club. La balle décrivit une longue trajectoire arrondie qui culmina au-dessus de la petite colline en face de nous.

— Quelque chose comme ça, ma chère ? s'enquit lady Hardcastle avec un sourire espiègle.

— Oh, le petit monstre ! s'indigna Mlle Titmus en riant. Vous me faites marcher depuis tout à l'heure. Espèce de crapule !

— J'ai suivi vos instructions à la lettre, je vous l'assure.

— Pff… J'ai presque envie de vous envoyer récupérer la balle. Mais ce serait priver les chiennes d'une occasion de courir. (Elle frictionna les oreilles des deux impatientes dalmatiennes.) Allez, les filles, allez chercher la balle ! lança-t-elle du ton enthousiaste qu'on réserve aux chiens et aux petits enfants. Allez chercher !

Les chiennes ne se le firent pas dire deux fois, elles avaient déjà filé comme des flèches.

— Cela vous dit d'essayer, Buffrey ? s'enquit lady Hardcastle. C'est terriblement amusant.

— Eh bien, je… marmonna Betty.

— Oh, allez ! Essayez donc ! l'encouragea Mlle Titmus. Quand le chat n'est pas là… pas vrai ?

— Oui ! s'exclama Betty, prise d'une soudaine résolution. Oui, d'accord !

Elle prit le club qu'on lui tendait et fit de son mieux pour imiter le swing de lady Hardcastle. À sa première tentative, elle arracha une grosse motte de pelouse devant le tee et la balle tomba sur le carré de caoutchouc. Son second essai passa très au-dessus de la balle et, emportée par son élan et ses bottines à semelles lisses, Betty fit un tour complet sur elle-même.

Quand l'hilarité générale fut retombée, elle se prépara à effectuer une troisième tentative. Pendant un bref moment, nous attendîmes le retour des chiennes. Enfin, l'une d'elles réapparut, trottina jusqu'à lady Hardcastle et déposa la balle luisante de bave à nos pieds. C'est alors que Betty tenta son troisième swing. Cette fois, elle frappa la balle et réussit un coup lobé qui retomba à une trentaine de mètres en direction de la petite colline.

— Bien joué, la félicita Mlle Titmus. Vous êtes douée. Et vous, Armstrong ? Je parie que vous jouez avec votre maîtresse. À moins que vous vouliez me faire croire que vous n'avez jamais vu une balle de golf de votre vie ?

— Ce serait amusant de vous mener en bateau, mademoiselle. Mais lady Hardcastle m'a appris à jouer il y a des années.

Ce fut à mon tour d'essayer. Je vis dès l'instant où le club frappa la balle que j'avais réussi une excellente trajectoire. La balle décrivit une courbe impeccable et, à mes yeux, monta bien plus haut que celle de lady Hardcastle. J'étais déçue que sa balle ait déjà été récupérée par les chiennes. Il aurait été amusant de voir de combien de mètres je l'avais dépassée.

— Vous devez absolument vous inscrire à la journée des dames de mon cercle de golf, toutes les deux, s'enthousiasma Mlle Titmus. Je parie que vous donneriez du fil à retordre à tous ces gars.

À son tour, elle frappa la balle qui disparut par-dessus la colline, toujours selon la même trajectoire. Tout sourire, elle envoya la chienne la chercher. J'étais moins confiante qu'elle en la capacité de la dalmatienne à comprendre la nécessité de récupérer trois balles, mais comme nous n'avions rien de mieux à faire, nous discutâmes de nos exploits au golf en attendant son retour.

Cinq minutes s'écoulèrent avant que nous ne décidions que la chienne n'allait sûrement pas revenir et que nous allions sans doute devoir nous déplacer de l'autre côté de la petite colline herbeuse. Nous rassemblâmes les sacs de golf et le tee de Mlle Titmus et partîmes en direction de nos coups.

Arrivées en haut de la colline, nous promenâmes le regard alentour, cherchant ce qu'il était advenu des chiennes et des balles de golf, quand nous vîmes les dalmatiennes à une cinquantaine de mètres en contrebas. L'une semblait se reposer, comme si l'effort d'avoir arpenté la butte dans les deux sens l'avait épuisée. C'est lorsque nous entendîmes les gémissements de sa sœur que nous comprîmes que quelque chose n'allait pas.

— Oh, doux Jésus ! s'affola Mlle Titmus. Électre ! La pauvre petite a dû recevoir une de nos balles en pleine tête. Elle s'est évanouie.

Elle pressa le pas vers la chienne assommée et nous nous engageâmes à sa suite. Arrivée devant Électre, Mlle Titmus se pencha pour l'examiner.

— Je ne vois aucune trace de contusion. Nous ferions mieux de la ramener à la maison, cependant. Pensez-vous que nous parviendrons à la porter jusque là-bas ?

— Peut-être, répondit lady Hardcastle. Mais si elle est blessée, nous devrions sans doute la traiter avec plus de ménagement. Flo, ma chère, filez à la maison et voyez si vous pouvez trouver une charrette à bras ou autre.

— Je viens avec vous, dit Betty. Je crois savoir où il y en a une.

— Et une couverture ! nous lança lady Hardcastle alors que nous repartions vers la maison.

Laissant Betty s'occuper de la charrette à bras, j'entrai dans la maison pour voir si lord Riddlethorpe était revenu.

Je n'avais jamais eu de chien, mais j'étais sûre que le cas échéant, j'aurais aimé qu'on me prévienne s'il avait été assommé par une balle de golf.

Je le trouvai dans son bureau.

— Tiens, Mlle Armstrong, me salua-t-il alors que je passais la tête par l'entrebâillement de la porte. Que puis-je faire pour vous ?

— Pardon de vous déranger, monsieur le comte, mais Électre a eu un accident.

Il blêmit.

— Oh, Seigneur, murmura-t-il. Combien de tragédies cette affreuse semaine nous apportera-t-elle encore ? Que s'est-il passé ?

— Nous ne savons pas trop, mais on dirait qu'elle a été atteinte par une balle de golf perdue. Elle est inconsciente.

Il se détendit.

— Ce n'est que ça ? fit-il avec un pâle sourire. Ces stupides créatures se mettent toujours dans des pétrins impossibles. Je suis sûr qu'elle n'a rien.

— Mlle Buffrey est allée vous emprunter une charrette à bras pour la ramener ici. Lady Hardcastle et Mlle Titmus sont restées là-bas pour s'occuper d'elle.

— Merci. Je suis sûr qu'elle est entre de bonnes mains. Je téléphonerai au vétérinaire, au cas où. Il habite de ce côté-ci du village. Il pourra toujours venir l'examiner.

— Vous avez raison, monsieur le comte. Et maintenant, si cela ne vous ennuie pas, je ferais bien de retourner là-bas.

— Bien sûr. Merci de m'avoir prévenu.

Le temps que je retraverse la maison et que je reparte vers le circuit, les brancardières arrivaient déjà. Mlle Titmus poussait la charrette à bras tandis que Betty réconfortait la chienne blessée. Lady Hardcastle fermait la marche avec une Astérope toute morose.

J'attendis qu'elles soient à ma hauteur pour les aider à transporter Électre dans le hall d'entrée où nous la laissâmes aux bons soins de son maître.

— Merci, mesdames, dit lord Riddlethorpe. Le vétérinaire est en route.

— Je suis vraiment navrée, Fishy, s'excusa Mlle Titmus, bouleversée. Tout cela, c'est ma faute. J'aurais dû attendre avant de frapper ma balle. J'espère de tout cœur qu'elle n'a rien.

— Ne vous inquiétez pas, Helen. Vous n'y êtes pour rien. Elle a connu pire, hein, ma vieille ?

Il s'accroupit et se mit à caresser doucement la chienne qui avait repris connaissance et était à présent enveloppée dans une couverture. La pauvre bête semblait dans un état épouvantable. Elle était secouée de spasmes puis retombait immobile.

— Ne t'en fais pas, ma vieille. On va te remettre d'aplomb en un rien de temps.

Lady Hardcastle croisa mon regard et me fit signe qu'elle voulait me parler en aparté. Nous nous éclipsâmes en direction de la terrasse.

Elle se mit à examiner les alentours de la table.

— Cette chienne ne s'est pas pris une balle de golf dans la caboche, n'est-ce pas ? dis-je.

— Non, répondit-elle tout en continuant à chercher. Vous avez vu dans quel état elle est. Elle a été empoisonnée. Quelque chose comme de la strychnine, si je me souviens bien de mes poisons.

Elle ramassa un petit bout de sandwich mâchonné que les domestiques avaient oublié par terre en débarrassant la table.

— Par chance, elle n'en a presque pas mangé. Sauvée par les pickles.

— Vous croyez ? m'étonnai-je. Ce serait donc un acte délibéré ? Mais alors, cela signifie que quelqu'un en voulait à Mlle Titmus.

— Ça m'en a tout l'air, non ? Je vais retourner annoncer la mauvaise nouvelle à Fishy. Peut-être le vétérinaire pourra-t-il faire quelque chose pour la pauvre bête s'il sait de quoi elle souffre. Je pressens qu'à la campagne, les vétérinaires ne sont que trop souvent confrontés à des empoisonnements accidentels.

— Vous avez raison, madame. Y a-t-il un intérêt à ce que j'aille interroger le personnel en cuisine ou avez-vous déjà un plan d'action ?

— Pour le moment, je ne vois pas de meilleure initiative. Mais n'en parlez qu'à Mme Ruddle et à sa fille de cuisine. Je ne pense pas qu'une cuisinière soit assez sotte pour empoisonner les plats qu'elle aurait elle-même préparés – elle serait la première à être soupçonnée – mais je ne voudrais pas qu'à l'office quelqu'un apprenne que nous l'avons dans le collimateur.

Mme Ruddle était toujours facile à trouver – je ne l'avais jamais vue ailleurs que dans sa cuisine. Hélas, le fait d'y être confinée signifiait que ni elle ni Patty n'avaient vu quoi que ce soit.

— Je les ai posés sur la table de l'office, déclara Patty. Puis j'suis revenue droit ici.

— Qui les a commandés ? demandai-je.

— C'est Alfie qu'est descendu dire que Mlle Titmus voulait des sandwichs.

— Alfie, c'est un des valets de pied ?

— C'est ça. Je l'ai appelé quand tout a été prêt et je les ai laissés sur la table.

— Autrement dit, tout le monde savait qu'ils étaient là ?

— C'est ça.

— Et qui était au courant pour le sandwich au jambon et aux pickles ? Qui savait qu'il était destiné à Mlle Titmus ?

Patty et Mme Ruddle se mirent à rire.

— Tout le monde, ma chère, affirma Mme Ruddle. Chaque fois qu'elle vient ici avec madame la comtesse, on doit faire ben attention d'avoir des pickles exprès pour elle. Personne d'autre qu'elle les aime. S'il y a des pickles dans un sandwich, vous pouvez être sûre que c'est pour not' Mlle Titmus.

Cela ne m'aidait en rien. Presque tous les membres de la maisonnée avaient eu une raison ou un prétexte pour se trouver à l'office avant l'heure du déjeuner, et si tous savaient à qui étaient destinés les sandwichs, il était impossible de réduire le nombre des suspects.

— Merci, mesdames, dis-je en m'apprêtant à repartir.

— Pourquoi, quelque chose n'allait pas avec mes sandwichs ? s'inquiéta Mme Ruddle. Les pickles étaient pas bons ? Ils étaient parfaits quand ils sont sortis de ma cuisine.

— Pas du tout, Mme Ruddle, la rassurai-je chaleureusement. Lady Hardcastle s'interrogeait sur un détail, c'est tout. Vous savez comment ils sont, « en haut ».

La cuisinière opina sagement du bonnet et je pris congé.

Je trouvai lady Hardcastle en train de flâner le long d'une allée du jardin à la française, à l'arrière de la maison, faisant voler des gravillons du bout du pied.

— Vous allez gâcher vos bottines, la sermonnai-je en arrivant à sa hauteur.

— Pardon, Mère, répliqua-t-elle sans lever les yeux.

— Comment va Électre ?

— Elle devrait s'en tirer. Le vétérinaire a dit qu'il voit des empoisonnements accidentels chaque année, il sait donc quoi faire. C'est une bonne chose que Fishy l'ait appelé.

— Comment a-t-il pris l'histoire du sandwich empoisonné ?

— J'ai décidé de ne pas lui dévoiler cet aspect-là de l'affaire. Il est dans une rogne noire à l'idée que quelqu'un ait pu laisser traîner de la mort-aux-rats à portée des chiennes, mais il ne m'a pas trop questionnée sur les détails. Ça aussi, c'est une bonne chose : je n'aurais pas eu d'histoire crédible à lui fournir pour expliquer que sa chienne en soit venue à manger un sandwich empoisonné.

— Il faudra pourtant bien qu'il sache.

— Il le saura, mais en temps voulu : je préfère lui apporter une explication plutôt qu'un autre mystère. Et je ne sais pas si Helen réagira particulièrement bien en apprenant que quelqu'un a essayé de l'éliminer.

— Non, c'est certain.

— Harry et Jake sont arrivés alors que le vétérinaire chargeait Électre dans son véhicule tout-terrain. Pour tout vous dire, l'idée de les mettre tous les quatre aux cent coups ne m'enchantait guère.

À nouveau, elle donna un coup de pied dans le gravier.

— Je peux le comprendre, dis-je. Nous devrons simplement redoubler d'efforts.

— C'est ce que nous allons faire.

Nous continuâmes à marcher.

Nous quittâmes bientôt le jardin à la française et nous retrouvâmes à errer sur le domaine, nous dirigeant vaguement vers la longue allée bordée d'arbres. À travers les branches, j'aperçus ce qui me parut être lady Lavinia et Harry marchant vers nous avec une absence de but semblable à la nôtre. Je donnai un coup de coude à lady Hardcastle et les lui désignai de la tête.

— On dirait que je vais devoir faire l'emplette d'un nouveau chapeau, plaisanta-t-elle lorsqu'elle les vit.

— Ils viennent à peine de se rencontrer, tempérai-je. Vous n'allez tout de même pas déjà les marier.

— Vous voulez parier ? Dix shillings qu'il lui fait sa demande avant que nous soyons rentrées chez nous.

— Pari tenu. Il lui faudra des mois avant de trouver le courage de… Mais que diable ?

Il y eut un craquement de boîte de vitesses tandis que la Rolls-Royce Silver Ghost de lord Riddlethorpe s'engouffrait dans l'allée, en direction de la route principale. Le véhicule prenait de la vitesse.

— Dites, me demanda lady Hardcastle, qui diable est au volant, d'après vous ?

— Lord Riddlethorpe ?

— Non, il est bien meilleur conducteur que cela. Morgan aussi. Je me demande… Harry ! hurla-t-elle soudain alors que lady Lavinia et Harry allaient couper par l'allée.

Ils étaient en plein sur la trajectoire de l'auto qui roulait à tombeau ouvert.

En entendant son nom, Harry leva la tête : sa sœur gesticulait frénétiquement dans sa direction. Il se retourna et vit la voiture à moteur qui fonçait droit sur eux. Il poussa lady Lavinia au creux des reins, l'envoyant s'étaler dans l'herbe du bas-côté. Lui-même bondit en arrière, mais il ne fut pas assez rapide. Le garde-boue de la Rolls lui accrocha la hanche et il tomba lourdement. L'automobile ne s'arrêta pas et disparut très vite de notre champ de vision.

Nous nous précipitâmes.

À notre arrivée dans l'allée, lady Lavinia était penchée sur Harry. Elle avait du sang sur les mains aux endroits où elle s'était égratignée en tombant, sa robe était déchirée, mais elle ne semblait pas s'en soucier. Harry était sonné.

— Harry ? Harry ? répéta-t-elle un peu plus fort.

— Quoi ? répondit-il avec irritation. Oh, Lavinia, je suis vraiment navré, je ne… Dites donc, ma jambe me fait un mal de chien.

— Cela arrive quand on se fait renverser par une voiture à moteur lancée à pleine vitesse, mon cher frère, répliqua lady Hardcastle. Mais non, espèce d'andouille, n'essaie pas de te lever ! Qu'est-ce qui te prend, voyons ?

Harry se laissa retomber lourdement.

— Cet homme est idiot, commenta ma patronne.

— C'est vrai, convint lady Lavinia en lui caressant les cheveux. Mais c'est mon idiot à moi.

— Flo, soyez un chou et trottez jusqu'à la maison pour nous rapporter cette charrette à bras. Il nous faut sortir cet idiot de la route. Ramenez-nous également des gros bras – je ne suis pas sûre que nous puissions le soulever toutes seules.

— Dites aussi à Fishy de téléphoner au médecin, s'il vous plaît, Armstrong, ajouta lady Lavinia. Je crains qu'il ne lui faille un plâtre.

— Je demanderai à monsieur le comte.

Lady Lavinia éclata de rire.

— Mais non, bon sang ! il ne s'agit pas de le lui demander, mais de le lui dire ! Fishy est aussi crétin qu'Harry. Ils ont besoin qu'on leur dise de faire les choses, ces deux idiots.

15

La jambe d'Harry était méchamment contusionnée. Bien qu'il n'ait rien de cassé et aucune séquelle durable, on le garda une nuit en observation à l'hôpital de proximité, par mesure de précaution. Lady Lavinia demeura à son chevet et je commençai à penser que j'allais perdre mes dix shillings. Mais c'était un pari que j'aurais volontiers perdu.

Ils revinrent ensemble à la maison à l'instant où lady Hardcastle et Mlle Titmus s'asseyaient à la table du petit déjeuner. Comme il n'y avait personne dans les environs, elles m'invitèrent à me joindre à elles. Je déclinai la proposition – il se pouvait qu'on ait encore besoin de moi à l'office et je ne voulais pas me mettre la domesticité à dos à force de trop frayer avec ceux d'en haut. Je trouvai un compromis en m'attardant dans un coin de la pièce avec un sandwich que je m'étais confectionné avec deux saucisses prises entre des tranches de toast beurré.

Des pas résonnèrent lourdement dans le hall. La porte s'ouvrit.

— Ohé, sœurette ! lança Harry en clopinant dans la salle à manger au bras de lady Lavinia. Vous nous avez gardé du bacon ? Ou avez-vous tout bâfré ?

— Ce ne serait pas la première fois que je te garde du bacon, mon cher, répliqua lady Hardcastle. Tu vas mieux, me semble-t-il.

— Je me porte comme un charme, ma vieille. B'jour, Helen ! Et Strong Arm ! Que faites-vous donc à rôder dans les parages ?

— Harry n'est pas du tout rétabli, rectifia lady Lavinia. Il a ordre de se reposer et j'ai bien l'intention de veiller à ce qu'il obéisse aux prescriptions du médecin.

— Alors, venez donc aider un pauvre gars à s'asseoir, ma grande, et je me reposerai là. Avec mon bacon.

Ils s'assirent tous les deux.

— Je vois qu'on a retrouvé la Rolls, remarqua lady Lavinia en prenant un toast. (Je fus un peu surprise par son prosaïsme.) Partant du principe qu'elle s'était envolée pour de bon, nous avons pris un taxi pour nous ramener de l'hôpital. Si j'avais su, j'aurais téléphoné à Morgan.

— Oui, confirma lady Hardcastle. Elle a été abandonnée sur un chemin. Je ne suis pas sûre du nom. Church Lane ? C'est celui qui délimite le domaine à l'Est. Morgan et quelques jeunes domestiques l'ont trouvée là et ils l'ont ramenée hier soir.

— C'est affreux, s'émut Mlle Titmus. Après tout ce qui s'est passé. Pourquoi quelqu'un voudrait-il s'en prendre à vous, Harry ?

— Qui peut dire ce qui pousse ces gens à faire ce qu'ils font ? Quelque irresponsable se sera dirigé vers la maison sous un prétexte ou un autre, il est tombé sur la Rolls, l'a volée, m'a percuté, puis s'est débarrassé de l'auto lorsqu'il a compris dans quel pétrin il s'était fourré. Nous ne saurons jamais pourquoi.

Lady Hardcastle et moi échangeâmes un regard. C'était l'explication la plus abracadabrante qui se pouvait imaginer pour expliquer les événements de la veille, mais d'un léger signe de tête, ma patronne me fit savoir que nous n'allions pas contredire son frère. Je croisai ensuite le regard d'Harry et je compris qu'il ne croyait pas plus que nous à son histoire.

— Dieu merci, ça ne s'est pas trop mal fini… soupira Mlle Titmus.

— Il ne faut plus s'en soucier, maintenant, décréta Harry. Dites, vous croyez qu'on pourrait persuader Mme R. de me faire frire deux œufs ? J'ai un faible pour les œufs sur le plat, mais elle semble préférer les servir à la coque, ces satanés trucs.

— Je descends le lui demander, monsieur.

— Merci, Strong Arm, vous êtes une perle. C'est une sacrée perle que tu as là, sœurette. Ne la laisse pas filer.

— Non, Harry, j'y veillerai, le tranquillisa lady Hardcastle. Jake, ma chère, que lui ont-ils donné à l'hôpital ?

— Quelque chose contre la douleur, mais je ne sais pas quoi exactement. Il n'a pas cessé de jacasser durant tout le trajet.

Mlle Titmus avait accepté de nous retrouver dans la bibliothèque après le petit déjeuner afin de nous montrer les photographies de la semaine précédente. Nous nous massâmes autour du bureau, près de la fenêtre qui nous procurait une source de lumière naturelle.

— Regardez, Emily. Vous voilà avec Armstrong.

— Doux Jésus ! se récria lady Hardcastle, impressionnée. Je ne m'étais même pas rendu compte que vous nous photographiiez. Vous savez, je pense que vous tenez là quelque chose, ma chère. On a toujours l'air si guindé et si cérémonieux sur les photographies : tout le monde en habits du dimanche, le regard braqué sur l'objectif. Tandis que sur les vôtres… Eh bien, vous semblez nous avoir saisies telles que nous sommes dans la vie. Flo ne ressemble jamais à cela sur les photographies : or, c'est à cela qu'elle ressemble en réalité. Vous avez du talent, ma chère, un véritable don. Vous devriez vraiment essayer d'en faire quelque chose.

— J'y ai mûrement réfléchi, avoua Mlle Titmus. Et je crois que je vais me lancer pour de bon.

— Bravo !

Lady Hardcastle continuait de passer en revue le petit tas de photographies. Soudain, l'une d'elles attira son regard.

— Dites donc ! Regardez… là. Que voyez-vous ?

Mlle Titmus et moi nous étirâmes le cou. C'était une photographie prise le jour de l'accident. Les voitures à moteur étaient en position sur la ligne de départ. Lady Hardcastle et moi nous étions tournées vers l'objectif lorsque nous avions entendu approcher Mlle Titmus et le reste de la troupe. Lord Riddlethorpe était penché sur la numéro 1, en train de faire quelques réglages sous le capot. Morgan Coleman, assis dans la numéro 4, souriait d'une oreille à l'autre, visiblement conscient de son allure fringante au volant de cette voiture de course profilée. M. Waterford, lui, était debout, une clé à molette à la main.

— Que devons-nous regarder, madame ? demandai-je.

— Ce pauvre Dawkins s'est tué au volant de la numéro 3. Or, d'après l'inspecteur Foister, Monty a trafiqué les freins de l'automobile sur la ligne de départ. Pour affirmer cela, il s'est fondé sur les déclarations de plusieurs témoins, dont moi, qui ont certifié avoir vu Monty bricoler l'une des autos.

— Et vous aviez raison, opina Mlle Titmus. Tenez, le voilà dans sa salopette, un outil à la main.

— Oh ! m'exclamai-je en comprenant soudain. Monsieur Waterford se tient derrière la numéro 2. Il ne s'est pas approché de la numéro 3.

Mlle Titmus examina à nouveau le cliché.

— Donc, il ne peut pas avoir trafiqué la numéro 3 ! s'écria-t-elle.

— Hum, ne nous emballons pas, tempéra lady Hardcastle. Tout ce que cela démontre, c'est que la version des événements reconstituée par l'inspecteur est erronée. Cela ne prouve pas que Monty n'a pas trafiqué les freins dans la remise à calèches, c'est-à-dire à l'endroit où nous croyons que le forfait a eu lieu.

— Oui, c'est vrai, reconnut Mlle Titmus. Mais il n'empêche ! Je vais de ce pas dire à Fishy de téléphoner à l'inspecteur. Nous allons les faire libérer en un rien de temps !

Elle prit la photographie et sortit de la bibliothèque en toute hâte.

— Ce n'est guère concluant comme preuve de son innocence, fit observer lady Hardcastle après son départ.

— Non, convins-je. Mais l'inspecteur n'avait pas non plus de preuve concluante de sa culpabilité, en dehors de ce qu'ont déclaré les témoins. Or cette photographie montre bien que les témoins n'ont pas vu M. Waterford s'occuper de la numéro 3.

— C'est vrai, admit lady Hardcastle. J'imagine que si nous demeurons encore un peu au manoir, nous finirons tous soit assassinés, soit blanchis par une preuve fortuite. Le dernier qui restera sera le meurtrier.

— Démasqué à l'usure.

— Ma foi, oui. En attendant, c'est bien joli, mais ce sont nos amis que l'on tue. Le meurtrier a déjà tenté de s'en prendre à Helen et à Harry. Qui sera le prochain ?

Helen revint quelques minutes après, les joues rouges d'excitation.

— J'ai raconté à Fishy ce que vous aviez découvert et il est enthousiasmé. Il a tout de suite téléphoné à l'inspecteur Foister. Quand je l'ai laissé, il lui parlait avec la plus grande fermeté. À mon avis, Roz et Monty seront de retour avant le déjeuner. Devrions-nous leur envoyer la voiture à moteur ?

Oh oui, n'est-ce pas ? Il faudra bien que quelqu'un aille les chercher, non ? À moins que la police ne les ramène ?

Avant que lady Hardcastle ait pu répondre, lord Riddlethorpe apparut sur le seuil de la bibliothèque.

— Bien joué, mesdames ! Grâce à votre œil de lynx, j'ai pu persuader l'inspecteur Foister de les libérer sous caution. Je dois me rendre là-bas sur-le-champ afin de prendre toutes les dispositions nécessaires. Je vous dois une bouteille de quelque chose. À chacune d'entre vous.

— Ce n'est rien, Fishy, mon cher, affirma lady Hardcastle. C'est compris dans nos prestations.

Lord Riddlethorpe nous adressa un joyeux au revoir de la main et referma la porte derrière lui.

Pour la rouvrir presque aussitôt.

— J'avais complètement oublié, dit-il en passant la tête. Il y a un type au téléphone qui vous demande, Emily. L'inspecteur Middlesbrough ou quelque chose comme ça. Bye-bye !

— Sunderland ! rectifia lady Hardcastle, mais il était déjà parti. Mieux vaut ne pas faire attendre ce brave homme. Je vais voir ce qu'il me veut. Flo, pourriez-vous être un chou et nous apporter du café ? Vous en voulez aussi, n'est-ce pas, Helen ?

— Nous pourrions sonner pour qu'on nous en apporte, lui fit remarquer Mlle Titmus.

— C'est vrai, mais nous pouvons aussi envoyer Flo en cuisine. Six ou la racine carrée de trente-six, cela revient au même.

— Ne vous en faites pas, Mlle Titmus, la rassurai-je. Je vais faire un petit tour en cuisine. De toute façon, j'ai deux ou trois choses à faire aux Enfers.

— Puis-je vous demander une cafetière pour la bibliothèque, je vous prie, Mme Ruddle ?

La cuisinière leva la tête du mélange qu'elle préparait.

— Pour sûr, ma chère. Patty va vous faire ça. Mais vous auriez pu sonner, vous savez.

— Je sais. Mais j'aime bien descendre ici pour voir tout le monde.

— Ça, c'est gentil, ma chère. La plupart d'ent' nous resteraient en haut s'ils pouvaient. Patty ! Prépare donc un plateau de café pour la bibliothèque.

— Merci, Mme Ruddle. Vous savez, je…

Je fus interrompue par un grand désordre à l'office. Mme McLelland était en train de passer un sacré savon à quelqu'un et peu lui importait qu'on l'entende jusqu'en cuisine.

— … ingrat, malfaisant, menteur, fourbe, VOLEUR !

Ce dernier mot fut hurlé avec tant de force qu'il parut la submerger et la laisser momentanément privée de la parole.

Avec une fougue inhabituelle, Mme Ruddle reposa bruyamment son saladier sur le plan de travail.

— Cette fois, elle est allée trop loin, déclara-t-elle en s'essuyant les mains à son tablier. J'me fiche d'savoir ce qui s'passe, c'est point des façons de faire !

Alors qu'elle partait vers l'office, je la retins doucement par le bras.

— Laissez-moi faire, Mme Ruddle. Nous serons bientôt parties d'ici et peu importe l'opinion que votre intendante peut avoir de moi. Mais je ne voudrais pas vous voir scier la branche sur laquelle vous êtes assise.

Sans cesser de fulminer, Mme Ruddle se laissa ramener vers son plan de travail. Je passai à l'office où je découvris un *tableau vivant* digne d'un spectacle théâtral : « La Stupéfaction des domestiques ». Deux servantes, un valet de pied, un cireur et une blanchisseuse étaient figés, muets d'horreur devant cette explosion de colère. Le seul mouvement fut la retraite d'Evan Gudger qui sortit de la salle d'un pas rageur. Mme McLelland darda un regard furieux autour d'elle.

— Reprenez tous votre travail ! vociféra-t-elle. Et vous, qu'est-ce que vous avez à me dévisager comme ça ? s'emporta-t-elle en me voyant. Qu'est-ce que vous voulez ?

— Pour commencer, je ne veux plus jamais que vous vous adressiez à moi sur ce ton.

— Oh vous, sortez de mon office, espèce de bonniche prétentieuse !

Et sur ces mots, elle partit à grands pas en direction de sa pièce.

Je haussai les épaules et retournai en cuisine pour chercher le café.

Je montai le plateau de café à la bibliothèque où lady Hardcastle et Mlle Titmus s'étaient confortablement installées dans des fauteuils. Elles en avaient disposé un troisième autour d'une table basse sur laquelle je déposai le plateau.

— Venez vous asseoir avec nous, me proposa lady Hardcastle. Cela ne vous dérange pas, Helen ?

— Cela ne me dérange jamais, Emily, je vous l'ai déjà dit. Vous êtes toujours la bienvenue parmi nous, Armstrong.

— Merci, dis-je en m'asseyant.

— Si j'ai voulu m'assurer de votre accord, Helen, c'est que j'ai eu des nouvelles de notre ami l'inspecteur de Bristol et que j'aurais besoin de vous poser quelques questions. À propos de vos années d'école.

— Oh, fit Mlle Titmus. Je vois. Eh bien… non, allez-y. Il faudrait sans doute que vous sachiez que…

— Voyez-vous, ma chère, nous avons travaillé en partant de l'hypothèse que les terribles événements de la semaine dernière étaient tous liés d'une manière ou d'une autre à l'écurie de course automobile de Fishy : le sabotage de l'une de ses voitures à moteur et l'agression de son rival, Viktor.

Mlle Titmus opina du chef. Son sourire timide avait cédé la place à un air de… tristesse ? Regret ?

— Ou plus exactement, continua lady Hardcastle, c'est moi qui ai échafaudé cette hypothèse. Florence, pour sa part, était plus encline à regarder dans une autre direction. Et tandis que je m'obstinais à penser que nous découvririons les indices nécessaires à l'enquête dans des articles de courses automobiles et des minutes de conseils d'administration, Flo, elle, ne cessait de m'interroger sur vos années d'école.

Mlle Titmus acquiesça de nouveau.

— Et donc, quand j'ai dit que j'allais demander à l'inspecteur Sunderland de s'intéresser aux courses automobiles, Flo m'a supplié de l'interroger aussi sur l'école de filles Evanshaw. Il semble que, comme d'habitude, son instinct s'est avéré plus affûté que le mien. De toute évidence, je ne puis exclure une intrigue commerciale, mais à mon avis, les événements de la semaine dernière relèvent sans doute d'une histoire bien plus humaine.

Mlle Titmus, les mains jointes sur les genoux, regardait fixement le parquet.

— L'inspecteur a retrouvé un article de journal daté de juin 1883.

— Ne dites rien, Emily, implora Mlle Titmus. Je ne peux pas le supporter. Je n'ai jamais pu le supporter. Je vous en prie, ne dites rien !

— Je regrette, ma chère, mais je crois que d'une certaine manière, les événements de cet été-là sont liés aux événements de cet été-ci et il me faut absolument entendre votre version de l'histoire.

— L'article en donnait un compte-rendu correct, dans l'ensemble, souffla Mlle Titmus.

Je ne voulais pas rompre l'instant en mettant les pieds dans le plat avec des questions idiotes, mais tous ces détours commençaient à devenir un tantinet lassants. Je haussai un sourcil interrogateur.

— Pardonnez-moi, ma chère, s'excusa lady Hardcastle. Ce doit être terriblement frustrant pour vous. Vous vous souvenez de la première fois où nous avons vu la photographie de l'équipe de cricket ? Il y avait une fille plutôt belle, aux cheveux bruns. Nous leur avons demandé qui c'était.

— Katy Quelquechose.

— Burkinshaw. Quand nous avons souhaité en savoir plus, Lavinia nous a répondu qu'on en parlerait un autre jour. Ce jour-là est arrivé, je le crains. Voyez-vous, l'article qu'a retrouvé l'inspecteur Sunderland rapporte une tragédie survenue à l'école de filles Evanshaw. Une jeune demoiselle d'à peine seize ans, sur le point d'aller parfaire son éducation en Suisse, a été retrouvée pendue un soir dans le pavillon, sur le domaine de l'école. Il s'agissait de Katy Burkinshaw.

Une larme roula sur la joue de Mlle Titmus.

— Pauvre Katy, murmura-t-elle. C'est ma faute. J'aurais dû l'arrêter. J'aurais dû comprendre ce qui allait se passer.

— On ne peut arrêter quelqu'un qui a pris sa décision, ma chère, tenta de la réconforter lady Hardcastle avec douceur. Lorsqu'une personne en arrive à un tel degré de désespoir…

— Pas Katy, se défendit Mlle Titmus avec une certaine surprise. Je parlais de Roz. C'est Roz que j'aurais dû arrêter.

Lady Hardcastle et moi la dévisageâmes avec de grands yeux.

— Roz l'a tuée ? nous écriâmes-nous d'une seule voix.

Ce fut au tour de Mlle Titmus d'ouvrir de grands yeux.

— Quoi ? Non ! Non, juste Ciel ! Enfin, pas comme vous l'entendez. Mais dans un certain sens, oui. Vous connaissez Roz. C'est une… C'est une…

— C'est une chipie, tranchai-je.

— C'est cela. Elle a toujours été comme ça. Je ne compte plus le nombre de fois où elle m'a fait pleurer.

— Mais pourquoi diable continuez-vous de la fréquenter ? s'étonna lady Hardcastle.

— C'est mon amie. Je l'aime comme une sœur. Au fond d'elle-même, elle est aussi fragile et vulnérable qu'une autre, vous savez. C'est pour cela qu'elle est si susceptible. Et l'échec de son mariage ne l'aide en rien. Roz a besoin de ses amies.

— Que s'est-il passé à l'école ? l'interrogea lady Hardcastle.

— Vous avez vu la photographie. Katy était une vraie beauté. Roz a toujours été jolie, mais Katy rayonnait. Quelque chose irradiait de l'intérieur d'elle-même. Roz en était terriblement jalouse. Elle faisait tout ce qu'elle pouvait pour tourmenter Katy et la rabaisser. Elle la taquinait sans cesse, lui jouait des mauvais tours. Katy faisait comme si de rien n'était. Mais les choses empirèrent lorsqu'elle tomba amoureuse d'un garçon du village. Nous n'avions pas le droit de nous rendre seules au village, mais nous faisions souvent le mur. Katy a rencontré un garçon et a commis l'erreur de nous dire qu'elle l'avait embrassé. Il n'en fallut pas plus à Roz. Ses attaques augmentèrent, elle devenait de plus en plus mesquine et de plus en plus méchante. Pourtant, Katy restait de marbre. Jusqu'au jour où Roz l'a menacée de dire à Mme Evanshaw qu'elle et ce garçon avaient été vus en train de… d'avoir des rapports. Katy n'a plus pu le supporter. Elle l'a suppliée, elle l'a implorée. Mais Roz savait qu'elle la tenait. Et elle a continué à la narguer jusqu'à ce que… jusqu'à ce que…

— Jusqu'à ce que Katy se pende dans le vieux pavillon, au coucher du soleil, acheva lady Hardcastle dans un murmure. Je pense que nous avons été un peu vite en besogne en demandant à l'inspecteur Foister de relâcher Roz Beddows.

Après toutes ces révélations, je pensais que mes nouvelles d'en bas allaient tomber un peu à plat. À tel point que je faillis ne pas en parler. Un déjeuner léger avait été disposé dans la salle à manger. Les deux dames se servirent elles-mêmes avant de retourner dans la bibliothèque pour continuer à regarder l'extraordinaire collection de photographies de Mlle Titmus.

La conversation roulait aimablement depuis un bon moment lorsque lady Hardcastle me demanda d'un air dégagé si tout allait bien dans les oubliettes. C'est alors que j'estimai utile de lui parler du savon que s'était pris Evan. Je fus quelque peu surprise lorsqu'elle insista pour que je retrouve Evan sans délai afin qu'il nous donne sa version de l'histoire.

Ma première pensée fut de le chercher dans la cave à vins. Mais j'exclus aussitôt cette idée : c'était Mme McLelland qui m'avait indiqué cet endroit, du coup pourquoi Evan serait-il allé se cacher dans le seul lieu où elle savait pouvoir le trouver ? Au bout d'un quart d'heure de recherches infructueuses, je revins sur ma décision. Si Mme McLelland voulait vraiment causer des ennuis à Evan, elle se plaindrait de lui à M. Spinney : il ne servait donc à rien qu'il se cache en un lieu où le majordome était sûr de le trouver. Une fois Evan découvert, M. Spinney n'aurait d'autre choix que de le réprimander, et ce malgré toute sa répugnance à le faire. Et puis… Et puis j'allais tout de même à la cave à vins. C'était le seul endroit où je n'avais pas encore cherché.

Je trouvai Evan dans son coin, assis sur son tonnelet, en train de contempler la voûte. Même à la lueur vacillante de la bougie, je voyais bien qu'il avait pleuré.

— Qu'est-ce que vous voulez ? me demanda-t-il.

J'imagine que son ton se voulait belliqueux, mais toute son agressivité l'avait déserté et sa voix était lasse et vaincue.

— Je suis venue voir si vous alliez bien. Mme McLelland s'est montrée sous un jour honteux avec son éclat de tout à l'heure. Elle n'a pas le droit de traiter quelqu'un comme ça. De plus, vous n'êtes même pas sous sa responsabilité. Vous êtes un des valets de pied de M. Spinney.

— Plus pour longtemps, j'crois pas, dit-il d'un air mélancolique. Je faisais rien que ce que vous m'aviez demandé et tout.

— Ce que je vous avais demandé ?

— Je l'faisais rien que pour vous.

De sous la pile de livres posée sur son tonneau-table, il tira la photographie de l'équipe de cricket et deux feuilles de papier ministre, chacune soigneusement pliée en deux. Il me tendit le tout.

— C'était dans la chambre de Kovacs. Je me suis souvenu que vous aviez dit que c'était important, alors j'les ai pris avant qu'on les jette.

— Qu'on les jette ?

— Ben, dès que la police aura fini, ils videront la chambre, pas vrai ? Sauf que cette vieille sorcière m'a pincé quand je sortais d'la chambre.

Depuis le temps, je connaissais bien cette photographie, mais j'étais curieuse de savoir pourquoi Evan avait attaché tant d'importance à ces papiers. Je dépliai la première feuille. C'était une liste qui m'était familière, écrite d'une main qui m'était encore plus familière : l'ordre de départ pour la course fatidique. La seconde feuille, en revanche, c'était quelque chose de nouveau, quelque chose qui, je le savais, intéresserait lady Hardcastle au plus haut point.

— Merci, Evan. J'ai l'impression que lady Hardcastle voudra garder ces documents. Je pense qu'elle a mis le doigt sur quelque chose.

— Quèque chose qui vaille que j'aie perdu mon boulot, j'espère.

— Cela n'ira pas jusque-là. J'ai ces documents en ma possession, maintenant. Mme McLelland n'a plus aucune preuve que vous ayez fait quoi que ce soit. Et même si elle se plaint de vous, je veillerai à ce que M. Spinney sache que vous travailliez pour nous. Il n'y a rien qu'elle puisse vous faire.

— Sauf m'empoisonner la vie.

— Mme McLelland se donne beaucoup de mal pour empoisonner la vie de tout le monde. Nous allons vite réparer le gâchis qu'elle a causé.

— Monsieur le comte, il lui f'ra rien. Il croit que c'est la meilleure intendante du monde.

— C'est ce que nous verrons.

Je repliai la feuille et la rangeai avec la photographie.

— En attendant, Evan, ne faites rien d'inconsidéré, comme décamper du manoir. Nous pourrions encore avoir besoin de votre aide.

Il souffla d'un air découragé et je le laissai se remettre de ses émotions.

Je refermai la porte de la cave à vins derrière moi et repartis vers l'escalier de service, serrant les documents dérobés. Quelques domestiques en second me bousculèrent en allant vaquer à leurs propres affaires. Je ne croisais personne de ma connaissance avant de tourner le dernier angle. Là, je faillis me faire renverser par Betty Buffrey qui arrivait en sens inverse. Elle était en pleurs. Manifestement, c'était la journée des larmes.

— Oh, Flo, sanglota-t-elle, je suis tellement désolée.

— Que se passe-t-il donc, *fach* ?

Elle renifla bruyamment et s'essuya les yeux au revers de sa manche.

— Oh, Flo !

Elle se jeta dans mes bras et se remit à pleurer.

Avec autant de douceur que possible, je la guidai vers le pied de l'escalier et l'aidai à s'asseoir sur la première marche.

— Racontez-moi ce qui s'est passé.

— Cette vieille vache est sortie de prison, articula-t-elle entre deux sanglots. Je lui ai dit que j'y avais longuement réfléchi, mais qu'étant donné tout ce qui s'était passé, je devais penser à ma réputation. Je lui ai dit que je resterais à son service le temps qu'elle trouve quelqu'un d'autre, mais que j'allais chercher une autre place.

— Et c'est une bonne chose, non ? Je vous en félicite, moi.

— Ce serait une bonne chose, sauf qu'elle m'a répondu : « Eh bien, si c'est ainsi que vous le prenez, espèce de petite catin déloyale… » (Elle a eu le sacré culot de me traiter de catin, après tout ce qu'elle a fait !) « … si c'est ainsi que vous le prenez, vous pouvez partir tout de suite. Je ne veux plus de vous. Vous pouvez rentrer à Londres. Et si vous n'avez pas pris vos cliques et vos claques d'ici la fin du mois, je vendrai tout ce qui a de la valeur et je donnerai le reste à la vente de charité de la paroisse. » Elle m'a mise à la porte, Flo. Je n'ai plus ni travail ni maison…

Elle recommença à sangloter en reniflant bruyamment.

La solution était évidente. Évidente pour moi, du moins, comme pour toute personne n'étant pas assise sur une marche de pierre, en train de pleurer toutes les larmes de son corps et de s'essuyer le nez au revers de sa manche.

— Je ne voudrais pas avoir l'air trop dure, Betty, mais d'après vous, combien de temps vous faut-il pour arrêter de pleurer et vous ressaisir ?

— Quoi ? hoqueta-t-elle dans un gros sanglot.

— Nous pourrons certainement vous ravoir un emploi en cinq sec. En fait, il n'y a pas urgence et vous aurez sans doute la place même si vous n'y postulez pas avant le mois prochain. Mais vous savez, mieux vaut battre le fer tant qu'il est chaud et tout le toutim.

— Quoi ? répéta-t-elle.

Je lui passai mon mouchoir.

— Séchez vos yeux, mouchez-vous et suivez-moi. Votre nouvelle place vous attend en haut. Allez, on se dépêche ! Non, c'est bon, vous pouvez le garder. J'en ai un autre.

Lorsque nous entrâmes dans la bibliothèque, Betty s'était un peu calmée, mais ses yeux étaient encore tout gonflés d'avoir tant pleuré. Lady Hardcastle et Mlle Titmus étaient toujours assises dans leur fauteuil.

— Ah, vous voilà ! s'exclama ma patronne. Nous commencions à craindre que vous ayez été enlevée.

— Hélas non, madame. Je suis toujours là. Pas d'échappatoire pour moi. Je vous ai apporté un cadeau.

Je lui confiai la photographie et les deux feuilles pliées de papier ministre.

— Oh, il ne fallait pas ! protesta-t-elle. Tiens, j'ai déjà vu ces documents quelque part…

— Seulement deux d'entre eux, corrigeai-je. Le troisième est assez intéressant.

— C'est donc ce qu'Evan a chipé dans la chambre de Herr Kovacs ?

— Et qui lui a valu son savon.

— Ah. Nous devons avoir manqué de voir cette autre feuille dans tout le désordre qui encombrait le secrétaire. Ce bon vieil Evan ! Quel dommage que ses talents de chapardeur aient mis Mme McLelland dans une telle rage !

Il nous faudrait peut-être faire quelque chose pour arranger ses affaires.

— Je suis sûre que nous pourrons la faire changer d'avis sur lui. Il peut lui arriver d'être tyrannique, mais Mme McLelland est une femme intelligente et de bon sens.

— Exactement. Mais bien joué, Evan. Et bien joué à vous, pour l'avoir rallié à notre cause. Voilà qui nous donne beaucoup plus de matière à réflexion. Bien, alors vous semblez avoir amené une collègue. Rebonjour, Mlle Buffrey. Votre maîtresse est revenue, paraît-il. Nous ne l'avons pas encore vue – elle est montée droit à sa chambre – mais monsieur le comte est passé nous dire que tout allait bien.

Betty se contenta d'opiner du chef.

— Oui, madame, confirmai-je. C'est pourquoi en réalité j'ai fait venir Betty ici. Elles se sont un peu disputées.

— Oh, non ! Comme c'est triste. Cependant, Roz est passée par de bien mauvais moments, ces derniers jours. Nous devrions peut-être en tenir compte.

— Ce serait tout à fait justifié, approuvai-je. Mais les choses sont allées un peu plus loin que quelques paroles malheureuses que l'on peut retirer une fois la colère retombée. Mme Beddows l'a renvoyée.

— Je vois… Cela n'ira pas, donc.

— Eh, non. Le fait est, voyez-vous, que je me demandais si…

Mlle Titmus, qui n'avait dit mot durant tout cet échange, retrouva soudain toute son alacrité.

— Je pense que cela ira très bien, au contraire. Mlle Buffrey, que diriez-vous d'un travail ? Voyez-vous, on m'a récemment persuadée que j'avais grand besoin d'une femme de chambre. Et, ma foi, le bruit court que vous recherchez une nouvelle place.

— Oh, comme cela s'arrange bien ! feins-je de m'étonner. Betty ?

— Je… euh… Je ne sais pas quoi dire.

— Dites : « Merci, Mlle Titmus, j'en serais enchantée. » Ensuite, vous pourrez sceller votre accord par une poignée de main et régler les détails plus tard.

— Merci, dit Betty. J'en serais vraiment enchantée.

— Eh bien, tout est parfait ! s'exclama lady Hardcastle.

— Et bien plus facile que ce que j'avais imaginé, constatai-je. Je pensais qu'il leur faudrait beaucoup plus de temps pour se rendre compte de l'excellence de cette idée.

— Vos idées sont toujours excellentes, ma chère, déclara ma patronne. Elles finissent toujours par faire mouche.

— Vous y connaissez-vous en photographie ? demanda Mlle Titmus à Betty.

— Seulement ce que j'en vois dans les magazines. Et les photographies que vous avez montrées à Mme Beddows. Mais je trouve ça fascinant.

— De mieux en mieux ! J'ai trouvé une femme de chambre mais aussi une assistante pour ma nouvelle entreprise. Betty, vous serez peut-être la toute première employée de la Titmus Photographic Services Limited.

— Et votre première commande sera de photographier notre maison, renchérit lady Hardcastle. Ou notre voiture à moteur. Ou La Grange, la demeure de mes chers Farley-Stroud. Ou tout ce que nous pourrons trouver à photographier. Vous devez saisir le village dans toute sa gloire. Et changez le nom de votre affaire, ma chère, il est un peu encombrant.

— Topez là ! J'avais un peu le cafard, mais toutes ces bonnes nouvelles m'ont redonné le moral. En guise de célébration, Buffrey, je vous donne votre après-midi. Prenez vos aises, faites ce que vous voulez. Je vous verrai demain après le petit déjeuner ; nous pourrons alors discuter des conditions et des devoirs de votre emploi.

— C'est très gentil, mademoiselle, répondit Betty dont les reniflements avaient enfin cessé.

— Et si vous croisez Roz, je vous donne la permission de lui faire un pied de nez.

— Oh là là, je ne pourrais jamais faire une chose pareille, mademoiselle !

— Non, avoua Mlle Titmus, moi non plus. Elle me terrorise, cette femme-là. Depuis toujours. Mais consolez-vous en rêvassant à votre future place et demain, nous repartirons sur de nouvelles bases.

— Merci, mademoiselle.

Betty sortit de la bibliothèque bien plus joyeuse que lorsqu'elle y était entrée.

Lady Hardcastle avait recommencé à étudier la photographie.

— Elle n'a pas du tout l'air perturbée là-dessus.

— Qui donc, ma chère ? s'enquit Mlle Titmus.

— La jeune Katy Burkinshaw. Et elle est vraiment très jolie.

— Puis-je ? demandai-je.

Lady Hardcastle me tendit la photographie et reporta son attention sur les feuilles de papier pliées.

La poignée de la porte émit un raclement métallique et la tête de M. Waterford apparut dans l'embrasure.

— Bonjour, mesdames. J'imagine que vous n'avez pas vu Roz ?

— Je crains que non, répondit Mlle Titmus. Nous pensions qu'elle était allée droit à sa chambre. Avez-vous essayé là-haut ?

— Oui, aucun signe d'elle. Je ne la trouve nulle part. Et Buffrey n'est pas là non plus. Si vous la voyez, veuillez lui dire que je la cherche, s'il vous plaît.

— Nous n'y manquerons pas, mon cher, promit Mlle Titmus.

M. Waterford repartit.

Je me remis à examiner la photographie encadrée. Il y avait là le groupe désormais familier des jeunes sportives. Des championnes imbattables, sans rien pour leur barrer la route du bonheur et de la réussite. Lady Lavinia et sa batte de cricket. Mme Beddows et le ruban qui lui attachait les cheveux, appuyée contre l'épaule de son amie, une jambe croisée en travers de l'autre. Mlle Titmus avec ses joues rebondies et ses yeux légèrement baissés. Katy Burkinshaw avec son sourire chaleureux, une petite broche égayant l'austérité de son uniforme. Je regardais la broche de plus près lorsqu'une pensée me frappa soudain.

— Mlle Titmus… Katy Burkinshaw avait-elle une sœur ?

— Quoi ? Ah, oui. De deux ans plus jeune que nous. Elle vénérait sa grande sœur. Comment s'appelait-elle, déjà ? Oh, ça va me revenir dans un moment… Rebecca ! C'est cela. Rebecca.

Je tentai d'intéresser lady Hardcastle qui continuait d'étudier attentivement le programme des courses.

— Madame, regardez bien Katy Burkinshaw. Je crois savoir pourquoi j'ai l'impression de la connaître.

Lady Hardcastle obéit, puis tourna à nouveau son regard sur l'ordre des courses avant de demander :

— Qu'a dit Monty, à l'instant ? Que Roz avait disparu ?

— Oui, confirma Mlle Titmus. Il a dit qu'il l'avait cherchée partout.

Lady Hardcastle se leva brusquement de son fauteuil.

— Je crains qu'elle ne soit en terrible danger. Nous devons la retrouver tout de suite !

16

— Helen, j'ai besoin que vous alliez chercher Fishy et Monty. Amenez-les ici, je vous prie. Ne leur dites pas que Roz a disparu ou ils fileront dans tous les sens et nous ne la retrouverons jamais.

Mlle Titmus parut un peu surprise. Au sein de nouvelles connaissances, Lady Hardcastle tendait toujours à affecter un air d'affabilité vaguement évaporée. Cette Emily Hardcastle affirmée, résolue et autoritaire semblait la dérouter un peu.

— Dacodac, Emily. Et pour Harry et Jake ?

— Harry est sur la liste des blessés – il ne nous sera d'aucune utilité. Quant à Jake, elle nous aidera davantage en l'empêchant de se mettre dans nos pattes. Mieux vaut les laisser en dehors de tout cela. Non, attendez, vous avez raison. Allez les chercher. Ils pourront organiser un camp ici, afin de coordonner les renseignements. QG de bataille et tout le toutim.

Mlle Titmus s'empressa d'obéir.

— Armstrong, allez chercher Spinney et demandez-lui de monter. Je le sonnerais bien, mais rien ne me dit que c'est lui qui va venir et j'ai besoin de Spinney pour coordonner l'action des domestiques, du coup vous aurez plus vite fait d'aller le chercher directement.

Lady Hardcastle avait pris les commandes de la situation.

— J'y cours, madame ! dis-je en partant à la suite de Mlle Titmus.

La rumeur de la « mise à la porte » de Betty avait déjà commencé à se répandre à l'office et je fus retardée de quelques instants, le temps de remettre les pendules à l'heure auprès de certains.

— Vous êtes bien copine avec cette Mlle Buffrey, pas vrai ? me demanda l'une des petites bonnes les plus effrontées. Qu'est-ce qu'elle a fait pour être renvoyée ? Elle a chipé quelque chose ?

— Mlle Buffrey n'a pas été renvoyée. Elle a rendu son tablier. Et si j'entends encore des accusations de vol, je vous flanque un soufflet.

— Faudra d'abord m'attraper ! répliqua-t-elle en s'enfuyant.

Je finis par trouver M. Spinney dans son petit salon.

— Entrez, ma chère.

Assis à sa table, il était en train de décanter une bouteille de porto au moyen de son berceau à vin. Il leva les yeux de sa tâche délicate pour me saluer.

— Que puis-je pour vous en cette belle après-midi ? J'ai entendu dire que la jeune Mlle Buffrey avait été renvoyée. J'ose espérer que la scène n'a pas été trop pénible. La pauvre Mme Beddows n'a pas besoin d'une épreuve de plus en ce moment.

— Je crains que vous n'ayez été victime d'une fausse rumeur, M. Spinney.

— Ah bon ? Comment cela ?

Nous n'avions pas vraiment le temps d'en discuter, mais comme il me fallait le rallier à notre cause, je décidai qu'écarter brusquement sa question nous ferait plus de mal que de bien dans le futur.

En termes aussi brefs que possible, je lui narrai toute l'histoire : la tyrannie de Mme Beddows et le désarroi de Betty face au scandale que ne manquerait pas de susciter la nouvelle de l'affaire et de l'arrestation de sa maîtresse.

— Et en toute confidence, poursuivis-je, je peux vous affirmer que Mlle Buffrey a d'ores et déjà été engagée par Mlle Titmus. À mon avis, elles vont s'entendre à merveille, même si nous devrions attendre que tout ait été convenu en bonne et due forme avant de nous avancer à dire quoi que ce soit.

— Je vous présente mes excuses, mademoiselle. On ne devrait jamais prêter l'oreille aux potins des domestiques. L'ennui, c'est que chez nous, les potins sont presque toujours fondés, aussi n'est-il pas facile de les ignorer. Mais je vous distrais du but de votre visite. Vous souhaitiez me voir ?

— En effet. Auriez-vous la bonté de monter à la bibliothèque, je vous prie ? Lady Hardcastle sollicite votre aide pour une affaire urgente.

— Bien sûr, bien sûr, dit-il en se levant. Elle aurait dû sonner.

— C'était plus rapide ainsi. Et la plus grande discrétion est de rigueur en ce moment.

— Mon Dieu… J'espère vraiment que ce n'est rien de trop grave. Vous auriez dû m'en parler tout de suite.

— Ne vous inquiétez pas. Je suis heureuse d'avoir pu clarifier la situation de Mlle Buffrey. Mais nous devrions nous dépêcher, à présent.

À notre arrivée dans la bibliothèque, Mlle Titmus était déjà là avec lord Riddlethorpe et M. Waterford. Harry et lady Lavinia arrivèrent peu après.

— Quelle assemblée ! fit remarquer Harry en clopinant vers l'un des fauteuils avant de se laisser choir dedans. Une fête impromptue, sœurette ? Où est Roz ?

— Comme toujours mon cher Harry, tu as touché le cœur du problème sans le vouloir, déclara lady Hardcastle. « Où est Roz ? », voilà la question à laquelle nous devons répondre le plus urgemment.

— J'ai pourtant l'impression que ce n'est pas un jeu…

— Je crains bien que non. Cette fois, je suis tout à fait sérieuse. Et je ne fais pas de mélodrame. Enfin si, je suppose, mais j'ai bien peur que Roz ne soit en danger.

Six personnes à divers degrés d'agitation se mirent à parler en même temps.

— Silence, je vous prie ! cria lord Riddlethorpe. Laissons parler Emily.

— Merci, Fishy. Je crois savoir qui est notre assassin et fauteur de troubles, et je crois qu'il détient Roz. Je pense qu'il lui veut du mal.

À nouveau des clameurs s'élevèrent.

À nouveau, la voix de lord Riddlethorpe se fit entendre par-dessus le vacarme.

— Silence ! Qui la retient prisonnière et que compte-t-il faire d'elle ?

— Je pense que Roz est entre les mains de Rebecca Burkinshaw. Et je pense qu'elle a l'intention de la pendre.

— Rebecca qui ? demanda en chœur le trio des voix masculines.

Mlle Titmus et lady Lavinia, quant à elles, en étaient restées bouche bée.

— Je vous raconterai toute l'histoire plus tard, promit lady Hardcastle. Mais pour l'instant, il est plus urgent d'agir que de comprendre. Fishy, j'ai besoin que Monty, Helen et vous fouilliez la maison. Les chambres des invités comme celles de la famille, en haut comme en bas. Chaque coin et recoin.

Lord Riddlethorpe parut soulagé de la laisser prendre le commandement des opérations et acquiesça d'un signe de tête.

— Spinney, poursuivit-elle, veuillez rassembler des domestiques dignes de confiance et fouillez chaque centimètre carré de votre domaine. Les chambres de bonne, les caves, les appartements privés et les bureaux. Ne laissez aucune porte fermée !

Le majordome opina du chef.

— Harry et Jake, vous restez ici. Si quelqu'un trouve quoi que ce soit, qu'il traite la chose de la manière qu'il jugera la plus appropriée, mais qu'il rapporte le fait à Harry et à Jake, afin que nous puissions être au courant de ce qui se passe. Et souvenez-vous que « nous ne l'avons pas trouvée » est aussi une information importante.

— Et toi, sœurette ? s'enquit Harry.

— Armstrong et moi fouillerons les dépendances. Tout est clair pour tout le monde ?

Des murmures d'assentiment s'élevèrent.

— Fishy, demanda lady Hardcastle, avez-vous un pistolet ?

— Non. Nous ne possédons que des fusils de chasse.

— Pas bon, ça. Trop imprécis. Aucune importance. Allez-y, alors ! Et dépêchez-vous ! Si j'ai raison, nous avons jusqu'à sept heures moins vingt, dernier carat.

— Sept heures moins vingt ? répéta M. Waterford sans comprendre.

— Le coucher du soleil.

Lady Hardcastle et moi sortîmes par la grande porte et fîmes le tour de la maison en toute hâte.

— Toute cette épouvantable affaire a commencé dans la remise à calèches, récapitula-t-elle en se dirigeant à grands pas vers les écuries. Il serait horrible, mais logique que tout s'achève là, vous ne croyez pas ?

— Je ne suis plus du tout sûre de ce que je crois, madame. J'en suis encore à tenter de comprendre ce qui arrive.

La réponse était sous notre nez depuis le début, mais elle dépasse mon entendement ; le vôtre, je ne sais pas.

— Oh, mon pauvre vieil entendement est dans un état de dépassement perpétuel, ma chère. Depuis le temps, vous le savez bien. Ah, regardez ! Les portes sont fermées. Je ne saurais dire si c'est bon ou mauvais signe.

— D'ici, c'est impossible à savoir. Voulez-vous que je me faufile de l'autre côté pour couvrir la porte de derrière ?

— Bien vu ! Dès que vous aurez pris position, envoyez-moi notre bon vieux signal et nous entrerons ensemble.

— Vous avez raison, madame. Je risque de devoir passer en force, mais au moins personne ne sortira pendant que j'enfonce la porte.

Je trottinai sans bruit sur les pavés des anciennes écuries, passai devant la Rolls-Royce, puis fis le tour vers l'arrière du bâtiment. La porte de derrière était fermée, mais impossible de savoir si c'était à clé.

L'un de mes talents les plus méconnus est ma capacité à imiter le cri du choucas des tours. Certes, ce n'est guère le genre de numéro auquel l'on s'adonne en société, mais au fil des années, c'était devenu notre code secret – personne ne fait attention au cri d'un oiseau aussi commun. Même la Chine possède une variété de choucas des tours, dont seul un ornithologue chevronné peut distinguer le cri de celui des autres.

Je me préparai à l'action et lançai mon signal aigu « choucas des tours ». Presque aussitôt, j'entendis s'ouvrir les portes de la remise à calèches. Je tournai la poignée de la porte de derrière, mais elle était fermée à clé. Tant pis, le temps me manquait pour ne pas endommager le bien de lord Riddlethorpe. Je reculai d'un pas et donnai un grand coup de pied dans la porte au niveau de la serrure.

Le vieux bois est l'ami du cambrioleur, et le bois humide et friable du coffre de la serrure ne fit pas le poids, même face à mon minuscule pied gallois. La porte s'ouvrit d'un coup et je me ruai à l'intérieur où je découvris… trois voitures à moteur et une veuve déçue.

— Elle n'est pas là, sapristi, marmonna ma patronne.

— C'est ce que je vois. Et maintenant, où cherchons-nous ?

— Nous n'y couperons pas : il faut fouiller toutes les cabanes et autres dépendances. Cela va prendre plus de temps que prévu. J'étais tellement sûre qu'elle serait dans la remise à calèches !

Nous fouillâmes, donc. Nous mîmes sens dessus dessous les cabanons de jardinage, les remises à outils et même les serres, mais il n'y avait toujours aucune trace de Mme Beddows.

Au bout de trois quarts d'heure, lady Hardcastle était persuadée que nous avions regardé partout.

— Nous ferions mieux de retourner à la bibliothèque, en espérant que les autres auront eu plus de chance que nous. Il est déjà presque six heures et je crains que nous ne manquions de temps.

Les autres étaient déjà dans la bibliothèque, attendant notre retour avec anxiété.

— Eh bien ? s'enquit M. Waterford avec impatience à notre entrée. L'avez-vous trouvée ?

— Non, répondit lady Hardcastle. Hélas, non. Je suppose que vous non plus ?

— Pas une trace, rapporta lord Riddlethorpe. Nous avons fouillé la maison de fond en comble. Et Spinney a fait de même dans le quartier des domestiques. Elle n'est pas dans la maison.

— Elle n'est pas non plus dans la remise à calèches ni dans aucune des cabanes ou dépendances, constata lady Hardcastle.

— Nous sommes forcément passés devant sans la voir, affirma M. Waterford. Elle ne peut pas s'être volatilisée !

— La Rolls était-elle toujours dans la cour ? réfléchit Harry.

— Oui, dis-je.

— Alors Roz est toujours quelque part sur le domaine. Il n'y a pas d'autre moyen de transport.

— Y aurait-il un endroit où nous n'ayons pas cherché, Fishy ? s'enquit lady Hardcastle. D'autres dépendances ?

— Des granges ? insista Mlle Titmus. N'aviez-vous pas des fenils de l'autre côté de la propriété ?

— Si, en effet, reconnut lord Riddlethorpe, mais nous les avons rasés quand nous avons vendu le dernier de nos chevaux. Comme il ne servait à rien de continuer à entreposer du foin pour les bêtes, nous nous en sommes débarrassés.

— Alors elle est quelque part ailleurs sur la propriété, se désola lady Lavinia. Des acres et des acres de verdure avec ton satané circuit automobile en plein milieu ! Nous ne la retrouverons jamais.

En plein milieu, songeai-je. *Il y a quelque chose en plein milieu.*

— La rotonde ! m'écriai-je. Le premier jour, monsieur le comte, quand vous avez montré le circuit automobile à lady Hardcastle. Nous avons déjeuné près du lac. Dans la rotonde.

— Par saint George, vous avez raison ! s'exclama lady Hardcastle. Fishy ?

— C'est le seul endroit où nous n'avons pas encore cherché. La Rolls, c'est le moyen le plus rapide de nous y rendre tous en même temps.

Laissant derrière nous pour tenir le fort un M. Spinney perplexe, un Harry frustré et une lady Lavinia anxieuse, nous retournâmes en courant vers les écuries et la Rolls-

Royce qui nous attendait devant. Sur le buffet près de la porte, il y avait un compotier. Je m'arrêtai pour m'emparer du petit couteau à fruits posé à côté. On ne sait jamais… ce genre d'instrument peut toujours servir si les choses tournent au vilain.

M. Waterford envoya pratiquement valser lord Riddlethorpe dans sa hâte de se mettre au volant.

— Elle est ma… Elle est… je vais conduire, bredouilla-t-il en sautant sur le siège du conducteur.

Lord Riddlethorpe fit démarrer la voiture à la manivelle, tandis que lady Hardcastle et Mlle Titmus grimpaient à l'arrière.

Dès que le moteur se mit à ronronner, lord Riddlethorpe s'assit d'un bond à côté de M. Waterford.

Betty arriva en courant.

— Ne partez pas sans moi ! haleta-t-elle. C'est peut-être une vieille harpie, mais si je peux l'empêcher d'être une vieille harpie morte, je le ferai !

On tenait confortablement à quatre dans la Silver Ghost. Nous étions maintenant six. Nous parvînmes tant bien que mal à insérer Betty sur la banquette arrière entre lady Hardcastle et Mlle Titmus.

Il n'était pas question qu'on me laisse, faute de place. Je sautai sur le marchepied du côté gauche et m'agrippai de toutes mes forces à la portière.

M. Waterford était un pilote de course expérimenté, mais la Rolls-Royce Silver Ghost n'était pas faite pour la vitesse. Néanmoins, nous sortîmes des écuries à vive allure et bifurquâmes sur les chapeaux de roues vers la route qui menait au circuit automobile.

Tandis que nous nous en approchions, je crus que M. Waterford couperait par le parc en direction du lac. Au lieu de quoi, il prit un brusque virage à droite et s'engagea carrément sur le circuit.

— C’est au milieu que nous devons aller, Monty ! cria lady Hardcastle de l’arrière de la voiture à moteur.

Lord Riddlethorpe se retourna.

— Non, il a raison ! C’est plus rapide par là ! La rotonde est de l’autre côté du lac. On roule plus vite sur la piste que sur l’herbe !

Nous filions comme le vent.

Sur la piste qu’il avait aidée à concevoir, M. Waterford se montrait d’une grande confiance au volant. Il en connaissait chaque courbe, chaque virage, chaque bosse, chaque montée, chaque descente et même si la Rolls-Royce n’avait rien des automobiles de course profilées qu’il manœuvrait d’habitude, il savait exactement comment en tirer la vitesse la plus élevée.

Je commençais à le regretter.

Le premier tournant ne fut pas trop difficile – il était à gauche et me rabattit contre la voiture. Mais le virage qui suivit était à droite et me projeta vers l’extérieur. Je ne dus qu’à la présence d’esprit de lady Hardcastle et à sa poigne de fer de ne pas être catapultée dans l’herbe qui bordait la piste.

D’un coup de volant, M. Waterford vira brusquement à gauche, quitta la piste et s’engagea sur l’herbe. Pour moi qui avais trouvé éprouvant de filer plein gaz sur la piste, ce nouveau parcours à travers le parc, rude et cahoteux, offrait une autre forme de torture tout aussi atroce. La suspension de la Silver Ghost était conçue pour le confort, pour amortir les imperfections de la route. Mais, lancée sur la prairie ondulante, elle semblait amplifier les irrégularités du terrain et à nouveau, je ne dus qu’à la force de lady Hardcastle et à notre détermination combinée de ne pas finir dans l’herbe, réduite à un tas indigne et meurtri.

Enfin, la rotonde apparut. Le désespoir de M. Waterford semblait se communiquer à la Rolls-Royce qui parvint à monter encore en vitesse pour servir son conducteur angoissé.

Les freins hurlèrent. Les roues se bloquèrent. La voiture à moteur s'arrêta dans un dérapage contrôlé près de la rotonde et nous en sortîmes tous à la fois.

Dans un branle-bas général, nous nous ruâmes vers l'entrée de la rotonde. Les larges portes étaient grandes ouvertes, comme elles l'étaient ce premier jour, mais le spectacle qui nous accueillit à l'intérieur était bien différent.

Debout sur un tabouret, une corde autour du cou, les mains liées dans le dos, se trouvait Mme Beddows.

À côté d'elle, un fusil de chasse entre les mains, se tenait Mme McLelland. Elle releva l'arme à hauteur de hanche et la pointa vers l'entrée.

— N'avancez plus, ça ira, ordonna-t-elle. Vous y verrez très bien de là-bas.

Lady Hardcastle tenta de la raisonner :

— Rebecca. Vous n'avez pas besoin de faire cela. Faites-la descendre.

— Rebecca ? répéta M. Waterford. Qui est Rebecca ? Je pensais que Mme McLelland s'appelait Muriel. Elle s'appelle bien Muriel, n'est-ce pas, Fishy ? Tu devrais le savoir, c'est toi qui as engagé cette satanée bonne femme.

— Mais c'est bien Rebecca, n'est-ce pas ? l'interrompit lady Hardcastle. Rebecca Burkinshaw.

— L'incroyable lady Hardcastle et ses fameux talents de détective ! Bravo ! Mais il vous en aura fallu du temps pour comprendre, n'est-ce pas, *Emily*.

Elle mit l'accent sur le prénom de lady Hardcastle, y déversant un maximum de grossièreté et de dédain.

— Mais qu'est-ce qu'elle raconte ? s'emporta M. Waterford. Qu'est-ce qui se passe ?

— Oh, non… minauda Mme McLelland. Pauvre Monty. Pauvre Monty, stupide et confus ! Votre greluche est en péril ? Dis-lui, Helen ! Ou es-tu toujours aussi timide pour parler en ton nom ?

M. Waterford se tourna vers Mlle Titmus.

— Mais que diable se passe-t-il ?

— Je pense qu'Emily a raison. Je pense qu'il s'agit de Rebecca Burkinshaw.

— C'est ce que tout le monde ne cesse de dire ! s'irrita-t-il. Mais qui… ?

— Sa grande sœur Katy était à l'école avec nous, lui apprit-elle. Ce n'était pas une jeune fille heureuse.

— C'était une fille parfaitement heureuse, une fille merveilleuse avant que vous, diaboliques chipies, ne fassiez de sa vie un enfer ! rectifia Mme McLelland.

Mlle Titmus poursuivit :

— Elle a mis fin à ses jours, un soir, à l'école.

— Au coucher du soleil, précisa Mme McLelland. Ce ne sera plus long, maintenant.

Du bout du fusil, elle indiqua le ciel.

Je tirai sur la manche de lady Hardcastle qui se pencha légèrement vers moi.

— Arrangez-vous pour que tout le monde continue à se déplacer discrètement autour d'elle, murmurai-je. Nous sommes trop nombreux pour qu'elle nous ait tous à l'œil, à condition que nous restions en mouvement.

— Dacodac. J'attends votre signal ?

— Vous saurez quand attaquer.

Elle acquiesça d'un signe de tête.

Je m'écartai lentement vers ma droite tandis que lady Hardcastle se tournait pour murmurer quelque chose à lord Riddlethorpe. Alors que j'esquissais un autre pas de côté, j'entendis vaguement ce dernier chuchoter quelque chose à l'oreille de M. Waterford. Tous deux affichaient l'air mécontent des hommes d'action que l'on a sommés d'obéir pour le moment. Ils se déplacèrent sans bruit, mine de rien.

Un autre pas m'amena tout au bord des marches en pierre de l'entrée alors que Betty passait devant Mlle Titmus. Je vis que lady Hardcastle avait déjà atteint le côté opposé aux marches, de sorte que nous étions tous les six déployés dans le champ de vision de Mme McLelland. Elle pouvait tous encore nous voir, mais elle ne pouvait plus se concentrer sur nous tous.

Suivant les consignes, les quatre autres continuaient à se déplacer imperceptiblement pendant que lady Hardcastle reprenait la parole.

— Nous savons que vous tenez les amies de Katy pour responsables de ce qui est arrivé, Rebecca. Mais ce n'est pas ainsi que vous réglerez les choses.

— Ah non ? Et comment suggérez-vous qu'on les « règle » ? Comment proposez-vous que nous « réglions » leur compte à ces abominables pestes qui se sont acharnées sur Katy jusqu'à la tuer ? Elles ont aussi détruit mon père. L'alcool. Le jeu. Il a tout perdu. Pourquoi croyez-vous que je sois devenue gouvernante ? Comment ai-je échoué ici, à nettoyer derrière cette bande indigne de nobliaux insignifiants ?

— Oui, comment en êtes-vous arrivée là, Rebecca ? insista lady Hardcastle.

— C'est ce balourd de Kovacs qui me l'a suggéré.

— Vous le connaissiez, n'est-ce pas ? Il avait en sa possession une lettre du père de lord Riddlethorpe, le précédent comte. Ils s'étaient rencontrés à Vienne, avec votre père. C'est le comte qui avait présenté Viktor à Sa Seigneurie. Vous devez l'avoir rencontré quand vous étiez petite, lors de voyages avec votre père. Est-il devenu un ami de la famille ? S'est-il occupé de vous lorsque le malheur vous a frappée ?

Mme McLelland éclata de rire.

— Seulement dans la limite de ses ambitions. Il était gentil avec ma mère, la plupart du temps, mais elle ne lui aurait même pas donné l'heure ! Une fois son dépit surmonté, il s'est mis à « s'occuper » de moi. Il ne voulait pas vraiment m'aider, je n'avais pas d'argent. Non, il voulait que je « vole de mes propres ailes ». Et puis quand il m'a appris que « Fishy » recherchait une intendante, il m'a conseillé de prendre cette place. « Cela représenterait plus d'argent pour vous. De meilleures perspectives. Une promotion. Et dans une famille prestigieuse, qui plus est. Et tant que vous serez là-bas, vous pourriez me tenir au courant des progrès de monsieur le comte en matière de voitures de course. » Le vieil imbécile !

— Il ne savait pas pour Lavinia, Helen et Roz, n'est-ce pas ?

— C'était un vieil imbécile qui ne savait rien de rien. Je suis venue ici. Je me suis chargée de son petit espionnage sordide. Mais j'avais des projets bien à moi.

— Projets qui ont commencé à péricliter lorsque Kovacs a vu la photographie de ces filles, enchaîna lady Hardcastle. Il a tout de suite reconnu Katy. Il a compris ce que vous maniganciez et a tenté de vous empêcher d'agir. C'est pour cela que vous lui avez donné rendez-vous dans la remise à calèches. Aviez-vous l'intention de le tuer à ce moment-là ?

— Il fallait que je l'arrête. Il allait tout gâcher.

— Mais c'est fini, maintenant, Rebecca. Nous pouvons vous aider. Il est inutile d'empirer une situation qui est déjà assez terrible. Ce n'est pas une mort de plus qui va arranger les choses.

— Mais ça ne va pas non plus les aggraver, n'est-ce pas ? Deux accessoires inutiles sont déjà morts : un troisième ne me fera pas pendre davantage. Autant être pendue pour un…

Pour la première fois, elle remarqua que tout le monde se déplaçait lentement devant les portes.

— Qu'est-ce que vous fabriquez, tous ? Ne bougez pas !

Lady Hardcastle tenta de reprendre le dialogue.

— Mais cela ne ramènera pas…

— Cela ne ramènera pas Katy ? De grâce, ne me dites pas que vous allez me servir ce genre de platitude ! La grande Emily Hardcastle et son Manuel de clichés à l'usage des grandes filles ? Taisez-vous donc, ma chère. Encore quelques instants et le soleil va se coucher. Alors, cet accessoire inutile et malfaisant pourra souffrir de la même façon qu'a souffert ma chère Katy. Il paraît que la pendaison est une horrible manière de partir sans le savoir-faire du bourreau. Et je tiens absolument à ce que sa mort soit aussi atroce que possible.

Son sourire hystérique indiquait, si besoin était, qu'elle avait basculé dans la folie, au-delà du stade où les appels à la raison auraient encore pu avoir un quelconque effet.

Du coin de l'œil, je vis M. Waterford se contracter tandis qu'il se mettait à avancer à grands pas. Certaines personnes refusent tout bonnement de faire ce qu'on leur dit.

Mme McLelland le vit, elle aussi, et esquissa le geste de braquer son fusil sur lui.

Le couteau à fruit était dissimulé dans mon poing. J'avais espéré pouvoir me placer dans une meilleure position pour le lancer, mais nécessité fait…

— Baissez-vous ! hurlai-je.

D'un coup de poignet, j'expédiai le couteau vers Mme McLelland. Il alla se planter dans son avant-bras gauche, une seconde avant qu'elle n'appuie sur la détente.

C'était un stratagème risqué. De là où j'étais, je n'avais aucun moyen de l'empêcher de tirer. Je ne pouvais pas l'attaquer et avec un si petit couteau, il m'était impossible de l'invalider longtemps. Ma meilleure chance était de dévier son coup et d'espérer que tout le monde ait le bon sens d'obéir à mon injonction et se mette à plat ventre avec moi.

Un coup de fusil produit une déflagration terrifiante quand on tire à l'intérieur. Le fracas du verre qui se brise en mille morceaux est aussi très choquant. La vue et le bruit d'un ananas en pierre chutant d'un linteau de porte devraient être comiques, mais lorsque ledit ornement s'écrase sur le dos d'un idiot héroïque (mais qui a ignoré l'ordre explicite d'attendre mon signal pour attaquer), cela aussi, ça perturbe.

Mme McLelland avait vacillé sous le coup de couteau et son tir était parti très haut, faisant exploser l'imposte au-dessus des portes, ce qui avait entraîné la chute du susmentionné ananas d'ornement. Mais c'était une battante qui s'apprêtait déjà à tirer son second coup lorsque, d'un bond, je me ruai sur elle.

Elle n'eut pas le temps de stabiliser le fusil que je lui étais déjà rentrée dedans comme un boulet de canon. En revanche, elle avait réussi à donner un coup de pied dans le tabouret bancal. Tandis que je tentais de lui arracher le fusil des mains, Mme Beddows poussa un hurlement, chuta, puis se mit à donner des coups de pied désordonnés tandis que la corde se resserrait autour de son cou.

Désireuse que le lourd fusil de chasse soit réduit à une seule fonction de gourdin, je m'assurai qu'il était pointé loin de tous les aspirants sauveteurs de Mme Beddows et j'appuyai sur le doigt de Mme McLelland, la forçant à tirer dans le mur, sans conséquence pour personne. Sans conséquence pour nous, du moins. Car ce tir causa la perte de Mme McLelland.

Déséquilibrée par le recul de l'arme, elle ne fut pas difficile à renverser. Un coude par-ci, un genou par-là, une bottine bien placée et je l'envoyai au tapis, désarmée et le souffle coupé.

Je pus enfin m'occuper de sauver Mme Beddows, mais cette affaire urgente était déjà bien engagée.

La première arrivée sur les lieux avait été (entre toutes les personnes présentes !) Betty Buffrey. Elle avait réussi à passer sous son ancienne maîtresse et soutenait son poids sur ses épaules. Tandis que Betty la portait en triomphe comme une sportive victorieuse, lady Hardcastle et Mlle Titmus travaillaient à dénouer la corde qui avait été lancée par-dessus une poutre du toit et attachée à une applique encastrée dans le mur en pierre.

Lord Riddlethorpe, de son côté, faisait de son mieux pour améliorer la stabilité de Mme Beddows qui tanguait sur les épaules de Betty.

M. Waterford, lui, gisait sans connaissance sur les marches, mais il semblait encore respirer.

Enfin, Mlle Titmus parvint à desserrer le nœud et, aidée par lady Hardcastle, elle étendit Mme Beddows sur le sol en pierre, lui libéra les poignets et entreprit de la réconforter lorsqu'elle se mit à pleurer de façon incontrôlée.

Lady Hardcastle m'apporta la corde avec laquelle nous ligotâmes Mme McLelland. Je lui laissai le couteau dans le bras. D'abord parce qu'il est dangereux de retirer une lame hors surveillance médicale. Et puis tant qu'elle l'aurait planté dans sa chair, cela lui ferait un mal de chien.

17

Il nous fallut faire deux voyages pour ramener les blessés et la prisonnière à la maison. Betty et Mlle Titmus avaient accompagné Mme Beddows (choquée, la respiration sifflante) et M. Waterford (conscient, mais vaseux). Lady Hardcastle et moi étions restées avec Mme McLelland (tour à tour furieuse et pleurnicharde).

Le Dr Edling était arrivé de Riddlethorpe peu après que nous eûmes déchargé Mme McLelland, toujours ligotée, de l'arrière de la Rolls-Royce. Lord Riddlethorpe voulut le diriger en premier vers Mme Beddows.

— Les médecins militaires français ont un mot pour cela, monsieur le comte : *triage.* C'est la façon dont nous classons les blessés en fonction de la gravité de leur état. Or la blessure de votre intendante est bien plus urgente à soigner que celles de vos invités.

— Les Français regorgent de mots magnifiques, docteur, ironisa lord Riddlethorpe. En ont-ils un pour décrire l'absence d'inquiétude qu'un maître de maison peut éprouver à l'égard de la femme qui a tenté d'assassiner l'une des plus vieilles amies de sa sœur ? La situation est assez singulière, je vous l'accorde, aussi les Français n'ont-ils peut-être pas ce mot à leur dictionnaire. Soignez d'abord Mme Beddows, puis M. Waterford ! Quand tous deux seront soulagés, vous pourrez éventuellement vous occuper de cette misérable geignarde, dans son coin.

— Laissez-moi au moins l'installer de façon confortable, monsieur le comte. Vous ne traiteriez pas un chien de cette manière.

— Si ce chien avait tenté de tuer l'une de mes amies, Dr Edling, je l'aurais abattu. La souffrance est profitable à l'âme immortelle et l'âme de cette femme a besoin de toute l'aide qu'on peut lui apporter. Soignez mes amis.

Avec une réticence presque théâtrale, le médecin obéit.

Il déclara que Mrs Beddows ne souffrirait pas de séquelles durables. Sa gorge avait été vilainement meurtrie et ses poignets montraient des marques d'abrasion à l'endroit où la corde les avait serrés, mais : « Ça aurait pu être pire, quoi ! Pas vrai, ma grande ? » comme l'affirma plus tard l'oncle Algy. On lui prescrivit un sédatif et du repos, mais elle insista pour rester avec nous afin de ne rien manquer.

L'ananas en pierre n'avait frappé M. Waterford que de façon superficielle, mais il lui avait méchamment contusionné le dos. En revanche, la marche en pierre qui s'était précipitée pour accueillir sa chute lui avait fait pousser une bosse qui pouvait rivaliser avec la mienne. Elle l'avait également mis KO quelque temps, mais lui aussi fut déclaré bon pour le service.

— Vous aurez la tête douloureuse pendant quelques jours, lui annonça le Dr Edling. Si vous souffrez de confusion, de vertiges, ou si vous vous sentez un tant soit peu nauséeux, appelez-moi immédiatement. Mais vous devriez être sur pied en un rien de temps.

Il passa à Mme McLelland.

— De quel genre de couteau s'agit-il ? demanda-t-il en examinant son avant-bras.

— D'un couteau à fruits, répondis-je. Lame bourbonnaise, d'environ deux pouces de long. Pas bien équilibrée, mais pas vraiment conçue pour le lancer de couteaux, de toute façon. On dirait qu'elle s'est plantée juste entre le radius et le cubitus. Joli lancer, si je puis me permettre de le dire moi-même.

— C'est vous qui avez lancé ce couteau ? Il est enfoncé jusqu'au manche.

— C'est mon père qui m'a appris.

— Vous auriez pu lui sectionner une artère ! C'était très imprudent, oui, très imprudent !

— C'était ça ou la laisser abattre l'un de nous. Il arrive qu'on soit obligé de comparer les risques… et une folle se prend un couteau dans le bras. On dirait pourtant que j'ai loupé toutes les artères – elle se serait vidée de son sang, depuis le temps.

Le médecin me lança un regard noir, mais fut forcé d'admettre que j'avais raison. Il lui administra une injection de morphine et se mit en devoir d'extraire patiemment le couteau de son avant-bras. Comme il pansait la plaie, la cloche de la porte retentit.

C'était l'inspecteur Foister et le sergent Tarpley.

En les voyant, je compris que la nuit serait longue.

Pourtant, il fallut à peine un peu plus d'une heure à l'inspecteur pour prendre nos dépositions. Son expression oscillait, apparemment de façon aléatoire, entre la colère, l'irritation, la stupéfaction, la désapprobation et l'admiration. Les sentiments défilaient à un tel rythme sur son visage qu'on eût dit qu'il s'exerçait à la dernière mode de gymnastique faciale.

— J'avoue que je vous dois des remerciements, monsieur le comte, reconnut-il en partant. Vous avez élucidé une affaire des plus déplaisantes. Mais je souhaite vivement que vous fassiez appel aux forces de l'ordre si jamais vous vous retrouvez face à de semblables difficultés.

— Nous n'avions pas le temps, inspecteur, fit valoir lord Riddlethorpe. Et c'est lady Hardcastle que vous devriez remercier. C'est elle qui a tout élucidé. Sans elle, cette Burkinshaw serait jugée pour trois meurtres au lieu de deux et nous aurions perdu un autre de nos chers amis.

— Alors, j'avoue que je vous dois aussi des remerciements, madame. Votre ami l'inspecteur Sunderland vous tient en très haute estime. Je ne sais pas si je serais aussi indulgent qu'il semble l'être à votre égard, mais votre intervention de ce soir a sauvé une vie et je ne peux vous en retirer le crédit.

Lady Hardcastle inclina la tête en signe de reconnaissance.

L'inspecteur se tourna alors vers moi.

— Quant à vous, mademoiselle, vous devriez peut-être envisager de travailler dans un cirque, vous qui êtes si adroite au lancer de couteaux.

— En fait…

Mais lady Hardcastle me coupa la parole.

— C'est encore une autre histoire, inspecteur.

Foister fronça les sourcils, mais comprit qu'il valait mieux s'en tenir là. Prenant poliment congé de lord Riddlethorpe, son sergent et lui conduisirent leur prisonnière dans la nuit.

Mme Ruddle avait préparé « à la va-vite » ce qu'elle appelait une « collation froide », mais que tout le monde à part elle aurait qualifié de somptueux festin, confectionné avec amour par une cuisinière experte.

Le repas fut servi dans la salle à manger et lord Riddlethorpe m'invita à m'asseoir avec les convives.

— Je me moque du métier que vous faites, déclara-t-il. Ce soir, vous avez sauvé plusieurs vies avec votre numéro de lancer de couteaux et je serais très honoré de vous avoir à ma table.

— Merci, monsieur le comte. Vous êtes d'une courtoisie extrême.

— Je n'arriverai jamais à vous faire dire Fishy, n'est-ce pas ? s'enquit-il dans un rire.

— Puis-je être franche avec vous, monsieur le comte ?

— Vous avez mérité cent fois de l'être, sourit-il.

— En toute honnêteté, je ne puis concevoir que vous souhaitiez que même vos plus proches amis vous appellent Fishy, sans parler d'une femme de chambre en visite.

Il se remit à rire.

— C'est stupéfiant ce qu'on apprend à supporter au fil des années. Venez vous asseoir avec nous. Votre maîtresse et vous pourrez nous expliquer en détail comment vous en êtes venues à soupçonner Muriel. Ou plutôt Rebecca, devrais-je dire. Et moi qui trouvais que c'était la meilleure intendante que nous ayons eue à Codrington ! Comme je me trompais !

Lady Hardcastle attendit que le cliquetis des couverts et les bavardages des convives aient diminué pour se mettre à parler.

— Vous savez, Fishy, pendant très longtemps, j'ai été convaincue que toute cette affaire était en lien avec votre écurie de course automobile. Quand ce pauvre Dawkins s'est tué et que nous avons découvert que sa voiture à moteur avait été sabotée, cela semblait tout à fait évident.

— Que diable soupçonniez-vous ? s'enquit M. Waterford. Pourquoi n'avez-vous rien dit ?

— Parce que, mon cher Monty, vous étiez parmi mes suspects.

— Moi ?

Il réussit à contenir son ahurissement et son indignation de crainte d'augmenter les coups de marteau dans sa tête.

— Bien sûr, poursuivit-elle. Si cela avait quelque chose à voir avec une intrigue commerciale, Viktor et vous étiez les premiers suspects. Mais quand Viktor s'est fait zigouiller…

— Je n'arrive toujours pas à comprendre pourquoi elle a tué Viktor, intervint Harry qui, fort vexé d'avoir manqué tout le spectacle, était bien décidé à mettre son grain de sel. Et Dawkins, puisqu'on en parle. Ni pourquoi elle a empoisonné cette pauvre chienne. Ni pourquoi elle a tenté de s'en prendre à moi. Car je suppose que c'est elle qui a voulu m'écraser avec la Rolls.

— Oui, Harry, c'était bien Rebecca Burkinshaw au volant de la Rolls. En revanche, ce n'était pas toi qu'elle visait, c'était Jake.

— Dès que j'ai appris sa véritable identité, révéla lady Lavinia, j'ai pensé que c'était peut-être après moi qu'elle en avait.

— Je continue de nager, ma vieille.

— Commençons par le commencement, vous voulez bien ? proposa lady Hardcastle. Tout a commencé il y a environ un an. En fait, non, retournons aux origines.

— Aux dinosaures ou je sais quoi ? demanda Harry.

— Taisez-vous, mon cher, ordonna lady Lavinia. Laissez-la parler.

Lady Hardcastle brandit l'une des feuilles de papier ministre qu'Evan avait dérobé dans la chambre de Kovacs.

— Ce document est une vieille lettre de votre père, Fishy. Il y fait part à Viktor de votre toute nouvelle entreprise de course automobile et lui demande s'il pourrait se laisser persuader de vous fournir de l'aide et quelques conseils. Votre père lui rappelle ensuite dans quelles circonstances ils se sont rencontrés, alors qu'il accompagnait M. Burkinshaw en voyage à Vienne. Enfin, il le flatte pour ses talents d'ingénieur.

— Juste Ciel ! s'exclama lord Riddlethorpe. Je me souviens maintenant que Viktor s'est subitement mis en rapport avec moi, du jour au lendemain. Il voulait m'engager dans son équipe. Je lui ai répondu que j'étais flatté, mais que je voulais monter ma propre écurie de course. Il a paru l'accepter. Mais lorsque son équipe a commencé à battre de l'aile, il s'est fait un peu plus insistant. Et une fois que j'ai eu décidé de lancer mon écurie, il m'a carrément proposé de nous racheter avant même que nous ayons commencé à courir.

— Donc, sa présence ici était son dernier coup de dés ? suggéra M. Waterford. Sa dernière tentative pour te rallier à son équipe ?

— Je suppose. Mais pourquoi s'était-il fixé sur moi, je ne le comprendrai jamais.

— Parce qu'il avait déjà établi un rapport avec vous, expliqua lady Hardcastle. Un genre de rapport. En tant qu'étranger, il devait avoir du mal à approcher l'univers anglais des courses automobiles.

— Sans doute.

— Mais nous allons trop vite en besogne, reprit-elle. Nous savons d'après cette lettre que Kovacs connaissait les Burkinshaw avant la tragédie. Il connaissait leurs filles. Dans sa jeunesse, peut-être s'était-il amouraché de Mme Burkinshaw. Si nous supposons que ses filles avaient hérité de ses traits, elle devait faire tourner les têtes, à sa grande époque. Quoi qu'il en soit, Kovacs est resté en relation avec la famille et lui a proposé son aide en quelque circonstance que ce soit. Rebecca n'était guère impressionnée par tous ses efforts, mais à mon avis, il n'y a pas grand-chose qui l'impressionne. Il a gardé sur Rebecca un œil vigilant, avunculaire même, quand la famille a connu des déboires. De Vienne, il ne pouvait pas faire grand-chose, mais au moins prenait-il des nouvelles. Lorsqu'il a appris que vous cherchiez une intendante, Fishy, il a vu là la réponse à tous ses problèmes. Il pourrait avoir une espionne dans la maison et la fille de son ami accéderait à un meilleur emploi. C'était il y a environ un an m'avez-vous dit, Fishy ? N'est-ce pas à cette époque que vous avez engagé Mme McLelland ?

— À peu près, oui. J'ai répondu à une annonce lorsque notre vieille intendante a pris sa retraite. Mme McLelland n'avait travaillé que comme gouvernante, mais ses références étaient excellentes. Spinney s'est entretenu avec elle et me l'a recommandée. Lorsque je l'ai rencontrée, je n'ai pas pu lui trouver un seul défaut. Elle semblait extrêmement compétente et organisée. Elle était aussi plus jeune que la plupart des intendantes et sacrément plus jolie à regarder, ce qui ne gâtait rien. Tout à fait le genre de femme à dépoussiérer la maisonnée et à nous faire entrer dans le XXe siècle.

— Mais elle avait d'autres motifs pour vouloir travailler ici. Même si dépoussiérer la maisonnée faisait sans doute aussi partie de son plan. En entrant à votre service, elle savait que tôt ou tard elle aurait l'occasion de prendre sa revanche.

— Mais si elle voulait se venger des filles, insista Harry, pourquoi a-t-elle assassiné Dawkins ?

— Elle n'en avait pas la moindre intention, affirma lady Hardcastle. Dans cette affaire, nous nous sommes fourvoyés dès le départ. Nous avons tous cru que la voiture à moteur avait été sabotée pour s'en prendre à Dawkins, ou au moins à Fishy. Nous sommes partis du principe que le tueur connaissait le programme des courses et qu'il avait visé la voiture de Dawkins. Ce n'est que lorsque Armstrong m'a rapporté la feuille originale que j'ai compris notre erreur.

Elle leur montra à tous l'autre feuille de papier ministre qu'Evan avait trouvé parmi les affaires de Herr Kovacs.

Voici ce qu'il y avait d'écrit dessus :

Course des dames :

1. Lady Hardcastle

2. Mme Beddows

3. Lady Lavinia

4. ~~Mlle Titmus~~ Mlle Armstrong

Course des messieurs :

1. Lord Riddlethorpe

2. M. Featherstonhaugh

3. M. Dawkins

4. Herr Kovacs

M. Waterford officiera en tant que starter et directeur de course. Mlle Titmus sera la photographe officielle de la course.

— Vous voyez ? Ce soir-là, j'avais dressé la liste selon le tirage au sort : les dames en premier. Toute personne ayant vu cette liste aurait pensé, à juste titre, que nous comptions courir dans cet ordre-là. Et de fait, c'était notre intention. Autrement dit, le meurtrier a cru que Jake serait au volant de la numéro 3, dans la première course. Ce n'est qu'arrivés sur la ligne de départ que nous avons dû tirer à pile ou face pour savoir laquelle des courses aurait lieu en premier.

— Donc, c'était Jake qui était visée depuis le début, compléta Harry.

— Exactement, mon cher. Ce soir-là, nous avions laissé le programme des courses dans le grand hall et c'est là que Burkinshaw a dû le voir. Il lui était ensuite facile de s'introduire dans la remise à calèches par la porte de derrière et de sectionner le câble du frein. Elle avait accès à toutes les clés de la maison et qui, parmi les domestiques, aurait osé questionner la formidable intendante si jamais ils l'avaient croisée pendant qu'elle se baladait la nuit ?

— Même couverte de poussière et de crasse ? demanda Harry. Les voitures à moteur, ce ne sont pas des bêtes très propres.

Je crus bon d'intervenir.

— Ne sous-estimez jamais le pouvoir que détiennent ces domestiques en chef, monsieur. Les majordomes et les intendantes sont tels des capitaines de navire. On ne leur désobéit jamais, on ne les questionne jamais. Mme McLelland aurait pu danser un *pas de deux* dans l'office avec un blaireau emperruqué qu'ils se seraient contentés d'incliner la tête et de s'écarter de son chemin. Ce n'est pas un peu de poussière et de crasse qui auraient attiré leur attention.

Harry fronça les sourcils mais ne répliqua pas.

Lady Hardcastle reprit :

— Je pense qu'elle avait l'intention de tuer les trois femmes, pourtant elle n'avait pas de véritable plan au-delà de l'exécution de Roz au coucher du soleil. Mais elle est intelligente, capable d'improviser. Quand son regard est tombé sur le programme des courses, elle a immédiatement vu là l'occasion de tuer la première des persécutrices de sa sœur. De fait, elle aurait pu réussir. Si Jake avait été au volant, elle ne serait peut-être pas allée assez vite pour se tuer, mais Dawkins, lui, conduisait à tombeau ouvert, et le pauvre type a trouvé la mort dans un virage serré.

— Bon, cela explique Dawkins, convint Harry. Mais Viktor ? Il n'avait rien à voir avec la mort de Katy.

— Non, Viktor a été tué pour protéger le secret de Burkinshaw. Je ne pense pas que tu te souviennes de la soirée où les dames se sont retirées dans la bibliothèque, si ? Vous nous avez rejointes au bout d'un moment, en prétendant nous avoir cherchées partout.

— Si, je m'en souviens assez bien.

— Vous avez finalement appris où nous étions lorsque Helen est entrée dans le petit salon en quête d'une vieille photographie d'école. Jake et les filles, aux membres agiles et au visage frais. Des athlètes aux joues rougies par la victoire.

— Je me souviens d'avoir vu des filles dégingandées en nippes de cricket.

— Nonobstant ton absence de sensibilité poétique, Harry, nous parlons bien de la même photographie. Viktor a vu sur celle-ci quelque chose que nul d'entre nous ne pouvait voir. Enfin, à part Armstrong. C'est elle qui a insisté sur le fait que toute l'affaire pouvait être en lien avec cette photographie. Mais Viktor, lui, a parfaitement reconnu la fille assise entre Roz et Helen. Il avait connu les sœurs Burkinshaw du temps où elles étaient petites. Il connaissait l'histoire du suicide de Katy et savait très bien qui était sa sœur. Il avait envoyé Rebecca espionner ici pour son compte, ignorant qu'en réalité, elle nourrissait un projet bien à elle. Mais tout est devenu clair pour lui lorsqu'il a compris que Jake, Helen et Roz étaient les camarades d'école de Katy.

Lady Hardcastle passa la photographie à Harry qui se mit à l'étudier de près.

— Dès qu'il a vu la photographie, Viktor a su qu'il se tramait quelque chose. Il a dû confronter Rebecca et lui a ordonné de ne pas ruiner ses projets. Tout ce qu'il voulait, lui, c'était acheter l'expertise de Fishy en matière de courses automobiles – il n'avait pas la moindre idée de ce qu'il avait déchaîné. Nous ne saurons peut-être jamais ce qui s'est passé entre eux, mais Rebecca devait le faire taire, sinon elle aurait été démasquée avant d'avoir pu accomplir son projet.

Lady Harcastle passa la main sous sa chaise et produisit la feuille pliée provenant du papier à lettres de Codrington Hall.

— Je crains d'avoir été vilaine. J'ai fouillé la chambre de Mme McLelland avant l'arrivée de l'inspecteur Foister.

Nous lui donnerons ce document plus tard, mais j'ai pensé que vous étiez tous en droit de le voir en premier.

Elle leur montra le message que nous avions trouvé dans la chambre de Kovacs, celui où l'intendante l'invitait à son rendez-vous fatidique. Celui signé R. B.

— Aujourd'hui, je suis gênée de le dire, mais nous avons pensé que ce message était peut-être de vous, ma chère Roz. Il faut dire qu'à ce moment-là, nous ne connaissions aucune autre « R. B. ». Nous ne pouvions rien dire à personne, car à peine avons-nous découvert ce document que quelqu'un l'a chipé. Burkinshaw, savons-nous aujourd'hui. Il était fourré au fond de la poche d'une de ses robes – elle devait avoir oublié de le détruire.

Le papier fit le tour de la table.

— Elle a attiré Viktor dans la remise à calèches, sachant par expérience qu'en pleine nuit, elle pouvait y agir à sa guise, ni vu ni connu. Viktor s'est rendu là-bas, pensant qu'il pourrait reprendre la situation en main, à savoir remettre ses projets sur les rails. Sauf qu'à la place, elle lui a défoncé le crâne avec une clé à molette.

— Nous avons donc l'explication pour la mort de Dawkins et de Viktor, récapitula Mlle Titmus. Mais… cette pauvre Électre ? Elle ne peut pas avoir manigancé quoi que ce soit. Ces deux dalmatiennes sont des filles intelligentes, mais…

— C'était le sandwich, révéla lady Hardcastle. Celui aux pickles : votre sandwich préféré. C'est à vous qu'il était destiné. Burkinshaw avait mis de la mort-aux-rats dans le sandwich au jambon et aux pickles avant qu'on ne vous l'apporte pour le déjeuner sur la terrasse. C'était un pari un peu risqué, mais vu que vous êtes la seule personne de la maisonnée à aimer les pickles, c'était un risque qui en valait la peine.

— Oh, fit Mlle Titmus.

Elle reposa la part de tarte qu'elle s'apprêtait à manger.

— Oh, répéta-t-elle.

— Car c'est autour de vous trois, je le crains, que tournait toute l'affaire, déclara lady Hardcastle. Rebecca Burkinshaw vous rendait toutes les trois responsables du suicide de sa sœur et elle voulait se venger de vous.

Mme Beddows leva les yeux de son assiette pour la première fois depuis que lady Hardcastle avait commencé à parler.

— Et elle avait raison, articula-t-elle d'une voix éraillée. C'était ma faute. J'ai été odieuse avec Katy Burkinshaw. Absolument odieuse. Et je n'ai jamais cessé de l'être depuis. (Ses yeux étaient pleins de larmes.) Je le regrette tant ! Je m'en veux tellement, tellement…

Elle se leva d'un bond et quitta la pièce.

— Allez la rejoindre, Monty, conseilla lady Lavinia. Ne la laissez pas toute seule. Faites-lui prendre le sédatif que lui a donné le Dr Edling. Elle a besoin de dormir. Demain matin, elle se sentira mieux.

M. Waterford se leva à son tour.

— Merci.

Et il sortit par la même porte.

— Quel épouvantable gâchis ! conclut lord Riddlethorpe. Je vous suis reconnaissant de tout nous avoir expliqué, Emily. Je regrette simplement que cette affaire soit allée aussi loin. Peut-être devrions-nous nous retirer, maintenant. Qu'en dites-vous ? Oublier toute cette horreur et prendre un nouveau départ demain matin. Je vais demander à Spinney de nous préparer un dernier verre avant d'aller nous coucher et nous en resterons là pour aujourd'hui.

Betty était toujours éveillée quand je me glissai enfin dans mon lit.

— J'ai cru que vous n'arriveriez jamais, lâcha-t-elle alors que j'ouvris la porte. Vous devez tout me raconter !

La vieille bique a dit quelque chose ? Oh, je ne devrais pas dire du mal d'elle dans son dos ! Encore moins après tout ce qu'elle a traversé. Mais c'est une redoutable vieille bique. Qu'est-ce qui s'est passé ? Lady Hardcastle vous a-t-elle tout expliqué ? Savez-vous ce qui s'est vraiment passé ? C'est du brandy que vous avez là ? Puis-je en avoir une goutte ?

Je ris.

— Je me suis dit que vous pourriez en avoir besoin.

Je lui en versai un doigt dans l'un des tumblers que j'avais emportés et elle le sirota avec gratitude.

— Mmm... ça va mieux. Le brandy de monsieur le comte est meilleur que celui de la vieille bique. Mais n'essayez pas de me distraire avec des cadeaux de la cave du maître. Dites-moi tout.

Je m'exécutai donc. De la manière la plus claire et la plus succincte possible, je lui relatai les événements du dîner, y compris les explications de lady Hardcastle, et pour finir le départ de Mme Beddows en larmes.

— Oh, s'inquiéta Betty. Je me sens coupable, maintenant. Vous pensez que je devrais retourner à son service ?

— Je pense qu'il vaut mieux pour toutes les deux que vous vous en absteniez. Cette mésaventure l'aura peut-être un peu adoucie, mais ce passage de la Bible sur les léopards et leurs taches n'est pas simplement là pour ajouter une touche d'exotisme au paysage. Au plus profond d'elle-même, c'est une femme susceptible et elle a besoin d'une femme de chambre aussi susceptible qu'elle pour lui tenir tête. Eussiez-vous été fabriquée à la main, spécialement pour Mlle Titmus, par Les Fabricants de domestiques d'Edna Fitzwilliam, à Bolton, que vous n'auriez pu former une paire de maîtresse et servante plus assortie.

— Vous dites des bêtises, Flo.

— C'est vrai. Cela fait partie de mon charme. Et maintenant, allons nous coucher ou nous ne serons utiles à personne demain.

Après avoir réveillé et habillé nos maîtresses respectives, Betty et moi persuadâmes M. Spinney de nous laisser servir le petit déjeuner. Avec une intendante en prison et un personnel en plein chaos, son plus grand souci était que tout retourne à la normale dans les plus brefs délais. Aussi commença-t-il par objecter au fait que deux femmes de chambre invitées soient employées à servir dans la salle à manger.

— Je n'y voyais aucun inconvénient tant que c'était pour les besoins de l'enquête que menait votre maîtresse. De fait, c'était mon idée, si je me souviens bien. Mais tout compte fait, ce n'est pas correct, pas correct du tout. Les femmes de chambre ne servent pas à table. Vous devez comprendre dans quelle situation nous nous retrouvons. En l'absence de cette femme, c'est à moi qu'incombe la responsabilité des bonnes. Et vu leur humeur, je vais déjà avoir assez de mal à les mettre à la tâche sans que vous fassiez leur travail à leur place. Non, je ne peux pas approuver cela.

— Puis-je émettre une suggestion, M. Spinney ?

— Je suis tout ouïe, Mlle Armstrong. Je suis tout ouïe.

— Pourquoi ne demandez-vous pas à Mme Ruddle de s'occuper des bonnes le temps que vous trouviez une autre intendante ? Patty est plus que capable de tenir la cuisine toute seule, du moment que son mentor reste en mesure de lui donner un coup de main.

— Ma foi, réfléchit-il lentement. Il est certain que ce serait une solution possible, à condition que tout le monde soit d'accord…

— Une autorité de meneur, M. Spinney, voilà ce qu'il vous faut ! Dites-leur qu'elles sont merveilleuses, que c'est pour elle une formidable occasion, que monsieur le comte a bien besoin d'elles dans cette période difficile – bref, le baratin habituel. Vous verrez qu'elles se conformeront bien vite à vos instructions.

— Vous avez raison, bien sûr.

— Parfait. Et maintenant que cette crise a été évitée, que diriez-vous si Mlle Buffrey et moi montions le petit déjeuner une dernière fois ? Et que nous traînions à portée d'oreille afin de ne rien manquer de ce qui se dira à table.

Le majordome soupira.

— Très bien. Au moins ne serez-vous pas en bas pendant que j'essaierai d'organiser la nouvelle hiérarchie à l'office.

Avant qu'il ne se ravise, nous nous précipitâmes pour aller chercher les premiers plateaux en cuisine.

À notre arrivée dans la salle à manger, Mlle Titmus et lady Hardcastle s'étaient déjà servies elles-mêmes à la grande cafetière en argent posée sur le buffet.

— Ah, vous voilà, se réjouit lady Hardcastle. Mais pourquoi est-ce vous qui apportez le petit déjeuner ? Les domestiques ont pris la poudre d'escampette ?

— Nous voulions traîner parmi les classes supérieures, avouai-je. Tenter de nous élever au-dessus de nos humbles origines en buvant la sagesse de leur savant discours.

— Oui, et écouter les potins en douce.

— Cela aussi, madame. Saucisse ?

— Cela faisait des années qu'on ne m'avait pas appelé « Saucisse », répliqua-t-elle avec un brin de nostalgie. Ah, je vois ce que vous voulez dire. Oui, volontiers. Posez tout là, j'irai me servir dans un moment.

Mme Beddows entra dans la pièce, vêtue d'un chemisier à col haut qui dissimulait les marques sur son cou. Elle nous vit toutes les quatre et, l'espace d'un instant, elle parut prête à tourner les talons et à ressortir aussitôt de la salle à manger.

— Roz, ma très chère, la salua lady Hardcastle. Comment allez-vous, ce matin ? Venez vous asseoir et laissez-moi aller vous chercher quelque chose à manger.

Mme Beddows esquissa un pâle sourire et prit place à table.

— Tenez, ma chère, lui proposa lady Hardcastle en la rejoignant à table avec Mlle Titmus. Mettez-vous déjà cela dans le ventre.

— Merci, croassa Mme Beddows.

Elle leva la tête et nous aperçut, Betty et moi.

— Ah, Buffrey… M. Waterford m'a convaincue que je vous devais des excuses. Je vous ai traitée avec rudesse. Bien entendu, je vous paierai vos gages jusqu'à ce que vous ayez trouvé une nouvelle place.

— Merci, madame. Vous êtes bien bonne.

— Je ne veux pas vous voir à la rue. Je ferai tout ce qui est mon pouvoir pour vous aider. Vous aurez des références dithyrambiques, cela va de soi.

Mlle Titmus intervint :

— Il se trouve, Roz, que Betty a déjà trouvé une nouvelle place. Je l'ai engagée comme femme de chambre et aide-photographe.

— Ah bon ? Ah oui, vraiment ? Eh bien, tant mieux pour toi. Pour vous deux.

M. Waterford entra d'un air désinvolte.

— Bonjour, chérie, lança-t-il en voyant Mme Beddows.

Il s'aperçut un peu tard qu'il y avait deux autres dames à la table.

— Et le bonjour à vous aussi, mesdames. Comment allons-nous, ce matin ?

— Pas trop mal, répondit lady Hardcastle. On ne peut pas se plaindre.

— On ne doit pas se plaindre, renchérit-il. Je euh… je me demandais si je pouvais…

— Oui, mon cher ?

— Eh bien, j'allais vous demander de nous laisser un moment d'intimité. (Tournant la tête, il remarqua notre présence à Betty et à moi.) Mais… enfin… je ne savais pas que la pièce était si… oh, et puis oubliez cela ! De toute façon, une fois que tout se saura, nous n'éviterons pas le scandale. Roz, ma chérie, je veux que vous quittiez James et que vous veniez vivre avec moi.

— Il ne consentira jamais au divorce, croassa-t-elle. Il a trop besoin de mon argent.

— Je réglerai toute cette histoire, ne vous en faites pas. Hier, quand j'ai cru que j'allais vous perdre à tout jamais, je n'ai pas pu supporter cette idée.

Pour ma part, je commençais à regretter qu'il ne nous ait pas toutes fait sortir finalement, mais l'arrivée d'Harry et de lady Lavinia nous épargna un supplément d'embarras.

— Ohé, les amis ! nous salua Harry en clopinant au bras de lady Lavinia. Mais dites, tout le monde est là !

— À part Fishy, mon cher, lui fit remarquer lady Lavinia.

— Quoi, à part Fishy ? s'enquit lord Riddlethorpe dans son dos.

— Ah, parfait ! s'exclama Harry. Lavinia et moi avons une nouvelle à vous communiquer. Ou plutôt une annonce à vous faire. (Il se redressa et afficha un grand sourire bêta.) Nous sommes fiancés. Et vous êtes tous invités au mariage.

Des acclamations de joie fusèrent et l'on échangea baisers et embrassades tout autour de la table, tandis que leurs amis félicitaient l'heureux couple.

— Vous me devez dix shillings, ma chère Flo, lâcha lady Hardcastle lorsque le brouhaha fut retombé.

— Mes démêlés sentimentaux ont-ils été l'objet de vulgaires paris, sœurette ?

— Bien sûr, mon cher. Je guette toujours la moindre occasion de te rendre plus intéressant que tu ne l'es. Car tu es un type d'un ennui mortel.

— Alors, ça ! Parmi tous les…

— Au moins ai-je parié que tu lui ferais ta demande, l'interrompit sa sœur. C'est Flo, ici présente, qui doutait de ta résolution.

— Strong Arm ! Comment avez-vous pu ? Je nous croyais amis.

— Nous le sommes, monsieur. Je pensais simplement qu'avant que vous ne vous soyez décidé à la demander en mariage, lady Lavinia aurait largement eu le temps de vous dire au revoir.

J'esquivai la tranche de toast qui me fut lancée à la tête.

Faire les valises pour rentrer est une opération beaucoup plus simple qu'à l'aller. On n'a pas de décisions à prendre, ni grand besoin de tout plier avec le même soin et la même considération. Du moment que tout rentre dans les malles et les valises, c'est parfait – de toute manière, nous allions devoir ressortir tout le linge et le faire nettoyer dès notre retour à la maison.

Aussi les bagages furent-ils bouclés avec une rapidité agréable.

Lady Hardcastle, assise au secrétaire près de la fenêtre, écrivait son journal pendant que je pliai une robe du soir.

— Oh, sapr… m'indignai-je.

— Oui, ma chère ? Je devine que vous avez un quelconque problème. Suis-je en mesure de vous aider ?

Je lui présentai l'objet de mon ressentiment.

— Cette robe, madame.

— Ah, oui. Je l'adore, celle-là. Plus foncée, elle serait noire à la lumière des bougies. Plus claire, elle serait clinquante et osée. Elle vient de chez cette couturière, à Clifton. Nous devrions y retourner. Cette femme a des doigts de fée.

— Elle est tout à fait ravissante, convins-je. En revanche, je doute de la sincérité de vos protestations d'amour.

— Ah bon ?

— Oui, madame. Si vous l'aimiez autant, vous ne l'auriez certainement pas déchirée.

— Ah, oui. Je pensais bien que vous alliez me gronder.

— Comment diable… ?

— Vous vous souvenez que je la portais l'autre soir, quand l'oncle Algy a insisté pour que nous jouions à son jeu ?

— Le Vignoble magique de Jean-Pierre.

— Exactement. Alors qu'Harry et Jake avaient fini d'« implanter le greffon sur les porte-greffes » – de façon tout à fait irrégulière, ajouterais-je, puisque c'était au tour de Jake de jouer et qu'Harry n'avait pas à l'aider ainsi pour le *débuttage* –, eh, bien… je me suis accrochée à quelque chose. À la chaise, je pense.

Je poussai un soupir.

— Oh, ne faites pas cette tête-là, ma chère. Vous vous ennuieriez à mourir si vous n'aviez pas de choses à repriser.

Les valises bouclées, je descendis à l'office pour dire au revoir au personnel de la maison. M. Spinney n'était nulle part, mais je trouvai Mme Ruddle dans la pièce de l'intendante.

— Regardez-moi, ma chère ! me lança-t-elle avec un sourire jovial. Intendante ! Je devrais point faire ce genre de travail. On a b'soin de moi en cuisine. Pauvre Patty, elle va être toute retournée.

— Cela vous va bien, Mme R.. Cela vous confère un air d'autorité.

— De l'autorité, j'en ai tout plein dans ma cuisine. Même que c'est un travail qualifié. Mais vous feriez pas travailler un ingénieur dans un bureau, pas vrai ?

— Ma foi… (Je n'avais nulle envie de la contrarier.) Non, Mme Ruddle, vous avez raison. Mais je suis sûre qu'il s'agit d'une mesure temporaire. En un rien de temps, vous aurez une nouvelle intendante et tout reviendra à la normale.

— Je l'espère. À vous, j'ose le dire, osa-t-elle me dire. Mais vous êtes point venue me voir pour écouter mes jérémiades, ma chère. Qu'est-ce que je peux faire pour vous ?

— Je suis simplement venue pour dire au revoir et vous adresser mes remerciements à tous pour votre chaleureuse hospitalité.

— C'était un plaisir de vous avoir chez nous, ma chère. Et c'est nous qui devrions vous remercier. Sans vous et vot' maîtresse, on aurait pu perdre la pauvre Mme Beddows en plus de Dawkins et de m'sieur Kovacs.

On frappa timidement à la porte.

— Vous vouliez me voir, Mme R. ?

C'était Evan Gudger.

— Ah, Evan… oui. M. Spinney a dû aller en ville et il m'a demandé que tu t'occupes du vin pour le dîner d'ce soir.

— Mais c'est la tâche du premier valet de pied, ça.

— C'est ça. D'après toi, qu'est-ce que ça veut dire ?

— Mince, alors !

— Mince, alors. Que oui, jeune homme. Alors tu ferais mieux de vérifier que ta livrée soye bien brossée et repassée et que tes chaussures et tes boutons de veste soyent bien brillants, pas vrai ?

— Félicitations, Evan, dis-je. Voilà une promotion bien méritée.

— Merci, mademoiselle. Merci, Mme R.

— Et maintenant, file, mon garçon ! T'as du pain sur la planche.

Evan obéit promptement, souriant d'une oreille à l'autre.

— Il va s'en sortir, ce p'tit gars, décréta Mme Ruddle. Il a changé depuis que vous êtes là. Je sais point ce que vous lui avez dit, mais c'est plus le même homme.

— Je lui ai simplement fait confiance et je lui ai donné quelque chose d'intéressant à faire.

— Eh ben, ça a marché. Vous êtes sûre que vous voulez pas rester ?

Elle me fit un clin d'œil.

— Non, Mme R., je dois aller là où ma dame me mène.

— Soyez-y fidèle, ma chère. C'est quelqu'un de bien.

— C'est même la meilleure qui soit.

Des mains invisibles s'occupèrent de descendre nos valises, nos sacs et nos malles dans le hall d'entrée. Je n'eus qu'à mentionner l'imminence de notre départ au tout nouveau premier valet de pied pour que nos bagages apparaissent en bas comme par magie.

J'attendis près de nos affaires que lady Hardcastle eût pris congé de tout le monde. Pendant que Morgan et un autre valet de pied chargeaient le tout dans la Rolls-Royce, nos nouveaux amis se succédèrent pour nous souhaiter le meilleur. Alors que lady Hardcastle tentait de soutirer à Mlle Titmus la promesse de venir la voir dans le Gloucestershire dès qu'elle en aurait la possibilité, Betty s'approcha discrètement de moi et me serra dans ses bras de façon tout à fait inattendue.

— Je suis si heureuse de vous avoir rencontrée, Flo. En plus, j'ai l'impression que nous allons souvent nous revoir, toutes les deux.

— Je l'espère de tout cœur.

— Je ne connais strictement rien à la photographie. J'ignore à quoi je vais bien pouvoir lui servir.

— Vous prendrez vite le coup. Ou pas. C'est sans importance. Lady Hardcastle s'y essaie depuis quelques années, maintenant. Eh bien, je me contente de sourire et d'opiner du bonnet. Tant que vous leur tenez ce qu'elles veulent que vous leur teniez au moment où elles veulent que vous le teniez, tout se passe comme sur des roulettes.

— Oh, mais j'ai envie d'apprendre, affirma-t-elle avec sérieux. C'est extrêmement exaltant !

— Tant mieux pour vous, Betty Buffrey. J'espère que vous allez bien vous amuser.

— Merci de m'avoir sortie des pattes de la vieille bique. Je continue de penser que c'est la plus affreuse bonne femme qui ait jamais porté culottes bouffantes, mais je ne lui souhaite pas la mort.

J'éclatai de rire.

— Tout le plaisir est pour moi. Cela faisait une éternité que je n'avais pas planté une lame dans quelqu'un. Cela commençait à me manquer.

Ce fut à son tour de rire.

— Venez, Buffrey, dit Mlle Titmus. Nous devrions laisser lady Hardcastle prendre congé de nos hôtes et de leurs invités. Et puis je veux vous montrer la chambre noire.

Mme Beddows et M. Waterford furent les suivants à se présenter. M. Waterford tendit la main à ma patronne qui la lui serra avec chaleur.

— Merci, Emily. Et merci à vous aussi, Mlle Armstrong. Vous nous avez fait sortir de prison et vous avez sauvé ma Roz. Je ne pourrai jamais assez vous remercier, mais si d'aventure vous avez besoin de quoi que ce soit…

— Nous n'avons toujours pas pu essayer l'une de vos merveilleuses automobiles de course, soupira lady Hardcastle. Tant pis, nous laisserons cela pour une autre fois. Mais comptez sur moi pour vous le rappeler.

— Quand vous voudrez.

Mme Beddows ne dit mot. Elle s'avança vers lady Hardcastle et la serra dans ses bras. Ce n'était plus du tout la femme que nous avions rencontrée la semaine dernière. C'était déjà surprenant en soi, mais ce n'était rien à côté de ce qui suivit. Après s'être écartée de lady Hardcastle, elle se tourna vers moi et me tendit la main. Pendant que nous nous la serrions, elle se pencha tout près de moi, afin que personne d'autre n'entende, et me murmura à l'oreille :

— Je vous dois la vie, Armstrong. Merci.

Ne sachant que répondre à cela, je me contentai de sourire en silence.

M. Montague et elle s'en allèrent main dans la main.

— Que vous a-t-elle dit ? me demanda lady Hardcastle.

— La discrétion m'interdit de révéler les détails d'une confidence, madame. Mais c'était quelque chose de gentil.

— Ça alors ! Il n'aura fallu qu'une folle armée d'une corde pour la transformer en être humain digne de ce nom. Si nous l'avions su plus tôt, je lui aurais fabriqué un nœud coulant dès notre arrivée.

Lord Riddlethorpe sortit du petit salon en compagnie de sa sœur et d'Harry.

— Ah, Emily ! Nous pensions bien avoir reconnu votre voix. Vous partez ?

— Nous partons, Fishy. Merci infiniment pour votre hospitalité.

— Il n'est prévu dans aucun manuel de bonnes manières que votre intendante assassine la moitié de vos invités, mais c'est élégant de votre part de prétendre vous être amusée.

— Je ne prétends rien du tout, mon cher Fishy. La compagnie de nouveaux amis, voilà tout ce que je désire. Je suis ravie de vous avoir tous rencontrés.

Il sourit.

— J'ai parlé avec le coroner et il est satisfait de votre déposition écrite, vous ne serez donc pas appelée à témoigner lors de l'enquête judiciaire. Quant au juge du coin, c'est un copain à moi. Il a accepté de se passer de vous à l'audience préliminaire. Bien sûr, vous devrez témoigner devant le tribunal d'instance du comté, mais le procès en assises n'aura pas lieu avant un moment. En tout cas, je vous invite à séjourner ici lorsque la justice vous convoquera.

— Merci, mon cher. Je m'en réjouis d'avance – de vous revoir, sinon du procès.

— Eh bien, salut à toi, sœurette ! lança Harry. Bon voyage et tout le toutim !

— Au revoir, Harry chéri. Et promets-moi de venir me voir. Vous aussi, ma chère Jake.

— Cela nous ferait très plaisir, répondit lady Lavinia.

Elle disait déjà « nous » à la place de « je ».

— Et vous aussi, Fishy. Vous tous, en fait. Vous devez tous descendre nous voir. Certes, peut-être devrons-nous vous loger chez nos voisins si vous décidez de venir tous ensemble, mais ce serait tellement agréable de vous avoir chez nous.

Un discret raclement de gorge en provenance de l'entrée nous épargna les détails d'une telle organisation.

— Ah, signala lord Riddlethorpe. Je crois que Morgan essaie de nous dire que les bagages sont chargés dans la voiture à moteur.

— En effet, monsieur le comte. Avec la Gestion des eaux qui fait des travaux sur la route principale de Riddlethorpe, on va être obligés de faire tout le tour jusqu'à la gare.

— En ce cas, il vous faut partir tout de suite, décréta lord Riddlethorpe. Au revoir, Emily. Au revoir, Mlle Armstrong. Au plaisir.

18

Nous eûmes un petit retard à Birmingham. En se dirigeant vers le poste d'aiguillage, un aiguilleur avait glissé sur des feuilles mouillées et s'était renversé du thé dessus. Ébouillanté de vilaine manière, il laissa la ligne à destination de Bristol privée des aiguillages requis durant une bonne heure, le temps qu'on réveille son assistant pour venir le remplacer. Cela nous donna l'occasion de déjeuner en ville et nous résolûmes de visiter Birmingham plus souvent.

À notre retour, nous ne trouvâmes guère de changement à Littleton Cotterell. Le dog-cart qui nous avait déposées devant notre nouvelle maison l'année précédente attendait des clients à la gare de Chipping Bevington. Son cocher était aussi serviable et silencieux que la première fois que nous l'avions vu.

Il nous porta nos bagages jusque dans le vestibule et lady Hardcastle le récompensa d'un généreux pourboire, comme à son habitude.

— J'aime beaucoup partir, constata-t-elle alors que nous ôtions notre chapeau après avoir refermé la porte. Mais je crois que je préfère encore rentrer à la maison. Avez-vous prévenu Edna et Miss Jones que nous serions de retour aujourd'hui ?

— Je leur ai envoyé un câble de la gare de Leicester. Pendant que vous bavardiez de son teckel avec cette dame.

— C'était un adorable petit bonhomme. Et très bien élevé.

— C'est ce que j'ai cru comprendre. Surtout, cela m'a donné l'occasion de faire part de nos projets à Edna.

— Je ne sais pas ce que je ferais sans vous.

J'allai vérifier dans la cuisine : j'y trouvai le poêle allumé, une tourte prête à être réchauffée et une caisse de légumes prêts à être cuisinés.

— Miss Jones nous a laissé tout ce qu'il faut pour dîner !

— Formidable ! cria lady Hardcastle depuis le vestibule. A-t-elle laissé du thé ?

— Je vais mettre l'eau à bouillir.

Quelques minutes plus tard, j'apportai un plateau chargé de thé et de quelques biscuits que Miss Jones avait confectionnés à notre intention. Lady Hardcastle était encore en train de feuilleter le courrier.

— Je n'ai guère envie de défaire les bagages ce soir, annonça-t-elle en désignant l'amas de malles et de valises. Ai-je quelque chose dans quoi dormir ?

— Nous devrions bien vous trouver une chemise de nuit dans la penderie, parmi les dizaines de chemises de nuit que vous semblez posséder.

— Dans ce cas, nous laisserons les valises à demain. Allez donc faire réchauffer la tourte et nous pourrons dîner tôt, boire un ou deux verres de vin et faire un peu de piano avant d'aller nous coucher de bonne heure.

Le lendemain matin, Edna m'aida à monter les bagages.

— Si j'avais su, j'aurais pu dire à not' Dan de venir nous donner un coup de main, souffla-t-elle alors que nous hissions la plus grosse malle jusqu'à la chambre principale.

Ça le dérange point de m'aider, si jamais vous avez b'soin de transbahuter des choses.

— Ce n'est pas un souci. Nous nous en sortons très bien. Enfin presque.

— C'est vrai, reconnut-elle. Mais ça fait jamais de mal de lui occuper les mains. Vous avez passé un bon séjour ?

— Pas mauvais. Un ou deux incidents mineurs, mais dans l'ensemble, ce fut une coupure intéressante.

Nous descendîmes chercher les derniers sacs.

— Et les voitures de course, alors, ça vous a plu ?

— Hélas, cela fait partie de ces incidents mineurs : nous n'avons pas pu les essayer, finalement.

— Oh, je suis désolée de l'apprendre. P't-être que monsieur le comte vous invitera une autre fois.

— Je l'espère bien. Je… oh, zut !

Le téléphone s'était mis à sonner.

— Allez répondre, ma toute bonne, me dit Edna. Je m'en vais monter les deux derniers sacs.

Je décrochai l'écouteur de son socle.

— Allô, dis-je d'un ton haut et clair. Chipping Bevington 2-3.

— Allô ? fit une voix stridente de femme. Allô ? Est-ce vous, Emily ? Allô ?

— Bonjour, lady Farley-Stroud. Patientez un instant, je vais chercher lady Hardcastle.

— Ah, Armstrong. C'est vous. Pourriez-vous aller chercher lady Hardcastle, je vous prie ?

— Bien sûr, madame.

Je posai l'écouteur sur la table.

Je trouvai lady Hardcastle dans son bureau.

— J'ai entendu. J'arrive.

Je montai à l'étage et entrepris de défaire les bagages.

Une heure plus tard, j'avais rangé ce qui pouvait l'être et j'avais chargé Edna d'une grosse pile de linge.

— J'dis point que ça me dérange, ma chère. Mais vous penseriez que dans un grand château comme çui-là, on vous aurait proposé de faire la lessive des invités, vous croyez pas ? Ils ont le personnel pour ça, pas vrai ?

— Ils l'ont et ils l'ont faite. Ce ne sont que les affaires que nous n'avons pas pu faire laver avant notre départ. Cela représente le linge de deux jours, seulement.

Edna secoua la tête d'un air incrédule.

— Madame met point autant d'habits à la maison. Combien de fois par jour elle se changeait, là-bas ?

— Au moins trois fois par jour. En général quatre ou cinq. C'est dur, la vie d'aristo.

Edna éclata de rire.

— Et on en sait pas la moitié, pas vrai ? Nous aut', le pire qu'on a à penser, c'est de s'user les doigts à la tâche du lever au coucher du soleil. On devrait s'estimer heureuses d'avoir qu'une seule robe à laver.

Je préférais ne pas aigrir l'atmosphère en lui rappelant qu'elle ne travaillait qu'à la demi-journée et que je l'avais souvent vue dans tout un assortiment de robes plutôt pimpantes. Je me contentai donc de glousser poliment et allai voir si lady Hardcastle avait besoin de quelque chose.

— Ah, Flo, vous voilà ! s'exclama-t-elle quand je l'eus enfin dénichée dans l'orangerie où elle avait installé son studio. Je songeais à venir vous chercher. Avez-vous des projets pour la soirée ?

— Je pensais m'écrouler dans le petit salon avec votre meilleur brandy et un livre instructif.

— Eh bien, vous allez devoir vous excuser auprès du décanteur et de la bibliothèque. Ce soir, nous dînons chez les Farley-Stroud.

— Toutes les deux, encore ?

— Toutes les deux. Gertrude a appris notre retour et brûle d'entendre toutes nos histoires.

— Les nouvelles voyagent toujours aussi vite.

— Je soupçonne votre télégramme à Edna d'avoir alerté tout le village. Quant à nos histoires, elles ont semble-t-il alimenté les journaux.

— Ce n'était qu'une question de temps, remarquai-je. Je sais que lord Riddlethorpe tenait à minimiser le scandale, mais il n'aurait jamais pu tenir la presse à l'écart d'une telle affaire.

— Tout à fait. Et en contrepartie d'un souper et d'une incursion dans leur cave à vins, Gertrude entend bien qu'on lui livre un récit de première main.

— Sir Hector voudra-t-il connaître la solution au mystère des karts ?

— Oh, ça ! J'en connais la clé depuis jeudi. Simple, en réalité, et pourtant ingénieuse et fascinante à la fois.

— Mais vous n'allez pas me la donner, n'est-ce pas ?

— Bien sûr que non, ma chère. Vous avez entendu la solution tout aussi bien que moi. Il vous faudra patienter jusqu'au dîner.

— On ne retrouvera jamais votre corps, fulminai-je. Un jour, vous disparaîtrez et puis c'est tout. « Où est donc passée lady Hardcastle ? » me demandera-t-on. « Je n'en ai aucune idée », répondrai-je. « Elle n'a même pas laissé un mot. Cela dit, elle a toujours été un peu singulière. » « Oui, dira-t-on. Une drôle d'excentrique. Bonne chance quand même ! Et prévenez-nous si jamais elle se met en rapport avec vous, n'est-ce pas ? » Et ce sera tout.

— Quelquefois, vous me faites peur, ma chère. Il reste du café ?

Il y avait quelque chose de réconfortant dans l'aspect élimé, si peu au goût du jour, de la maison des Farley-Stroud après la classique élégance de Codrington Hall. Alors que les meubles de lord Riddlethorpe étaient dans la famille depuis des générations, sir Hector et lady Gertrude avaient dû entièrement garnir leur manoir à leur retour prématuré des Indes. Ils possédaient bien quelques meubles de famille, mais tout le reste avait été acheté trente-neuf années auparavant. Alors que les meubles de lord Riddlethorpe étaient anciens, ceux des Farley-Stroud étaient seulement vieillots. Certains deviendraient des antiquités de valeur dans cent ans, mais pour l'heure, ils étaient simplement démodés. Et cela me plaisait ainsi. Leur manoir était une maison, pas un musée abritant des chambres.

— Emportez vos verres dans la salle à manger, nous suggéra sir Hector lorsque Jenkins annonça que le dîner était servi. Je ferais s'évanouir un sommelier en disant ça, mais j'ai toujours trouvé que le gin allait avec tout, quoi.

Nous pénétrâmes dans la salle à manger. Mme Brown s'était encore surpassée et le repas fut un délice. Jenkins avait également bien réussi le choix des vins et j'oubliai mon gin tonic sitôt que j'eus régalé mon palais avec les brillantes associations qui accompagnaient les cinq plats succulents.

Sans les embellir autant que d'habitude, lady Hardcastle leur raconta les événements de la semaine passée. Sans l'interrompre autant que d'habitude, sir Hector et lady Farley-Stroud restaient pendus à ses lèvres.

— Dites donc ! s'exclama lady Farley-Stroud à la fin de l'histoire. Vous menez décidément une vie plus palpitante que la nôtre, Emily. Et quelle chance que vos amis vous aient eue avec eux ! On n'ose imaginer ce que cette redoutable femme aurait pu faire si vous n'aviez pas été là pour l'en empêcher. Voilà pourquoi nous n'engageons jamais de jolis minois à La Grange, ma chère. Ces filles seraient incapables de résister à Hector. Cela ne nous apporterait que des ennuis.

Je m'abstins de mentionner Dora, leur jeune bonne des plus séduisantes. L'air d'étonnement et de fierté qu'arborait sir Hector à l'idée qu'on pût le trouver irrésistible était un régal pour les yeux.

— Très sage, approuva lady Hardcastle. Et que s'est-il passé pendant notre absence ? Et votre kart, Hector, il roule ?

— Au ralenti, ma chère. J'ai tout essayé, sapristi ! pour le dissimuler à ce satané Jimmy. Mais ça complique les choses. Le pauvre Bert essaie bien de travailler en secret, mais comme on ignore comment fait Jimmy pour tricher, on ne peut pas se permettre de prendre trop de risques.

— Je crois que je peux vous aider.

— C'est vrai ? Je vous croyais trop occupée à attraper des assassins pour réfléchir à mes petits problèmes.

— Je peux vous aider, vous dis-je. Vous m'avez appris, je crois, que Jimmy s'adonnait aux courses de pigeons voyageurs.

— Oui, en effet. Il possède quelques petites merveilles. Des champions. Il les fait concourir dans tout le pays.

— Et en quoi consiste exactement une course de pigeons voyageurs ?

— C'est assez simple. Vous emmenez tous les oiseaux en un lieu situé à des kilomètres de chez vous et le premier à revenir vers son propriétaire a gagné. Des oiseaux bougrement intelligents, les pigeons.

— En effet, acquiesça lady Hardcastle. Ils ont un don mystérieux pour retrouver leur chemin. Personne ne sait comment ils font.

— Tout à fait, tout à fait.

— Il se trouve que ma nouvelle amie, Helen Titmus – une femme charmante, au demeurant – fait des photographies des plus exquises. Elle est en train de monter sa propre affaire. Vous devriez lui demander de photographier votre maison. Et la famille. À propos, comment va cette chère Clarissa ? Et son mari tout neuf… ? Adam, c'est cela. Comment se portent-ils ? Et vous, êtes-vous remise de toute cette histoire, à présent ?

— Ce mariage a été quelque peu soudain, n'est-ce pas ? reconnut lady Farley-Stroud. Surtout après cette mésaventure avec le fils Seddon. Mais ils ont l'air vraiment heureux, maintenant. Et Clarissa attend leur premier enfant pour février. Elle m'a téléphoné l'autre jour.

— Mais dites, c'est une excellente nouvelle ! Félicitations, bonne-maman !

Lady Farley-Stroud s'épanouit de fierté. La joie de sir Hector était légèrement assombrie par la frustration : on avait interrompu son explication.

— Elle s'y connaît bien en pigeons, alors, votre Helen Titmouse ?

— Oh, Hector ! veuillez me pardonner. Un rien me distrait. Mais c'est une merveilleuse nouvelle, n'est-ce pas ? Votre premier petit-fils ?

— Épatant. Tant qu'il n'hérite pas du physique de son père, tout ira bien. Ni de sa cervelle. Ni de celle de sa mère, d'ailleurs.

— Hector ! le gronda lady Farley-Stroud de sa voix la plus sévère.

— Enfin. Ils sont comme un couple de canards, ces deux-là. Je parie que votre Helen Titmouse n'a rien d'un canard !

— Titmus, mon cher, le reprit lady Hardcastle. Et non, elle a l'esprit aussi acéré que l'enveloppe d'un hérisson.

— Et elle a résolu mon énigme ? insista-t-il.

C'était vraiment un vieux monsieur très patient, j'étais sur le point de mordre ma patronne.

— Pas tout à fait, mon cher. (Le pauvre homme retint un soupir.) En revanche, elle m'a parlé d'un certain gadget inventé par un Allemand. Cela la mettait en joie. Elle m'a montré un article à ce sujet, dans un magazine.

Sir Hector haussa ses sourcils broussailleux d'un air interrogateur.

— Je pense, déclara lady Hardcastle, que votre copain Jimmy s'est fabriqué un pigeon photographe.

— Un quoi ?

— Cet Allemand, dont j'ai oublié le nom. Neubronner ou quelque chose de ce genre. Cet Allemand se servait de pigeons pour livrer des médicaments et un beau jour, il s'est dit : « J'ai une idée. Si je plaçais un petit appareil photographique à déclenchement automatique sur le ventre de ce pigeon au lieu d'une boîte de médicaments, il pourrait photographier tout ce qu'il survole. Ne serait-ce pas formidable ? » Et c'est ce qu'il a fait.

— Et vous pensez que Jimmy s'est livré à un truc comme ça ?

— Tout colle parfaitement. C'est malcommode, c'est alambiqué, c'est extrêmement bête, et cela convient à merveille à votre copain Jimmy.

Sir Hector se mit à rire.

— Ça, par exemple ! Et donc, que fait-il ?

— Eh bien, les pigeons voyageurs retournent toujours droit chez eux. Il n'a eu qu'à emmener le pigeon photographe quelque part dans la campagne, en veillant à ce que votre manoir se trouve sur son itinéraire de retour, et hop ! il l'a lâché. Flap-flap fait notre ami le pigeon en rentrant à tire-d'aile à la maison. Tandis qu'il survole vos écuries, clic-clac fait l'appareil photographique, et Jimmy a des clichés de ce que vous fabriquez dans votre cour.

— Ridicule, commenta lady Farley-Stroud.

— Merveilleux ! exulta sir Hector. Je vais demander à Bert d'installer une bâche goudronnée ou un machin de ce genre au-dessus de la cour, de cette façon, ce satané Jimmy ne pourra plus voir ce qu'on fait. Nous le battrons, par saint George ! Oui, nous le battrons.

La course eut lieu une quinzaine de jours plus tard, le dernier dimanche de septembre. Comme promis, sir Hector avait invité plusieurs de ses amis et de nombreux villageois s'étaient également joints à la fête.

— Comment se fait-il que nous n'ayons jamais entendu parler de cet événement ? me demanda lady Hardcastle tandis que nous passions devant les badauds. On dirait que la quasi-totalité de Littleton Cotterell et plus de la moitié de Woodworthy se sont donné rendez-vous ici. C'est carrément le festival du coin.

— Vous étiez indisposée, l'année dernière, à cette période. Une balle dans le ventre.

— Ah… Ah, oui, cela pourrait expliquer notre absence.

La course partait du portail de La Grange, descendait la colline, entrait dans Littleton et se poursuivait jusqu'à la ligne d'arrivée, au niveau du pré communal. Dans le pré, l'ambiance était à la fête. Holman le boulanger et Spratt le boucher avaient installé des étals afin de fournir la foule en encas, tandis que le vieux Joe du Dog and Duck vendait de la bière et du cidre sur une table devant son pub.

La foule se clairsema pendant que nous grimpions la colline, de petits nœuds de badauds se formant en lisière des courbes les plus dangereuses. Les amis des Farley-Stroud s'étaient rassemblés sur la pelouse qui s'étendait devant La Grange.

— Mais qui voilà ? Emily, ma vieille ! s'exclama sir Hector alors que nous franchissions le portail.

— Ne l'appelez pas ainsi, mon cher, le gourmanda lady Farley-Stroud. Elle a facilement la moitié de votre âge.

— À peine, estima lady Hardcastle.

— C'est un terme affectueux, quoi, répliqua sir Hector comme à son habitude, nullement démonté par les remontrances de sa femme.

Lady Farley-Stroud partit accueillir de nouveaux arrivants.

— Quel est votre plan ? s'enquit lady Hardcastle. Votre « char ailé[1] » est au summum de ses capacités, prêt pour la victoire ?

— Fin prêt, même ! Notez bien que je n'ai pas encore vu le kart de Jimmy. Il est là-bas, sur ce chariot. Dissimulé aux regards.

Il pointa le doigt vers l'allée où était garée une charrette dont le cheval mastiquait d'un air satisfait, le museau plongé dans sa musette. Une bâche goudronnée recouvrait son chargement.

— Mais je dois dire, poursuivit sir Hector, qu'il fait moins le faraud que d'habitude. On pourrait bien avoir notre chance, cette fois.

Dora, leur bonne, circulait avec un plateau de rafraîchissements. Elle proposa un verre à lady Hardcastle et allait continuer son chemin quand Lady Farley-Stroud se précipita après elle en l'appelant.

— Je pense que Mlle Armstrong boirait volontiers quelque chose, Dora.

— Merci, madame, dis-je. Mais ce n'est pas vraiment nécessaire.

— Sornettes, ma fille. Je ne me souviens pas très bien de mes cours d'histoire, mais je suis sûre qu'on donnait aux gladiateurs un petit verre de quelque chose avant qu'ils n'entrent dans l'arène.

— Je vous demande pardon, madame ?

— Comment ! Hector ne vous l'a pas encore proposé ? Quel toquard, franchement. Hector !

— Quoi, ma chère ?

— Il me semblait que vous deviez demander quelque chose à Mlle Armstrong.

1. « Char ailé », allusion au poème À sa timide maîtresse, d'Andrew Marvell (1621-1678).

— Mais oui, ma chère. J'allais y venir. Laissez-moi l'occasion de le faire.

— Me demander quoi, monsieur ?

— Eh bien, voyez-vous, ma chère, Jimmy et moi ne sommes plus de première jeunesse, du coup nous avons dû un peu modifier le règlement, cette année. Avant, nous pilotions nos karts nous-mêmes, mais à notre âge... Vous savez ce que c'est. Les réflexes ne sont plus ce qu'ils étaient. Les articulations non plus. Et la vue est un peu basse, à vrai dire. Et donc, cette année, nous avons décidé de nommer une personne qui conduira à notre place. Notre champion, voyez ?

— Je vois. Et... ?

— Voilà, voilà. Et je vous ai choisie. J'en ai parlé à Emily. Elle m'a dit que vous étiez déçue de ne pas avoir pu conduire de voiture de course chez son copain. Alors, nous avons pensé que cela vous consolerait.

— Oh, sir Hector ! C'est merveilleux ! Mais je ne suis pas en tenue pour cela, protestai-je en lui indiquant mon uniforme.

— Nous y avons pensé. Allez voir la memsahib, elle vous équipera d'une salopette. Elle vous sera peut-être un peu grande, mais je suis sûr que tout ça peut se retrousser. Alors, vous acceptez ?

— Ce serait un honneur, sir Hector.

Jimmy Amersham avait choisi comme champion un jeune homme de Woodworthy. Ils affichèrent tous deux un sourire narquois en me voyant passer dans ma salopette trop grande, mon casque en cuir tout éraflé et mes grosses lunettes de protection.

Je ne connaissais pas grand-chose à la mécanique des véhicules à roues, mais je voyais bien que le kart de sir Hector avait été conçu avec intelligence. La coque en fer-blanc martelé avait bien sûr une allure moderne et profilée. Mais les roues avaient quelque chose de particulier. Ce n'était pas celles que les gamins chipaient sur des landaus abandonnés : ces roues-là étaient robustes, équipées de pneus épais. Et le châssis ressemblait à quelque chose qu'on aurait pu concevoir pour l'une des voitures de course de lord Riddlethorpe.

— Qu'en penses-tu, mon vieux Jimmy ? s'enquit sir Hector. Tu crois que j'ai une chance, cette année ?

— Faut jamais perdre espoir, mon gars ! répliqua Jimmy avec une jovialité que démentait quelque peu l'expression de son visage.

— Fais-nous donc voir un peu ce que t'as là, proposa sir Hector qu'amusait visiblement l'embarras de son ami.

À contrecœur, Jimmy et le gamin du village installèrent deux planches à l'arrière de la charrette pour servir de rampe au véhicule. Soulevant la bâche goudronnée, ils dévoilèrent leur kart. En surface, il avait l'air très semblable à celui de sir Hector. La coque en fer-blanc martelé était moderne comme il se devait, et juste assez différente de celle de sir Hector pour ne pas en être l'exacte copie. Mais l'on voyait clairement d'où lui était venue l'inspiration. Les véritables différences résidaient dans les roues et le châssis. Jimmy avait choisi des roues bien plus étroites, montées sur une structure beaucoup plus légère.

— On a essayé un truc comme ça il y a un mois ou deux, glissa sir Hector avec un large sourire. On a dû y renoncer. Les roues n'arrêtaient pas de se détacher.

Jimmy semblait l'avoir mauvaise.

— Qu'est-ce qui se passe, mon vieux Jimmy ? Ma protection anti-pigeons t'a gâché ton petit espionnage ?

— Ça m'y a mis le holà, et pas qu'un peu.

— J'ai installé une bâche goudronnée pour empêcher tes pigeons photographes d'y voir dans ma cour.

Jimmy éclata d'un rire ravi.

— Espèce de vieux singe ! Comment diable as-tu découvert ma combine ? Je pensais pourtant t'avoir définitivement eu sur ce coup-là. C'est un copain à moi qui m'en a donné l'idée. Tu te souviens de Tug Wilson ? Il commandait le HMS Machinchouette. Il vit à Cheltenham, maintenant. Quand il a vu ça dans un journal ou un autre, il s'est dit que ça ferait parfaitement l'affaire pour te battre. (Il gloussa.) Enfin ! Bien mal acquis… etc. C'est comme ça. Tu m'as démasqué, alors ?

— Je savais que tu trafiquais quelque chose à l'époque où tu me battais tout le temps. C'est mon amie Emily qui a suggéré que tu te servais de pigeons photographes, c'est pour ça qu'on a mis la bâche goudronnée.

— Elle est un poil trop futée, ta copine. Plus futée que Tug et moi, en tout cas. Bon alors, vieille branche, on fait la course ?

— On ne peut pas décevoir notre public, mon vieux. Les pilotes, vous êtes prêts ?

Nous opinâmes du casque.

Les règles étaient simples. Nous avions chacun un côté de la route. On nous poussait pour nous faire partir. Si nous sortions de la route, nous avions le droit de demander aux spectateurs de nous remettre dans la course, à condition d'en trouver qui soient d'accord.

Je m'installai dans le kart et attendis le signal du départ. Le système de direction semblait assez simple, ainsi que les freins. Je repensai au pauvre Ellis Dawkins et revérifiai que tout était correctement relié. Le starter leva son drapeau. Nous partîmes.

Dans une course qui fait appel à la gravité, un kart lourd est un kart rapide, et le robuste garçon de ferme qui conduisait le kart de Jimmy aurait dû avoir l'avantage sur moi. Par bonheur, ma taille minuscule était compensée par le volume du châssis que Bert et sir Hector avaient mis au point. Nous abordâmes la première courbe au coude-à-coude, mais c'est à cet instant que l'innovation de sir Hector démontra sa valeur. Mon adversaire me forçait à rouler à l'extérieur du tournant, néanmoins, je parvenais à rester à sa hauteur. Ses roues semblaient un peu branlantes, alors que les miennes collaient à la route, obéissant parfaitement à mes manœuvres.

Je gagnai un peu de terrain dans la ligne droite, mais c'est la courbe suivante qui vit la défaite de mon adversaire. Je roulais à l'intérieur de la route à l'approche du tournant et, assez confiante en ma petite machine, je décidai de ne pas freiner. John, lui, avait commencé à ralentir à l'abord de la courbe, mais voyant que je n'en faisais rien, il lâcha les freins et nous nous engageâmes en trombe dans le tournant. Je le négociai facilement, tenant ma trajectoire, mon petit kart épousant la courbe à toute allure. John n'eut pas autant de chance. En dépit de vaillants efforts, il perdit le contrôle de son kart qui s'en alla valdinguer dans la haie. Après une bordée de jurons colorés, il supplia la foule de lui donner une poussée. Et quelle poussée il obtint !

Je l'entendis gronder derrière moi alors que nous approchions de la dernière ligne droite. Encore un petit virage et nous serions arrivés. Mais il gagnait du terrain. La poussée de spectateurs lui avait donné un vrai regain de vitesse et, jetant un coup d'œil par-dessus mon épaule, je vis que sa roue avant était au niveau de ma roue arrière.

À l'abord de la dernière courbe, il lui restait une ultime manœuvre à tenter. Alors qu'il était revenu à l'intérieur et que je prenais le virage, il continua tout droit. Je frôlai sa roue, mais il resta sur sa ligne. Il essayait de me faire sortir de la route. Mais j'avais appris pourquoi lord Riddlethorpe avait besoin de M. Waterford. L'ingénierie, c'était la clé dans les courses automobiles, et il se trouva que c'était aussi important dans les courses de kart. Les minces roues avant conçues par Jimmy Amersham ne faisaient pas le poids face à la machine de sir Hector, et la tentative de John fut déjouée lorsqu'une fixation céda et que la roue avant s'échappa en rebondissant sur la route.

Je repris l'avantage sur mon adversaire qui s'efforçait de faire progresser son kart à trois roues vers l'arrivée.

Lorsque je franchis la ligne, les acclamations qui m'accueillirent n'avaient rien à envier à celles que j'aurais pu entendre sur le circuit de Brooklands. Et encore moins à celles que j'aurais obtenues sur celui de Codrington Hall.

J'avais enfin gagné une course.

Toujours en salopette, je me retrouvai avec lady Hardcastle dans le pré communal. Nous sirotions du cidre à l'étal de fortune du vieux Joe, pendant que j'acceptais les félicitations des villageois. Personne ne nous avait dit qu'il existait entre Littleton et Woodworthy une rivalité aussi féroce qu'entre sir Hector et Jimmy. Durant toute la course, la fierté du village avait manifestement reposé sur mes épaules.

— Bien joué, Armstrong ! s'écria lady Farley-Stroud avec chaleur. Je savais que vous en étiez capable.

— Merci, madame.

— Ça compte terriblement pour sir Hector, vous savez. Vous avez fait sa fierté.

— Je suis contente d'avoir pu l'aider. Je reste à votre disposition pour toutes les fois où vous aurez besoin d'un pilote de course.

— Je pourrais bien vous le rappeler, ma petite. Mais pas avant l'année prochaine. Ce pauvre vieux Bert a besoin de se reposer après tout le travail que lui a fait faire Hector sur son satané kart.

— Ils ont obtenu un résultat de tout premier ordre, estima lady Hardcastle. Mais le temps est peut-être venu de nous adonner à nos propres passions, hein ?

— Déjà prévu, ma chère, répliqua lady Farley-Stroud. Et vous en constituez l'élément essentiel.

— Vraiment ? Quelle merveille !

— Mais oui. J'ai réussi à obtenir qu'une de ces expositions de photographies ambulantes vienne au village dans quelques semaines. Nous aimerions admirer certaines de vos œuvres. Vous pourrez montrer vos images animées à un véritable impresario. Cela pourrait lancer votre carrière.

— Ciel ! Il faudra voir si je peux leur proposer quelque chose qui soit fini d'ici là.

— À la bonne heure ! se réjouit lady Farley-Stroud. Et maintenant, venez, toutes les deux ! Je crois qu'il y a une sorte de cérémonie de remise des prix près de l'église.

Rayonnant de fierté, sir Hector reçut des mains du révérend Bland le minuscule trophée que se disputaient les deux vieux amis chaque année.

Il vint me serrer la main.

— Vous l'avez bien mérité, ma chère. Je me suis dit qu'on pourrait vous laisser repartir avec ce petit trophée. Je n'aurais pas pu le remporter sans vous.

— Merci, sir Hector. Mais cela ne signifie pas la fin des courses de kart, j'espère ?

— La fin, ma chère ? Que non ! Je travaille déjà sur de nouvelles conceptions pour l'année prochaine. Vous me servirez à nouveau de pilote ?

— Bien sûr, affirmai-je. J'y ai pris goût, maintenant.

Meurtres dans un village anglais

T.E. KINSEY

En ce printemps 1909, Lady Hardcastle, aristocrate excentrique et détective amateur, profite d'un repos bien mérité dans le coin de campagne anglaise où elle s'est installée. Un calme qui est de courte durée… Spencer Caradine, un fermier local, s'effondre raide mort à la taverne, la tête dans sa tourte. Meurtre ou accident ? Inutile de compter sur les policiers locaux pas très futés pour lever le voile sur ce mystère. Lady Hardcastle et à sa dame de compagnie, Florence, doivent prendre les choses en main et mener l'enquête. Mais la liste des suspects s'avère longue comme un jour sans pain... Entre la femme de Caradine amoureuse d'un autre, son fils qui le haïssait et les villageois dont il prenait un malin plaisir à pourrir la vie, la victime n'avait que des ennemis. Les enquêtrices de choc vont devoir mobiliser une bonne dose d'astuces et de crochets du droit si elles veulent pouvoir savourer le brandy de la victoire !

Mystères et petits meurtres à la sauce britannique.

Achevé d'imprimer en août 2021
sur les presses de la Nouvelle Imprimerie Laballery
58500 Clamecy
Numéro d'impression : 107430

Imprimé en France

La Nouvelle Imprimerie Laballery est titulaire de la marque Imprim'Vert®